FRANZISKA STEINHAUER

Spielwiese

TOTGESPIELT Eine männliche Leiche auf einem Feld in der Niederlausitz – als menschliche Vogelscheuche an ein hölzernes Kreuz gebunden – ruft Hauptkommissar Nachtigall und sein Team auf den Plan. Kurze Zeit später wird ein weiterer Toter gefunden, wie gekreuzigt hängt er am Elbufer in Dresden. Aus mysteriösen Botschaften wird klar, dass es nicht bei diesen beiden Opfern bleiben soll. Die Ermittlungen sprechen für eine Verbindung zum Frauenfußball – doch liegt hier wirklich das Motiv?

© privat

Franziska Steinhauer lebt seit über 30 Jahren in Cottbus. Bei ihrem Pädagogikstudium legte sie den Schwerpunkt auf Psychologie sowie Philosophie. Ihr breites Wissen im Bereich der Kriminaltechnik erwarb sie im Rahmen eines Master-Studiums in Forensic Sciences and Engineering. Diese Kenntnisse ermöglichen es der Autorin den Lesern tiefe Einblicke in pathologisches Denken und Agieren zu gewähren. Mit besonderem Geschick werden mörderisches Handeln, Lokalkolorit und Kritik an aktuellen gesellschaftlichen Entwicklungen verknüpft. Franziska Steinhauers Romane zeichnen sich durch gut recherchierte Details und eine besonders lebendige Darstellung der Figuren aus. Ihre Begeisterung für das Schreiben gibt sie als Dozentin an der BTU Cottbus weiter.

FRANZISKA STEINHAUER

Spielwiese

PETER NACHTIGALLS SIEBTER FALL

GMEINER

Gefällt mir!

Facebook: @Gmeiner.Verlag
Instagram: @gmeinerverlag
Twitter: @GmeinerVerlag

Besuchen Sie uns im Internet:
www.gmeiner-verlag.de

© 2011 – Gmeiner-Verlag GmbH
Im Ehnried 5, 88605 Meßkirch
Telefon 07575/2095-0
info@gmeiner-verlag.de
Alle Rechte vorbehalten

Lektorat: Claudia Senghaas, Kirchardt
Herstellung: Mirjam Hecht
Umschlaggestaltung: U.O.R.G. Lutz Eberle, Stuttgart
unter Verwendung des Fotos »Public viewing«
von: © backyardpix/fotolia.de
Druck: Libri Plureos GmbH, Friedensallee 273,
22763 Hamburg
Printed in Germany
ISBN 978-3-8392-1134-2

1

Als Roland Keiser nach Hause kam, sah er ihn sofort.

Sein Untermieter hatte wohl in der Mittagspause schon die Post aus dem Briefkasten geholt und den Stapel für Roland, ohne etwas zu ahnen, auf der Kommode im engen Flur deponiert – und ganz obenauf lag *er*.

Irgendwie war Roland etwas enttäuscht. Der Brief sah so unschuldig aus. Völlig harmlos. Er hatte natürlich schon damit gerechnet. Schon lange.

Als selbst nach Wochen keinerlei Reaktion erfolgte, bemühte er sich, die lästige Angelegenheit so gut wie möglich zu vergessen. Aber nun hatte ihn die Sache doch eingeholt. Ich hätte es wissen müssen, dachte er erstaunlich gefasst, irgendwann rächen sich solche Fehler.

Mit spitzen Fingern nahm er den Umschlag hoch – vorsichtig wie ein Mikadostäbchen. Das Ende seiner Karriere wog nicht viel.

Was würden seine Freunde dazu sagen? Er hatte niemandem von den Schwierigkeiten erzählt, ging ja schließlich keinen was an. Roland Keiser, na, mit dem Namen musst du ja Karriere machen, wussten die Nachbarn schon seit seiner Jugend. Und es hatte auch zunächst reibungslos funktioniert. Bis zu diesem Tag.

Mit schweren Schritten schlurfte er in sein Wohnzimmer.

Sollte er diesen Umschlag einfach aufreißen und sein Urteil lesen – oder war es stilechter, die Sache zu zelebrieren? Ein Glas Wein, eine von den teureren Zigarren und im Anschluss die Sätze mit leisem Amüsement zur Kenntnis nehmen?

»Ach Unsinn!«, murmelte er vor sich hin und schlitzte das Kuvert mit dem Schlüssel auf.

Nur Sekunden später flatterte der Brief aus seinen bebenden Fingern zu Boden.

Schlimm. Schlimmer als erwartet. Kurz darauf hörten die Nachbarn die Tür laut ins Schloss fallen.

2

Anette Faun fuhr jeden Tag dieselbe Strecke. Früher mit der Regionalbahn, jetzt mit der Odeg, der Ostdeutschen Eisenbahngesellschaft.

Jeden Morgen hin. Jeden Abend zurück.

Zuerst wollte sie das Stellenangebot ablehnen, hatte an einen Ortswechsel und später an eine Neubewerbung in Cottbus gedacht. Nach intensivem Überlegen erschien es ihr letztlich machbar. Alles eine Frage der Organisation. Ein Umzug nach Zittau wäre natürlich toll gewesen, aber diese Variante kam für sie nicht infrage. Nicht, solange ihre Mutter lebte.

Später könnte sie immer noch neu überlegen, Pläne machen, Träume verwirklichen, aber an dieses Später mochte sie lieber gar nicht denken. Bei einem heftigeren Ruckeln des Zuges zuckte sie zusammen und sah von der Fachzeitschrift in ihrem Schoß auf. Fast schade, dachte sie, dass ich so wenig Zeit dazu habe, die Landschaft zu genießen. Gerade jetzt, wo die Felder

voller Korn stehen, sich die gelbreifen Ähren im spätsommer-
lichen Wind sanft in die eine oder andere Richtung duckten.
Mit gewisser Belustigung entdeckte sie eine Vogelscheuche.

Dass es so etwas noch gibt!, schoss es ihr durch den Kopf,
im Zeitalter der alles könnenden Technik. Vielleicht ein Öko-
Bauer.

Einer mit ausgeprägter Vorliebe für Rabenvögel!

Statt die großen Tiere zu vertreiben, sah es beinahe so aus,
als sei die Scheuche die Attraktion im Feld. Auf den zur Seite
ausgebreiteten Armen hatten sich Nebelkrähen niedergelas-
sen. Besonders stattliche Exemplare, die interessiert am Stoff
der Jacke zerrten. Aufmerksam geworden, gesellten sich auch
einige Saatkrähen dazu. Anette lachte leise.

Irgendwie funktionierte das Vertreiben nicht richtig!

Längst hatte sie Feld und Vögel hinter sich gelassen, da
kreisten ihre Gedanken noch immer um die Vogelscheuche. War das womöglich eine völlig neue Methode? Ein
neuer Denkansatz? Wenn die Krähen an der Puppe pick-
ten, ließen sie das Feld unbeachtet. Und kleine Schmarot-
zer fanden sich gar nicht erst ein, wenn die großen Kräch-
zer schon da waren.

Nicht vertreiben, nein, umdirigieren hieß die Maßnahme!

Schon formte sich der Titel eines Vortrags, den sie halten würde. Über völlig neue Erkenntnisse im Bereich ›Ern-
teschutz‹. Ein Abstract im ›Lancet‹! Das wäre der Knaller.
Und alles, was sie tun musste, war nachzusehen, womit der
Bauer die Vögel anlockte.

Anette Faun sehnte ungeduldig das Ende des Arbeitsta-
ges herbei. Die neue Idee zur Bekämpfung der ›Erntehel-
fer‹ beschäftigte sie unablässig. Es war eine besonders angenehme Vorstellung, den eigenen Namen auf der Titelseite von
›Nature‹ zu sehen. Eine unbedeutende Biologin beschrieb

eine neue, ökologisch unbedenkliche Methode, Krähen und andere Vögel von den Feldern fernzuhalten.

Erste Formulierungen hatte sie sich schon in der Mittagspause notiert. Giftige Sätze, die den leichtfertigen Einsatz von Chemie bei der Produktion von Lebensmitteln brandmarkten – sie wusste natürlich, dass Vögel sich nicht mit der ›chemischen Keule‹ vertreiben ließen, doch als Aufhänger war so etwas allemal geeignet. Die ungeteilte Aufmerksamkeit der Leserschaft, ihres Publikums, wäre ihr sicher.

Als sie nach Cottbus zurückfuhr, konnte sie es kaum erwarten, wieder an dem Feld vorbeizukommen. Tatsächlich, die Vogelscheuche war dicht umlagert.

Krähen, Elstern, der ein oder andere Eichelhäher und mehrere kleinere Vogelarten, die sie mit bloßem Auge nicht sicher erkennen konnte, hüpften auf und flogen um die Scheuche herum. Noch heute Abend würde sie das Rätsel lösen!

Eine Stunde später radelte sie auf dem Feldweg entlang. Schon von Weitem war das raue Gekrächze und wütende Gezeter zu hören. Offensichtlich wurde heftig gestritten. Sehr ungewöhnlich. Anette Fauns Adrenalinpegel peitschte sich erneut hoch.

Als sie den Feldrand erreichte, stieg sie ab und beobachtete fasziniert das ungewöhnliche Schauspiel. Jede Menge Vögel umflatterten aufgeregt die Scheuche in engen Kreisen, landeten mal hier, mal dort, schubsten und hackten sich gegenseitig von den besten Plätzen, kreischten wütend Neuankömmlinge an.

»Sieht ja fast wie eine Raubtierfütterung aus«, flüsterte die junge Frau atemlos. Aus der Gesäßtasche zog sie ihr Handy, um unauffällig ein paar Aufnahmen zu machen. Das leise Klicken des Auslösers schien die Tiere nicht zu beunruhigen.

»Ziemlich große Scheuche«, murmelte Anette, empfand das aber als logisch, weil offensichtlich sehr viel Lockstoff im Anzug untergebracht worden war. Behutsam, Schritt für Schritt, pirschte sie sich näher heran. Elstern flogen auf, trugen große Brocken im Schnabel davon. Nüsse? Doch nicht nur Vögel waren an dieser Extrafütterung interessiert.

Fliegen summten herum. Heerscharen. Die Luft war direkt erfüllt von ihrem Gebrumme. Auch Wespen schienen nicht abgeneigt. Zu ihren Füßen bemerkte Anette eine Ameisenstraße. Interessiert beobachtete sie, wie die kleinen Insekten winzige Beutestücke davonschleppten. Holomorphe Insekten, dachte sie automatisch.

Einige Brummer landeten klebrig auf der nackten Haut ihrer Arme und Beine. Anette verscheuchte sie mit mäßigem Erfolg. Ein paar verfingen sich in ihren Haaren und versuchten wild zappelnd, sich wieder zu befreien.

»Was zum Kuckuck ist denn da drin?«, fluchte die junge Biologin und kam näher. Eine heftige Böe trieb den Wind plötzlich in ihre Richtung und brachte einen schier umwerfenden Gestank mit.

»Der hat einen Tierkadaver benutzt! Das ist ja nicht zu fassen!«, empörte sie sich und erinnerte sich an Bilder aus ihrer Kindheit. Obstbauern hatten tote Katzen in die Bäume gehängt – zur Abschreckung! Das funktionierte natürlich überhaupt nicht. Ist das heutzutage eigentlich endlich verboten?, schweiften ihre Gedanken ein bisschen ab.

»Los!«, kommandierte sie sich selbst. »Nur weil der Bauer ein halbes Schwein ins Feld stellt, musst du dich nicht gleich wie eine Mimose aufführen. Du willst eine berühmte Biologin werden!«

Drei Sekunden später verloren sich all ihre ehrgeizigen Träume unter heftigem Würgen.

Nie, ganz sicher nie, könnte sie den Anblick wieder vergessen. Nie!

3

»Eine Leiche in einem Feld! Glaubst du wirklich, das ist ein Mordopfer?«, fragte Albrecht Skorubski skeptisch. »Wahrscheinlich doch eher Drogen. Ein Bett im Kornfeld und dann eine zu hohe Dosis ...«

»Der Arzt hat deutliche Anzeichen für einen nicht natürlichen Tod gefunden, meinte der Kollege vor Ort. Wir werden es ja gleich sehen.« Peter Nachtigall blickte seinen Freund besorgt an.

Die unnatürliche Blässe des anderen war ihm schon seit einigen Tagen aufgefallen.

»Geht es dir nicht gut?«

»Wie kommst du auf so was? Nein, alles in Ordnung. Nur schlecht geschlafen. Ist ja eigentlich ganz normal, bei der Hitze!«

Der Wagen holperte neben der Bahnstrecke entlang.

»Im Grunde kann der Tote noch nicht lange dort liegen.« Skorubski schob das Basecap auf dem inzwischen völlig kahlen Schädel hin und her. »Der Bauer kommt doch sicher regelmäßig vorbei. Und wenn jemand ins Feld läuft, bleiben die Spuren noch lange sichtbar.«

»Wenn er nicht vermisst wurde, kann die Leiche dort womöglich schon eine ganze Weile liegen«, murmelte Nachtigall nachdenklich. »Es sind noch Ferien.«

»Sag mal, Peter, ist dir nicht viel zu heiß in deinem schwarzen Outfit? Also ich könnte das gar nicht ertragen!«

»Mir ist nicht zu warm.« Nachtigall band seinen sommergekürzten Zopf wieder neu. »Es ist nur eine Frage der Gewöhnung!«

Michael Wiener, der jüngste Kollege in Nachtigalls Team, trat ruhelos von einem Fuß auf den anderen. »So was habt ihr noch nicht gesehen!«, begrüßte er die beiden aufgeregt.

»Ach komm! Was wir schon gesehen haben, ist doch gar nicht zu übertreffen!«, widersprach Albrecht Skorubski entschieden.

Nachtigall warf einen forschenden Blick in Wieners Gesicht. »Nicht schon wieder!«

Wiener grinste schief. Er wusste, sein Chef konnte den Anblick von Toten nur schwer ertragen und hatte – seiner Meinung nach – ein generelles Problem mit der Vorstellung, dass Menschen sterben konnten, besonders dann, wenn jemand nachgeholfen hatte.

»Teilweise skelettiert. Der Schädel ist eindeutig menschlich. Viel ist nicht mehr übrig. Jemand hat eine Leiche als Vogelscheuche aufs Feld gestellt«, erklärte er knapp.

Es dauerte einige Sekunden, bis sich diese sperrige Information verarbeiten ließ.

Wenige Schritte später starrte Peter Nachtigall entgeistert auf das, was die Tiere übrig gelassen hatten. Wiener hatte wirklich nicht übertrieben.

Eifrige Krabbeltiere überall, beleidigte Krähenvögel, die von den Strommasten und den näher gelegenen Bäumen Bosheiten in ihre Richtung schrien.

Einen hysterischen Moment brauchte er, um sich darüber klar zu werden, dass das hartnäckige Kribbeln an seiner Wade nur Einbildung war. Es kostete ihn alle Selbstdisziplin, die er aufzubringen vermochte, nicht einfach kehrtzumachen und wegzufahren.

»Das meiste haben wohl die Vögel angerichtet. Die Witterung der letzten Tage spielt natürlich auch eine Rolle. Wäre es feuchter gewesen, würden Sie hier nur noch Maden finden – aber so. Sie sehen ja …«, plapperte ein Gesicht, das Nachtigall völlig fremd war. »Die Maden haben unter der Kleidung Schutz gesucht.«

»Peter Nachtigall, Kriminalpolizei Cottbus. Und wer sind Sie?«

»Dr. Brand. Arzt vom Dienst. Todesursache kann der Rechtsmediziner vielleicht noch irgendwie ermitteln, aber ich könnte mir vorstellen, nur mit größten Schwierigkeiten.« Dr. Brand neigte sich näher zu Nachtigall hinüber und flüsterte vertraulich: »Ich bin ja von Haus aus Ophthalmologe. Und Augen sind ja … tja. Aber ehrlich gesagt bin ich ganz froh, dass es hier keinen Zweifel daran geben kann, dass dieser Mensch tot ist. Ich habe wenig Erfahrung damit, den Tod festzustellen, das gehört nun mal nicht unbedingt in mein Fachgebiet als Augenarzt. Und es wäre ja schon mehr als peinlich, wenn ich behaupte, jemand sei verstorben und am Ende treffe ich ihn zwei Wochen später im Blechen Carré beim Einkaufsbummel. So was Ähnliches ist einem Kollegen von mir tatsächlich passiert.«

Peter Nachtigall atmete tief durch.

Und bereute es sofort. Der Gestank war beinahe unerträglich.

Er presste sich ein Taschentuch fest auf Mund und Nase.

Dieser Arzt ging ihm auf die Nerven. So sehr, dass er sich schon beinahe Dr. Manz, den jungen Notarzt, dem er gelegentlich an Tatorten begegnete und mit dem es auch nicht immer einfach war, an den Fundort wünschte.

»Wenn er ein sich schnell abbauendes Gift bekommen hat, wird man wohl einen Mord gar nicht mehr nachweisen können. Weichteilverletzungen wird der Gerichtsmediziner auch nicht mehr identifizieren können.« Der Augenarzt wiegte bekümmert den Kopf. »In diesen amerikanischen Serien …«

»Sie gehen also davon aus, dass der Körper völlig intakt war, als er hier«, Nachtigalls Adamsapfel hüpfte nervös, während der Ermittler nach einer passenden Formulierung suchte, »zur Schau gestellt wurde?« Dieser Fundort war ein einziger Albtraum.

Wahrscheinlich wäre es am besten, wenn Dr. Pankratz, der Rechtsmediziner, vorbeikommen könnte, um sich dieses Arrangement anzusehen, überlegte der Hauptkommissar und winkte Michael Wiener heran, der sich mit einer blassen, jungen Frau unterhielt.

»Wer ist das?«

»Anette Faun. Sie hat die Leiche gefunden.«

»Gefunden? Zufällig?« Das konnte eigentlich nicht stimmen, wurde Nachtigall sofort klar. Vom Weg aus war nicht zu erkennen, dass ein Skelett im Anzug der Scheuche steckte. »Das klären wir noch.« Er drehte sich zu Albrecht Skorubski um. »Ruf bitte bei der Staatsanwaltschaft an. Erzähle Dr. März, was wir hier gefunden haben und bitte ihn, Dr. Pankratz zu informieren. Ich glaube, er sollte sich das ansehen, bevor wir den Toten abtransportieren.«

Zum Arzt gewandt fragte er: »Noch wichtige Informationen?«

»Jemand hat der Leiche ein stabiles Holzkreuz in den Rücken geschoben. Die Ärmel halten auf diese Weise die Arme in der ausgebreiteten Position. Der Kopf wurde mit einer Stoffbahn fixiert, damit er nicht vornüberfällt.«

»Die Augen?«, würgte Nachtigall.

»Gefressen. Sehen Sie, Krähenvögel sind nicht sehr wählerisch und immer hungrig. Eine Hand ist abgefallen, ein Fuß fehlt ganz. Den haben bestimmt kleine Räuber mitgenommen.«

Neben der grotesken Vogelscheuche lag etwas, das unter einer dichten Ansammlung grauer Asseln begraben war.

»Und das?«, wollte Nachtigall mit dumpfer Stimme wissen und hoffte, er müsse sich nicht doch noch übergeben.

Dr. Brand bückte sich etwas vor und betrachtete das Gewimmel eingehender. »Aha. Das wird wohl der rechte Fuß sein.«

Aus der Hose ragten Schien- und Wadenbein hervor. Auf der rechten Seite lagen die Knochen völlig frei, an der linken waren noch Gewebereste auszumachen. Einzelne Fingerglieder der rechten Hand waren verschwunden, die Weichteile von Elle und Speiche bis zum Übergang in den Ärmel gründlich abgepickt. Peter Nachtigall streifte Latexhandschuhe über.

Streckte zögernd seine Hände aus, um die Taschen des Anzugs abzuklopfen, doch das unerwartet herrische »Nein!« von Dr. Brand ließ ihn mitten in der Bewegung innehalten.

»Finger weg!«, setzte der Augenarzt grinsend hinzu.

»Warum? Vielleicht finden wir eine Brieftasche oder etwas anderes, das uns seine Identität verrät.«

»Auch wenn ich bei einer frischen Leiche so meine Schwierigkeiten habe – nicht ganz frische Tote habe ich schon mehrfach beurteilen müssen. Es ist für uns nachvollziehbar, dass Füchse, Vögel und andere Interessenten an den zugänglichen Stellen fressen, ja sogar Beutestücke entwenden. Selbst von Fischen wissen wir das. Niemand möchte sich vorstellen, was die viel kleineren Besucher so anrichten. Wenn Sie also in Zukunft nicht von Horrorbildern heimgesucht werden wollen: Fassen Sie die Kleidung nicht an!«, warnte der Arzt und wies auf eine wohlgenährte weißliche Made, die über den locker baumelnden Hosenbund des Toten kroch. »Davon gibt es noch viel, viel mehr. Unter dem Hemd.«

Uneingeladen drängten sofort Bilder aus Nachtigalls Erinnerung an die Oberfläche: Evelyn Krause. Nachdem er vor drei Jahren ihre Leiche gefunden hatte, war ihm auf Wochen der Appetit vergangen und er hatte mit größtem Ekel auf jede umhersummende Fliege reagiert.

»Alles klar«, antwortete er mit dünner Stimme. »Ich habe so etwas schon gesehen. Und ich muss wissen, wer hier aufgestellt wurde, sonst kann ich nicht ermitteln.«

Dr. Brand warf ihm einen unergründlichen Blick zu. »So etwas haben Sie bestimmt noch nicht gesehen. Und wenn Sie jetzt gegen das Jackett klopfen, werden Sie sich den Rest Ihres Lebens wünschen, Sie hätten das nicht getan und auf den Rat von Dr. Brand gehört.«

»Er hat recht«, verkündete eine weibliche Stimme ungerührt. »Die sind schreckhaft und reagieren empfindlich auf Störungen.«

Nachtigall wandte sich um, dankbar, nicht länger in das entstellte Gesicht des Toten sehen zu müssen. »Aha. Und mit wem … Ach, unsere Zeugin!«

»Anette Faun. Ich habe die Polizei verständigt.«

Überrascht musterte der Hauptkommissar die junge Frau, während er langsam und vorsichtig über die Taschen der Kleidung strich. Nichts. Keine Brieftasche. Kein Geldbeutel. Er zog die Handschuhe von den Händen und stopfte sie in die Hosentasche.

Sie deutete seinen Gesichtsausdruck richtig: »Na ja, so abgebrüht, wie Sie jetzt sicher glauben, bin ich gar nicht. Ich habe Ihrem Kollegen Wiener schon gezeigt, wo ich mich übergeben habe.« Sie zuckte entschuldigend mit den Schultern.

»Aber nun geht es wieder?«, erkundigte Nachtigall sich mitfühlend.

Er bemühte sich, ihr nicht zu zeigen, wie erleichtert er war. Es war eine Wohltat, zur Abwechslung mal auf jemanden zu treffen, der einem Toten nicht mit kalter Gleichgültigkeit begegnete.

»Solange ich ihn nicht ansehen muss.«

»Gehen wir ein Stück gegen den Wind«, schlug Nachtigall vor, verabschiedete sich von Dr. Brand und marschierte los.

»Wieso er?«

»Bitte?«, fragte Anette Faun irritiert.

»Sie sagten: Solange ich ihn nicht ansehen muss. Woher wissen Sie, dass es sich um einen Mann handelt?«

Die junge Frau schwieg ein paar knirschende Schritte lang. »Kann ich nicht genau sagen. Er trägt einen Herrenanzug, völlig aus der Mode. Aber wahrscheinlich«, sie sah auf ihre Fußspitzen, »wahrscheinlich liegt es daran, dass ich nicht glauben will, dass jemand einer Frau so etwas antut – Sie verstehen schon.«

»Sie so öffentlich gezeigt wird, während der Zersetzung? Jeder den Verfall voyeuristisch begutachten kann?«

»Ja.«

Nachdenklich schlenderten sie weiter. Anette Faun war wohl einfach noch zu jung. Es fehlte ihr an Lebenserfahrung.

Nachtigall seufzte. Er selbst hatte sofort an eine Tat aus Eifersucht gedacht. Die Nebenbuhlerin, diese Vogelscheuche, sollte am Pranger hängen und langsam aufgefressen werden. Einen abstoßenden Anblick bieten! Hoffentlich, preschte seine Fantasie an zu langen Zügeln los, war sie nicht bei lebendigem Leib dort hingehängt worden! Er schüttelte sich.

»Was ist? Haben Sie schon eine Idee, wie es gewesen sein könnte?«

»Prometheus.«

Die Biologin starrte ihn aus weit aufgerissenen Augen an. »Sie meinen ...«

»Nein!« Nachtigall schnitt mit einer heftigen Handbewegung alle weiteren Spekulationen ab. »Nein. In dieser Phase, wenn man gar nichts weiß, muss man natürlich alles bedenken, so unwahrscheinlich es auch sein mag. Die Obduktion wird viele der offenen Fragen klären!«

»Was wollten Sie überhaupt hier? Zufall ist es doch nicht, dass Sie den Toten gefunden haben!«

Anette Faun spürte, wie ihr Röte und Hitze ins Gesicht schossen. Unter den gegebenen Umständen war ihr die Geschichte mehr als peinlich. »Aus dem Zug konnte man die vielen Vögel erkennen, die ein offensichtliches Interesse an der Scheuche hatten. Wenn ich jetzt einen Artikel in einer renommierten Fachzeitschrift veröffentlichen könnte, der eine neue Methode beschriebe, wie man Vögel von Feldern weghält, würde ich mir einen Namen machen. Vielleicht bekäme ich sogar ein Stellenangebot. Amerika?« Sie seufzte. »Ich weiß, das klingt in Ihren Ohren schrecklich kindisch.«

»Sie kamen hierher, um nachzusehen, was der Bauer als Lockmittel verwendet?«

Zaghaftes Nicken.

»Haben Sie denn den Gestank nicht bemerkt?«, staunte Nachtigall.

»Doch. Aber erst spät. Ich kam von der windabgewandten Seite. Die unglaublich vielen Fliegen und Wespen sind mir als Erstes aufgefallen. Aber so richtig fasziniert war ich von den Vögeln! Die saßen auf jedem Baum, auf jedem Ast! Krähen zogen Kreise um die Vogelscheuche!« Sie schwieg abrupt.

Der Ermittler gönnte ihr eine kurze Pause.

»Bis ich den furchtbaren Geruch bemerkt habe, dachte ich mir eigentlich gar nichts dabei. Zu diesem Zeitpunkt vermutete ich, der Bauer habe eine Schweinehälfte dort aufgehängt!«

»Eine Schweinehälfte?«

»Ja. Das hielt ich nicht für unwahrscheinlich.«

»Diese Methode hätten Sie aber nicht empfehlen können!« Nachtigalls Stimme kippte. Er räusperte sich.

»Nein. Natürlich nicht.«

Sie hatten die Stelle erreicht, an der ihr Fahrrad stand.

»Man hätte den Duft auch synthetisch herstellen und eine mit Stroh gefüllte Puppe damit besprühen können.«

»Nein. Denken Sie daran, dass in diesem Fall die gesamte Gegend stinkt. Bürgerproteste wären die Folge!«, warnte Nachtigall und sah ihr mit brennendem Neid nach, wie sie in Richtung Cottbus davonradelte. Er wäre auch gern von hier verschwunden.

Widerwillig kehrte er an den Fundort zurück.

Dr. März, der leitende Staatsanwalt, war inzwischen eingetroffen. Auch er drückte sich ein geblümtes Taschentuch vors Gesicht und wedelte mit der freien Hand hektisch durch die Luft, um die Fliegen zu vertreiben. »Da sind Sie ja endlich!«, begrüßte er den Hauptkommissar gereizt. »Sieht nach einem dieser Fälle aus, die Sie so lieben.«

Peter Nachtigall zuckte zusammen.

Er beschloss, diese ungerechte Aussage nicht zu kommentieren. Es lag schließlich nicht an ihm, dass er es in den letzten Jahren mit sonderbaren Verbrechen, Tätern und Motiven zu tun bekommen hatte.

»Informationen über das Opfer?«, blaffte Dr. März, weiterhin schlecht gelaunt.

»Nein. Im Moment ermitteln wir den Besitzer des Feldes. Der Fundort ist wahrscheinlich nicht der Tatort – aber mit Sicherheit können wir das erst sagen, wenn wir die Todesursache kennen.«

»Die zu ermitteln, wird ein ziemliches Problem werden. Ist ja nicht allzu viel Gewebe übrig, dem Gestank nach zu urteilen. Dr. Pankratz ist im Übrigen schon auf dem Weg.«

In einer den Atem raubenden Staubwolke raste ein weißer SUV heran. Kaum stand der Wagen, sprang auch schon ein schlanker, hochgewachsener junger Mann heraus. Hektisch sah er sich nach allen Seiten um, schob die verspiegelte Sonnenbrille in die halblangen, blonden Haare und kam breitbeinig und mit wiegenden Hüften im Cowboyschritt näher. Nachtigall bekämpfte den Drang, laut zu lachen, wandelte das dennoch entstehende Geräusch in trockenes Husten um.

Seine Miene blieb ernst.

»Wer ist denn das?«, kam es taschentuchgedämpft aus Dr. März' Richtung. »In einem weißen Lexus!«

»Ich schätze mal, das ist der Bauer, auf dessen Feld die Scheuche steht.«

»Blödsinn. So sieht doch kein Bauer aus!«, gab der Staatsanwalt ungehalten zurück.

Das stimmt allerdings, räumte Nachtigall in Gedanken gutmütig ein, als er dem stattlichen Mann in seinem weißen Zweireiher mit schwarzem T-Shirt und ebenfalls schwarzen italienischen Schuhen die Hand entgegenstreckte. »Peter Nachtigall, Kriminalpolizei Cottbus, Mordkommission.«

»Dr. März, Staatsanwaltschaft.«

»Peer August Zircinsky.« Der Neuankömmling wies auf die Einsatzfahrzeuge und die polizeiliche Absperrung. »Was geht hier vor?«, fragte er drohend. »Nachbarn haben mich angerufen und mir erzählt, auf meinem Feld sei die Polizei. Und dann steht hier die Mordkommission?«

»Nun, Ihre Nachbarn haben nicht gelogen, es stimmt, die Polizei ist hier. Haben Sie diese Vogelscheuche aufgestellt?«, fragte Nachtigall in einem Ton, der deutlich machte, dass er nicht zu diskutieren beabsichtigte.

»Ja. Es ist immerhin einen Versuch wert.«

»Wann genau?«

»Warten Sie … Das muss etwa sechs Wochen her sein. Ich habe mit meiner Tochter das Stroh zusammengebunden, wir finden, mit gefüllten Ärmeln sieht es einfach besser aus. Aber was zum Henker ist an einer Vogelscheuche so spannend? Und wo kommt dieser Gestank her? Liegt da etwa wieder ein totes Wildschwein in meinem Getreide?« Schon wollte er sich zornig in Bewegung setzen, als Nachtigall ihn aufhielt.

»Einen Augenblick noch, Herr Zircinsky! Wenn Sie mal über Ihr Feld sehen, würden Sie meinen, die Vogelscheuche steht noch da, wo Sie von Ihnen platziert wurde?«

Der Bauer kniff die Augen zusammen, warf einen kritischen Blick über die Ähren und ließ sich Zeit. »Nein!«

»Nein?«

»Was soll denn eine Vogelscheuche so weit am Rand? Nein, nein. Ich hatte sie natürlich viel weiter mittig aufgebaut. Und«, er sah noch einmal angestrengt in ihre Richtung, »sie trägt jetzt einen anderen Anzug.«

Nachtigall signalisierte Michael Wiener, der Fotograf solle unbedingt Detailaufnahmen von der Bekleidung machen.

Der Anzug war vielleicht ein wichtiges Beweisstück.

»Also, was ist hier los?«, wollte Zircinsky nun wissen.

»Wir haben eine menschliche Leiche entdeckt. Getarnt als Vogelscheuche.«

»In meinem Feld?«, fauchte der Bauer, zwischen Entsetzen und Empörung schwankend. »Ich fasse es nicht!«

»Sie können uns nicht erklären, wie das möglich ist?«

Zircinsky wandte sich entrüstet um und wollte sich auf den Weg durch die Absperrung machen.

»Sie dürfen nicht …«, versuchte Dr. März ihn aufzuhalten, doch der Bauer schien ihn gar nicht zu hören. Zwei Schritte später wurde er von einem uniformierten Beamten eingefangen und zu Nachtigall zurückgebracht.

»Wollen Sie mir das Betreten meines eigenen Landes verweigern? Das wird ein Nachspiel haben, das verspreche ich Ihnen!«

»Herr Zircinsky, das ist im Moment ein Tatort. Das bedeutet, dass kein Unbefugter diesen Bereich betreten darf. Wenn wir alle Spuren gesichert haben, können Sie auch wieder auf Ihr Feld.«

»Unbefugter? Ich?«, keuchte der junge Mann und versuchte mühsam, sich zu beherrschen. »Wer ist der Tote?«

»Das wissen wir noch nicht.«

»Ein Mann oder eine Frau?«

»Wir werden es erfahren«, blieb der Ermittler vage.

»Was für ein ausgemachter Schwachsinn! Das sieht man doch wohl!«, protestierte Zircinsky, der sich nicht ernst genommen fühlte.

»Nach ein paar Tagen und bei den Temperaturen nicht mehr«, beschied ihm der Hauptkommissar.

Das musste der Anzugträger erst einmal verdauen. Sein Gesicht verlor alle Farbe.

»Wie oft kommen Sie hier vorbei?«

»Am Feld, meinen Sie?« Zircinsky überlegte. »So zweimal die Woche? Das Getreide muss ja versorgt werden. Ich überprüfe, ob Schädlinge sich irgendwo breitgemacht haben, sehe nach, wie reif es schon ist. Solche Dinge. Nächste Woche wollte ich ernten.« Er machte eine raumgreifende Armbewegung. »Wer ersetzt mir jetzt eigentlich den Schaden? Ihre Kollegen trampeln ja das halbe Feld nieder!«, brauste er schon wieder auf.

»Herr Zircinsky! Das können wir später klären. Wann waren Sie zum letzten Mal hier?«

»Ach herrje! So genau weiß ich das nicht. Wahrscheinlich vor drei, vier Tagen.«

»Und bei der Gelegenheit ist Ihnen nicht aufgefallen, dass jemand die Vogelscheuche versetzt haben muss? Sie haben nicht bemerkt, dass Vögel um sie herumflogen?«

»Nein.« Der Bauer schwieg und starrte auf seine inzwischen staubigen Schuhe.

»Wenn ich es mir genau überlege, kann ich sogar mit Sicherheit behaupten, dass sie den alten Anzug von Opa anhatte. Ich habe an die Ärmel Streifen aus Metallfolie getackert, die im Wind wild fuchteln, knacken und Lichtblitze erzeugen. Zufällig weiß ich, dass ich sehr zufrieden mit der Wirkung war, als ich letztes Mal hier stand. Von Vögeln keine Spur!«

»Erinnern Sie sich noch an den Tag? Das wäre für unsere Ermittlungen sehr hilfreich.«

»Nee«, kicherte der Jungbauer, »ich erinner mich schon lange an nichts mehr! Das macht ein anderer für mich.« Er zog aus der Innentasche des Sakkos ein iPhone. »Das weiß der Organizer. Sonst keiner.«

In einer kleinen Gruppe Schaulustiger fällt die Gestalt kaum auf. Ist nicht mehr als ein Schatten. Aber es ist einer, der weder neugierig noch voll Abscheu auf die Szenerie blickt. Eher wirkt er nachdenklich. Schließlich ist noch viel zu tun, die Polizei ahnt ja nichts von seinem Plan. Ein garstiges Lächeln umspielt seine verdorrten Lippen. Wenn sie es herausfände, wäre es ohnehin zu spät, weiß er. Es gäbe niemanden mehr zu retten. So wie es auch für ihn keine Rettung gegeben hatte. Bitter stößt ihm das Leben auf.

Als er genug gesehen hat, dreht er sich gleichgültig um und macht sich auf den langen Weg nach Hause. Er schüttelt missbilligend den Kopf.

Für Schatten wie ihn gibt es kein Zuhause mehr.

4

Dr. März wurde auf dem schmalen Feldweg von einer Gruppe Journalisten förmlich gestellt. Als seine Abwehrversuche sich als sinnlos erwiesen, seufzte er tief und wählte seine Worte für eine erste Stellungnahme sorgfältig.

Peter Nachtigall zog sich mit Skorubski und Wiener an den Feldrand zurück. Dorthin, wo der Verwesungsgeruch einigermaßen erträglich war. »Fassen wir kurz zusammen: Der Bauer war vor vier Tagen das letzte Mal hier. Da stand die Scheuche noch weit im Feld und trug Großvaters Anzug. Heute steht sie deutlich weiter am Rand, näher am Weg, und trägt andere Kleidung. Wir müssen versuchen herauszufinden, wem die gehört.«

»Vier Tage. Das ist viel Zeit, wenn man seine Spuren verwischen möchte. Wahrscheinlich werden wir ohnehin nur wenige finden. Und auf dem Weg schon gleich gar nicht, da sind in der Zwischenzeit viel zu viele andere Autos gefahren.« Skorubski warf einen grantigen Blick auf die Flotte der Einsatzfahrzeuge.

»Morgen werden wir immerhin erfahren, ob das Holzgerüst noch das Original ist.«

»Also ich hätt ja meine Vogelscheuch' glei' fertig mitgebracht«, erklärte Michael Wiener entschieden. »Alles andere dauert doch viel z' lang. Damit steigt das Risiko, entdeckt z' werde'.«

»Du meinst, jemand fährt vor, holt das Original vom Feld, stellt eine neue Figur auf und fährt davon?« Nachtigall zog die linke Augenbraue hoch.

»Ja. Nur so konnt' er sich sicher sein, dass die Scheuche am End' auch steht. Es wär' ja möglich g'wese', dass die ursprüngliche Holzkonstruktion den tote' Körper nicht trägt.«

»Du hast recht. Wenn er das Opfer mitgebracht hat, muss er einen großen Wagen benutzt haben«, überlegte Nachtigall laut.

»Vielleicht fuhr er einen Pick-up. In diesem Fall konnte er das Opfer auf der Laderampe transportieren und einfach mit einer Plane abdecken«, meinte Skorubski.

Alle drei schwiegen, ließen in Gedanken das Szenario ablaufen.

»Wir suchen demnach einen durchtrainierten Täter! Immerhin gehen wir davon aus, dass er das an der Scheuche befestigte Opfer relativ mühelos auf- und abladen und aufs Feld befördern konnte! Außerdem muss das Aufladen an einem abgelegenen Ort stattgefunden haben. Der Täter wollte sicher keine Zeugen«, zählte Nachtigall auf.

»Vielleicht war es kein Einzeltäter. Oder es hat ihm wenigstens beim Beseitige' jemand g'holfe'«, mutmaßte Wiener.

»Wichtig ist auch die Frage nach dem Motiv für diese öffentliche Präsentation des Opfers. Wozu betreibt jemand diesen Aufwand?«

»Nein. Ich sehe keine Möglichkeit«, widersprach Dr. März, den niemand hatte kommen hören, seinem unsichtbaren Gesprächspartner energisch und reichte sein Handy an Nachtigall weiter. »Dr. Pankratz für Sie. Er will den Körper mit der Holzkonstruktion. Die wichtigste Frage, die wir uns stellen müssen, ist also: Wie sollen wir denn das Opfer in die Gerichtsmedizin bringen? Wir müssen ihn abnehmen! Alles andere funktioniert doch nicht!« Dr. März' Laune war noch immer katastrophal.

Peter Nachtigall trat an den Wagen des Bestatters heran und musterte den Innenraum.

»Das klappt nicht«, erklärte er dem Gerichtsmediziner am anderen Ende der Leitung. »Wir müssen das Opfer abnehmen. Gut, wir lassen alles, wie es jetzt ist, bis du die Leiche selbst untersucht hast. Wo bist du denn im Moment?«

Das Gespräch wurde beendet und der Staatsanwalt schob das Mobiltelefon wieder in die Gesäßtasche. »Was nun?«, erkundigte er sich unfreundlich.

»Wir lassen alles unverändert. Dr. Pankratz wird in etwa einer halben Stunde hier sein, gerade ist er an der Ausfahrt Vetschau vorbeigekommen. Er nimmt die Leiche selbst ab.«

Die Obduktion.

Nachtigall schauderte.

Er hatte schon einmal solch eine Leiche gesehen und eigentlich gehofft, ein vergleichbar schrecklicher Anblick bliebe ihm in Zukunft erspart.

Damals war es der Körper einer Selbstmörderin gewesen.

Womit sie es hier zu tun hatten, würde sich erst zeigen.

»Nun«, murmelte er vor sich hin, »allein kann er das jedenfalls nicht geschafft haben.«

Manuela wusste, es wird Gerede geben.

Es ist aber auch mal wieder typisch für mich, schimpfte das junge Mädchen in Gedanken mit sich selbst. Die anderen tun es ja auch – und nichts passiert. Aber ausgerechnet bei mir …
Pechmarie eben.

Beim Aufstehen fixierte sie einen festen Punkt an der gegenüberliegenden Wand. So richtig half dieser Trick aber auch nicht.

Die Übelkeit schoss durch ihren Körper und Manuela schaffte es gerade noch rechtzeitig zur Toilette.

Vielleicht, dachte sie hoffnungsvoll, während heftiges Erbrechen ihren Körper schüttelte, vielleicht ist es ja doch nur der Magen-Darm-Infekt, den im Moment alle haben.

»Andy?«

Der junge Mann drehte sich um. Als er Manuela erkannte, strahlte er, breitete seine muskulösen Arme aus und drückte das Mädchen an sich. »Mein Stern!«

Einen langen, tröstlichen Augenblick genoss sie die Geborgenheit, spürte seinen kräftigen Herzschlag und versuchte verzweifelt, sich einzureden, alles sei gut.

Um diese Zeit war der Kraftraum verwaist.

Einzig der zähe Geruch nach Schweiß verriet, dass es Zeiten geben musste, in denen hier hart trainiert wurde.

Konzentriert küssten sich seine Lippen am Scheitel entlang, während seine Hände suchend über ihren Körper tasteten, immer wieder mal verweilten und dann weiterglitten.

Sie stöhnte wohlig, schmiegte sich fester an ihn.

Seine Rechte fand den Bund ihrer Trainingshose und schob sich darunter. Bereitwillig drängte sich ihm ihr Becken entgegen, nahm den Rhythmus seines Körpers auf.

Über Probleme konnten sie auch später noch sprechen, dachte sie und verscheuchte die Gedanken an die mahnenden Worte ihrer Mutter: Sprich nie mit einem Mann nach dem Sex über Schwierigkeiten, Wünsche oder Geld. Das führt zum Streit. Dafür warte auf einen anderen Moment.

Andy war anders.

Solche Klischees trafen auf ihn nicht zu.

Selig seufzend ließ sie sich von ihm auf die Matte ziehen.

Manuela genoss den zügellosen Sex mit Andy.

Wie jedes Mal.

Lange lag sie neben ihm, lauschte auf seine regelmäßigen Atemzüge.

War er eingeschlafen?

Ihr schneller Seitenblick traf direkt in seine warmen, braunen Augen.

»Alles in Ordnung, Süße?«, fragte er liebevoll und rollte sich auf die Seite, um ihr einen Kuss auf die Wange zu drücken.

»Andy, es ist jetzt vielleicht nicht der richtige Augenblick – aber ich muss dir was Wichtiges sagen.«

Andy tat interessiert.

Wahrscheinlich kam jetzt der übliche Spruch, den er schon viel zu oft gehört hatte, um dabei noch etwas zu empfinden. Schade eigentlich, schoss ihm flüchtig durch den Kopf, als er auf ihren Liebesschwur wartete.

»Andy?«

»Ja. Ich höre dir aufmerksam zu. Die geschlossenen Augen verbessern meine Wahrnehmung über die Ohren«, neckte er das Mädchen.

Manuela nahm all ihren Mut zusammen. »Ich glaube, ich bin schwanger«, stieß sie hervor.

»Was? Du kriegst ein Kind?« Nun hatte sie seine volle Aufmerksamkeit.

»Ich bin noch nicht sicher. Aber mir ist andauernd schlecht und auch sonst …«, stammelte sie, unsicher geworden unter seinem stahlharten Blick.

»Wer ist der Vater?«, fauchte er böse.

Manuela schluchzte tief verletzt auf.

Wie konnte er nur so etwas fragen? Wo sie ihm die ganze Zeit über treu war. Seit Monaten. Es hatte sie auch kein anderer mehr interessiert! Und nun behandelte er sie so, als sei sie nicht besser als irgendein Flittchen.

»Wer wohl?«, fragte sie getroffen zurück. »Du!«

»Wohl kaum, meine Liebe!«

Der Eishauch in seiner Stimme verursachte ihr eine Gänsehaut.

Über den heftigen Schlag ins Gesicht war sie bestenfalls noch überrascht.

Wie hatte sie sich nur so in ihm täuschen können?

Peter Nachtigall starrte auf seinen Teller. Ihm waren Hunger und Appetit gründlich vergangen.

»Ich glaube, heute fällt das Abendessen aus«, meinte er entschuldigend.

Conny nickte verständnisvoll.

»Wir wurden von den Kollegen zu einem unklaren Todesfall gerufen. Ein Toter in einem Feld. Was wir gefunden haben, war aber eine als Vogelscheuche aufgebaute Leiche«, stöhnte er.

»Da muss aber jemand das Opfer ziemlich gehasst haben!«

»Wahrscheinlich. Da die Leiche nicht mehr frisch war, wissen wir noch nicht einmal, ob es sich um einen Mann oder eine Frau handelt. Du glaubst gar nicht, wie viel Getier sich da versammelt hatte!«

»Ah, daher weht der Wind«, grinste Conny. »Ich erinnere mich noch sehr gut an diese Phase, als du jede Fliege misstrauisch beäugt hast, weil du dich gefragt hast, wo die wohl geschlüpft ist! Wir Hautärzte sind da nicht so zimperlich.«

»Ich weiß, Maden werden sogar zur Therapie eingesetzt. Grauenvolle Vorstellung!«

»Also«, begann Conny gedehnt, »es gibt schon einige Menschen, die ich nicht leiden kann, mag sein, dass ich manchem Tod, Teufel und die Pest an den Hals wünsche. Aber zwischen diesem diffusen Gefühl und einem echten Mord besteht ein gewaltiger Unterschied. Im Moment kann ich mir gar nicht vorstellen, was mir jemand angetan haben müsste, damit ich ihn auch nach seinem Tod noch so behandle.«

Nachtigall schmunzelte wider Willen, stand auf und zog seine Frau an sich. »Das beweist nur, wie gut du ausbalanciert bist. Was aber, wenn dir jemand deinen Mann wegnähme, gar tötete?« Er küsste sie. »Und ob die Leiche ein Mordopfer ist, wissen wir noch gar nicht.« Er drückte sein Gesicht in ihre Haare. »Abgesehen davon fände sich in unserer ›Kundenkartei‹ auch manch einer, dem ein weggeschnappter Parkplatz Motiv genug für einen Mord wäre!«

5

Am nächsten Morgen warf sich Peter Nachtigall gereizt auf den Beifahrersitz.

Albrecht Skorubski kannte ihn lang genug. Es war besser, jetzt nicht zu versuchen, eine Unterhaltung zu beginnen. Er ahnte sofort den Grund für die katastrophale Laune seines Freundes. In der Saure-Gurken-Zeit hatte es ihre Vogelscheuche auf die Titelseite der Zeitung geschafft.

»Wir werden einen Zeugenaufruf veröffentlichen. Wenn jemand die Leiche auf einem Pick-up transportiert hat, ist das Auto vielleicht jemandem aufgefallen. Wer weiß, vielleicht hat sogar jemand bemerkt, dass die Scheuchen ausgetauscht wurden«, legte Nachtigall fest. »Das kann Michael gleich heute Morgen veranlassen.«

Skorubski nickte.

Nachtigalls Handy klingelte.

»Guten Morgen, Thorsten«, begrüßte er Dr. Pankratz. »Gerichtsmediziner sind wohl keine Langschläfer? Gut, wir sind schon auf dem Weg.«

Skorubski ordnete sich an der Kreuzung auf der rechten Spur ein.

»Er meinte, er habe eine Überraschung für uns. Ich glaube nicht, dass mir diese Ankündigung gefällt, Albrecht.«

Sie trafen Dr. Pankratz und den zweiten Rechtsmediziner, den ein Namensschild als Dr. Popp auswies, heftig diskutierend an.

»Das kann doch nicht wahr sein! Warum? Das ist eine – oh, hallo«, unterbrach sich der zweite Obduzent, als er die beiden Kriminalbeamten bemerkte.

»Da seid ihr ja!«, freute sich auch Dr. Pankratz und reichte beiden Kittel und Haube. »Handschuhe braucht ihr nicht. Anfassen erspare ich euch diesmal. Und ganz ehrlich, appetitlich sieht er nicht aus.«

»Er?«

»Ja. Die Leiche ist eindeutig männlich.«

Nachtigall zuckte heftig zurück, als er den Toten auf dem Edelstahltisch erkannte. Was hast du erwartet, schimpfte er mit sich, wenn sogar der Rechtsmediziner dich vorwarnt. Undeutlich nahm er wahr, dass Albrecht ihm erklärte, er wolle Michael wegen der Pressemitteilung anrufen. Das Geschlecht des Opfers kannten sie immerhin schon. Wenig später klappte die Außentür.

Es kostete den Hauptkommissar Überwindung, den Körper genauer anzusehen. Es schien, als weigerten sich seine Augen, den Befehlen des Hirns zu folgen. Sie leisteten Widerstand, glitten über die verschiedenen Gerätschaften, Schalen und das bereitgelegte Besteck, suchten eine Möglichkeit, durch ein Fenster hinauszuspähen, kehrten zu den Gesichtern der Rechtsmediziner zurück, ließen sich bereitwillig mal hierhin und mal dorthin locken.

»Die Kleidung haben deine Kollegen schon abgeholt. In den Taschen waren keinerlei persönliche Gegenstände, der Anzug selbst ist völlig aus der Mode. Der Stoff war durchaus hochwertig, reine Schurwolle, aber den Hersteller gibt es schon lange nicht mehr. Vielleicht hat er den geerbt oder im Second-Hand-Shop gekauft. Er sah aus, als sei er kaum getragen worden.« Dr. Pankratz griff nach einem in Folie aufbewahrten Papierfetzen. »Der steckte in der linken Außentasche.«

Nachtigall runzelte die Stirn.

In ungelenken Druckbuchstaben stand dort:

Du bist der Erste.

Andere werden folgen.

Bis die Schuld getilgt ist.

Dies ist der Beginn der Abrechnung.

»Eine eindeutige Drohung. Jetzt müsst ihr nur noch herausfinden, an wen sie sich richtet«, kommentierte der Rechtsmediziner trocken.

Nun gab es keine Ablenkung mehr.

Peter Nachtigall hätte gern tief durchgeatmet, doch er ließ es bleiben. Die Lüftungsanlage schaffte es nicht, den Verwesungsgeruch komplett zu vertreiben.

»Wenn du willst, kannst du es mit einem Taschentuch versuchen. Manche halten sich das vor Mund und Nase und behaupten, es hilft. Aber ich glaube, das ist nur Einbildung«, erklärte Dr. Pankratz dem schon jetzt mitgenommenen Ermittler.

»Wir haben den Körper geröntgt. Zum einen, um die spätere Identifikation mit Vergleichsaufnahmen zu erleichtern, zum anderen, weil wir wissen wollten, ob er womöglich Verletzungen an den knöchernen Strukturen aufweist. Klar ist: Es handelt sich um einen Mann. Er starb nicht an einem Schlag auf den Kopf, auch nicht an einem Schuss durch den Schädel. Und er hat ein künstliches Kniegelenk. Das wird die Identifikation wesentlich vereinfachen.«

Er begegnete dem verständnislosen Blick des Hauptkommissars. »Die Gelenke haben eine Seriennummer. So kann man herausfinden, wem, wann, wo von wem diese Endoprothese implantiert wurde. Wir werden gleich feststellen, von welcher Firma das Gelenk ist – und dann fragen wir dort nach, wohin es geliefert wurde. Das ist natürlich gerade in diesem Fall von Bedeutung, wo ja sonst nicht viel bleibt, das man identifizieren könnte.«

Nachtigall nickte.

Der Körper war an einigen Stellen fast vollständig skelettiert, an anderen schien er überraschend intakt. Die Schädelknochen waren weitgehend freigelegt, die Kopfhaut wirkte seltsam verrutscht, die Augenhöhlen blickten leer.

»Ist am ehesten ein Ergebnis von Tierfraß«, stellte der zweite Rechtsmediziner fest und griff nach einem Instrument, das einem Haken glich. Er reichte es an Dr. Pankratz weiter.

»Und nun, die Überraschung. Sieh mal, Peter, das ist wirklich ungewöhnlich. Das am Körper verbliebene Gewebe ist konturlos schwammig. Und es gibt einige typische Veränderungen an der Haut.«

»Typisch wofür?«, presste Nachtigall hervor, während er beobachtete, wie Dr. Pankratz mit dem Haken das Gewebe bearbeitete.

»Typisch für – Gefrierbrand!«

»Gefrier... Das ist nicht dein Ernst!«, ächzte der Hauptkommissar.

»Doch. Der Körper war komplett eingefroren«, beharrte Dr. Pankratz.

»Der ganze Mann? Das ist doch völlig unmöglich!« Der Leichengeruch füllte Nachtigalls Lungen. Hastig riss er nun doch ein Taschentuch aus der Hosentasche und hielt es vor Mund und Nase.

»Unmöglich ist es nicht. Du brauchst nur eine Truhe, die groß genug ist. Meine Tante hat auch so ein Ding. Die Familie lebt in permanenter Sorge, sie könnte mal beim Kramen hineinfallen. Man muss bei unserem Toten davon ausgehen, dass die Umhüllung im Laufe der Zeit undicht wurde. Vielleicht war die Folie auch von Anfang an zu klein. Jedenfalls ist Feuchtigkeit eingedrungen – es entstand Gefrierbrand.«

»Wie lang?« Nachtigalls Stimme klang dumpf durch den bunten Stoff.

»Das kann ich dir nicht sagen. Er war aber vollständig durchgefroren. Unter dem Mikroskop siehst du, dass die Zellen aufgeplatzt sind. Deshalb ist das verbliebene Gewebe so weich.«

»Hm.«

»Eine Hand fehlt, ein Fuß ebenfalls, von der rechten Hand konnten wir am Fundort wenigstens die Mittelhandknochen sichern. Am linken Bein ist deutlich mehr Gewebe erhalten als am rechten. Siehst du, hier ist die Muskulatur an Waden- und Schienbein zur Hälfte, am Oberschenkel fast vollständig erhalten. Dieser Bereich war durch einen Verband geschützt. Madenfraß ist feststellbar. Im rechten Hosenbein war ein langer Riss, der von allerhand Aasfressern als Einstiegspforte genutzt wurde. Wir haben auch Nagespuren an den Knochen entdeckt, das heißt, auch wendige aasfressende Säuger konnten in dieses Hosenbein hineinschlüpfen. Deshalb fehlt an diesem Bein das Gewebe fast vollständig.«

»Wie alt war das Opfer etwa? Kannst du dazu schon etwas sagen?«

»Zwischen 20 und 30.« Konzentriert arbeitete der Gerichtsmediziner weiter.

»So früh schon ein künstliches Kniegelenk?«, staunte Nachtigall. »Ein Unfall?«

»Rheuma«, antwortete Dr. Pankratz knapp, der gerade dabei war, eine schon vorhandene Öffnung oberhalb des Bauchnabels aufzudehnen, um die inneren Organe begutachten zu können. »Mäusekot.«

Nachtigall würgte. Er drehte sich etwas zur Seite und bemühte sich, den Brechreiz unter Kontrolle zu bringen.

Hatte der Täter genau das beabsichtigt? Jedermann sollte sich mit Grausen von der Leiche abwenden? Oder war ihm gar nicht bewusst gewesen, was mit dem Körper auf dem Feld geschehen würde?

»Viel Material für eine Untersuchung haben wir hier nicht mehr. Alle inneren Organe befinden sich im Zustand fortgeschrittener Verwesung, sie sind teilweise verflüssigt. Tierfraß ist an allen Stellen mit erhaltener Gewebestruktur feststellbar«, erklärte der Rechtsmediziner unbeeindruckt. »Wir sichern ein paar Proben für weitere Analysen – aber viel wird nicht möglich sein«, erklärte Dr. Pankratz und legte Gewebeproben in vorbereitete Gefäße, die der Kollege sorgfältig verschloss und beschriftete.

»Wirklich weiterhelfen wird uns die Endoprothese. Also sehen wir uns die jetzt mal genauer an«, entschied Dr. Pankratz und inspizierte gründlich die Narbe über dem Gelenk. »Lange Zeit zum Heilen hatte die Wunde nicht. Die Narbe ist frisch. Etwa zwei bis drei Wochen nach der OP wurde er getötet.« Er begann, das Gewebe zu präparieren. »Hier sind noch Reste des blauen Nahtmaterials. Ihr Zustand bestätigt meine Annahme. Länger als drei Wochen war die Operation noch nicht her.« Fadenmaterial wanderte in ein Röhrchen und wurde markiert. »Schauen wir mal, was für ein Gelenk er da hat.« Der Rechtsmediziner griff nach einem Meißel und löste die Endoprothese aus dem Oberschenkelknochen. Es knirschte laut, als er den Zement entfernte. Nachtigall bekam eine Gänsehaut. Selbst die Haare im Nacken stellten sich auf.

»Ach nee. Sieh mal!« Er hielt dem Hauptkommissar ein Teil aus Edelstahl entgegen, an dessen Oberseite ein langer mittlerer und vier kürzere Dornen auf einer Grundplatte zu sehen waren. »In dem langen mittleren verschwindet das Gegenstück. Und dieses Gelenk ist von AlloPro. Die hatten ihren Sitz in Gelsenkirchen und haben von dort aus fast die gesamte DDR mit ihren Prothesen beliefert.« Er zeigte auf eine Nummer. »Dies ist die eingravierte Seriennummer. Die Firma kann nun im Computer nachsehen, wann sie dieses Gelenk ausgeliefert hat und an welches Klinikum. Mit der Seriennummer sucht daraufhin ein Arzt – in diesem Fall sicher der Abteilung Orthopädie – in den OP-Büchern nach dem Empfänger. Und schon weißt du, wer dieses Gelenk wann bekommen hat und sogar von wem er operiert wurde.«

»Wie lange dauert das?«

»Eine Woche etwa. Aber ich glaube, das kann ich beschleunigen. Ich kenne nämlich einen der Mitarbeiter dort; ein ehemaliger Studienkollege. Ich rufe ihn an und wir sehen weiter. Seltsam ist nur, dass AlloPro auf der Prothese steht. Die Firma gehört inzwischen zur Zimmer-Gruppe mit Sitz in Winterthur. Na ja, früher wurden Gelenke auch eingelagert. Heute wird eine Klinik just in time beliefert und muss sich die teuren Teile nicht hinlegen. Sehr eigenartig.« Er zog sich die Handschuhe aus, notierte die Seriennummer und verschwand in einem Nebenraum.

Peter Nachtigall bemerkte, wie der zweite Rechtsmediziner ihm zuzwinkerte.

»Der Tod ist kein schöner Anblick.« Seine Stimme vibrierte vor Pathos. »Aber dies ist eine Arbeit, die unbedingt gemacht werden muss. Wir können doch nicht zulassen, dass Mörder ungeschoren davonkommen und unbehelligt unter uns leben, nur weil niemand die Tat entdeckt hat! Zum Glück sieht das inzwischen auch die Politik ein. Es soll einen speziellen Ausbildungsgang für Ärzte geben, die dann die Leichenschau durchführen. Damit kann man sicherstellen, dass jemand zu einem Todesopfer gerufen wird, der auch genau weiß, worauf zu achten ist und die Hausärzte werden entlastet, weil sie nicht mehr im Beisein von Familienangehörigen, die sie womöglich seit Jahrzehnten kennen, den Verdacht auf eine unnatürliche Todesursache aussprechen müssen. Mit Sicherheit wird es bald mehr Obduktionen geben, als im Moment üblich.«

Der Hauptkommissar nickte vage.

Er erinnerte sich mit Unbehagen an das Gespräch mit dem Augenarzt am Fundort des Opfers, der unumwunden eingeräumt hatte, einen Lebenden nicht von einem Toten unterscheiden zu können.

Dr. Pankratz war schnell wieder zurück. »1988 wurde diese Endoprothese nach Cottbus geliefert. Das bedeutet nicht, dass man sie dort auch sofort verwendet hat. Aber zeitnah wahrscheinlich schon.« In der Hand hielt er einen Computerausdruck. »Hier steht es.«

»Zeitnah? Vor der Wende noch?« Entgeistert sah Nachtigall den Rechtsmediziner an. »Soll das heißen, er war zur Wende schon tot? Eingefroren?«, schob er nach und ärgerte sich über den schrillen Diskant. Schließlich mussten nicht alle hören, wie entsetzt er war, es reichte schon, dass man es ihm ansehen konnte. »Seit 20 Jahren tot und plötzlich taucht er wieder auf?«

»In der Orthopädie werden sie dir ganz genau sagen können, wann diese Prothese eingesetzt wurde. So wissen wir auch mit ziemlicher Sicherheit, wie lange er tiefgekühlt war. Und dort erfährst du auch, warum die OP nötig war. Sicher ist, dass er Rheuma hatte – aber das allein muss nicht der Grund gewesen sein.«

»Rheuma ist eine entzündliche Erkrankung, die im schlimmsten Fall die Gelenke zerstört«, ergänzte der Kollege. »Manchmal bleibt nur, das betroffene Gelenk auszutauschen.«

Dr. Pankratz zog sich wieder Handschuhe über und blickte auffordernd in die Runde. »Na, wir sehen mal weiter!«

Nachtigall unterdrückte gerade noch rechtzeitig den Impuls tief durchzuatmen, trat zur Seite und rief Wiener an, um ihm die Seriennummer des Gelenkersatzes durchzugeben, damit der junge Kollege in der Zwischenzeit auf der Station nachfragen konnte. Je schneller die Identität geklärt war, desto besser.

»Zu Lebzeiten war der junge Mann etwa 1,79 bis 1,81 m groß. Ernährungs- und Allgemeinzustand kann nicht mehr beurteilt werden«, schnarrte die Stimme des Rechtsmediziners und Nachtigall wandte sich widerstrebend erneut dem Obduktionstisch zu.

Assoziationen zu einem Fall aus den letzten Jahren ließen sich nicht länger unterdrücken. Der ›Fall Dennis‹ hatte die ganze Stadt schockiert.

Damals fand man in der Gefriertruhe der Familie die tiefgekühlte Leiche des kleinen Jungen. Die Eltern hatten ihn verhungern lassen und anschließend eingefroren. Medienberichten zufolge fiel das Verschwinden des Kindes niemandem im Umfeld der Familie auf. Danach frühstückten angeblich Eltern, Brüder und Schwestern jeden Morgen neben der Leiche des Kindes. Ein unglaubliches Verbrechen.

Nachtigall spürte noch heute heiße Wut darüber, dass ein Kind einfach verschwinden konnte, ohne dass es jemandem auffiel. Nicht einmal die Geschwister hatten es bemerkt.

Jugendamt und Schulbehörde ließen sich von den Ausreden der Mutter abspeisen!

In den vergangenen Jahren waren deutschlandweit deprimierend viele Babyleichen in Gefriertruhen entdeckt worden, einmal sogar von den eigenen Geschwistern, die während des Urlaubs der Eltern gründlich aufräumen wollten. Peter Nachtigall konnte sich allerdings nicht daran erinnern, je davon gehört zu haben, dass ein erwachsener Mann auf diese Weise versteckt worden wäre.

Aber, tröstete er sich, der Unbekannte hier würde bald einen Namen und eine Geschichte bekommen. Und bestimmt hatte ihn auch jemand vermisst.

Warum friert man einen Mann in einer Tiefkühltruhe ein – fast ein Vierteljahrhundert lang?

Schritte hallten über den Gang.

Dr. März' unverkennbarer, energischer Tritt.

Der Staatsanwalt hielt deutlichen Abstand zum Sektionstisch, sah dem Gerichtsmediziner unverwandt ins Gesicht und vermied auch nur ein kurzes Abschweifen des Blicks auf das Opfer. »Wissen Sie schon Genaueres über die Todesumstände?«

»Nein, noch nicht. Bisher steht fest, es handelt sich um ein männliches Opfer.«

»Und weiter? Sie werden doch schon ein wenig mehr zutage gefördert haben. Ich muss in einer Viertelstunde der Presse einige Fragen beantworten. Da kann ich nicht nur mit den Schultern zucken!«

»Er hatte ein künstliches Kniegelenk. Wir haben herausgefunden, dass es 1988 ans Klinikum Cottbus geliefert wurde. Das spricht dafür, dass man es innerhalb eines überschaubaren Zeitraums implantierte. Der Zustand der Narbe lässt auf einen Todeszeitpunkt etwa drei Wochen nach der OP schließen. Alter zwischen 20 und 30, es gibt einige Hautveränderungen, die wir als Gefrierbrand identifizieren können.«

Dr. Pankratz blieb gelassen. Der Ansturm der Journalisten war nicht sein Problem.

»Gefrierbrand? Haha – kleiner Scherz, wie?«

Nachtigall stieß dem Gerichtsmediziner warnend ans Schienbein.

Dr. März wurde offenbar bewusst, dass Dr. Pankratz noch nie gescherzt hatte. In all den Jahren nicht. Seine Augen flackerten nervös über die Gesichter der Versammelten. »Also kein Scherz. Vor 20 Jahren eingefroren? Das ist Ihr Ernst!« Kurz danach schlug scheppernd die Tür des Gebäudes zu.

»So, nun sind wir wieder unter uns!« Dr. Pankratz griff tatendurstig nach einem Skalpell, betrachtete es einen Moment kritisch, legte es zu den anderen Teilen des Sektionsbestecks zurück.

»Ich verstehe nicht, warum jemand eine Leiche zwei Jahrzehnte lang einfriert und dann mit einem Mal beschließt, sie mitten auf einem Feld aufzustellen. Das ergibt doch keinen Sinn! Entweder will ich sie verschwinden lassen oder den Tod öffentlich machen«, meinte Nachtigall irritiert.

»Vielleicht hat der Täter Besuch bekommen und brauchte den Platz in der Gefriertruhe, oder die Vögel mögen Leichen lieber, die vorher eingefroren waren«, feixte der junge Sektionsassistent, der offensichtlich über eine robuste Psyche verfügte.

Der Hauptkommissar sah ihn gereizt an. »Das muss wohl nicht sein! Scherze sind an diesem Ort immer unpassend!«, wies er ihn zurecht.

Der Assistent zuckte gleichgültig mit den Schultern und trollte sich in eine weit von der Leiche und dem wütenden Ermittler entfernte Ecke, um das Instrumententablett für die nächste Obduktion vorzubereiten.

»Dann lass uns mal versuchen herauszufinden, woran der arme Kerl gestorben ist«, verkündete Dr. Pankratz und öffnete mit unangenehmem Krachen den Brustkorb.

Michael Wiener fragte sich durch.

Er hatte gedacht, er kenne den Weg zur Orthopädie im Haus 60, stellte nun aber fest, dass sich seit seinem und Marnies Besuch bei Kiri, deren Bänderdehnung am linken Sprunggelenk vor ein paar Monaten hier behandelt werden musste, einiges verändert hatte. Der Weg durch die Urologie war für Besucher nicht mehr möglich. Ein Schild wies darauf hin, dass Publikumsverkehr nicht zulässig war. Seufzend drehte er sich um und nahm den Fahrstuhl in die nächste Etage.

Als er sich dort neu orientieren wollte, wurde er von einem jungen Arzt angesprochen. »Kann ich helfen?«

»Kriminalpolizei Cottbus, ich suche jemanden, der anhand der Seriennummer eines Kniegelenks das genaue Datum der OP und den Namen des Empfängers herausfinden kann.«

»Orthopädie ist schon okay. Im OP-Buch? Oder PC?«

»Das weiß ich nicht. Ich habe nur die Firma und eine Seriennummer.«

»Vielleicht sind Sie bei mir ja schon richtig«, der junge Mann schmunzelte. »Können Sie sich ausweisen?«

Während der Arzt den Dienstausweis studierte, versuchte Wiener, das Namensschild zu entziffern.

»Und Ihr Name ist?«

Irritierte Blicke glitten über sein Gesicht. Wahrscheinlich fragte sich der Arzt, ob Wiener doch Patient und ein Fall für die Psychiatrie war. Er deutete wortlos auf das Schild am Kittel.

»Ich kann Ihr Namensschild leider nicht lesen.«

»Ach so!« Der Mediziner atmete erleichtert auf. »Damit haben so manche unserer Patienten Probleme! Der Name ist polnisch. Dr. Pryschz.«

Der junge Mann führte Wiener in sein Arztzimmer.

»Wir haben eine unidentifizierte Leiche, wahrscheinlich Opfer eines Gewaltverbrechens. Gefunden wurde der Tote auf einem Feld, die Verwesung weit fortgeschritten. Nun fand man bei der Obduktion ein künstliches Kniegelenk. Der Hersteller bestätigte, das Gelenk mit der Seriennummer«, er wedelte mit einem Zettel, »sei 1988 nach Cottbus verkauft worden. Das bedeutet, bei Ihnen laufen nun alle Fäden zusammen.«

»Haben Sie vielleicht auch eine Anforderung der Akte durch die Staatsanwaltschaft für mich? Sie wissen schon – Teufels Küche ist kein besonders gemütlicher Ort.«

Wiener nickte verständnisvoll und zog das Schreiben aus der Tasche.

»Dann lassen Sie uns mal sehen, was ich für Sie tun kann«, verkündete der junge Orthopäde gut gelaunt.

Das war eine ganze Menge.

Die gesuchte Seriennummer fand sich nicht im digitalisierten OP-Buch.

»Das ist wirklich eigenartig. Die Operation muss schon sehr lange zurück liegen. Alle OPs nach der Wende finden sich im PC. Tja, da bleibt uns nur, im Originalbuch nachzusehen.«

Dr. Pryschz lief über den Gang zu einer Kollegin. Weil er der Meinung war, vier Augen sähen mehr als zwei und die Angelegenheit sei mit Unterstützung schneller zu klären, verglichen sie zusammen die Ziffern von Wieners Notizzettel mit denen im Original OP-Buch.

Es dauerte keine Viertelstunde und er kehrte mit wehendem Kittel ins Arztzimmer zurück. »So, da bin ich wieder. Wir haben das sofort für Sie gecheckt. Ihre Leiche wird von unseren Unterlagen als Roland Keiser identifiziert, die OP war am 5. Mai 1989. Der Patient litt an schwerem Rheuma. Nach einem Trauma entschloss sich unser Ärzteteam zum Austausch des Gelenks.«

»Trauma?«

»Ja. Das Knie war vorgeschädigt. Vielleicht hatte er einen Unfall. Da das Knie ohnehin durch die Erkrankung schwer zerstört war, wurde es ausgetauscht.«

»Wurde er hier weiterbetreut?«

»Nein. Ich kann aber die Krankenakte heraussuchen lassen, wenn Sie möchten.«

»Prima. Meinen Sie, ich werde kapieren, was da drin steht?«

»Wenn nicht, kommen Sie einfach noch einmal auf mich zu.«

Peter Nachtigall traf im Büro mit dem Kollegen zusammen. »Na, alles in Ordnung?«, fragte er Skorubski und klopfte ihm freundschaftlich auf die Schulter.

»Ja, ja.«

»Eigentlich wissen wir schon ziemlich viel über das Opfer. Einen Namen hat es noch nicht, aber es ist klar, dass der Mann getötet wurde. Vor etwa 20 Jahren. Dr. Pankratz hat an einer der Rippen eine tiefe Kerbe entdeckt. Stammt von einem Messer. Er glaubt, der Stich ging direkt ins Herz.«

»Von vorn?«

Nachtigall nickte.

»Das ist doch ungewöhnlich, oder? Ich hätte angenommen, man sticht lieber von hinten zu. Wenn du direkt vor dem Opfer stehst, kann es dich viel leichter abwehren. Stell dir nur vor, wie wichtig es für den Täter in dieser Situation ist, das Messer genau zwischen der 5. und 6. Rippe hindurch zu rammen. Trifft er den Knochen wird die Klinge womöglich abgelenkt und es passiert gar nichts. Doch dadurch erhält das Opfer Gelegenheit zu erfolgreicher Gegenwehr«, überlegte Skorubski laut. »Im schlimmsten Fall – für den Mörder – entwindet es dir das Messer und der Angreifer wird selbst verletzt oder getötet.«

»In diesem Fall nicht. Unser Opfer ging nach einer Knie-operation an Unterarmstützen. Es konnte sich nicht wehren.« Rasch fasste er für den Freund die bisherigen Ergebnisse der Obduktion zusammen.

Michael Wiener stieß dazu, als Nachtigall gerade das Ende der Schilderung erreicht hatte.

»Was? Eingefroren? Der ganze Mann? Komplett?«, fragte er aufgeregt.

Nachtigall nickte nur.

»Ich habe den Namen in Erfahrung gebracht. Das Opfer heißt Roland Keiser. Er litt unter starkem Rheuma. Als er vor ein Auto lief, entschied man sich, das Kniegelenk gleich aus-zutauschen. Eine komplette Heilung war wegen der bereits bestehenden Schädigung nicht möglich«, erzählte er etwas ruhiger.

»Die Wunde war noch nicht gut verheilt, die Fadenreste ziemlich lang. Dr. Pankratz legt den Todeszeitraum auf zwei bis drei Wochen nach der OP fest.«

»S'isch ja fascht ein ›cold case‹! Das Opfer scho' lang' tot, der Mörder wurd' nie ermittelt un' im wahrsten Sinne des Wortes cold war der Ermordete au no. Wer hat denn scho' so eine große Kühltruhe?«

»Es kann ja auch ein Kühlhaus gewesen sein. Jedenfalls war er durchgefroren, nicht nur kalt gelagert. Ich kann mich an keinen in meinem Bekanntenkreis erinnern, der so eine rie-sige Truhe hatte. Gab's das überhaupt bei uns?«

»Ja. Eine Freundin meiner Frau bekam so ein Ding über ein Versandhaus. Du weißt schon: Im Westen bestellt, in den Osten geliefert«, meldete sich Skorubski zu Wort.

»Echt? Das ging?«, staunte Michael Wiener.

»Klar.«

»Hast du die Pressemitteilung rausgeschickt, den Zeugen-aufruf?«, führte Nachtigall sie zu den aktuellen Themen zurück.

»Steht morge' in der lokale' und überregionale' Ausgabe. Auch Radio Cottbus sendet den Aufruf. Aber der Täter wird die Scheuche wohl nachts aufs Feld gebracht habe'. Ich denk', es werde' sich nicht viele Zeuge' melde'.« Wie üblich schwankte Michael Wiener zwischen Dialekt und Hochdeutsch. Seiner Freundin Marnie zuliebe, die meinte, er solle sich sprachlich ans Brandenburgerische anpassen, versuchte er seit Monaten möglichst auf das Badische zu verzichten, was ihm jedoch nicht recht gelingen wollte. Besonders wenn er aufgeregt war, ging sein Dialekt mit ihm durch. Ein liebenswerter Zug, fand Nachtigall.

»Mich verfolgt das immer noch. Als Vogelscheuche im Feld ...«, murmelte Skorubski traurig.

»Er wollte, dass wir die Leiche genau so finden. Entstellt, angefressen, einige Teile verschleppt. Der verwesende Körper an die Öffentlichkeit gezerrt. Sonst hätte er sie vergraben«, konstatierte Nachtigall.

»S 'isch schon surreal. Eing'frore, aufg'taut, aufg'stellt.«

»Der Täter ist das Risiko eingegangen, dass wir außer Knochen nichts mehr finden! Wäre diese junge Biologin nicht stutzig geworden, könnten die Tiere noch immer daran nagen und picken!«

»Nein, Albrecht. Der Bauer hätte es bei seinem nächsten Besuch sicher bemerkt. Immerhin waren unglaublich viele Vögel dort.«

»Wenn er wirklich wollte, dass der Tote gefunden wird, warum legt er ihn nicht vor dem Blechen Carré ab? Oder vor der Stadthalle? Da wäre er sofort gefunden worden!«, beharrte Skorubski.

»Er wollte, dass Roland Keiser entdeckt wird – aber nicht selbst bemerkt werden. Wie könntest du an so belebten Stellen ungesehen eine Leiche ablegen? Er will ja nicht gefasst werden, sondern weitere Morde begehen! Michael, es muss eine Akte über Roland Keiser geben. Es wird ihn ja hoffentlich jemand als vermisst gemeldet haben. Schau doch im Archiv nach. Und dann müssen wir die Eltern informieren.«

6

Hajo Mangold, ein gemütlicher Mensch mit ausgeprägten Beschützerinstinkten, lehnte sich auf seinem Schreibtischstuhl weit zurück, verschränkte die Arme im Nacken und seufzte zufrieden.

Dresden, gratulierte er sich in Gedanken, war eine seiner besten Ideen überhaupt.

So viel ruhiger als Leipzig.

Der Schreibtisch war unnatürlich aufgeräumt. Viel zu ordentlich nach Mangolds Geschmack. Das würde selbstverständlich nicht lange so bleiben.

Hajo Mangold zuckte bei diesem Gedanken erschrocken zusammen. Es war im Grunde nicht wünschenswert, dass sich hier bald Akten stapelten – schließlich arbeitete er bei der Mordkommission. Jede Akte bedeutete in seinem Fall, dass jemand sterben musste. Heute war sein erster Arbeitstag in Dresden. Prüfend hob er den Telefonhörer ab und lauschte. Das Freizeichen ertönte.

Tja, Leipzig.

Die Probleme dort waren langsam, aber sicher zu einer echten Belastung im Alltag geworden. Wegen eines lächerlichen Fehlgriffs! Er knurrte böse bei der Erinnerung daran.

Das Gespräch mit seinem Vorgesetzten, die verletzenden Anschuldigungen der Kollegin, das Getuschel, wenn er eines der Büros betrat, die abschätzigen Blicke, die zwischen seinen Schulterblättern brannten, wenn er die Flure entlangging.

Sexuelle Belästigung am Arbeitsplatz! Noch mal sollte ihm das nicht passieren, schwor er sich zornig.

Leicht war ihm der Wechsel dennoch nicht gefallen. Es war Irmchen gewesen, die ihn überredet hatte. Entweder Potsdam oder Dresden, eine der angebotenen Stellen würde sie annehmen und er, Hajo, könne entscheiden, wohin er lieber wechseln wolle. Seine Liebste konnte mitunter sehr energisch sein und so hatte Mangold sich um die Stelle in Dresden bemüht. Potsdam lag in Brandenburg! Und seiner Meinung nach viel zu nah an der Hauptstadt. Nein, nein, er suchte nach Ruhe und einem kleinen Häuschen in idyllischer Umgebung. Friedlich schien es hier nun wirklich zu sein.

Niemand brauchte die Mordkommission. Mangold begann sich ein wenig zu langweilen.

Ein Lied vor sich hin summend, fuhr er den PC hoch.

In einem Briefumschlag in der obersten Schublade seines Schreibtischs befand sich das Passwort. Lustlos tippte er es ein. Theoretisch konnte es jetzt losgehen!

Unschlüssig stand er auf und sah aus dem Fenster.

Vor dem Gebäude stand eine richtige Armada von Einsatzfahrzeugen, registrierte er erstaunt. War das in Dresden so Standard?

Das Polizeipräsidium zog sich die Schießgasse entlang von der Landhausstraße bis zur Salzgasse. Im typischen Dresdner

Stil errichtet, beige, mit drei imposanten Köpfen über den Eingangsportalen. Die unterste Reihe der Fenster war auch heute noch vergittert, darüber folgte ein Geschoss mit Rundbogenfenstern, darüber waren sie rechteckig. Seit 1901 Residenz der Polizei und Untersuchungsgefängnis. Im Dritten Reich mussten sich hier schreckliche Dinge abgespielt haben, viele Menschen verloren ihr Leben. Vor dem Gebäude erinnerte eine Informationstafel an diese Gräuel.

Fast ein wenig unheimlich, hier zu arbeiten. Ein geschichtsträchtiger Ort.

Aber Hajo Mangold glaubte nicht an Gespenster.

Es klopfte. Wie ertappt fuhr der Hauptkommissar herum. Verärgert bemerkte er, dass sein Puls sich beschleunigte. »Herein!«

Der Besucher traute sich wohl nicht. Hatte er zu unfreundlich geklungen? Vielleicht hatten die Kollegen untereinander hier einen anderen Ton – nicht so rau wie in Leipzig.

Mangold durchquerte den Raum und öffnete die Tür zum Flur. Draußen stand ein älterer Herr in fleckigem T-Shirt. Erschrocken wich der Fremde einen Schritt in den Gang zurück. »Ich muss wohl gegen die Tür gekommen sein, tut mir leid«, entschuldigte er sich gestenreich. »Zu viel Schwung am Vormittag. Ich schraube nur Ihr Namensschild an.«

»Danke«, antwortete Mangold und empfand das selbst als ein wenig dürr. Rasch setzte er hinzu: »Viel zu tun heute?«

»Ach wo, hält sich in Grenzen. Bei den Temperaturen will man ja auch nicht so hart ran. Und selbst? Schon eingelebt?«

»Na ja. Noch ist es sehr ruhig«, bekannte Mangold augenzwinkernd.

»Ja, noch. Das wird sich aber ganz fix ändern! Ab morgen haben wir die Delegation der brasilianischen Fußballnationalmannschaft zu Gast. Da gilt höchste Sicherheitsstufe!«

Hajo Mangold versuchte sich zu erinnern.

Brasilianische Fußballmannschaft? Hatte er irgendwas verpasst? Fand ein Qualifikationsspiel statt? Weltmeisterschaft war doch gerade erst gewesen – oder nicht? Doch! Südafrika! Die deutsche Mannschaft hatte das »Kleine Finale« gegen Uruguay gewonnen. Klar!

Der Handwerker deutete das Mienenspiel des Hauptkommissars richtig und beschloss, ihm auf die Sprünge zu helfen. »Brasilianische *Frauen*fußballnationalmannschaft! Immerhin ist Dresden Austragungsort für Spiele der WM. Die Delegation möchte sich davon überzeugen, dass das Stadion in bestem Zustand ist, überprüft die Sicherheitsvorkehrungen in den Hotels und checkt, ob wir insgesamt gut vorbereitet sind«, klärte er Mangold auf.

»Ach so! Frauenfußball!«

»Ist groß im Kommen, sag ich Ihnen. Nachdem unsere Mädels so erfolgreich sind, gibt es ja fast schon einen Hype. Weltmeistertitel haben sie geholt, bei der U20! Meine Kleine ist auch schon ganz verrückt. Sie kann es kaum erwarten, dass die WM endlich losgeht.«

»Stimmt, ist ziemlich populär geworden. Meine Frau guckt auch alle Spiele an. Wahrscheinlich hat sie mir schon von den WM-Vorbereitungen erzählt. Wer weiß, vielleicht bekommen wir wieder so ein »Sommermärchen« wie bei der WM der Männer, mit jubelnder Fanmeile und jeder Menge Fähnchen an den Autos. Ich staune immer, wieso es beim Fußball möglich ist, dass sich so unglaublich viele Fans zum Feiern versammeln – und alles bleibt friedlich! Bei anderen Veranstaltungen funktioniert das leider nicht so reibungslos. Wo doch gerade eine WM ein emotionales Ereignis ist, alle fiebern mit, hoffen, sind begeistert oder tief enttäuscht. Ist ein echtes Phänomen.«

Ich muss besser zuhören, dachte Mangold schuldbewusst, als er seine Ausführungen beendet hatte. Nur gut, dass Irmchen dieses Gespräch nicht mitgehört hat. Frauen reagierten manchmal recht empfindlich, wenn ihre Männer sofort vergaßen, was sie ihnen aufgeregt berichtet hatten.

Zu diesem Zeitpunkt konnte Mangold noch nicht ahnen, wie sehr ihn dieses Thema in den kommenden Wochen beschäftigen sollte.

7

»Es gibt tatsächlich eine Akte über Roland Keiser«, freute sich Michael Wiener. »Ich habe sie schon angefordert. Und der Computer kennt ihn auch. Der Fall gilt aber als abgeschlossen. Seit 20 Jahren schon.«

»Das war dann wohl damals ein kapitaler Irrtum.«

»Ungesetzlicher Grenzübertritt – steht zumindest hier.«

»Da ist er nicht der Erste, der nach Abschluss der Ermittlungen plötzlich als Mordopfer wieder auftaucht«, knurrte Nachtigall.

»War eben praktisch. Der Bürger war nicht verschwunden, man musste kein Kapitalverbrechen befürchten«, erklärte Albrecht Skorubski bitter. »Mord und Totschlag sollte es ja im Sozialismus eigentlich gar nicht mehr geben. Weil man keinen Grund mehr hatte, einander zu beneiden und alle glücklich waren. Theoretisch wenigstens. Stimmte aber nicht. Und so blieb mancher Mord schlicht unentdeckt.«

»Kannst du dich noch an den Fall erinnern – das ist Ewigkeiten her –, wo die Ehefrau überraschend verschwunden war? Der Mann berichtete von großer Unzufriedenheit und Plänen, in die BRD auszureisen. Einen Antrag hatte die Ehefrau aber nie gestellt, sie musste im Geheimen alle Vorbereitungen getroffen haben. Er selbst habe das Gerede gar nicht so ernst genommen, aber nun, wo sie verschwunden sei, müsse er doch annehmen, dass sie ihre Pläne umgesetzt habe. Er müsse akzeptieren, verlassen worden zu sein. Es wurde oberflächlich gestochert, aber die Ermittlungen wurden bald eingestellt. Umso größer die Überraschung, als man die Vermisste tot aus einem Gully barg. Gut verschnürt. Und den Mörder hatte man schnell gefasst. Der Ehemann hatte sie wegen Streitigkeiten um Geld getötet«, erzählte Nachtigall.

»Ja, stimmt! Ich erinnere mich. Ging es nicht um eine Erbschaft?«

»Genau. Und um die Tatsache, dass seine nun wohlhabende Frau sich von ihm scheiden lassen wollte.«

»Wenn das so war, sind doch sicher viele Morde überhaupt nicht registriert worden«, staunte Michael Wiener. »Haben die Ermittler sich wirklich so einfach abspeisen lassen? Das kann ich mir nicht vorstellen!«

»Mord war einfach unpopulär. Die meisten Ermittler haben sich nicht in die Irre schicken lassen, so einfach, wie es sich jetzt anhört, war die Polizei nicht zu täuschen. Und so unglaublich viele Morde gab es nun auch wieder nicht«, beruhigte Skorubski den jungen Kollegen. »Aber es kam vor.«

»Man musste solch eine Geschichte auch sorgfältig vorbereiten. Schließlich haben die Polizisten diese Mär nicht kritiklos geglaubt. Aber wenn alles schlüssig klang – warum zweifeln? Und meist wurde der Grenzübertritt von den westdeutschen Medien oder aus Regierungskreisen schnell bestätigt.«

»Ja, das ist wahr! An ein paar spektakuläre Flucht' kann ich mich au no erinnere! Die mit dem Ballon zum Beispiel. Und einmal hat jemand d' Freundin im Sitzpolster des Autos rausg'schmuggelt. Darüber isch sogar ein Bericht in de 20 Uhr Nachrichte' g'sendet worre.«

»Roland Keiser war ein junger Mann. Es war durchaus nicht ungewöhnlich, dass junge Leute davon träumten, ausreisen zu können – um jeden Preis. Sturm und Drang.«

»Wir müssen den ganzen Fall neu aufrollen«, stöhnte Skorubski. »Was soll dabei rauskommen? Wer weiß, ob Freunde und Bekannte von damals überhaupt noch hier wohnen?«

Nachtigall zog die linke Augenbraue hoch und stellte nüchtern fest: »Nun, sein Mörder scheint noch in der näheren Umgebung zu leben.«

»Michael, wir brauchen die Adresse der Eltern«, mahnte Skorubski an. »Das wird ein seltsames Gespräch werden«, prophezeite er düster. »Anders als sonst. Sie haben ihn ja im Grunde nicht mehr »vermisst«, glaubten sicher zu wissen, dass er im Westen lebt.«

»Ich frage mich immer noch, wie der Täter das Opfer aufs Feld transportiert hat. Er muss den Toten irgendwo aufgeladen haben, vielleicht wohnt er einsam und konnte es deshalb unbemerkt bewerkstelligen«, überlegte Nachtigall laut.

»Fest steht nach wie vor, dass er ein Auto benutzt haben muss, das groß genug für solch eine grausige Fracht ist. Einen Kleintransporter vielleicht oder, wie gesagt, einen Pick-up mit Plane oder Deckel«, ergänzte Skorubski.

»Bei den Temperaturen?«, blieb Nachtigall skeptisch. »Da verwest der Körper zu schnell. Denk dran, er wurde aufgetaut.«

Albrecht Skorubski schauderte.

»Wissen wir jetzt, wo seine Eltern wohnen?«

»Ja. Renate und Vincent Keiser. Hegelstraße 9.«

»Gut. Wir fahren hin.«

»Das glaube ich nicht«, widersprach Skorubski.

»Nein?« Nachtigall, der schon aufgesprungen war, drehte sich verblüfft um.

»Die Häuser gibt es nicht mehr. Du erinnerst dich, das Gelände um das ehemalige Heinrich-Heine-Gymnasium ist jetzt Grünfläche. Die Häuser wurden alle abgerissen.«

»Komplett? Eine ganze Straße?«, fragte Wiener ungläubig.

»Ja. Mehrere Straßen, nicht nur diese eine. Bloß der Sportplatz ist noch da.«

Peter Nachtigall hob die Arme in die Luft.

»Das ist offensichtlich die letzte Adresse, unter der sie registriert sind. Also werden wir hinfahren und versuchen, jemanden zu finden, der uns weiterhelfen kann.«

»Warum haben die sich denn nicht umgemeldet? Was wird mit Zeitung und Post, wenn du deine Adressenänderung nicht bekannt gibst? Da kommt doch nichts mehr an!« Wiener schüttelte verständnislos den Kopf.

»Ach, so dramatisch ist das gar nicht. Du musst ja nur ein paar wichtigen Leuten deine neue Adresse mitteilen. Ein paar Freunden, der Versicherung, der Zeitung, falls du eine abonniert hast ... das reicht. Dass die Polizei nicht weiß, wo du wohnst, ist nicht allen wirklich unangenehm«, parierte Nachtigall.

»Mag sein«, räumte Skorubski ein, »aber es gibt Gesetze! Und wenn rauskommt, dass du dich nicht umgemeldet hast, musst du Strafe zahlen. Einmal mit dem Auto zu schnell den Bahnhofsberg raufgerast – und der Bußgeldbescheid kann nicht zugestellt werden. Die Behörde wird versuchen, die neue Adresse zu ermitteln – und schon gibt es mächtigen Ärger!« Er rappelte sich auf und griff nach seinem Basecap, verbarg mit einer schwungvolle Geste die Glatze und meinte: »Dann wollen wir mal.«

»Kocht deine Frau nicht mehr für dich?«, neckte Nachtigall den Freund, als er sich auf den Beifahrersitz fallen ließ. »Du hast abgenommen. Etwas, das mir beim besten Willen nicht gelingt!«

»Stimmt. Sechs Kilo.« Stolz, aber auch eine gewisse Verunsicherung waren aus seinem Ton zu hören. »Ganz ohne eigenes Zutun.«

»Wie? Keine Diät?«

»Nein. Im Grunde habe ich gar nichts verändert. Ich esse regelmäßig. Trotzdem sind in letzter Zeit – schwuppdiwupp – die Kilos gepurzelt.«

»Warst du mal deswegen beim Arzt?«, fragte Nachtigall und runzelte besorgt die Stirn. »Du weißt, dass hinter so einer Gewichtsabnahme auch was Ernstes stecken kann!«

»Na, was glaubst du wohl? Meine Frau hat so lange gemahnt, bis ich einen Termin bei unserem Hausarzt ausgemacht habe. Du kennst sie doch! Blut ist ›unauffällig‹ – tolles Wort, nicht? Es bedeutet nicht, dass alles in Ordnung wäre, aber die Abweichungen sind nicht dramatisch! Ha! Danach war ich beim Röntgen. Heute Morgen zum CT. Gesagt hat mir noch keiner was – am Ende wird sich ohnehin rausstellen, dass ich zu meinem Besten einfach ein bisschen abgenommen habe.« Skorubski bog in die Bahnhofstraße ein.

»Na, das wäre natürlich das beste Ergebnis von allen«, erklärte Nachtigall, doch er glaubte nicht so recht daran. Sechs Kilo. Die nahm man nicht im Vorbeigehen ab.

»Schatten auf der Lunge! Das kam beim Röntgen raus. So ein ausgemachter Quatsch. Ich habe mein Leben lang nicht geraucht. Am Ende stellt sich alles als großer Irrtum heraus. Bilder verwechselt – davon hört man doch immer wieder!«

»Schatten?«

Nachtigall spürte, wie sich in seinem Inneren ein flaues Gefühl auszubreiten begann. Er hatte nie daran gedacht, einer von ihnen könnte ernsthaft krank werden, längere Zeit ausfallen oder für immer ausscheiden. Nun plötzlich verstand er die Reaktion seines Freundes auf seine eigenen waghalsigen Einsätze, zum Beispiel damals, als er den jungen Mann aus dem Gestänge des Braunkohlebaggers gerettet hatte. 80 Meter über dem Boden, nur an seinen Fußgelenken hängend, in den Händen den Selbstmordkandidaten. Skorubski fürchtete damals um das Leben der beiden – er selbst hatte die Bedrohung gar nicht als so existenziell empfunden. Und nun …

»Eine Raumforderung nennt der Mediziner das. Er hat selbst gesagt, das könnte im Prinzip alles sein – eben auch nichts.«

Sie schwiegen.

Die Stille dauerte so lange an, dass Nachtigall heftig zusammenzuckte, als sein Freund unvermittelt fragte: »Wo soll ich den Wagen abstellen? Am Schulgebäude? Vor dem Sportplatz?«

Sie sahen sich suchend um, doch hier wirkte alles wie ausgestorben. Keine Menschenseele war unterwegs.

»Hoffentlich kommen sie nicht auf die Idee, hier noch ein Einkaufszentrum aus dem Boden zu stampfen«, murrte Skorubski.

»Unwahrscheinlich, Albrecht. ›Kaufland‹ dort drüben, ›Marktkauf‹ auf der anderen Seite, dazwischen jede Menge anderer Supermärkte wie dieser neue ›Netto‹ vorne an der Straße – hier würde sich wohl kein weiteres Zentrum lohnen.«

Skorubski drehte die Hände hin und her. Mal abwarten, sollte das wohl heißen.

»Welcher Wohnbaugesellschaft gehörten die abgerissenen Blocks eigentlich? Dort könnte man auch wissen, wohin die Keisers gezogen sind.«

»Keine Ahnung. Das können wir aber im Büro schnell herausfinden. Allerdings bist du nicht verpflichtet, deinem ehemaligen Vermieter deine neue Adresse mitzuteilen.« Missmutig stapfte Skorubski neben seinem Freund her, der die Straße überquerte. »Wohin wollen wir eigentlich?«, fragte er dann aggressiver als beabsichtigt.

»Wir werden mal nachfragen, ob jemand weiß, wo die Keisers heute wohnen.«

»Aha. Klingeln und fragen – klingt Erfolg versprechend.« Sarkasmus pur.

Nachtigall ließ sich nicht anmerken, ob er sich über den Kommentar ärgerte. Er in Skorubskis Situation wäre wohl auch nicht entspannt.

»Sieh mal, ein Tierarzt. Daneben ein Friseursalon. Wenn die Keisers ein Haustier hatten, waren sie vielleicht mit ihm in dieser Praxis – und beim Friseur wird auch immer viel erzählt. Komm, wir versuchen es einfach mal!«

Die junge Dame im Friseursalon zuckte entschuldigend mit den Schultern und gab die Dienstausweise zurück. »Ich arbeite erst seit vier Wochen hier. Das müssten Sie meine Kollegin fragen – aber die ist noch die ganze nächste Woche in Urlaub. Die Chefin kommt heute auch nicht rein. Tut mir leid.«

»Es existiert doch sicher eine Kundenkartei?«

»Ach – ich weiß nicht«, antwortete die junge Friseurin und ihre Augen wanderten haltlos durch den kleinen Raum.

»Mein Friseur legt für jeden Kunden eine eigene Karteikarte an. Besonders bei den Damen ist das wichtig. Darauf wird jeder Besuch vermerkt und was dabei an Service geleistet wurde. Zum Beispiel auch das spezielle Farbrezept für die Kundin. Wer will schon nach jedem Färben mit einem anderen Ton nach Hause gehen!« Skorubskis Stimme klang so gereizt, dass die Angestellte vor Verlegenheit rot anlief.

»Doch, natürlich haben wir eine«, stöhnte sie. »Aber die ist weggeschlossen.«

Peter Nachtigall überließ die beiden ihrer Diskussion und signalisierte, er werde es solange nebenan probieren.

Die Tierarzthelferin hinter dem Tresen sah Nachtigall einen Moment ungläubig an. »Kann ich bitte Ihren Ausweis noch mal sehen?«, fragte sie etwas atemlos. »Ich hatte noch nie mit der Polizei zu tun.«

Nachtigall zeigte ihr seine Legitimation erneut. Sie griff danach und studierte sie sorgfältig. Der Hauptkommissar blickte sich neugierig um. An den Wänden entdeckte er farbige Plakate zum Thema Wurmbefall bei Hunden und Katzen, Katzenrassen, Hunderassen und zur Frage: Wann muss wogegen geimpft werden? Spulwürmer, lernte er, hatten einen dreieckigen Kopf. Er schüttelte sich. Ein eigenartiger Geruch hing in dem kleinen Wartebereich, der nicht nur an Desinfektionsmittel erinnerte. Angst? Er fragte sich, ob die junge Frau das überhaupt noch wahrnahm, kam aber zu dem Schluss, dass sie sich wohl längst an die stickige Luft gewöhnt hatte.

»Aha. Hauptkommissar Peter Nachtigall, scheint zu stimmen.« Sie reichte ihm den Dienstausweis.

»Wir suchen im Rahmen einer routinemäßigen Ermittlung nach der Adresse von Renate und Vincent Keiser. Mit e-i. Wir wissen, dass sie bis zum Abriss der Häuser hier gewohnt haben. Vielleicht hatten sie ein Haustier, das bei Ihnen geimpft wurde.«

»Keiser? Ich glaube nicht, dass mir der Name etwas sagt.«

Sie log. Nachtigall beobachtete, wie ihre gegelten Strähnen zu beben begannen.

»Ein Ehepaar.« Er überschlug rasch, wie alt die beiden ungefähr sein mochten. »Etwa 60 bis 70 Jahre alt.« Seine Miene bekam einen schulmeisterlichen Zug. »Sie wissen sicher, dass Sie mich nicht belügen dürfen.«

»Hoffentlich ist es nichts Unangenehmes! Renate und Vinnie sind so ein nettes Paar!«, sprudelte es wie erwartet aus der Blonden heraus. »Sehen Sie, das Schicksal hat die beiden wirklich genug gebeutelt.«

»Manche trifft es wirklich hart«, bestätigte der Hauptkommissar mitfühlend.

Ein misstrauischer Blick verriet, dass sie ihrem Gegenüber diese Haltung nicht kritiklos abnahm. Vielleicht sind negative Erfahrungen mit der Gattung Mann schuld an dieser Einstellung, dachte Nachtigall und fast tat sie ihm leid.

»Ich möchte sie auf gar keinen Fall in Schwierigkeiten bringen.«

»Das tun Sie nicht«, beteuerte er und fügte hinzu: »Reine Routine.«

»Selbst nach all den Jahren – es müssen schon mehr als 20 sein – haben sich die Keisers von dem Schlag noch nicht erholt. Ate hat mir die ganze Geschichte mal erzählt, als sie mit Floh hier wegen einer Impfung warten musste. Floh, das ist ihr Irischer Wolfshund. Unerlaubter Grenzübertritt! Ihr Sohn Roland hatte ihnen nichts von seinen Plänen erzählt. Dann war er weg – von einem Tag auf den anderen. Spurlos verschwunden. Das war schlimm! Und ist es noch heute. Ate hat geweint, als sie davon redete.« Sie machte eine Pause.

Wischte sich mit dem Zeigefinger unter den Augenlidern entlang. Blinzelte. »Wissen Sie, ich bin zu jung. Zur Wende wurde ich gerade geboren. Mir ist der Staat, von dem Ate so schikaniert wurde, völlig unbekannt.« Nach einem Augenblick der Besinnung meinte sie: »Gott sei Dank.«

»Na ja, es kam vor, dass nach einer solchen Aktion die

Familienmitglieder in den Blickpunkt der Behörden gerieten. Das konnte sehr unangenehm sein.«

»Denen muss es vorgekommen sein wie der Anfang vom Ende. Kaum ein halbes Jahr nach Rolands Verschwinden starb Ates Mutter, Vinnie fing an zu trinken. Es hat sie Jahre gekostet, aus diesem Tief wieder ans Licht zu kommen – und eines Tages wird ihre Wohnung abgerissen. Es war schrecklich. Ich glaube, Vinnie hat immer noch damit gerechnet, Roland könnte eines Tages wieder vor der Tür stehen. Nun würde nicht einmal mehr die Tür da sein!«

Und jetzt komme ich und teile ihnen mit, ihr Sohn hat es nie bis in den Westen geschafft. Wollte es möglicherweise überhaupt nicht. Er hat sich kein neues, erfolgreiches Leben irgendwo aufgebaut – er lag die ganzen Jahre über bei irgendjemandem in der Tiefkühltruhe, dachte Peter Nachtigall bitter.

»Nach dem Verlust ihrer Wohnung sind die Keisers also abgetaucht?«

»So ähnlich.« Sie tippte in ihre Tastatur.

»Wenn ich Ihnen jetzt die Adresse gebe, dürfen Sie aber nicht verraten, von wem Sie die bekommen haben. Das müssen Sie mir fest versprechen«, forderte sie energisch.

»Versprochen!«

Wieder schoss sie einen skeptischen Blick in Nachtigalls Richtung ab. »Sie sind sicher, dass es am Ende nicht doch nur um einen Bußgeldbescheid wegen einer Geschwindigkeitsüberschreitung geht, der nicht zugestellt werden kann? Geld haben die zwei nämlich auch nicht gerade üppig.«

»Absolut sicher«, beteuerte Nachtigall, »es geht um Leben und Tod.«

Albrecht Skorubski sah ungeduldig zu, wie die manikürten und auffällig dekorierten Fingernägel über die Karteikarten huschten.

»Sind Sie wirklich sicher, dass die Angelegenheit derartig wichtig ist?«, fragte die junge Frau schon zum zehnten Mal.

»Ja«, antwortete Skorubski gleichbleibend grantig.

»Unsere gesammelten Daten sind nicht gerade geheim«, sie strich sich eine Strähne hinters Ohr, »aber unsere Kunden gehen doch davon aus, dass wir nichts davon weitergeben.«

»Wir möchten nicht das Rezept der Färbung. Wir brauchen nur die aktuelle Adresse der Keisers.«

In dem kleinen Salon herrschten tropische Zustände. Skorubski spürte, wie sich sein Hemd an die Haut des Rückens klebte. Auf dem Khakiton, zu dem seine Frau ihn überredet hatte, würde dieser Schweißfleck besonders auffallen, womöglich blieb nach dem Trocknen ein weißer Rand. Seine Stimmung konnte diese Vorstellung jedenfalls nicht heben. Eine Kundin saß unter einer Haube. Er fragte sich, wie sie das aushalten konnte. Auch noch zusätzliche Wärme von oben. Das laute Rauschen machte ihn nervös. Warum brauchte diese junge Frau nur so lang, um eine läppische Karte zu finden?

»Mit e-i? Ist das nicht ungewöhnlich? Ich dachte immer, alle Kaisers schreiben sich mit a-i. Wie dieser Supermarkt. Vielleicht täuschen Sie sich ja auch. Außerdem gibt es unzählige Friseure in der Stadt. Die müssen nicht zwangsläufig bei uns Kunde sein«, plapperte die Angestellte weiter.

Skorubski antwortete nicht.

Natürlich konnten sie nur vermuten, die Keisers seien Kunden des in unmittelbarer Nähe gelegenen Friseurs gewesen. Er selbst ging früher auch bei sich um die Ecke zum Haare schneiden – zu Friedrichs Salon. Männer mochten es gern praktisch. Heute, nachdem seine Glatze makellos glänzte, benötigte er diese Dienstleistung freilich überhaupt nicht mehr.

Seine Gedanken schweiften ab, während seine Augen konzentriert den Fingerbewegungen der nervösen Friseurin folgten.

Schatten auf der Lunge! Wenn es Krebs war, bliebe ihm jedenfalls der Haarausfall auf dem Kopf erspart, dachte er zynisch. Quatsch! Bestimmt war das ganze Theater am Ende nur falscher Alarm.

Bei seinem Nachbarn Herbert hatte der Arzt eindringlich eine Darmspiegelung angeraten. Blut im Stuhl sei ein Alarmsignal. Darmkrebs im Frühstadium war heilbar und er solle bloß nicht zu lange mit seiner Entscheidung warten. Herbert war total durch den Wind gewesen. Die Vorstellung, sich spiegeln zu lassen, war ihm extrem unangenehm – aber nachdem ihm alle ordentlich Angst gemacht hatten, meldete er sich an. Und – Hämorrhoiden! Der Herbert hatte schon eine Grabstelle kaufen wollen!

»Stopp!«

Ertappt zuckte die Angestellte zusammen.

»Die beiden letzten Karten geben Sie mir!«

Zögernd reichte sie ihm die Karteikarten.

»Renate und Vincent Keiser. Na bitte. Wenn Sie mich täuschen wollen, müssen Sie das schon wesentlich geschickter anstellen.« Zufrieden registrierte er, dass die alte Anschrift durchgestrichen und ersetzt worden war.

Nur widerstrebend und nach nochmaliger Aufforderung reichte die junge Frau dem ungebetenen Besucher Zettel und Stift über den Tresen.

»Und dann geht es doch wieder um unbezahlte Steuern. Wo ja jetzt die Rentner auch noch im Ruhestand gnadenlos zur Kasse gebeten werden sollen. Am Ende kriege ich wie üblich den Ärger – vielleicht verliere ich sogar meinen Job hier«, lamentierte sie, während sie beobachtete, wie der Ermittler sich die Anschrift notierte.

»Eine unwichtige Kleinigkeit und unsereiner hat den Ärger an der Backe«, schmollte sie weiter.

»Wir sind von der Mordkommission. Wenn wir kommen,

ist es immer wichtig!«, informierte Skorubski sie gereizt und schob den Zettel in seine Hosentasche.

»Ich habe die neue Adresse!«, verkündete er Sekunden später, als er mit Nachtigall vor der Tierarztpraxis zusammentraf.

»Ich auch.«

»Gern hat man sie mir nicht gegeben. Die Keisers sind wohl sehr beliebt in ihrem alten Viertel.«

»Ich musste sogar versprechen, dass ich nicht verrate, woher ich sie bekommen habe«, toppte Nachtigall.

In der Kleingartenanlage ›Herbstzeitlose‹ reihte sich eine Datscha an die andere. Ein breiter Hauptweg führte hindurch, mehrere Querwege zweigten ab. Die beiden Beamten der Mordkommission spürten die neugierigen Blicke, die ihnen folgten, und fühlten sich unbehaglich.

Flatternde Gardinen. Gespreizte Lamellen der Rollos. Vereinzelt schlug ein wachsamer Hund an.

In der flirrenden Hitze war niemand zu sehen.

Die betont energischen Schritte der Fremdlinge auf dem hellen Kies knirschten zu laut.

»High Noon!«, murmelte Nachtigall.

»Ich wusste gar nicht, dass diese Anlage so weitläufig ist«, stellte Skorubski fest und warf einen unauffälligen Blick auf seine Armbanduhr. »Nach dem Gespräch mit den Keisers muss ich noch mal los.«

»Los?«

»Arzttermin. Es war nicht möglich, ihn anders zu legen. Tut mir leid.«

»Blödsinn, Albrecht! Das muss dir nicht leid tun. Gesundheit geht vor. Ruf mich an, ja?«

Skorubski nickte zurückhaltend.

Das wäre vielleicht nicht möglich – aber er hielt es für besser, dem Freund das noch nicht zu erzählen.

»Siehst du? Dort vorn wird es sein«, lenkte er ab.

Das Grundstück der Keisers war von einer mannshohen, dichten Buchsbaumhecke umgeben, am eindrucksvoll schweren Holztor fand sich ein Briefkasten mit Namensschild. Einen Klingelknopf suchten sie allerdings vergebens.

»Offensichtlich geht man einfach hinein.«

»Oder sie bekommen nie Besuch und brauchen deshalb keine Klingel. Es könnte auch einen Sensor geben, der ins Haus meldet, wenn jemand durch das Tor kommt«, spekulierte Skorubski.

»Du guckst zu viel fern«, tadelte Nachtigall und probierte die Klinke. Geräuschlos schwang das Tor zur Seite.

»So ein imposantes Ding und dann ist es noch nicht einmal abgeschlossen!«

»Wer weiß, vielleicht besitzen sie eine Kunstsammlung. Abends wird sicher alles verriegelt!«

Als das Tor leise hinter ihnen ins Schloss klickte, hörte Nachtigall ein sonderbares Geräusch, einem Brummen nicht unähnlich. Erst nach einem weiteren Schritt auf das gelb gestrichene Häuschen zu identifizierte er es als Knurren. Floh! An den Hund hatte er überhaupt nicht mehr gedacht!

Gerade wollte er sich umdrehen, um Skorubski zu warnen, da war der Hund auch schon bei ihm und legte ihm von hinten seine Vorderpfoten schwer auf die Schultern, blies ihm seinen heißen, nach einer Fleischmahlzeit stinkenden Atem am Ohr vorbei direkt ins Gesicht.

Im Zeitlupentempo drehte Nachtigall seinen Oberkörper und sah direkt in zwei braune Augen, die ihn aus struppigem Fell heraus unfreundlich taxierten.

»Guter Hund, Floh!«, versuchte er es mit basaler Kommunikationsstrategie.

Floh schien das nicht zu gefallen. Das Knurren wurde tiefer und drohender. Nachtigall versuchte, nicht auf die beeindruckend gefährlichen Zähne zu starren. Hinter sich hörte er Skorubskis Keuchen und ein metallisches Klicken.

»Albrecht! Steck bloß die Waffe wieder weg. Mach keinen Unsinn.« Sie konnten doch nicht den geliebten Hund der Familie durch einen Schuss womöglich verletzen und ihnen dann auch noch die schrecklichen Umstände des Todes von Roland erzählen. Es musste eine andere Lösung geben.

Der Hund sah eindeutig nicht freundlich aus. Das war klar. Für eine Missinterpretation seines Gesichtsausdrucks bestand kein Spielraum.

»Nun, du hast mich gestellt. Das ist sicher deine Aufgabe und du hast sie gut erfüllt. Vielleicht sagst du deinem Herrchen Bescheid, dass Besuch gekommen ist.«

Floh dachte gar nicht daran. Er zog die Lefzen zurück. Für einen Moment sah es aus wie ein diabolisches Grinsen. Tiefrote Schleimhaut in schwarzgrau meliertem Fell und eindrucksvolle weiße, spitze Zähne.

Nachtigall brach der Schweiß aus. Tröpfchen lösten sich am Haaransatz und liefen in dünnen Rinnsalen in seine Augen. Er blinzelte.

Selbst seine Hose klebte an der Rückseite der Oberschenkel. Das Gewicht des Tieres lastete schwer auf seinen Schultern. Floh grollte.

›Hauptkommissar von schwarzer Bestie zerfleischt‹, flackerte die Schlagzeile der morgigen Ausgabe der Zeitung durch seine Gedanken.

»Wenn du die lebende Klingel bist, solltest du jemanden informieren.«

Nun schien Floh verstanden zu haben, was von ihm erwartet wurde. Er bellte!

Der ganze Körper des riesigen Irischen Wolfshundes arbeitete an diesem lauten, rauen Geräusch mit.

In Nachtigalls Ohren klang es wie eine allerletzte Warnung. Tief konnte er dem Tier in den Rachen sehen, stellte sich vor, wie der Kopf jetzt gleich vorruckte und die unglaublichen Zähne sich in sein Gesicht und seine Kehle verbissen. Seine Knie wurden schwammig.

»Peter, wenigstens einen Warnschuss.«

Der Kopf des Hundes flog herum. Die Tür zur Datscha ging auf. »Floh! Lass den Quatsch!«

Sofort stieß das Tier sich ab und trollte sich in entspanntem Trab, ohne sein Opfer noch eines Blickes zu würdigen.

Nachtigall klopfte sich mit einer Gleichgültigkeit, die er nicht empfand, die Hundespuren von seiner schwarzen Kleidung. Dabei ließ er sich viel Zeit, um seinem rasenden Puls eine Chance zu geben, sich zu beruhigen.

»Wer sind Sie eigentlich? Sie können doch nicht einfach so auf mein Grundstück kommen«, begrüßte der Hausherr die beiden Eindringlinge patzig. »Es ist schließlich Aufgabe meines Hundes, das Gelände zu bewachen!«

»Kriminalpolizei Cottbus, Peter Nachtigall und Albrecht Skorubski. Sie sind Herr Vincent Keiser?« Es kostete den Hauptkommissar ziemliche Anstrengung, seinen Dienstausweis ruhig zu halten.

Die aggressive Ablehnung, die ihnen entgegenschlug, spürte er fast körperlich. Vincent Keiser sah aus, als wolle er am liebsten Floh zurückrufen und die Besucher ihm und seinen Zähnen überlassen.

»Vinnie! Vinnie, was ist denn los? Du sollst doch die Tür nicht immer offen stehen lassen! Da kommt nur Ungeziefer rein«, nörgelte eine weibliche Stimme aus dem Häuschen.

»Ist schon gut, Renate. Wir haben Besuch.«

Ein kleines, verkniffenes Gesicht wurde hinter einem der Fenster sichtbar und war sofort wieder verschwunden.

»Sie wollen wirklich zu uns? Das ist sicher nur ein Irrtum.« Keiser warf einige hektische Blicke über die Hecke, wippte von den Fersen auf die Zehenspitzen und wich den Blicken der Ermittler aus.

»Tut mir leid, Herr Keiser. Wir haben eine schreckliche Nachricht für Sie. Es geht um Ihren Sohn Roland«, begann Nachtigall traditionell holprig.

»Sie kommen also wegen Roland? Ja, hat das denn nie ein Ende?«, schimpfte Keiser und seine Augen funkelten zornig. »Das ist jetzt mehr als 20 Jahre her! In einem anderen Staat!«

»Wir würden uns gern in Ruhe mit Ihnen unterhalten«, schaltete sich Skorubski ein. »Vielleicht besser im Haus.«

»Wohl kaum! Der Kollege hat eine Katze. Stimmt doch, nicht wahr? Floh hasst Katzen. Deshalb ist er bei Ihnen auch so ausgeflippt. Sie können bestenfalls auf einem der Gartenstühle Platz nehmen. Meine Frau wird Floh im Haus behalten, bis Sie wieder gegangen sind«, grummelte Vincent Keiser abweisend.

»Ich denke, Ihre Frau sollte an unserem Gespräch teilnehmen«, stellte Nachtigall ruhig fest.

Das Misstrauen konnte kaum größer sein.

Keisers zuvor elastischer Schritt wurde steif, als er die beiden Männer zur Terrasse führte.

»Renate! Sperr Floh ein und komm her. Die Polizei ist da!«, kommandierte er laut.

Nachtigall war die kurze Pause vor dem Wort Polizei nicht entgangen. Er vermutete, Keiser hätte lieber ein völlig anderes, abwertendes Wort benutzt, sich aber in letzter Sekunde anders entschieden.

Poltern und Fluchen im Haus zeugten eindrucksvoll davon, dass Floh nicht bereit war, die Beschneidung seiner Freiheit widerspruchslos über sich ergehen zu lassen.

Wenig später schob sich eine enorm füllige Frau durch die Tür und plumpste schwer atmend in einen der Gartenstühle, der gequält ächzte.

»Es geht um Roland!«, informierte der Gatte unfreundlich und fixierte sie mit giftigem Blick, als sei es ihre Schuld, dass die Polizei in ihrem Garten saß. Feiste Finger krabbelten über wulstige Lippen.

Mehr Reaktion erfolgte nicht.

»Es tut uns leid, aber wir bringen eine traurige Nachricht. Ihr Sohn Roland wurde tot aufgefunden ...«, begann Nachtigall und wurde rüde unterbrochen.

»Und Sie glauben tatsächlich, diese Information sei für uns von Interesse? Vor 20 Jahren ist dieser Taugenichts in den Westen rüber! 25 Jahre lang haben wir uns um ihn gekümmert, haben sein widerspenstiges Verhalten ertragen, dafür gesorgt, dass es ihm an nichts gefehlt hat – und zum Dank haut der Kerl eines Tages ab. Ohne ein Wort!«, keifte Renate Keiser entrüstet. »Für uns ist Roland schon lange gestorben.«

»Sehen Sie, anfangs dachten wir noch, Roland würde sich seinen Platz im Westen schon erobern.« Vincent Keiser sah entschuldigend von einem zum anderen. Offensichtlich war ihm der Ausbruch seiner Frau unangenehm. Traurig fuhr er fort: »Roland war ein schlaues Bürschchen, wir dachten, er würde seinen Weg schon machen. Gerade Flüchtlinge aus der DDR bekamen doch eine gute Startchance, nahmen wir an. Aber in all den Jahren war nie von ihm die Rede – nach der Wende hofften wir, seinen Namen mal in den Nachrichten zu hören oder in der Sportschau. Nichts! Anderen Familien ging es ähnlich wie uns, aber deren Kinder haben sich irgendwann aus dem Westen gemeldet. Eine Karte geschickt, einen Brief, später mal angerufen. Nur unser Roland, der hat nie von sich hören lassen.« Der Vater seufzte tief. Wischte mit dem Handrücken verschämt ein paar Tränen weg.

»Das konnte er auch nicht.« Nachtigall räusperte sich unbehaglich. Diese Nachricht war nicht abzufedern. Es würde die beiden hart treffen. »Ihr Sohn Roland hat den Raum Cottbus nie verlassen. Er wurde vor 20 Jahren ermordet.«

»Ermordet?«, flüsterte Vincent Keiser und es folgte eine lange Stille. Der Gesichtsausdruck des Vaters veränderte sich über Fassungslosigkeit zu Unverständnis, von langsamem Begreifen zu lodernder Wut. »Er war die ganzen 20 Jahre hier?«, brüllte er überraschend los und Floh begann, im Inneren des Hauses wild zu bellen und zu randalieren. »Er war gar nicht geflohen? Kein unerlaubter Grenzübertritt? Jemand hat ihn einfach verscharrt?«

Seine Frau starrte mit weit aufgerissenen, leeren Augen in die Weite und schwieg. Schockstarre, diagnostizierte Nachtigall und überlegte, ob er einen Arzt verständigen sollte.

»Wir glauben nicht, dass man ihn vergraben hatte.«

»Nicht.«

»Nein.«

»Wie ist Roland gestorben?«, fragte der Vater gefährlich ruhig.

»Der Rechtsmediziner hat Hinweise darauf gefunden, dass Ihr Sohn erstochen wurde.«

Der gewaltige Schlag in Renates Gesicht kam so unerwartet, dass keiner der beiden Beamten ihn verhindern konnte.

Ihr Kopf schleuderte durch die Wucht weit zur Seite, für wenige Bruchteile einer Sekunde wirkte die getroffene Gesichtshälfte völlig deformiert. Dann spritzte helles Blut aus der Nase und einem Mundwinkel, hinterließ hässliche Flecken auf der hellblauen Tunika.

Zeitgleich stürzte Nachtigalls Gartenklappstuhl scheppernd um, er packte die Arme des tobenden Mannes und hielt sie entschlossen umklammert, während dieser nun versuchte, seine Frau mit Tritten zu traktieren.

Skorubski zerrte die Verletzte, die nicht einmal aufgeschrien hatte, aus der Gefahrenzone.

»Hexe!«, geiferte Vincent Keiser. »Du vermaledeite Hexe! Auf den Scheiterhaufen gehörst du! Jeder deiner Schreie wäre Balsam für mich. Du hast mich 20 Jahre lang von meinem einzigen Kind, meinem Sohn, getrennt. Hast dafür gesorgt, dass ich ihn hasste. Überall hast du ihn schlecht gemacht.« Speichel sprühte in großen Tropfen aus seinem verzerrten Mund. »Ich wusste es! Immer wieder habe ich es gesagt: Es ist nicht wahr, mein Roland kann nicht getürmt sein! Das macht er nicht! Bestimmt ist ihm etwas zugestoßen! Ich wollte trauern – aber das hast du ja nicht zugelassen.«

Drinnen unternahm Floh einen erneuten Ausbruchsversuch unter wütendem Knurren.

»Herr Keiser! Nun beruhigen Sie sich! Sonst muss ich dafür sorgen, dass eine Streife Sie abholen kommt.«

Uneinsichtig wand sich der zornbebende Vater weiter in Nachtigalls eisernem Griff, gab seine Versuche, die verletzte Frau doch noch mit den Füßen zu erreichen, keine Sekunde lang auf.

»Wissen Sie, dass sie das Kind abtreiben wollte? Nur weil ich mit Scheidung drohte, hat sie Roland überhaupt zur Welt gebracht. Und später, da war sie krankhaft eifersüchtig auf den Jungen. Wenn ich mit Roland in den Tierpark ging, hat sie dafür gesorgt, dass der Kleine deswegen ein schlechtes Gewissen hatte. Fußball haben wir kaum zusammen gespielt – alles, was ich mit dem Jungen gemeinsam unternahm, war ihr«, er spuckte in die Richtung seiner Frau, »ein Dorn im Auge. Und als er plötzlich verschwunden war, hat sie mir meinen Sohn aus dem Herzen gerissen!«, zeterte er pathetisch weiter.

Frau Keiser presste ein Taschentuch abwechselnd an Nase und Mundwinkel, stand wortlos auf und watschelte mit erhobenem Kopf ins Haus.

Nachtigall wollte gerade den verzweifelten Vater in einen der Stühle drücken, als der Tumult losbrach.

Floh stürzte in den Garten, riss den Campingtisch um, stellte erst Skorubski, verbellte Nachtigall, rannte kopflos hin und her, zu allem bereit. Blitzschnell riss der Ermittler seine Hände von den Schultern des Hausherrn, um den angriffslustigen Hund nicht zu provozieren, Vincent Keiser kreischte wild Kommandos durch die Luft, die Floh entweder nicht hörte oder ihn nicht interessierten, Skorubski gab einen Warnschuss ab, Frau Keiser preschte heran, um ihren Liebling vor dem sicheren Tod zu retten – ein einziges unübersichtliches Durcheinander!

Mit vereinten Kräften gelang es, den verwirrten Hund wieder ins Haus zu verbannen, die Scherben notdürftig aufzusammeln und die Stühle hinzustellen. Nachtigalls mächtiges Organ donnerte weit über die Anlage und sorgte endlich dafür, die zankenden Eheleute wieder an den Tisch zu bringen. Von sich gegenüberliegenden Flanken aus beäugten sie einander hasserfüllt.

»Wann genau haben Sie bemerkt, dass Roland verschwunden war?«

»Lesen Sie das in den Akten nach. Es muss ganze Stapel zu diesem Fall geben! Wir wurden ständig zum VPKA bestellt, damit man uns dort das immer Gleiche fragen konnte.«

»Wir haben Ihren Sohn gestern entdeckt. Heute wurde er obduziert und wir konnten seine Identität feststellen.«

»Damit wollen Sie mir zu verstehen geben, Sie hätten noch

keine Zeit gehabt, all die Ordner zu studieren? Da werden Sie wohl eine Sonderschicht einlegen müssen«, kommentierte der Vater hämisch.

»Herr Keiser, hier geht es nicht mehr um einen Vermisstenfall oder um Republikflucht. Wir ermitteln jetzt in einem Mordfall.«

»Na, da werden Sie den Täter nach 20 Jahren ja ganz leicht finden können«, schoss die Mutter einen Pfeil in Richtung Nachtigall ab.

»Ein bisschen Unterstützung wäre dabei sicher hilfreich«, parierte der Hauptkommissar ungerührt.

Die Sonne brannte inzwischen auf die seltsame Vierergruppe herunter und täuschte sommerliche Leichtigkeit vor. Doch leicht war hier gar nichts.

Gespräche mit hinterbliebenen Müttern und Vätern waren immer schwierig, aber diese Eltern hatten besondere Probleme damit, die Todesnachricht zu verarbeiten. Jahrelang hüteten sie eine Geschichte in ihrem Denken, gaben ihrem Zorn auf den undankbaren Jungen neue Nahrung, fühlten sich von ihm ausgenutzt, missbraucht und im Stich gelassen – hatten in der Anfangszeit bis zur Wende sicher unter Repressionen zu leiden gehabt.

Und nun kamen zwei Beamte und erzählten eine neue Geschichte.

Vielleicht, dachte Nachtigall bedrückt, war dieser Zorn Ausdruck eines schlechten Gewissens, weil man den Sohn so lange fälschlich verabscheut hatte.

Von einer Sekunde auf die andere waren 20 Jahre Gefühle ungültig.

»Roland musste sein Knie operieren lassen. Das Gelenk wurde ausgetauscht«, begann Vincent Keiser schleppend. »Er hatte Angst vor der OP.« Ein nachsichtiges Lächeln schlich um seine dürren Lippen und war sofort wieder verschwunden.

»Er war ein Weichei«, stellte seine Frau unerbittlich klar. »Ein Jammerlappen!«

Schwer lag Nachtigalls Hand auf der Schulter des Vaters, der Anstalten machte, seiner Frau quer über den Tisch an die Kehle zu springen.

»Renate! Wie kannst du nur so etwas Gemeines sagen? Er war ein junger Mann, ohne Erfahrungen mit Operationen. Da ist es doch ganz normal, dass man ein mulmiges Gefühl hat. Schon die Sache mit dem Rheuma war schlimm genug. Roland hatte heftige Schmerzen, immer wieder mal wurde ein Gelenk dick, heiß. Er hatte unerklärliches Fieber. Und am Ende stand fest, es war Rheuma. Natürlich begann man sofort mit der Therapie – aber für Roland war das eine harte Zeit. Aktiv Fußball spielen war damit vom Tisch. Er konnte bestenfalls noch als Betreuer arbeiten. Eine ganze Weile war er sehr deprimiert.«

»Klar! Weil der Herr Vater ja auch immer mit gejammert hat. ›Ach, was soll denn nun werden?‹ oder ›Tut es sehr weh, mein Kleiner?‹ Statt ganz klar zu sagen, so ist es nun, also machen wir das Beste aus der Sache. Du hast ihn in seiner persönlichen Inszenierung des Dramas immer noch unterstützt!«

»Roland wollte Stürmer werden. Das war sein größter Traum. Er hat hart trainiert, hat raffiniert gespielt, sein Ballgefühl war unglaublich. Ein bisschen wie bei Thomas Müller. Kennen Sie doch, den Nationalspieler? Genau so hat mein Roland den Ball kontrolliert. Es war eine Freude, ihm dabei zuzusehen. Diese Leichtigkeit. Sensationell. Als er schon meinte, nun sei er auf dem direkten Weg zum Ziel, kam die Krankheit. Tatsache ist, dass er sich kaum was hat anmerken lassen. Und dann der Sturz. Mit dem Rad in die Straßenbahnschienen und direkt aufs Knie. Ein Autofahrer war auch noch verwickelt, aber den traf wohl keine Schuld. Natürlich trieb ihn die Sorge um, er könne nun auch den Betreuer vergessen. Ist doch klar. Ein Physiotherapeut meinte aber, er würde das Knie schon wieder hinkriegen. Von da an war der Junge zuversichtlicher.«

»Die OP war am …?«, schaltete sich Skorubski ein.

»5. Mai 1989. Drei Wochen später war er weg«, schluchzte Vincent Keiser rau, was ihm ein erneutes verächtliches Schnaufen seiner Frau eintrug.

»Sie haben sein Verschwinden sofort angezeigt?«

»Nein. Sein Untermieter, Bernhard Schneider, informierte uns nach zwei Tagen. Er stand unerwartet bei uns in der Tür, um sich zu erkundigen, ob Roland vielleicht wieder in der Klinik sei. In diesem Fall würde er nämlich nicht für ihn mit einkaufen.«

»Untermieter?« Nachtigall stutzte. »Er hatte eine eigene Wohnung?«

»Das ist eine andere, ebenfalls sehr unerfreuliche Geschichte, die uns jede Menge Ärger eingebracht hat. Aber darauf hat der Junge ja grundsätzlich keine Rücksicht genommen«, stichelte Frau Keiser.

Auf diesen Punkt würde er später noch einmal zurückkommen, beschloss der Hauptkommissar, der seine eigenen Vermutungen darüber hatte, wie das zugegangen sein konnte.

»Jedenfalls war nach dem Besuch von Herrn Schneider eindeutig klar, dass irgendetwas nicht stimmte. Roland ging mit zwei Gehhilfen. Ich befürchtete einen weiteren Unfall. Vielleicht war er gestürzt, lag im Koma«, erklärte der Vater und seine Hände bebten auf den Oberschenkeln.

»Was haben Sie unternommen?«

»Das, was vermutlich alle Eltern tun. Wir haben gesucht.« Nach einem raschen Seitenblick auf Renate korrigierte er sich. »Ich habe gesucht. Alle Freunde habe ich aufgespürt, habe nachgefragt, ob Roland wegfahren wollte, Freunde im Umland oder in Potsdam besuchen.«

»Aber niemand wusste von solchen Plänen«, warf Renate gehässig ein. »Dafür kannten sie ganz andere.«

Nachtigall überlegte, ob es wohl notwendig sein könnte, Vincent mitzunehmen, um einen weiteren Mord in der Familie Keiser zu verhindern. Das Gesicht des Vaters war bei den Worten seiner Frau tiefrot, fast bläulich angelaufen. Doch diesmal beherrschte er sich, sprang nicht auf, nur sein Atem ging beängstigend schnell.

»Ich meldete Roland als vermisst«, fuhr er mit gepresster Stimme fort. »Was gar nicht so einfach war. Der ABV hielt es für nicht ungewöhnlich, dass ein junger Mann für ein paar Tage von der Bildfläche verschwand. Das sei normal, er erlebe das ständig. Könnte schon sein, dass er mit seinem Trabbi irgendwo liegen geblieben sei. Dabei hatte Roland natürlich gar kein Auto – und mit dem Knie hätte er auch gar nicht fahren können.«

»Mein Mann kann sehr lästig sein. Er hat jeden Tag bei Leutnant Maurer vorgesprochen. Nicht lockergelassen. Am Ende hat der dann eingesehen, dass jemand, der noch auf Hilfe angewiesen war, nicht so einfach untertauchen konnte. Er informierte seinen Oberleutnant über Rolands Verschwinden.« Sie sah ihren Mann kalt an. »Ohne sein albernes Theater wäre niemand auf die Idee gekommen weiterzuforschen und er hätte seinen Job behalten.«

Vincent Keiser wischte die Bemerkung mit einem gleichgültigen Wedeln der Hand beiseite. »Im Zuge der Befragung durch den ABV hatte irgendjemand behauptet, Roland habe schon seit längerer Zeit einen ungesetzlichen Grenzübertritt geplant. Na ja. Was die jungen Leute eben so reden, wenn sie sich am Abend treffen und zu viel Alkohol im Spiel ist. Bernhard Schneider jedenfalls wusste nichts von solchen Überle-

gungen. Aber er war dabei, als man bei der Wohnungsdurchsuchung die Beweise fand.«

»Beweise?«

»Bücher!«, spuckte Renate feindselig über den Tisch.

»Sie fanden zwei Bücher bei Roland, die sich mit dem Bau
eines Ballons beschäftigten. Standen einfach so, für jeden
sichtbar, in seinem Regal. Ich habe keine Ahnung, wie er
sich die beschafft hat. So ein Leichtsinn! Schließlich hätte es
jederzeit eine konspirative Durchsuchung geben können –
da wären die doch sofort entdeckt worden.«

»Das untermauerte die Theorie von der Republikflucht«,
blieb Nachtigall hart am Thema.

»Natürlich! Damit war sie ja quasi bewiesen. Material zum
Ballonbau fanden sie übrigens nicht.«

»Und was hat der Verdacht gegen Ihren Sohn mit Ihrer
Arbeit zu tun gehabt?«, fragte Skorubski.

»Jaha! Los, los! Sag's ihm nur!«, forderte Frau Keiser bos-
haft und unterstrich ihre Worte mit entsprechend lockenden
Handbewegungen.

»Damals hatte ich eine feste Anstellung beim Werksschutz.
Als die VP die Akte zum Fall Roland Keiser schloss, war damit
die Flucht amtlich. In der Folge wurde ich ein Sicherheitsri-
siko und bekam meine fristlose Entlassung.«

»Der feine Herr Sohn!«, krähte Frau Keiser höhnisch. »Einen
schönen Schlamassel hatte er da angerichtet. Ein Egoist!«

»Halt!«, kommandierte Nachtigall. »Roland ist nie geflohen! Womöglich hatte er es nie vor. Er wurde erstochen. Es
war ein Irrtum!«

Beleidigt starrte die Mutter ihn an.

»Der Oberleutnant wollte mir aber nicht glauben, dass
Roland etwas zugestoßen sein musste. Für ihn war alles ein-
deutig. Er riet mir, ich solle nach Hause gehen und auf einen
Brief aus dem Westen warten.«

»Gab es vor Rolands Verschwinden Hinweise darauf, dass er in Schwierigkeiten steckte?«, formulierte der Hauptkommissar seine Frage vorsichtig.

»Nein!«

Das kam zu schnell. Nachtigall warf dem Vater einen skeptischen Blick zu. Doch ein Nachfassen erübrigte sich, denn Frau Keiser schaltete sich vehement ein.

»Red nicht so dummes Zeug. Natürlich steckte er bis zum Hals in Problemen. Allein der ganze Ärger beim Sport.« Zu Nachtigall gewandt erklärte sie in vertraulichem Ton: »Er war ja unser einziges Kind. Da versucht man schon, die entstehenden Wogen zu glätten. Aber es gibt eben ein Alter, in dem erreicht man sie einfach nicht mehr. Was die Eltern sagen, ist plötzlich nicht mehr wichtig – oder es führt sogar dazu, dass die Kinder genau das Gegenteil von dem tun, was man ihnen rät.«

Nachtigall unterdrückte ein Seufzen. Diese Phase war ihm gut bekannt. »Roland hatte doch sicher ein paar besonders enge Freunde«, schnitt er ein neues Thema an.

»Sicher. Die meisten sind längst weggezogen. Von Kalle weiß ich es ganz genau. Der lebt jetzt in der Schweiz, auf einer Alm. Ökobauer. Viele haben versucht, schnell im Westen Fuß zu fassen.« Vincent Keiser rieb sich mit beiden Händen fest übers Gesicht, als wolle er die Durchblutung anregen, um wach zu werden. »Friedrich arbeitet noch hier. Friedrich Konstantin Plau. Seinen Vater habe ich vor ein paar Tagen zufällig im Baumarkt getroffen. Einer seiner Freunde wird ihn wohl kaum umgebracht haben.«

»Die Ermittlungen haben gerade erst begonnen. Im Moment versuchen wir, so viel wie möglich über Ihren Sohn zu erfahren«, erklärte Skorubski missgestimmt.

»Wo haben Sie meinen Sohn eigentlich gefunden? Sehen Sie, ich muss das wissen«, drängte der Vater eindringlich, »sonst quält mich den Rest meines Lebens die Vorstellung, ich könnte mit Floh jeden Tag ahnungslos an der Stelle vorbeispaziert sein, an der mein einziges Kind«, er schluckte hart, suchte nach einem passenden Wort, »vergraben wurde.«

Nachtigall zuckte zusammen. Er hätte es gern vermieden, die genaueren Umstände zu erklären. Und wie weit sollte er dabei gehen? Sollten sie das Einfrieren der Leiche unerwähnt lassen? Aus ermittlungstaktischen Gründen?

Er gab sich einen Ruck. »Wir haben ihn auf einem Feld gefunden«, wählte er die Variante mit dem geringsten Informationsgehalt.

Der Vater starrte ihn sekundenlang ausdruckslos an, dann verzog er das Gesicht in neuem Schmerz. »Das ist nur die halbe Wahrheit. Wie immer, es wird eben nur verschwiegen und vertuscht«, flüsterte er böse. »Die Vogelscheuche. Das war mein Roland, nicht wahr?«

Renate Keiser lachte leise. »Roland hatte schon immer einen Hang zum Dramatischen. Es wäre nach seinem Geschmack gewesen. Ganz sicher!«

Auf dem Rückweg durch die Kleingartenkolonie telefonierte Nachtigall bereits mit der Einsatzzentrale. Eine Streife würde das Haus der Keisers im Auge behalten müssen.

»Noch ein Mord in der Familie muss ja nicht unbedingt sein.«

»Friedrich Konstantin Plau. Vielleicht finden wir in den alten Vernehmungsprotokollen noch mehr Namen von engen Freunden«, hoffte Skorubski. »Ich bin sicher, der ABV hat ziemlich genau gewusst, wen er befragen musste.«

Peter Nachtigall warf einen Blick über die Schulter zum Garten der Keisers und schüttelte ungehalten den Kopf. »Was für eine seltsame Reaktion auf die Nachricht vom Tod des einzigen Kindes. Was glaubst du, war Frau Keiser früher von Beruf?«

»Erzieherin«, schlug der Freund trocken vor.

»Bewahre!«, wehrte Nachtigall ab und lachte. »Das will ich mir lieber nicht vorstellen!« Insgeheim ahnte er jedoch, dass Skorubski vielleicht recht haben könnte.

Manuela verstand die Welt nicht mehr. Ihr Andy! Das war doch nicht möglich!

Er wollte mit ihr nicht mehr über dieses Thema diskutieren, hatte er sie wissen lassen, es sei alles gesagt.

Das sah Manuela verständlicherweise vollkommen anders.

Ihr war auch noch immer jeden Morgen schlecht, sie übergab sich heimlich und möglichst lautlos, damit die anderen nichts davon merkten.

Die Ursache dafür war klar!

Andys Baby.

Und nun tat er einfach so, als ginge ihn die ganze Sache nichts an.

Ein verzweifeltes Schluchzen stieg in ihr auf, heiß liefen Tränen über ihre Wangen.

Was nun?

Ihre Mutter würde die Angelegenheit nicht locker nehmen, das war klar. Ein Riesengezeter würde es geben! Sie hörte schon die schrille, unangenehme Stimme ihrer Mutter im Kopf, die unbeherrscht Vorwürfe spuckte.

Wie konntest du nur?

Als ob Manuela sich das nicht auch selbst fragte! Wieso nur war ihr nie aufgefallen, was für ein mieser Typ Andy war? Ein Schönwetterlover! Einer für Sonnenschein eben, der sofort den Schwanz einklemmte, wenn mal ein Gewitter am Horizont heraufzog. Und wenn es ein echter Wirbelsturm zu werden drohte, ließ er sie auch noch allein mitten im Hurrikan zurück.

Ihre Mutter würde einen schrecklichen Aufstand machen. Vorwürfe, Androhungen von Konsequenzen, sie würde schreien, zetern und am Ende ihr allein die Schuld an allem geben. Wie so oft. Vielleicht muss es ja noch nicht an diesem Wochenende sein, dachte sie auf einmal und ihre Stimmung hellte sich spontan auf. Zu sehen war auch noch nichts. Ein Geständnis kann ich auch später noch ablegen, kein Grund zur Eile. Wer weiß schon, was passieren wird? Andy kann seine Meinung noch ändern.

Wegmachen!

Was für ein Wort. Abscheulich. Wegmachen!

Aber auf der anderen Seite, was zum Henker sollte sie mit einem Kind? Wenn sie jetzt entschlossen genug handelte, konnte sie ihre Karriere so vorantreiben, wie sie es sich vorgestellt hatte. Nach einer Abtreibung wäre das Leben wieder einfach. Andy konnte sie ja erzählen, es sei falscher Alarm gewesen. Und beim nächsten Mal würde sie eben besser aufpassen.

Nein, dachte sie bitter, es wird kein nächstes Mal geben. Andy war ihr fremd geworden.

Und mit ihrer Sportlerkarriere war es vorbei. Schluss und aus, bevor sie richtig angefangen hatte.

Am besten beichtete sie doch sofort, auch wenn das ganze Wochenende nur ein einziger Krampf würde. Keine angenehme Aussicht. Ihre Entscheidung stand fest – und sie hatte nicht die Absicht, sich zu irgendetwas anderem überreden zu lassen.

»Fertig zum Training!«, schallte der Ruf durchs Haus.

Das konnte sie jetzt auch vergessen.

Mit einem Baby im Bauch konnte man doch unmöglich auflaufen!

Manuela musterte kritisch ihr blasses Gesicht im Spiegel.

Mit dem linken Zeigefinger zog sie leicht das Unterlid hinunter. Alles in Ordnung. Dieses unangenehme, ständige Brennen in den Augen kam also wohl nicht von einer Infektion.

Eine verschleppte Erkältung schied damit aus. Ihre Mutter würde schon wissen, was zu tun war. Die junge Frau seufzte. Dieser Satz, der gebetsmühlenartig in ihrem Kopf rumorte, wurde dadurch, dass sie ihn ständig parat hatte, auch nicht wahrer. Hauptsache war erstmal, dass beim Training niemandem etwas auffiel. Einen spürbaren Leistungsabfall konnte sie sich im Augenblick auf keinen Fall leisten.

Nachdenklich betrachtete sie die bunten Pillen in ihrer Rechten. Vitamine.

Weil der Leistungssport den Stoffwechsel steigerte, hatte Andy erklärt. So viel Obst und Gemüse könne man gar nicht essen, um den Bedarf zu decken. Vitamine der B-Gruppe waren auch dabei, die sollten die Nerven stärken, für bessere Leistung und größere Ausdauer. Allein um die ausreichende Zufuhr dieser Vitamine zu gewährleisten, müsste sie jeden Tag Berge von Joghurt, Quark und Käse verputzen. Grauenhafte Vorstellung! Manuela warf sich die Pillen in den Mund.

Spülte mit Wasser alles runter. Sie hasste Joghurt!

Eigentlich hatte sie erwartet, neben der Vitaminration eine Nachricht von Andy zu finden. Eine, die bewies, dass es ihm leid tat. Eine deutliche Entschuldigung für die Beleidigungen und die Ohrfeige.

Aber nichts! Nur die Tabletten.

»Manuela, du bist eine blöde Kuh!«, verriet sie ihrem Spiegelbild und lief auf den Gang hinaus. Fast wäre sie mit Sibille zusammengestoßen.

Von gegenüber. Die warf ihr einen prüfenden Blick zu. »Mensch, Manu! Stimmt mit dir was nicht? Du siehst total beschissen aus!«

Prima, dachte Manuela, der Tag fängt ja richtig gut an!

»Hier ist die Akte!« Michael Wiener erwartete die Kollegen schon ungeduldig. »Vermisstenanzeige haben die Eltern gestellt. Ein Oberleutnant Lutter hat den Fall bearbeitet. Ich hab' scho mal recherchiert. Nach der Wende ist er ausgewandert. Er lebt jetzt in Kanada.«

»Damit ist schon mal klar, dass es schwierig wird, ihn zu befragen. Zeitverschiebung. Wahrscheinlich erinnert er sich auch gar nicht mehr an den Fall. Hoffen wir, dass von den anderen Beteiligten noch einige hier in der Gegend wohnen!« Nachtigall wies auf Wieners Schreibtisch. »Ganz schön dick, die Akte.«

»Na ja, Republikflucht war ja immerhin kein Kavaliersdelikt«, meinte der junge Kollege.

»Ungesetzlicher Grenzübertritt hieß das. Wer erwischt wurde, saß ein. Zum Beispiel in Hohenschönhausen. Und nicht nur er selbst, auch Eltern und Geschwister gerieten durch solch eine Flucht oder einen Fluchtversuch in ziemliche Schwierigkeiten.«

Wiener breitete die Arme aus und zuckte mit den Schultern. »Ich weiß bloß, was bei uns nach solche' Aktione' in der Presse zu lese' war. Aber offe'bar habe' die Zurückgelassene' manchmal ihre gesamte Zukunftsplanung nicht mehr verwirkliche' könne'.«

»Ja, das ist richtig. Je nachdem, welche Ausbildung man machen wollte, welchen Beruf man anstrebte. Das Regime war misstrauisch«, erklärte Skorubski.

Anette Faun wurde von einem Beamten ins Büro begleitet. »Ich sollte heute vorbeikommen«, sie sah verunsichert von einem zum anderen, »wegen des Protokolls.«

»Dafür bin ich zuständig«, feixte Wiener und bot ihr einen Platz an seinem Schreibtisch an. »Ich kann am schnellsten tippen.«

Die junge Frau lachte fröhlich und die beiden machten sich an die Arbeit.

Aus dem Augenwinkel bemerkte Nachtigall, dass Albrecht Skorubski wie beiläufig seine Jacke von der Stuhllehne zog.

»Ich bin dann weg«, verkündete der Freund knapp und war durch die Tür, bevor Nachtigall ihn noch fragen konnte, was das zu bedeuten hatte. Der Arzttermin!, fiel es ihm plötzlich wieder ein, richtig, Albrecht hatte davon gesprochen. Ein diffuses Gefühl ernster Sorge machte sich in ihm breit.

Blieb für ihn demnach die Akte Roland Keiser.

Mürrisch trug er das gesammelte Material zu seinem Schreibtisch, griff nach Kugelschreiber und Papier. ›Friedrich Konstantin Plau‹, schrieb er ordentlich an den Kopf der Freundesliste.

Dann schlug er den Ordner auf.

Roland Keiser.

Auf dem Foto lächelte er.

Ein smarter, junger Mann.

Vor 20 Jahren sehr attraktiv, heute wäre er den meisten Mädchen wahrscheinlich zu ölig.

Blond, Seitenscheitel, die Haare halblang, leicht gelockt, die Lippen etwas wulstig. Das Lächeln wirkte ein wenig unfrei. Seine dunklen Augen bildeten zu den Haaren einen interessanten Kontrast.

Insgesamt nicht unsympathisch, eine Spur zu arrogant vielleicht, befand Nachtigall abschließend.

»Warum hat dich jemand so sehr gehasst?«, flüsterte er dem Porträt zu.

Schon bald waren unter dem ersten Namen drei weitere notiert. Alles junge Männer, die schon gemeinsam die Grundschule besucht hatten. Der ABV Hans Peter Kramer hatte mit jedem ein zunächst vorfühlendes Gespräch über die Lebensgewohnheiten ihres nun verschwundenen Freundes Roland geführt. Aus den Protokollen erfuhr Nachtigall, dass Roland Keiser gern feierte, eifrig Sport trieb und in einer sportlichen Karriere auch seine berufliche Zukunft sah.

»Und dann kam das Rheuma. Dieser Traum ist also geplatzt«, murmelte der Hauptkommissar.

Im Gespräch mit dem ABV hatte einer der Freunde den Namen Sabine Wernke erwähnt, mit der Roland angeblich mehr als oberflächlich befreundet gewesen war. Alles in allem ergab sich das Bild eines typischen Jugendlichen. Politisch sei er nicht besonders interessiert gewesen, sagten die Freunde aus, einzig Ronny Zobel berichtete über angeblich konkrete Pläne Keisers, die DDR mithilfe eines Heißluftballons verlassen zu wollen. Roland sei es leid gewesen, seine Lieblingsmusik immer nur heimlich hören zu können.

Nachtigall konnte ein Schmunzeln nicht unterdrücken.

Bernhard Schneider, der Untermieter von Keiser, wollte von solchen Überlegungen nichts bemerkt haben. Mit ihm habe Roland über solch eine Idee nicht gesprochen und er habe im Übrigen auch nie den Eindruck gewonnen, der junge Mann sei mit seinen Lebensverhältnissen unzufrieden. Es war beinahe auffällig, wie wenig Schneider über seinen Mitbewohner wusste. Offensichtlich waren die beiden nicht optimal miteinander ausgekommen. Bei der Wohnungsdurchsuchung fanden sich zwei Bücher über die Konstruktion von Montgolfièren, aber nirgendwo ein Hinweis darauf, dass Keiser sich konkret mit dem Bau eines Ballons beschäftigt hatte.

Nach Besuchern befragt, erklärte Schneider, es habe nur selten Gäste bei ihnen gegeben, weibliche Personen seien so gut wie nie in die Wohnung gekommen. Im Gegensatz zu den anderen Zeugen charakterisierte der Untermieter Roland Keiser als wenig kommunikativ und ungesellig.

Rasch blätterte Nachtigall weiter.

Der ABV war gewissenhaft vorgegangen, hatte sogar eine

verflossene Freundin Keisers ausfindig gemacht. Nachdem er zunächst keine Erklärung für das Verschwinden des jungen Mannes finden konnte, hatte er Leutnant Kerner informiert. Seiner Auffassung nach konnte man das Abtauchen so kurz nach der OP und in relativ hilflosem Zustand nicht einfach auf sich beruhen lassen.

Ralf Kerner war mäßig begeistert.

Aus seinem zögerlichen Vorgehen war deutlich ablesbar, wie unangenehm ihm die ganze Angelegenheit war. Entschlossen pickte er sich die Aussage Zobels heraus und trieb die Ermittlungen in dieser Richtung weiter. Ungesetzlicher Grenzübertritt. Gegen die Proteste des Vaters, die anderslautenden Aussagen enger Freunde.

Es kam nie zu einem Einsatz der Leichenspürhunde, Suchmannschaften wurden nie angefordert. Schnell klappte man die Akte zu – und damit war der Fall geklärt.

Warum hatte Ronny Zobel dieses Thema überhaupt angeschnitten? Gab es zwischen den beiden eine offene Rechnung zu begleichen?

Nachtigall sortierte die Namen auf seiner Liste neu, Ronny Zobel rückte nun auf den ersten Platz. Er musste wissen, was den Freund dazu getrieben hatte, den geplanten Fluchtversuch publik werden zu lassen. Durch die Entdeckung der Leiche bekam diese Aussage einen völlig neuen Stellenwert – ja, unter Umständen machte sie Ronny Zobel sogar verdächtig. Peter Nachtigall griff zum Telefonbuch.

Wenn er Glück hatte, wohnte der Zeuge von damals noch immer in der Stadt. Doch nach kurzem Blättern legte er das Buch in die Schublade zurück. Einen Ronny Zobel gab es nicht in der Gelsenkirchner Allee, nicht in Cottbus.

Aber andere!

»Mathias Zobel!«

Peter Nachtigalls Mundwinkel zuckten unwillkürlich nach oben. Das war eine befehlsgewohnte Stimme und der Besitzer schaffte es, sie zugleich abweisend wie geschäftsmäßig interessiert klingen zu lassen.

»Polizei? Noch schlimmer: Kripo? Sie haben sich bestimmt verwählt. Kommt ja vor – lassen Sie sich davon nicht Ihren Tag verderben!«

»Ich suche nach einem Ronny Zobel. Er hat früher in Cottbus gelebt. Sie kennen ihn nicht zufällig?«

»Unseren Ronny können Sie auch nicht meinen. Wir lassen uns nichts zuschulden kommen!«

»Ach, Sie kennen ihn! Da habe ich ja Glück gehabt.«

»Natürlich kenne ich einen Ronny Zobel. Aber das muss ja nicht der sein, nach dem Sie suchen!«, blieb sein Gesprächspartner vorsichtig.

»Sie sind mit ihm verwandt?«

»Mein Sohn heißt Ronny. Mit Y.«

»Wir benötigen die Bestätigung einer Aussage Ihres Sohnes im Rahmen einer routinemäßigen Nachermittlung im Fall Roland Keiser.«

»Roland Keiser? Das muss doch mehr als 20 Jahre her sein! Der ist damals, kurz vor der Wende, in den Westen abgehauen.«

»Könnten Sie mir bitte Anschrift und Telefonnummer Ihres Sohnes geben?«, fragte Nachtigall höflich und legte im Geist schon die Fragen fest, die er dem Zeugen stellen wollte.

»Klar könnte ich! Heute ist es ja modern, dass man innerhalb der Familien kaum noch Kontakt pflegt. Die Kinder sind oft über den ganzen Globus verteilt, man sieht sich nicht einmal mehr zu Geburtstagen oder an Weihnachten. In meinem Bekanntenkreis gibt es Eltern, die treffen ihren Nachwuchs schon seit Jahren nur noch in irgendwelchen Internetchatprogrammen! Bei uns ist das zum Glück noch nicht so. Ich spreche regelmäßig mit meinem Ronny! Auch ohne vorher einen Telefontermin zu vereinbaren.« Das Lachen des Vaters dröhnte laut durch die Leitung. Der Hauptkommissar tat ihm den Gefallen und stimmte ein.

»Wohnt Ihr Sohn denn noch in der Gelsenkirchner Allee?«

»Ach was! Der Junge hat sich ein Häuschen im Grünen gebaut. Häuschen!« Offensichtlich schlug bei diesem Thema die Stimmung des Vaters um.

»Es wäre wirklich nett ...«, begann Nachtigall, wurde aber sofort rüde unterbrochen.

»Nein. Erstens bin ich nicht nett – und zweitens gebe ich weder seine Adresse noch seine Telefonnummer unbesehen weiter. Wer weiß, ob Sie mir hier nicht ein Märchen auftischen und gar nicht von der Polizei, sondern von irgendeiner Werbeagentur sind. Am Ende versuchen Sie nur, ihm eine überteuerte Versicherung anzudrehen.«

»Es ist völlig in Ordnung, dass Sie misstrauisch sind. Das ist gut so. Ich gebe Ihnen meine Nummer und Sie rufen mich zurück. So können Sie überprüfen, ob ich wirklich hier arbeite.«

»Nein. Wenn ich direkt Ihren Anschluss anwählen soll, weiß ich doch wieder nicht, ob die Nummer mich tatsächlich zur Polizei führt! Nein, nein. Sie geben mir die Nummer der Zentrale. Mein Sohn ruft Sie zurück. Oder eben auch nicht. Und ich sage Ihnen gleich, das kann dauern. Vor heute Abend werde ich ihn wohl kaum erreichen.«

Peter Nachtigall gab seinem Gesprächspartner die gewünschte Nummer. Lehnte sich zurück und überlegte, was er als Nächstes tun sollte.

Albrecht war auch noch nicht zurück. Ungewöhnlich.

»Da muss ich wohl allein weitermachen«, knurrte er grantig, sprang plötzlich auf und lief eilig über den Gang.

Hans Peter Kramer wohnte noch unter der gleichen Adresse wie vor 20 Jahren. Klopstockstraße, kühler Plattenbau, dritte Etage links. Inzwischen war er im Ruhestand, kümmerte sich um die Pflege der üppigen Balkonpflanzen und genoss die ruhige Zeit mit Philomena, einer Papageiendame.

Die schwarzen Augen des Hyazintharas musterten den ungeladenen Besucher zunächst argwöhnisch, wenig später missbilligend. Wütendes, ohrenbetäubendes Protestgeschrei brandete dem Hauptkommissar von Kramers Schulter aus entgegen. Nachtigall fragte sich, ob der Mann wohl längst auf diesem Ohr ertaubt war, denn er zuckte bei dem Krach nicht einmal zusammen.

»Aber, aber, Philomena. Du kennst den Herrn doch noch gar nicht! Vielleicht ist er ja ganz nett?«, versuchte Kramer, das Araweibchen zu beruhigen und strich ihm kosend über das Brustgefieder. Dann grinste er seinen Besucher an. Philomena kollerte laut und trat aufgeregt von einem Fuß auf den anderen.

»Liegt bestimmt an Ihrem Namen. Nachtigall. Vielleicht klingt das in Philomenas Ohren irgendwie lecker. Sie sind aber ein viel zu großer Brocken. Kann sein, sie hält Sie für eine Mogelpackung.« Er griff in seine Hosentasche und reichte dem Hauptkommissar eine Erdnuss. »Halten Sie ihr die einfach hin. Ein bisschen Bestechung hilft uns Männern bei den Frauen oft weiter – selbst bei schwierigen, verwöhnten Damen.«

Kaum entdeckte der eindrucksvolle Vogel die Leckerei, da griff er auch schon zu. Philomenas lange Zehen schlossen sich fest um die Beute, während sie geschickt mit dem Schnabel die Schale knackte und von der Nuss entfernte.

Zur Erleichterung Nachtigalls war ihr Schreien in behagliches Plappern übergegangen.

»Sie kommen wegen Roland Keiser, sagen Sie?«, vergewisserte sich Kramer mit deutlichem Stirnrunzeln, machte ruppig kehrt und führte seinen Gast durch den engen Flur. Philomena markierte den Weg mit Schalenresten. »Der Fall ist doch längst abgeschlossen!«

»Es haben sich neue Aspekte ergeben, die das Verschwinden des jungen Mannes in einem völlig anderen Licht erscheinen lassen.«

»Na, wenn das so ist, setzen Sie sich wohl am besten mal.« Der ehemalige ABV wies einladend auf eine rote Couch. »Kaffee? Tee?«

»Kaffee, bitte!«

Während der Hausherr in der Küche klappernd mit dem Geschirr hantierte, unterhielt sich Philomena angeregt mit dem Fremden. Dabei hielt sie zwar einen Sicherheitsabstand ein, rückte aber auf der Lehne des Sessels bei jedem Krächzen etwas näher an ihn heran.

Erstaunt registrierte Nachtigall das beeindruckend breite Spektrum von Kommunikationslauten, über das die Aradame verfügte. Amüsiert interpretierte er einige der Knack- und Pfeifgeräusche als Verführungsversuche.

»Oha! Sie haben wohl mächtig Eindruck gemacht«, stellte auch Kramer fest und zwinkerte in Philomenas Richtung. »Der große Mann gefällt dir wohl? Mal was anderes als meine 1,68, wie?«

Die Angesprochene sah ostentativ zur Seite und enthielt sich jeden Kommentars.

Erst als Kramer die Tassen verteilte, Milch und Zucker auf den Tisch stellte, kam sie zu ihm, hüpfte auf den Tisch, schob sich gurrend an den Tassen vorbei, packte mit dem Schnabel ein kleines Schälchen und zog es näher zu sich heran.

»Philomena möchte natürlich auch Kaffee trinken«,

erklärte der Hausherr stolz. »Das ist ihr Schälchen – unsere Kekse liegen hier auf diesem Teller. Die würde sie nie antasten. Sie kann meins und deins ganz gut auseinanderhalten. Ihre Nüsse, ihre Trauben – unser Zucker, unsere Kekse.«

»Meine Katzen haben damit auch kein Problem. Ihnen gehört alles – und wenn ich etwas abbekommen möchte, teilen sie jederzeit großzügig mit mir.«

»Katzen!« Kramer machte eine wegwerfende Handbewegung, als wolle er sagen, Katzen könnten Papageien ohnehin nicht das Wasser reichen.

Prompt regte sich in Nachtigall Ärger. Schon hatte er eine bissige Bemerkung auf der Zunge – da fiel ihm auf, wie albern eine solche Reaktion wäre. Völlig unangebracht, schmunzelte er über sich.

Schnell griff er nach der Tasse und probierte mit geschürzten Lippen von dem dunklen Kaffee. »Wir haben die Leiche von Roland Keiser gefunden.«

Das verschlug Hans Peter Kramer erst einmal für längere Zeit die Sprache.

Nachtigall beobachtete, wie es im Gesicht des ehemaligen Abschnittsbevollmächtigten arbeitete. Mehrfach fuhr Kramer sich mit den Händen über das Kinn, die Lippen bebten und die Augenlider zuckten unkontrolliert, die Brauen ruckten immer wieder in Richtung Haaransatz. Er räusperte sich, schluckte mühsam, brachte jedoch nur ein Krächzen zustande, das ihm einen seltsamen Blick von Philomena eintrug.

Er räusperte sich erneut, befeuchtete mit der Zunge seine Lippen und fragte tonlos: »Wo?«

»Auf einem Feld. In der Nähe der Bahnstrecke nach Zittau.«

»Also nicht im Westen.« Das war keine Frage, es klang eher wie eine resignierte Feststellung.

Nachtigall antwortete dennoch. »Nein. Nicht im Westen. Fast noch im Stadtgebiet.«

»Dann verstehe ich, dass sich neue Aspekte ergeben haben. Aber warum wird der ganze Fall wieder aufgerollt?«

»Weil Mord nicht verjährt.«

Selbst Philomena hielt jetzt den Schnabel.

Selbstbewusst stolzierte sie mit einem erbeuteten Sonnenblumenkern davon. Offensichtlich gefiel ihr der Stimmungsumschwung am Tisch nicht. Kramer schien es nicht einmal zu bemerken.

»Mord?« Das Gesicht des Hausherrn wirkte unversehens alt und eingefallen. »Mann!«

Das Schweigen dehnte sich wie eine schmerzvolle Behandlung beim Zahnarzt.

»Wissen Renate und Vincent schon Bescheid?«

»Ja. Mit den beiden habe ich heute Morgen schon gesprochen.«

Hans Peter Kramer schlug sich kraftvoll auf die strammen Oberschenkel und strich mit den Händen Richtung Knie. »Also ist Ihnen ja auch klar, wie schwierig das alles werden kann.«

Nachtigall überlegte, was Kramer damit wohl meinen konnte. »Schwierig, weil die Eltern so zerstritten sind?«, fragte er nach.

»Nein – weil die Eltern gelitten haben. Und wie sich jetzt herausstellt, unnötig. Ihr Sohn war gar nicht getürmt.«

»Ich hatte den Eindruck, besonders den Vater habe die Situation in all den Jahren belastet.«

»Er hat seinen Job verloren. Und dann kam die Wende. Er konnte keine feste Anstellung mehr finden, war immer wieder arbeitslos. Er hat sich mit kleinen Nebenjobs über Wasser gehalten. Hausmeisterdienste und solche Sachen. Aber es hat ihm gewaltig zugesetzt, besonders, weil Roland sich in all den Jahren nie gemeldet hat.« Kramer starrte in seinen Kaffee. »Nun wissen wir ja, dass er das gar nicht konnte!«

»Ich habe einige der Aussagen von Freunden über Roland Keiser gelesen. Danach war er ein ganz normaler Jugendlicher.«

»Nee!«, widersprach Kramer entschieden. »Der Roland war alles andere als ein normaler Twen, wie man das ja heute nennt. Nee, ganz sicher nicht.«

»Erzählen Sie mir von ihm.«

Kramer nickte, atmete tief durch. Stand auf. »Ich denke, auf den Schreck sollten wir unserem Kaffee mehr Aroma gönnen!«

Nachdem er einen kräftigen Schluck seines gestreckten Kaffees getrunken hatte, lehnte er sich zurück. »Der Roland. Na ja. Ich kenn die Keisers schon ziemlich lange. Vielleicht fing alles damit an, dass Renate ihren Sohn unbedingt Roland nennen musste. Da führte kein Weg dran vorbei. Damals wusste noch niemand, was aus diesem jugendlichen Gesangstalent werden würde. Nur Renate muss was geahnt haben. Ihre Freundin von drüben hat ihr wohl mal was von ihm erzählt. An Zufall mag ich in diesem Fall nicht glauben. Schon während der Schwangerschaft erzählte sie es jedem, der es hören wollte – oder auch nicht. Das gab natürlich Getuschel. Immer lauter und lauter, als der Sänger im Westen erfolgreicher wurde. Da soll wohl jemand mal ganz besonders berühmt werden, wurde gelästert, der Erfolg wird dem Kind schon in die Wiege gelegt. Manche fragten auch, was Renate tun würde, wenn es gar kein Junge, sondern eine kleine Keiserin werden würde. Es war wirklich nicht nett. Nun, es wurde ein Roland. Wahrscheinlich hätte sich alles irgendwann beruhigt, wäre der Junge nicht solch ein arroganter Schnösel geworden. Renate hatte es geschafft, ihn bei einem Werbespot für ›Halloren Trinkschokolade‹ unterzubringen. Die gab's damals in einer roten Dose, daran kann ich mich noch erinnern. In ihren Augen war der Fünfjährige damit endgültig ein Star. Vincent erlaubte sie gerade noch, mit dem Jungen zum Fußball zu gehen – Roland spielte wirklich talentiert –, doch ansonsten kümmerte sich ausschließlich Renate um das Kind. Sie war schließlich ausgebildete Erzieherin von Beruf und glaubte, das sei die perfekte Grundlage für diese Aufgabe. Der Junge wurde vom Friseur gestylt, als andere die Haare noch von Mutti geschnitten bekamen. Renate lernte schneidern – und staffierte ihren Sohn aus. Roland war ein Anziehpüppchen, das Mutti glücklich machen sollte.«

»Das hat aber nicht funktioniert«, vermutete Nachtigall.

»Tut es doch nie – oder?«

»Wohl nicht. Nein.«

»Es kam, wie es kommen musste. Das Püppchen wurde älter und entwickelte sich. Weg von der Mama hin zum Sport. Der Junge wurde aufsässig, entzog sich immer mehr dem Einfluss der ratlosen Eltern. Die Freunde, die Roland sich suchte, entsprachen nicht im Geringsten dem, was Renate und Vincent sich für den Jungen gewünscht hätten. In diesem Punkt herrschte zwischen den beiden eine seltene Einigkeit. Der liebe Sohn ließ sich aber nichts mehr vorschreiben. Der Sportbund, der schon seit Jahren das fußballerische Talent förderte, erkannte die Situation und handelte. Roland bekam eine eigene Wohnung, damit der häusliche Unfrieden weder seine sportlichen noch schulischen Leistungen beeinträchtigen konnte. Aber er musste einen Untermieter akzeptieren.«

»Da muss er aber wirklich ein Ausnahmetalent gewesen sein!«

»Oh ja. Das war er wirklich! Man setzte hohe Erwartungen in ihn.«

»Wie alt war er denn, als er auszog?«

»16. Aber der Untermieter Bernhard Schneider war Mitte 30. Er sollte ein Auge auf das Kind haben, nehme ich an.«

»Und das ging gut?«, fragte Nachtigall skeptisch.

»Ja. Es funktionierte überraschend gut. Roland sah in Bernhard einen väterlichen Freund, wenngleich er ihm natürlich nie völlig vertraute. Ihm war schon klar, welche Rolle Bernhard spielen sollte! Roland war ein intelligentes Bürschchen.«

»Warum wurde dieses Arrangement nicht andersherum getroffen? Roland als Untermieter?«

Kramer grinste. »Verantwortung. Ich glaube, Roland sollte lernen, sein Leben in Eigenregie zu übernehmen. Bernhard Schneider passte nur auf, dass alles gut ging und sich keine Katastrophen ereigneten. Roland ging einkaufen, musste kochen, seine Wäsche versorgen. Ein Leben weit weg von Mamas Hätschelei.«

»Er sollte reifen und Karriere machen?«

»Ja. Der Junge hatte echtes Ballgefühl. Bei ihm sah Fußball immer leicht und spielerisch aus. Ein bisschen so, wie das Jogis Jungs heute draufhaben. Die spielen einen wunderbaren Fußball. Einfach eine Freude, denen zuzusehen. Ein funktionierendes Team. Ist schon seltsam, nicht? Fußball ist der einzige Sport, der es schafft, die ganze Nation in ein Wir-Gefühl zu versetzen, selbst die Omas sitzen vor dem Fernseher und drücken die Daumen. Ist doch Wahnsinn. Und der Roland hat Tore geschossen, Mann! Wie Podolski. Hinterher konnte keiner so genau erklären, wie er den Ball hinter die Linie gezaubert hatte. Doch das Rheuma änderte die Situation von Grund auf.«

»Roland konnte nicht mehr spielen.«

»Genau. Starke Schmerzen, geschwollene, steife Gelenke. Aber die Hoffnung war, dass er etwas von dem, was er so gut beherrschte, an andere weitergeben könnte. Er wurde Trainer. Und er bekam eine Aufgabe: Er sollte mithelfen, die DDR-

Frauenfußballnationalmannschaft fit zu machen. Er hat sich begeistert in die Arbeit gestürzt.«

»Wegen des Fußballs – oder wegen der Damen?«

»Er war bei seinem Verschwinden Mitte 20«, sagte Kramer, als sei das eine Antwort.

Diesen Augenblick nutzte Philomena für ihre Rückkehr. Unbemerkt vom Hausherrn schlich sie sich ins Wohnzimmer zurück, warf einen raschen Blick auf Nachtigall und schloss ein Auge, sodass es den Anschein hatte, sie blinzle ihm verschwörerisch zu. In ihrem Schnabel trug sie einen Handschuh. Schlaff zeigten die ramponierten Finger in Richtung Boden wie bei der Hand eines Toten.

»Wenn er so ein toller Spieler war, hatte er doch sicher auch interessante Angebote.« Nachtigall kämpfte den Drang, laut loszulachen, nieder, als er beobachtete, wie der Papagei sich an Kramer heranpirschte.

»Klar. Um Roland haben sie sich förmlich gerissen!«

»Auch die aus dem Westen?«, wollte der Hauptkommissar wissen.

»Bestimmt. Aber der Verband wird wohl kaum bei Roland nachgefragt haben, ob er interessiert war. So knapp konnten die Devisen gar nicht sein, dass so ein Ausnahmespieler verkauft wurde«, behauptete Kramer überzeugt.

»Und die Post kontrollierte der Untermieter.«

»Vielleicht. Davon weiß ich nichts«, wiegelte Kramer ab und entdeckte nun auch den Papagei, starrte ihn an und stürzte sich mit einem heiseren Aufschrei auf das unbeeindruckte Tier, um den Handschuh zurückzuerbeuten.

»Du Biest!«, zischte er liebevoll. »Wie kannst du nur?«

Philomena nahm ihm gleichmütig das zerhackte, durchgekaute Lederding wieder ab. Stolz trug sie ihre Beute davon, offensichtlich ohne eine Spur von Verständnis für die Aufregung, die sie ausgelöst hatte.

»Jetzt ist es eh schon egal!«, lachte Kramer und ließ sich achselzuckend wieder in den Sessel fallen. »Ich habe wohl vergessen, die Schublade ordentlich zuzuschieben. Philomena ist immer auf der Suche nach einem neuen Spielzeug, vor ihrem Schnabel ist nichts sicher! Tja, mein und dein – klappt doch nicht immer.«

»Aber das Rheuma war noch nicht alles«, blieb Nachtigall hartnäckig beim Thema. »Es wurde ein künstliches Kniegelenk implantiert.«

»Ja, das war nun wirklich Pech. Ein Unfall.«

»Das bedeutete doch das sportliche Aus?«

»Roland hat das nicht so gesehen. Ich habe mich nach der OP mit ihm unterhalten und war erstaunt, wie zuversichtlich er von seiner Zukunft redete. Er meinte, das sei alles kein so großes Problem, bei jungen Menschen heile das künstliche Gelenk schnell ein und mit ein bisschen Physiotherapie sei er bald fast wie neu.«

Nach einer längeren Pause setzte hinzu: »Und dann war Roland weg.«

»Hm. Was haben Sie gedacht, als Sie von seinem Verschwinden erfuhren?«

»Den hat jemand umgebracht.«

Albrecht Skorubski war nervös. Seine Hände feucht, sein Puls zu schnell, zu hart.

Es fiel ihm schwer, die Beine ruhig zu halten. Schon ein paarmal hatte er allen Willen aufbringen müssen, um seinen hektisch wippenden Fuß wieder zum Stillstand zu zwingen. Nun wartete er hier schon seit fast einer Stunde. Das Buch in seinem Schoß konnte ihn offensichtlich nicht ablenken – er las noch immer dieselbe Seite wie bei seiner Ankunft hier. Bestimmt sind die nervtötenden Gespräche der Mitwartenden schuld an meinem Konzentrationsproblem, tröstete er sich und funkelte die korpulente Dame mit den hellblauen Löckchen wütend an, deren Verwandtschaft und Bekanntenkreis durch die unglaublichsten Erkrankungen dezimiert worden waren. Gerade berichtete sie einer ständig wie Espenlaub zitternden, hochbetagten Dame in allen Details die Symptome des Bronchialkarzinoms, das bei ihrem Mann festgestellt worden war.

»Und dieser Husten! Na, ich kann Ihnen sagen, keine Nacht schläft man mehr durch. Vorgestern erst sprach mich eine Bekannte auf der Straße an. Sie sei besorgt um mich, weil ich in letzter Zeit immer so blass und müde aussähe. Aber ist das ein Wunder? Ich sage meinem Mann ja immer, er solle sich einfach ein bisschen zusammenreißen. Das Risiko war schließlich bekannt – aber ihm haben die Zigaretten trotzdem geschmeckt.«

»Ja, ja. Ist schon tragisch«, antwortete die dünne Frau mit brüchiger Stimme. »So viele Menschen sterben an Krebs. Die Forschung findet einfach kein Mittel dagegen.«

»Kann sie auch nicht«, krähte ein ausgemergelter Mann aus der hinteren Ecke. »Krebs ist doch nicht gleich Krebs. Ausgemachter Blödsinn zu glauben, es könnte eine Pille geben, die sowohl Leukämie, Prostatakarzinom oder Darmkrebs heilt!«

Skorubski hob sein Buch etwas höher und versuchte, sich doch noch auf den Text zu konzentrieren. Krebs!, hämmerte es unablässig hinter seiner Stirn, Krebs! Was, wenn er tatsächlich ernsthaft krank war? Das übergeschlagene Bein fing erneut an zu wippen. Wie losgelöst vom Rest des Körpers. Als führe es ein Eigenleben.

Und diesmal gelang es Skorubski nicht, es unter Kontrolle zu bringen.

»Umgebracht? Sie dachten sofort an diese Möglichkeit?«, staunte Nachtigall. »Warum?«

»Nun, in erster Linie wohl deshalb, weil der Roland so feige war.«

»Feige?«

»Ja. Sie wissen noch nicht so viel von unserem Jungen, wie? Wahrscheinlich nur, was in den Akten steht? Roland Keiser wohnte in meinem Bezirk und ich wusste um seine Schwierigkeiten. Also hatte ich immer ein Auge auf und ein Ohr für ihn. Oft genug saß er hier in meiner Küche und schüttete mir sein Herz aus. Das überrascht Sie, nicht wahr?«, fragte Kramer aggressiv. »Ausgerechnet beim Abschnittsbevollmächtigten! Das ist doch nicht zu glauben!«

»Ein bisschen staune ich schon, ja. Aber illegale Dinge wird er mit Ihnen wohl kaum besprochen haben, nehme ich an.«

»Nein«, gab Kramer zu und lachte leise. »Nein, das nun wirklich nicht. Aber über persönliche Dinge haben wir gesprochen. Sie können mir glauben, der hatte keinen Mumm in den Knochen. Ständig hat er nur rumlaviert, wollte bei den anderen beliebt sein und gleichzeitig seine Karriere nicht gefährden. Viele Trainer stehen nun mal nicht auf aufmüpfige Spieler. Und später, als junger Trainer, wollte er es auch allen recht machen. Der wäre nie ein Ede Geyer geworden!«

»Nun, irgendjemandem muss er trotzdem auf die Füße getreten sein«, stellte Nachtigall nüchtern fest.

Beredtes Schweigen.

»Ach ja«, atmete Kramer tief durch. »Wenn einer derart rumeiert, ärgert das die anderen. Glitschige Menschen sind nicht sehr beliebt. In Rolands Fall muss einer stinksauer geworden sein – ist wohl so.«

»Sie meinen, weil alle den Eindruck bekommen, benutzt zu werden? Auf einen reingefallen zu sein, der gar nicht wirklich ein Freund sein will?«

»Ja. So in etwa. Eine Bindungsschwäche aus Angst, die Nähe zu A könnte das Fortkommen bei B behindern.«

»Aber wenn er tatsächlich feige war – wie passt da der ungesetzliche Grenzübertritt ins Bild?«

»Eben! Gar nicht. Es war auch nur der Zobel, der dieses Gerücht in die Welt gesetzt hat. Dem Kerner war das ganz angenehm. Der Junge war weg, hatte rübergemacht, und wir hatten keinen Mordfall!« Kramer wühlte sich aus den Tiefen des Sessels. »Noch einen Kaffee? Ich bin gleich wieder da – Philomena ist so ruhig, da muss ich nachsehen, was sie treibt.«

Nachdenklich sah der Hauptkommissar dem Hausherrn hinterher. Ronny Zobel! Es wurde immer wichtiger, ihn zu finden.

»Ronny Zobel konnte Roland also nicht leiden. Was ist da vorgefallen?«, fragte er den ehemaligen ABV, als dieser mit dem Papagei auf der Schulter ins Wohnzimmer zurückkam.

»Wieso?«, fragte Kramer verblüfft. »Ronny Zobel war Rolands einziger wahrer Freund.«

»Ausgerechnet der beste Freund erzählt die Räuberpistole von der angeblichen Republikflucht?«, hakte Nachtigall ungläubig nach.

»Na, er konnte doch nicht ahnen, dass er dadurch eine Mordermittlung gefährdete.«

»Und was macht Sie da so sicher?«

Wenn sie ihre Hände flach auf den Bauch legte, schien er doch erheblich runder geworden zu sein. Gut, andere Mädchen waren auch nicht superschlank, er würde wohl noch eine Weile niemandem auffallen. Manuelas Morgenübelkeit war verschwunden, ihre Leistungen gaben keinen Anlass mehr für bissige Kommentare, im Grunde lief alles bestens.

Dumme Kuh!, empörte sich ihre innere Stimme, nichts ist bestens! Es wächst!

Und Andy kümmerte sich nicht mehr um sie, ließ sie völlig links liegen, sorgte stets dafür, nie allein mit ihr in einem Raum zu sein, um jedem Gespräch auszuweichen. Nur die Vitamine brachte er noch vorbei – in einem Briefumschlag, den er unter der Tür durchschob.

Am nächsten Wochenende, nahm sie sich vor, wie an so vielen Wochenenden davor.

Der Intellekt wusste, dass sie ihr Geheimnis preisgeben musste, doch schiere Angst vor den Konsequenzen eines solchen Geständnisses hielt sie immer wieder ab. Wenn sie sich aufs Bett legte und die Augen schloss, hörte sie das schrille Schimpfen ihrer Mutter, sah ihr wutverzerrtes Gesicht, hörte, wie auf der Straße über sie getuschelt wurde. Als ob sie nicht selbst wusste, dass sie einen Riesenfehler gemacht hatte. Müde trat Manuela ans Fenster.

In der Dunkelheit war kaum noch etwas zu erkennen, nur vereinzelt knatterte ein Auto vorbei.

Die Lichtkegel krochen über die Hauswände und malten aus Büschen und Bäumen Monster mit langen Armen auf den Putz. Dürre Finger, die nach ihr zu greifen schienen. Sie zog frierend die Arme vor die Brust und schob die Hände unter die Achseln.

Von unten drangen leise Stimmen zu ihr herauf.

Lautlos öffnete sie das Fenster.

Andy!

Ihr Herz stolperte vor Freude durch die nächsten Schläge. Er war doch gekommen! Nun würde alles gut!

Andys Stimme hatte ein weiches Timbre, ganz anders als bei ihrem letzten Gespräch. Bestimmt übte er die Worte noch einmal, die er als Entschuldigung vorbringen wollte. Er murmelte so leise, dass sie ihn nicht verstehen konnte. Am liebsten hätte sie ihm zugerufen, es sei nicht notwendig, sie habe ihm schon verziehen, die Hauptsache sei, dass er jetzt für sie da war.

Manuela beugte sich aus dem Fenster, so weit es ging – da entdeckte sie eine zweite Gestalt.

Andy war nicht allein gekommen.

Gebannt beobachtete sie, was nun geschah, wäre am liebsten laut schreiend vor sich und dem, was dort unter ihrem Fenster passierte, davongerannt. Doch ihr Körper gehorchte nicht. Paralysiert verharrte sie im kalten Abendwind und wurde Zeuge des Unsäglichen. Andy mit Patricia! Wie konnte er nur?

Mit dieser dämlichen Zicke!

Nach Ewigkeiten gelang es ihr endlich, das Fenster ebenso geräuschlos zu schließen, wie sie es geöffnet hatte. Die Blöße, beim Lauschen erwischt zu werden, wollte sie sich nun wirklich nicht geben.

Schluchzend warf sie sich aufs Bett und grub ihr Gesicht tief ins Kissen.

Dieser Mistkerl!

Wenn das Baby erst geboren war, blieb ihm keine andere Wahl, als sich seiner Verantwortung zu stellen: Sie zu heiraten. Eine echte Familie zu gründen!

Alle Patricias der Welt konnten ihm dann gestohlen bleiben. Dafür würde sie schon sorgen!

8

»Michael? Peter hier. Ich habe jetzt die Adresse von Ronny Zobel, dem Zeugen, der damals die Republikflucht vermutete. Sag mal, wo bist du eigentlich? Was ist denn das für ein Lärm im Hintergrund?«

»Fußball. Mit Marnie.«

»Ach, ›Energie‹ spielt heute? Da muss mir irgendetwas entgangen sein. Und seit wann ist deine Freundin Energiefan?«

»Nicht wirklich ›Energie‹. Frauenfußball.«

»Frauenfußball?«

»Marnies Freundin ist Mittelfeldspielerin.«

Michael Wieners Stimme ließ jede Begeisterung vermissen. Nachtigall verzichtete, was ihm nicht leichtfiel, auf eine ironische Bemerkung. Stattdessen sagte er: »Ich fahre zu Zobel. Viel Spaß noch.«

»Frauenfußball, aha«, murmelte Nachtigall vor sich hin. Er warf einen raschen Blick auf die Uhr. »Gut, den Zeugen noch und dann ist Schluss für heute.« Albrecht hatte sich auch nicht gemeldet, fiel ihm ein, das war sehr ungewöhnlich. Ein wenig besorgt machte er sich auf den Weg nach Gallinchen.

Das Häuschen war von einem idyllischen Garten umgeben, ein Fischteich lag am Weg, ein schmales Bächlein in künstlichem Bett zog sich mäandernd durch die Wiese und ergoss sich mit leisem Plätschern in den Teich.

Alle Rollos waren heruntergelassen.

Tagsüber vielleicht verständlich, um das Aufheizen der Räume durch die Sonne zu verhindern – aber um diese Zeit? Es war, als sperre der Hausbesitzer das Leben aus. Das Gespräch mit dem Vater, erinnerte sich Nachtigall, war seltsam verlaufen. Stimmte mit dem Sohn etwas nicht? War die schroffe Reaktion des Vaters als Schutz für Ronny Zobel zu verstehen?

Die Gegensprechanlage schnarrte unangenehm, als der Türöffner betätigt wurde.

Zunächst abweisend, reagierte Ronny Zobel auf den Hinweis, der unerwartete Besucher käme von der Kriminalpolizei, plötzlich höflicher. »Entschuldigen Sie bitte das Chaos. Ich ziehe in der kommenden Woche um«, erklärte der hochgewachsene, schlaksige Mann und wies auf Kisten und Bücherstapel. Seine langen Arme bewegten sich dabei unmotiviert und ruckartig, die ungwöhnlich großen Hände und Füße ließen Nachtigall an einen Hundewelpen denken. Doch mit Mitte 40 musste Zobel ja schon ausgewachsen sein. An der Wand stand eine Couch.

Die einzige Lichtquelle war eine Stehlampe, deren gedimmtes Licht nur einen Ausschnitt der Sitzfläche besonnte.

»Nehmen Sie Platz.« Zobel selbst zog sich einen Pappkarton heran. »Ich kann mir beim besten Willen nicht vorstellen, was die Kriminalpolizei von mir wollen könnte.« Er setzte sich vorsichtig auf die Bücherkiste.

»Sie waren mit Roland Keiser eng befreundet?«, begann Nachtigall tastend.

Zobel blinzelte irritiert hinter seinen dicken Brillengläsern, strich mit bebenden Fingern durch die fettigen schwarzen Haare.

Irgendetwas stimmte mit diesem Mann nicht Der Hauptkommissar fühlte sich zunehmend unbehaglich. Vielleicht hätte er doch nicht allein hierherkommen sollen. Als er schon glaubte, er müsse die Frage wiederholen, antwortete Zobel doch noch.

»Ja. Ich kannte mal einen Roland Keiser«, begann der Zeuge gedehnt. »Aber das ist schon ewig her.«

Offensichtlich hatte der Vater seinen Sohn noch nicht erreicht. Die Überraschung, wegen des alten Falls von der Kripo besucht zu werden, war echt.

»Etwa 20 Jahre. Das weiß ich. Er ist damals Knall auf Fall verschwunden.«

Die Stimmung des Zeugen änderte sich. Nachtigall spürte es deutlich – wie eine elektrische Spannung, die sich im Raum ausbreitete.

»Was soll das?«, herrschte ihn Zobel aggressiv an. »Haben Sie nicht genug zu tun und rollen nun, als eine Art Beschäftigungstherapie, alte Fälle wieder auf?« Die schwungvolle Armbewegung, mit der er seine Frage unterstrich, hätte ihn um ein Haar vom Pappkarton geschleudert. Nachtigall zog die Augenbrauen hoch. Alkohol? Oder einfach Ungeschicklichkeit?

»Nein. Es haben sich neue Anhaltspunkte ergeben.«

»Aha?«, fragte Zobel giftig.

»Sie sagten damals aus, mit Ihnen habe Roland über Pläne gesprochen, die DDR heimlich zu verlassen.«

»Ja.« Zobel blieb einsilbig, schloss für einen Moment die Augen, als müsse er sich das Bild von Roland ins Gedächtnis rufen. Offensichtlich sah er keine Veranlassung, Informationen preiszugeben, bevor der Besucher alle Karten auf den Tisch gelegt hatte.

»Außer Ihnen hat niemand in Keisers Umfeld über solch ein Vorhaben berichtet.«

»Und?«

»Das wundert mich.«

»Mich nicht«, antwortete Zobel tieftraurig.

»Warum nicht?«

»Wir waren Freunde!«

Unvermittelt sprang Zobel auf, drehte sich um, trat summend an eine der Pappkisten heran und zog eine Flasche heraus. »Möchten Sie auch einen Schluck?«, fragte er, schüttelte prüfend die Flasche. Ohne die Antwort des Kommissars abzuwarten, griff er nach zwei Cocktailgläsern und schenkte großzügig ein. Die Gläser in der Hand und die Flasche unter dem Arm, kehrte er zu Nachtigall zurück, angelte mit dem Fuß einen dreibeinigen Hocker heran und stellte alles darauf ab. Zufrieden ächzend nahm er wieder auf seiner Kiste Platz.

»Warum fragen Sie das eigentlich alles?«

»Roland hat den Bereich Cottbus nie verlassen.«

»Aha. Er ist also wieder da. Schön!«

»Er war nie weg«, korrigierte Nachtigall.

Zobel kippte den Inhalt seines Glases in einem Zug hinunter. Gin, registrierte der Hauptkommissar.

»Scheiße! Also hat er uns an der Nase herumgeführt? Wir machen uns Sorgen und Roland Keiser klebt sich mal eben einen falschen Bart an? Wohnt zwei Blocks weiter bei einer seiner Frauen?«, nuschelte der angebliche Freund des Mordopfers. »Guckt zu, wie wir nach ihm suchen?«, tobte Zobel mit einem Mal unbeherrscht.

»Nein.« Nachtigall war überrascht. Bei seiner Ankunft hatte er nicht das Gefühl gehabt, Zobel sei angetrunken. Keine Fahne, nicht einmal eine leichte. Und nun musste er sich fragen, wie viel Gin der Zeuge sich schon gegönnt hatte, nüchtern schien er jedenfalls nicht mehr zu sein.

»Wir haben seine Leiche gefunden. Er wurde vor 20 Jahren ermordet.«

Ronny Zobel riss seine Augen so weit auf, dass Nachtigall den Eindruck hatte, sie quollen förmlich aus den Höhlen. »Tot? Ermordet?«

»Ja.«

»Na toll! Alle verlassen mich!«, jammerte der Mann plötzlich. »Vor drei Wochen wurde mein Kater Felix überfahren. Natürlich hat sich keiner gemeldet! Fahrerflucht! Felix, der

Glückliche! Ha! Meine Frau ist letzte Woche einfach abgehauen. Krissie hat sie mitgenommen! Und heute ist auch noch der Hund weggelaufen. Gaudeum. Er ist sicher meiner Frau hinterher. Ich sitze nun ganz allein in diesem Haus, das für uns alle ein fröhliches Zuhause werden sollte. Sie geht nicht einmal ans Handy! Für Hinz und Kunz ist sie jederzeit erreichbar – nur ihr Mann, der versucht es vergeblich.« Zobel leerte das zweite Glas, stürzte den Inhalt hinunter, ehe der Hauptkommissar es verhindern konnte. Dann rutschte er von der Kiste, zog die Knie an und presste seine Stirn fest dagegen. Er begann leise zu schluchzen. »Und nun stellt sich raus, Roland, von dem ich immer dachte, er habe sein Leben in den Griff gekriegt, ist schon immer tot! Und diese Scheißpillen wirken auch nicht! Alles geht schief. Wirklich alles!«

»Welche Pillen?« Nachtigall schoss alarmiert von der Couch hoch und kniete sich neben den Verzweifelten.

»Diese kleinen weißen. Sie hätten wirken sollen!«

»Wie hießen die Tabletten?«

Zobel antwortete nicht. Er schluchzte hemmungslos. Wimmerte, schniefte, weinte.

Nachtigall kontrollierte die Flasche. Bis auf einen Fingerbreit leer. »Hier Nachtigall«, informierte er die Rettungsleitstelle. »Ich brauche einen Rettungswagen in die Grötzscherstraße, Gallinchen. Ronny Zobel. Verdacht auf Alkohol- und Medikamentenvergiftung.«

Während er auf den Notarzt wartete, redete er beruhigend auf Zobel ein. Kam dieser Mann als Mörder infrage oder war er wirklich davon überzeugt gewesen, sein Freund Roland habe es im Westen geschafft, ein neues Leben anzufangen?

»Ich kann nicht nach Hause gehen? Das meinen Sie doch nicht im Ernst?«

»Aber natürlich ist das mein Ernst. Wir haben jetzt zwei

befundete Aufnahmen, die den Verdacht erhärten, bei Ihnen könnte eine schwerwiegende Erkrankung vorliegen. Sechs Kilo Gewichtsverlust, Nachtschweiß, anhaltende Müdigkeit – das nennt man, zusammengenommen, eine ausgeprägte B-Symptomatik. Das bedeutet, Ihre Grunderkrankung verursacht bereits Störungen in anderen Bereichen«, erklärte der Arzt ausführlich.

»Und meine Arbeit? Sie wissen doch, dass ich bei der Kriminalpolizei bin. Meine Kollegen erwarten mich.«

»Wir haben Ihre berufliche Situation schon bei diesem späten Termin berücksichtigt. Und wir erwarten, nach Auswertung aller Ergebnisse, ein Non-Hodgkin-Syndrom. Heute gibt es wirksame Medikamente, es ist gut behandelbar, aber es bleibt eine gefährliche Erkrankung. Über einen längeren Zeitraum werden immer wieder stationäre Aufenthalte anstehen. Stellen Sie sich, Ihre Familie und Ihre Kollegen auf etwa sechs Monate Therapiezeit ein. Wir besprechen das im Detail, wenn wir unsere Untersuchungen abgeschlossen haben.«

Albrecht Skorubski war wie vor den Kopf geschlagen.

Er hatte es ja geahnt.

Die ganze Zeit.

Krebs!

Chemotherapie!

Gedanken jagten sich durch die Windungen seines Hirns, er konnte nicht einen davon festhalten, sie blitzten hier und da kurz auf und waren vergessen.

Sechs Monate Therapie. Und dann? Der Tod?

Würde er bald so aussehen wie die Überreste von Roland Keiser?

Abstoßend, schleimig, vergänglich.

Bald darauf nur noch ein Skelett?

Nimm dich zusammen, forderte seine innere Stimme, das Selbstmitleid bringt dich nicht einen Schritt weiter, wusste sie altklug.

Eine Schwester führte ihn über den Gang. Öffnete eine der breiten Türen beinahe einladend. »So, Herr Skorubski, das ist Ihr Zimmer. Und hier ist die Nasszelle.« Sie schaltete das Licht in einem kleinen Bad ein. »Essensplan liegt schon auf dem Nachttisch. Kreuzen Sie bitte die Gerichte an, die Sie gern bekommen möchten. Gibt es etwas, was wir wissen müssen? Besondere Unverträglichkeiten, Allergien?«

Albrecht Skorubskis Blick glitt über das makellose Klinikbett. Sie glaubte doch hoffentlich nicht, er würde sich jetzt sofort hineinlegen und den Kranken mimen? Gut, er fühlte sich etwas angeschlagen, müde, aber doch nicht so krank, dass er das Bett hüten müsste. Nein, so weit war es noch lange nicht!

»Morgen um 9 Uhr haben Sie einen Termin im MRT. Sie werden abgeholt und zur Abteilung begleitet. Danach stimmt unser Stationsarzt, den Sie schon kennen, die Therapie mit Ihnen ab. Hätten Sie gern eine Karte fürs Telefon? Handys sind im gesamten Klinikum verboten.«

»Ich leg mich nicht ins Bett!« Skorubski hörte selbst, wie sehr das nach Altersstarrsinn klang.

»Oh, das ist auch gar nicht nötig! Rufen Sie doch Ihre Frau an, die kann eine Reisetasche für Sie vorbeibringen. Sie können Ihre Kleidung dann einfach in den Schrank räumen. Wertgegenstände sollten Sie besser nicht im Zimmer aufbewahren. Geben Sie am besten Ihrer Frau alles mit, was Sie nicht unbedingt benötigen. Wenn Sie möchten, kann sie gern zu Ihnen ins Zimmer kommen und muss nicht draußen warten«, die Schwester lächelte ihn aufmunternd an. »Sie waren noch nie stationär, nicht wahr? Glauben Sie mir, es ist alles anders, als Sie jetzt befürchten! Ihre Familie darf jederzeit zu Besuch kommen. Sie werden hier nicht isoliert, keine Sorge. In einer halben Stunde kommen Sie bitte zu mir ins Schwesternzimmer. Ich muss Ihnen noch Blut abnehmen.«

Dann war sie verschwunden.
Allein fühlte es sich noch schlimmer an.
Tränen stiegen in seine Augen.
Das konnte doch nicht das Ende sein?
Einfach so.

Conny wartete im Wohnzimmer auf ihn. Sie hatte sich mit den Katzen und einem Buch gemütlich auf der Couch eingerichtet.

»Hallo, Peter! Heute ist es aber verdammt spät geworden.«
Nachtigall beugte sich hinunter und drückte ihr einen herzlichen Begrüßungskuss auf die Wange. Aus dem nur einen Spaltbreit geöffneten Auge Casanovas traf ihn ein funkelnder grüner Blitz. Stör uns bloß nicht, sollte das wohl bedeuten.

»Dieser Fall ist seltsam. Roland Keiser heißt das Opfer. Eine Mutter, der es nicht recht ist, dass wir ihren Sohn gefunden haben, ein Vater, der die Mutter am liebsten umgebracht hätte, Freunde, die nicht glauben können, dass Roland damals nicht in den Westen abgehauen ist, ein ABV, der von Anfang an den Verdacht hatte, der junge Mann sei ermordet worden, sich mit seiner Auffassung aber nicht durchsetzen konnte. Und zu allem Überfluss ist Albrecht krank.«

Conny bewegte sich vorsichtig, um Domino nicht vom Sofa zu schubsen. »Albrecht? Nanu?«

»Tja, er weiß noch nicht, was es ist. Vielleicht ruft er ja noch an.«

»Hunger?«

»Eigentlich nicht. Dabei habe ich heute Mittag nur ein belegtes Brötchen gegessen. Bisher war keine Zeit für Gedanken ans Abendessen«, gestand er ein. »Vor einer halben Stunde habe ich einem Zeugen das Leben gerettet. Zufall. Und ich bin sicher, er wird mir nicht dankbar dafür sein.«

Conny schwang die Beine auf den Teppich und stand auf.

Casanova warf seinem Mitbewohner einen bitterbösen Blick zu. Doch als er bemerkte, dass Conny in die Küche ging, sprang er ebenfalls geschmeidig auf, strich Nachtigall liebevoll um die Beine und nutzte die Gunst der Stunde, um betteln zu gehen. Er selbst hätte natürlich eine andere Formulierung gewählt. Betteln war etwas für unterwürfige Hunde.

»Sieh mal, ich habe Buletten gemacht. Vielleicht mit Salat? Heiß oder kalt?«

»Hm, mit Salat und kalt wäre sicher prima.« Der Hauptkommissar drückte seine Frau fest an sich.

Conny richtete ihm das Essen auf einem Teller an, den sie gleich darauf ins Wohnzimmer trug.

Casanova knabberte zufrieden an einem Beutestück.

Domino hatte ganz offensichtlich ihre Chance im Wohnzimmer verschlafen.

Peter Nachtigall nahm zwei Gläser Wein mit.

Als sie nebeneinander auf der Couch saßen, kuschelte sich Conny an seine Schulter und meinte: »So, ich glaube, nun ist der richtige Moment gekommen, mir ein bisschen mehr von diesem Roland zu erzählen.«

Marnie saß auf der Tribüne und verfolgte das Spiel. Zunehmend wurde sie von der Euphorie der anderen Zuschauer mitgerissen. Michael Wiener war verblüfft. Bisher hatte Sport im Leben seiner Freundin keine herausragende Rolle gespielt – und nun war sie ausgerechnet von Frauenfußball schlichtweg begeistert.

»Sieh mal! Das war ja eine echte Traumparade. Wie die von Manuel Neuer im Spiel gegen Argentinien. Fantastisch. Guckst du überhaupt hin? Das war doch unglaublich, dass sie den noch gekriegt hat!«

»Na ja«, räumte Wiener großzügig ein, »ziemlich gute Reaktion.«

»Ziemlich gut? Nein, nein, mein Lieber, das war toll!«, stellte Marnie klar. »Kiri hat ihre Haare neu gefärbt. Die Blonde da unten ist sie. Sie spielt schon seit zwölf Jahren. Stell dir das mal vor – so lange schon.«

Kiri war Marnies Freundin. Sie studierte wie sie selbst Biologie an der Uni Berlin und wohnte ebenfalls in Cottbus. Die beiden hatten zusammen eine Präsentation ausgearbeitet – und dabei war Marnie mit dem Frauenfußballvirus infiziert worden.

Michael Wiener verbarg sein Gähnen, wie er glaubte, geschickt, indem er sich hinunterbeugte und an seinen Schnürsenkeln nestelte.

»Hör auf damit«, lachte Marnie. »Du trägst Slipper!«

»Ertappt!« Wiener legte seinen Arm um die Schultern seiner Freundin und drückte ihr einen Kuss auf die Wange.

»Weißt du eigentlich, dass Frauenfußball viel älter ist, als man gemeinhin so glaubt?«

Wiener schüttelte leicht genervt den Kopf. Ihm ging es wie Hermann Neuberger. Der hatte 1982, als er noch das Amt des DFB-Präsidenten bekleidete, gesagt, im Zweifel sähe er Frauen lieber Tennis spielen als Fußball. Wiener schielte zu Marnie. Dann aufs Spielfeld.

Er konnte sich nicht helfen: Für ihn sah das Spiel der Frauen aus wie Bolzen.

Schülerpausenüberwindungsspiel.

»Wenn man sich mit anderen unterhält, merkt man, dass sie alle davon ausgehen, Frauenfußball sei eine vergleichsweise junge Sportart. Dabei stimmt das gar nicht.«

»So an die 30 Jahre gibt es ihn jetzt wohl schon«, erklärte ihr Freund, wobei er zu den geschätzten 20 absichtsvoll 10 addiert hatte, um ihr zu schmeicheln.

Daher irritierte ihn ihr Lächeln etwas. Es war – mitleidig. Ganz eindeutig.

»Irrtum! Frauen spielen bereits seit 1894 organisiert.«

»Was? So lange schon?«, staunte er laut und dachte bei sich, wie schlecht müssen die Frauen bisher gespielt haben, dass es über einen so langen Zeitraum verborgen bleiben konnte, was sie da taten.

»Ja! Stell dir nur vor: Nettie Honeyball gründete damals die erste britische Frauenfußballmannschaft. Und 1933 gab es eine Frau, die in der Männermannschaft spielte. Scheint damals kein Problem gewesen zu sein. Sie prügelte sich wie ihre männlichen Teamkollegen, köpfte, foulte – sie war wohl ziemlich stabil gebaut und unerschrocken.«

»Und, hat sie auch mit ihnen geduscht?«, fragte Wiener unfreundlich.

»Davon weiß ich nichts!«, patzte Marnie zurück und rückte ein Stück von ihrem Michael ab.

»So? Hat diese unerschrockene Dame auch einen Namen – oder ist sie eher eine fantasievolle Legende unter den Anhängern des Frauenfußballs?«, neckte er sie weiter.

»Lilian Mitchell hieß sie. Und sie war eine außergewöhnlich entschlossene und mutige Frau!«

»Lilian Mitchell. Aha. Nun komm wieder her zu mir. So ganz allein mag ich hier auch nicht sitzen.«

Gnädig rückte Marnie ein Stückchen an ihren Freund heran, überließ es jedoch ihm, den Rest der Distanz zu überwinden.

»Hier bei uns gibt es auch eine unerschrockene Frau in einer Männermannschaft!«

»Ach, das glaube ich nicht! Das ist sicher nicht erlaubt –

und gehört habe ich davon auch noch nie. Du nimmst mich auf den Arm!«, beschwerte sich der junge Mann.

»Nein. Es stimmt wirklich.« Sie grinste. »Und manchmal hat sie auch eine eigene Dusche. Aber offensichtlich lässt sich das immer irgendwie regeln.«

»Mit Anstellen? Erst das Mädel, dann die Jungs?« Er glaubte Marnie kein Wort.

»Echt, Michael. Das ist wahr. Sie spielte früher bei ›Energie‹, war dann lange verletzt. Auf Fußball wollte sie aber nicht verzichten. Also suchte sie sich eine Männermannschaft, die sie mitspielen ließ. Das hat geklappt.«

»Soso. Und welcher Verein soll das sein?« Jetzt müsste sie Farbe bekennen. Michael war sicher, nun eine ausweichende Antwort zu bekommen. Er bereitete schon seinen nächsten bissigen Kommentar vor. Voreilig, wie sich herausstellte.

»Beim SV Müschen/Babow.«

»Hm.«

»Und ihr Argument, neben der Tatsache, dass sie gern Fußball spielt, ist: Dieser Sport ist eine Lebensschule. Es geht um Teambildung, aber Fußball sei auch Härte und Ehrgeiz. Hat sie mal in einem Interview gesagt.«

»Mag sein. Spieler müssen Niederlagen wegstecken, lernen, mit Frust und Aggression umzugehen. Stimmt schon. Aber wenn das wirklich erlaubt wäre, würden doch auch in anderen Mannschaften Frauen spielen.«

»Es ist ganz legal. Das liegt an einer unklaren Formulierung im Regelwerk des DFB. Wenn ich Kiri richtig verstanden habe, gibt es schlicht keine Bestimmungen für gemischte Mannschaften. Alles hat seine Richtigkeit, Herr Besserwisser!«

»Kiris Mannschaft gewinnt. Sie haben drei Tore Vorsprung. Die gegnerische Mannschaft hat keine realistische Chance mehr, das Spiel noch zu drehen«, stellte Wiener versöhnlich fest. »Gehen die Mädels danach feiern?«

»Ja, ich denke schon.«

»Dann könnten wir doch auch noch etwas unternehmen. Essen, danach den Abend zu Hause ausklingen lassen. Was meinst du?«

»Gute Idee! Ich kann Kiri ja nachher eine SMS schreiben, vielleicht will sie ja noch bei uns vorbeikommen und an deinen altmodischen Vorurteilen über Frauenfußball arbeiten«, grinste Marnie ihn spitzbübisch an und war bereit, ihm die Worte von vorhin zu verzeihen.

9

Hajo Mangold starrte ungläubig das Telefon an.

Hatte es tatsächlich geläutet?

An seinem zweiten Arbeitstag.

Ja. Es klingelte.

Mit einem Ruck riss er den Hörer an sein Ohr und meldete sich, wie er hoffte, dynamisch.

»Mangold?«, fragte eine jugendliche, weibliche Stimme belustigt. »Wie das Gemüse? Sie sind der Neue, stimmt's?«

»Ganz genau.«

»Ich bin Oberkommissarin Kruse. Wir haben eine unbekannte, wahrscheinlich männliche Leiche direkt an den Elb-

terrassen. Er wurde – tja, wie erkläre ich das jetzt am besten? –
Nun, ich würde sagen, er wurde gekreuzigt.«

Der Tatort lag vor seiner Haustür. War ohne jede Mühe zu
finden. Keine fünf Minuten von der Polizeidirektion entfernt.

Am Ende der Hasenbergstraße, unterhalb der neuen Synagoge, befand sich eine gepflasterte Fläche. In unmittelbarer
Nähe lagen kleine Ausflugsschiffe vertäut.

Es wimmelte von Polizisten in blauen Uniformen, Kollegen der Spurensicherung in weißen Schutzanzügen – ein
Großaufgebot. Auf der Carolabrücke hatte sich eine stetig
wachsende Schar Schaulustiger versammelt. Leicht irritiert
sah Mangold sich um. Er hatte vergessen, Frau Kruse nach
einem Erkennungszeichen zu fragen.

»Sie sind Hauptkommissar Mangold?«, fragte eine Stimme
hinter ihm und er fuhr herum.

»Sie haben mich angerufen. Frau Kruse?«

»Ankekatrin Kruse.« Sie lächelte ihn an und Mangold
fühlte sich sofort ein bisschen weniger fremd in Dresden.

Die junge Oberkommissarin lief zielstrebig vor ihm her
und Mangold beeilte sich, zu ihr aufzuschließen.

»Hier. Praktisch direkt unter dem Albertinum. Hier ist die
Stelle.« Es war keine Leiche zu sehen. Rasch wirbelte er einmal um die eigene Achse. Nichts zu erkennen.

»Sie müssen direkt an die Kante treten. Der Körper hängt bis
etwa zum halben Unterschenkel unter der Wasseroberfläche.«

Mangold schob sich an die Kante der Betonmauer. Tatsächlich. Nun entdeckte er das Opfer. Aus dieser Position konnte
er direkt auf die dichten, dunklen Haare des Opfers hinuntersehen. Die Schuhe des Mannes wurden von der Wasseroberfläche verschluckt, die finster und unheimlich wirkte, als berge
sie so manches grausige Geheimnis. Um die Stirn des Toten
wand sich ein dickes Schaumstoffband.

»Tod mit Aussicht«, kommentierte Kruse. »Mit wunderbarem Blick auf die Auen und direkt auf das Finanz- und Kulturministerium. Leicht nach rechts sogar auf die Staatskanzlei. Ziemlich exklusiv.«

Drei dicke Taue zogen sich über die Mauer. Ihre Enden waren am Geländer fest vertäut, registrierte Mangold und ging in die Hocke.

Zwei der Kunststoffseile führten zu je einem Arm. Sie schnitten an den Handgelenken tief ins Fleisch des Opfers. Der Hauptkommissar räusperte sich unbehaglich. Das konnte auf keinen Fall als Erklärung für die weit zu den Seiten ausgebreiteten Arme ausreichen.

»Da muss es noch eine Vorrichtung geben, die verhindert, dass die Arme aus den Schultern gerissen werden«, erklärte er an Ankekatrin Kruse gewandt.

Die junge Frau nickte. »Ja, vielleicht eine stabile Holzlatte. Von hier aus ist nichts zu sehen.«

»Wir ziehen die Leiche jetzt hoch. Der Gerichtsmediziner ist auch schon da«, kündigte einer der Kollegen an.

»Aber nicht so ruppig! Seien Sie ausnahmsweise mal ein bisschen zartfühlend«, mahnte eine tiefe und energische Stimme unfreundlich. »Sonst vernichten Sie am Ende nur wertvolle Spuren am Körper. Am besten ist, Sie klemmen eine Plane zwischen Körper und Mauer, bevor Sie ziehen.«

Mangold stand etwas steif auf.

»Aha! Ein neues Gesicht. Willkommen in Dresden. Mein Name ist Dr. Teufel. Und Sie sind …?«, stellte der Besitzer des volltönenden Basses sich vor.

»Hajo Mangold, Hauptkommissar.«

»Na, dann haben Sie noch Glück, dass Sie nicht Rapunzel heißen.« Laut dröhnend breitete sich sein Lachen über das Elbeufer aus. »Ich mache die Obduktion sofort. Wenn Sie hier fertig sind, nehme ich das Opfer mit«, erklärte Dr. Teufel in selbstbewusstem Ton, was darauf hindeutete, dass er nur selten mit Widerspruch zu rechnen hatte.

In der Zwischenzeit hatten die Kollegen eine stabile Plane herbeigeschafft und damit begonnen, sie vorsichtig an der Mauer entlang unter den Teil des Körpers zu schieben, der sich problemlos von der Wand lösen ließ.

»Dr. Teufel? Meinen Sie, das funktioniert so?«

Der Rechtsmediziner grunzte unwillig, trat näher heran und begutachtete die getroffenen Vorbereitungen.

Widerstrebend nickte er.

Langsam begannen die Beamten, den Körper emporzuziehen.

Das Geräusch auf der Folie, das dabei entstand, bewegte sich irgendwo zwischen Knirschen, Knistern und Schaben. Ankekatrin Kruse beugte sich über die Böschung und beobachtete die ungewöhnliche Bergung genau.

»Wenn der Kopf höher kommt, muss ihn jemand abstützen«, gab Dr. Teufel ärgerlich-ungeduldig Anweisung.

Es verstrichen gut zehn Minuten, in denen außer dem Knarzen der Folie nur das unregelmäßige Keuchen der Beamten des Bergungstrupps zu hören war. Dann lag das Opfer ausgestreckt vor ihnen.

Ein schwerer, mittelgroßer Mann im edlen Anzug mit weißem Hemd und auffälliger, grün-schwarzer Krawatte. Die Haare trug er asymmetrisch kurz, ihr Schwarz war absolut makellos und glänzend. Ankekatrin Kruse hätte wetten können, dass es aus einer Tube beim Friseur stammte. An der rechten Hand steckte ein protziger Goldring mit einem großen, klaren Stein. Wenn das kein Bergkristall war, konnte er gut und gerne mehrere 10.000 Euro wert sein.

»Raubüberfall scheidet wohl aus«, stellte sie lapidar fest

und Mangold brummte zustimmend. »Sehen Sie, eine stabile Holzlatte. Sie hat die Arme in Position gehalten.«

»Ja. Ganz einfach. Kennt jemand den Mann?«

Kopfschütteln.

Mangold streifte sich Handschuhe über. Griff in die Taschen des Opfers. »Ein Taschentuch, ein Lippenpflegestift, ein unleserliches, durchgeweichtes Dokument – mehr nicht«, zog er unzufrieden Bilanz, als er sich durch Jacke und Hose gefingert hatte.

»Seltsam, aber irgendwoher kenne ich dieses Gesicht«, murmelte Dr. Teufel, ungehalten über sein Gedächtnis, das ihn nicht zum ersten Mal im Stich ließ. »Ich muss ihm schon begegnet sein.«

»Diese Kunststofftaue könnten eine Spur zum Täter sein. Vielleicht können wir ermitteln, wo sie gekauft wurden.«

»Für mich sehen sie wie ganz normale Kletterseile aus. Die bekommen Sie überall, selbst bei Karstadt«, nahm der Rechtsmediziner Mangold den Wind aus den Segeln. »Sie lesen wohl Douglas Preston, wie?«, wollte er geringschätzig wissen. »Lassen Sie sich gesagt sein, die meisten Mörder verwenden keine Taue, die nur in einem einsam und verborgen gelegenen tibetanischen Kloster hergestellt werden!«, höhnte er laut. Die Kollegen grinsten schadenfroh. Diesmal traf der Spott Dr. Teufels ausnahmsweise mal keinen von ihnen, und der Neue sollte sich am besten gleich an den rauen Ton gewöhnen.

»Todesursache?« Mangold hatte nicht die Absicht, sich provozieren zu lassen. »Irgendeine Hypothese, mit der ich arbeiten kann?«

»Nun«, schnupperte Dr. Teufel hektisch wie ein Spürhund, »ich würde sagen, falls er nicht an einer Alkoholvergiftung gestorben ist, war wohl eine Stichverletzung die tödliche Ursache.« Dabei wies er auf den unübersehbaren Blutfleck auf dem Hemd des Opfers und grinste maliziös. Mangold fand seinen ersten Eindruck bestätigt: Der Kerl war unsympathisch.

Zügig, mit geübten Fingern, knöpfte der Rechtsmediziner das Hemd auf. »Direkt ins Herz, nehme ich an.« Vorsichtig betasteten seine behandschuhten Finger den Bereich um den jetzt deutlich sichtbaren Einstich. »Wahrscheinliche Stichrichtung: Schräg aufwärts.« Er beugte sich etwas tiefer über den Brustkorb des Toten. »Klinge möglicherweise gezahnt. Aber das kann ich erst nach der Obduktion genau sagen.«

»Also gehen wir davon aus, dass der Täter kleiner war als sein Opfer«, wagte Mangold ein Statement und wurde prompt zurechtgewiesen.

»Gratuliere. Auf der Polizeischule gut aufgepasst, wie? Den Spruch kenne ich schon seit 100 Jahren! Und was ist, wenn der Täter gesessen und dem Opfer die Todeskälte schenkende Klinge unvermutet beim Aufstehen in die Brust gestoßen hätte? Verliefe in diesem Fall der Stichkanal nicht ebenso?«

Mangold nickte vage.

Er kam sich vor wie beim Examen, fürchtete, in eine Falle gelockt zu werden. Gleich würde Dr. Teufel triumphierend verkünden, dass der Stichkanal in dieser Situation natürlich nicht ebenso, sondern völlig anders verlaufe. Er revidierte sein Urteil. Der Kerl war nicht nur unsympathisch, er war ein Widerling!

»Oder es war ein Unfall! Jemand hielt zufällig eine lange Klinge in den Weg des Opfers, als dieses gerade strauchelte und ungeschickterweise den Tod fand«, kicherte Ankekatrin Kruse und zwinkerte Mangold verschwörerisch zu.

»Oh, welch grandiose Idee, Frau Kruse! So wird es wohl gewesen sein. Und was wir hier sehen, ist das Ergebnis des ungeschickten Versuchs, die Leiche unauffällig verschwinden zu lassen?«

»Der Kreativität sind manchmal keine Grenzen gesetzt. Der Mörder hoffte auf ein neues Jahrhunderthochwasser«, gab die junge Frau unbeeindruckt zurück.

Mangold begann sich zu ärgern. Hier fehlte jede Ernsthaftigkeit.

»Selbstmord ist per se auszuschließen«, begann er unterkühlt. »Er hätte sich weder zuerst erstechen und danach derartig aufhängen können – noch wäre es ihm möglich gewesen, sich erst aufzuhängen und in einem zweiten Schritt die Klinge ins Herz zu stoßen. Seine Arme waren ja nicht mehr beweglich. Demnach also Mord! Erst der Stich und im Anschluss das Drapieren oder umgekehrt. Klar ist, der Täter wollte, dass man das Opfer in einer Position findet, die an eine Kreuzigung erinnert. Und der Tote sollte möglichst bald gefunden werden. Sonst wäre der Mörder anders vorgegangen, hätte die Leiche versteckt. Ausgehend davon, dass man schon vor mehr als 2.000 Jahren für Vergehen und Sünden ans Kreuz geschlagen wurde, können wir demnach als sicher annehmen, dass dieser Mann sterben musste, weil er in den Augen eines anderen etwas verbrochen hatte.«

Kruse und Teufel starrten ihm sekundenlang sprachlos ins Gesicht.

»Alle Achtung. Und all das ohne Luftnot! Wirklich beeindruckend. Soll ich ihn nun noch obduzieren oder reichen Ihnen Ihre eigenen Erkenntnisse? Sie kennen vielleicht auch schon die Adresse des Täters?«, fragte Dr. Teufel ätzend, drehte sich grußlos um und stapfte davon.

»Auweia. Da haben Sie nicht gerade einen neuen Freund gewonnen, Herr Mangold. Sonst zieht immer Dr. Teufel die ersten Schlussfolgerungen am Tatort – und wir sehen voll Bewunderung zu ihm auf, hängen an seinen dünnen, blassen Lippen, als verkünde er ein neues Evangelium. Und nun kommt ein neuer Hauptkommissar und maßt sich an, seine

Schlüsse selbst zu ziehen. Das wird er Ihnen bitter übelnehmen!«

»Soll er doch«, antwortete Mangold und kämpfte gegen das aufsteigende Unbehagen an.

»Guten Morgen!« Ein gut gekleideter Herr bahnte sich langsam seinen Weg durch die Absperrung, grüßte nach allen Seiten und kam direkt auf sie zu.

»Wer ist das?«, erkundigte sich Mangold flüsternd.

»Staatsanwalt Jörn Halberstadt«, zischte Ankekatrin Kruse rasch zurück.

»Der neue Hauptkommissar, nehme ich an«, stellte der Staatsanwalt statt einer Begrüßung fest. »Und dann gleich so ein Fall.«

»Eine imitierte Kreuzigungsszene. Todesursache war ein Stich direkt ins Herz. Der Täter hat dieses Arrangement sorgfältig vorbereitet. Wir gehen davon aus, dass das Opfer für etwas bestraft werden sollte«, erklärte Mangold.

»Wer? Johannes Schaber? Der Leiter der brasilianischen Abordnung?«

Endlich Ferien!

Für ein paar Wochen raus aus dieser Atmosphäre.

Andy hatte sich nicht ein einziges Mal bei ihr blicken lassen!

Dabei musste selbst ihm aufgefallen sein, wie sich ihr Bauch vorwölbte. Wahrscheinlich hatte er einfach keinen Blick mehr dafür. Diese Klette Susanne hing ja seit Neuestem an ihm und nahm ihm jede Gelegenheit für ein privates Gespräch mit anderen.

Diese pickelige Brünette mit der albernen, lauten Lache! Die so ungeschickt war, dass die ›Gruppe Leichtathletik/Hürden‹ sie rausgeworfen hatte, weil sie nur zufällig und mit viel Glück manchmal über eines der Hindernisse kam. Und nun sollte Andy aus ihr was zaubern! Eine reaktionsschnelle Torfrau!

Ha! Bestenfalls anhexen konnte er ihr was.

Wie er das ja auch bei ihr gemacht hatte. Anhexen und sich unsichtbar machen – das waren die Kunststücke, die Andy so richtig gut beherrschte.

Nicht mehr lang und sie war wieder zu Hause.

Es gab kein Zurück mehr – diesmal musste sie ihrer Mutter endlich die Wahrheit beichten. Bei dem Gedanken an deren zu erwartende Reaktion bekam sie wie immer eine Gänsehaut.

Ihre Hände legten sich wie automatisch schützend auf die Wölbung unter dem Nabel.

Eine neue Überlegung schob alle anderen zur Seite. Schließlich war dieses Wesen auch ein Teil von ihr!

Nachdem die Morgenübelkeit verschwunden war, fiel es ihr leichter, diesen Aspekt zu bedenken. Irritiert stellte sie fest, wie sehr sie sich schon an die Vorstellung gewöhnt hatte.

Ich bekomme ein Baby!

Strahlende, glückliche Gesichter stiegen aus der Erinnerung auf, Freundinnen, Bekannte, die selig ihr Neugeborenes in den Armen hielten.

Konnte sie mit einem Kind glücklich sein?

Konnte sie wirklich über ein Kind glücklich sein?

Wäre sie nicht ohne ein Kind am glücklichsten?

Und was sollte sie nun tun?

Ratlos lehnte sie den Kopf an die kühle Scheibe und lauschte tief in sich hinein, während ihre Gedanken sich im Rhythmus des Zuges im Kreis drehten.

Drei Stationen später stieg sie aus.

In dem Moment, in dem sie ihren Bruder ungelenk auf sich zukommen sah, wurde ihr bewusst, dass sie einen wichtigen Punkt noch gar nicht bedacht hatte.

Vererbung!
Würde ihr Baby so werden wie Mark?

»Da bist du ja!« Ihre Mutter tauchte unerwartet an ihrer
Seite auf.
»Gib Mark deinen Koffer, Schatz. Lass dich mal anscha-
uen!« Manuela wurde einmal um die eigene Achse gewirbelt.
»Ist die Küche endlich besser geworden? Du hast ein biss-
chen zugelegt. Und gut siehst du aus«, freute sich die ahnungs-
lose Frau. Manuela nickte und fühlte sich nicht wohl in ihrer
Haut.
»Wie schön, dich mal wieder ein bisschen länger bei mir
zu haben. Wir werden es uns so richtig gemütlich machen.«
Mark drückte seiner Schwester einen flüchtigen Kuss auf
die Wange, riss den Koffer an sich und trabte los.
»Es geht wieder besser mit ihm. Die neuen Medikamente
wirken gut, die Nebenwirkungen halten sich in Grenzen.«
Noch heute Abend, nahm Manuela sich vor.
Sie musste es jetzt hinter sich bringen!

Ankekatrin Kruse saß vor Mangolds Schreibtisch und trommelte ungeduldig mit den Fingern einen unregelmäßigen
Rhythmus auf die Arbeitsplatte. Unter dem eilig hereinge-
stellten zweiten Tisch hockte ein Techniker. Ihrer Meinung
nach schon viel zu lang.

Außerdem nervte der Mann mit seinem ausgeprägten Hang
zur Kommunikation.

»Sie wollen in diesem winzigen Büro tatsächlich zu zweit
arbeiten? Am Platzmangel sind schon zu DDR-Zeiten die
besten Ehen gescheitert«, kommentierte er die Neumöblie-
rung und reichte ihr feixend ein Kabel. »Stecken Sie das mal
hinten am Monitor ein und fahren Sie den PC ganz normal
hoch.«

»Wir wollen ja nicht zusammen leben, sondern gemeinsam arbeiten.«

»Ich dachte, Sie sind im Team von Hauptkommissar Lentsch. Wurden Sie da extra abgezogen? Warum?«

»Herr Lentsch arbeitet nicht mehr hier – und ich wurde Herrn Mangold zugeteilt, weil er hier neu ist und ich frei bin. Sind damit all Ihre Fragen beantwortet?«, erkundigte sie sich schnippisch.

Der Techniker zog rasch den Kopf ein und verschwand zur Gänze unter dem Tisch. »Tut sich was auf dem Monitor?«, rettete er sich auf sachliches Terrain. Offensichtlich war dieses Thema eines, an dem man besser nicht rührte. Plötzlich fiel ihm wieder ein, dass es Gerüchte über eine intime Beziehung zwischen Lentsch und Kruse gegeben hatte. Wie hatte er das nur vergessen können, wo doch die halbe Abteilung tuschelte, Frau Lentsch habe die Versetzung ihres Mannes betrieben! Na, dachte er ein wenig gehässig, da haben sich ja die beiden Richtigen gefunden. Wenigstens dann, wenn man den Gerüchten glauben durfte, die aus Leipzig nach Dresden getröpfelt waren. »Gut. Versuchen Sie mal, sich ins Intranet einzuloggen.«

Nach wenigen Minuten konnte der Techniker den geordneten Rückzug antreten.

Hajo Mangold kehrte kurz darauf mit zwei eisgekühlten Dosen Mineralwasser zurück. »Was für eine Hitze!«

»Ja! Wunderbares Wetter, nicht wahr?«, strahlte die Kollegin ihn an und er lachte kehlig.

»Na, dann lassen Sie uns trotz des Sommerwetters planen, wie wir weiter vorgehen wollen.«

»Der Nachtportier des Hotels ist nicht zu erreichen. Ich nehme an, er schläft. Bestimmt hat er sein Telefon ausgeschaltet, damit ihn niemand stört. Die Tagschicht jedenfalls hat den prominenten Gast heute noch nicht gesehen. Beim Frühstück war er nicht. Entweder ist er also sehr früh aus dem Haus gegangen oder er war in der letzten Nacht überhaupt nicht im Hotel«, fasste Mangold zusammen.

»Es ist doch eine Delegation! Wissen denn die anderen nichts über seine Pläne?«

»Das müssen wir sie fragen. Aber dazu werden wir einen Übersetzer brauchen.«

Der Oberkellner wirkte fast beleidigt.

Seine Miene drückte alles auf einmal aus: Abscheu, Ekel, Empörung, Entsetzen, Neugier.

»Er ist verstorben, sagen Sie?« Rasch gab er das Foto wieder an Mangold zurück, als könne man sich durch Berührung mit einer todbringenden Krankheit infizieren. »Als er gestern Abend ging, erfreute er sich bester Gesundheit und war guter Dinge, das kann ich beschwören.«

»Er ist ja auch nicht an einer Lebensmittelvergiftung gestorben. Man hat ihn ermordet und in die Elbe gehängt.«

Der Oberkellner schnappte hörbar nach Luft. »Ermordet? Johannes Schaber? Aber warum denn bloß?«

»Wann hat er das Restaurant gestern verlassen? Nahm er von hier aus ein Taxi?«, fragte Mangold unbeirrt weiter.

»Das weiß ich nicht. Vielleicht hat ihm der Portier eines gerufen.« Der Mittvierziger wirkte mit einem Mal überhaupt nicht mehr dynamisch. Sein Gesicht hatte einen grünstichigen Grauton angenommen, die Lippen waren fahl und selbst das pomadige Haar hatte seinen Glanz verloren. Mangold kannte das. Die Begegnung mit dem Tod, besonders dann, wenn er gewaltsam herbeigeführt wurde, hatte auf manche Menschen solch eine erdbebenähnliche Wirkung. Sie wurden im wahrsten Sinne des Wortes erschüttert.

»Sie sind uns gleich wieder los«, versprach er, bevor er sich erkundigte: »Wer außer Ihnen ist jetzt schon wieder hier? Oder geht die Spätschicht komplett nach Hause?«

»Ich sehe mal nach«, verkündete der Oberkellner, deutete eine Verbeugung an und verschwand eilig durch eine leise keuchende Schiebetür.

Zerknirscht erschien er wenig später wieder. »Außer Francoise ist niemand eingeteilt.«

Die schüchterne junge Frau versuchte, sich hinter dem breiten Rücken des Oberkellners zu verbergen.

Mangold schenkte ihr ein warmes Lächeln. »Keine Angst. Ihr Name?«

»Francoise Perrier, wie das Mineralwasser«, antwortete sie so leise, dass es kaum zu verstehen war.

»Gestern Abend haben Sie bedient. Auch Herrn Schaber?«, fragte Mangold behutsam weiter.

»Ja«, quetschte die junge Frau hervor. Ihre Augen füllten sich mit Tränen.

Mangold hasste es. Weinende Frauen hatten für ihn etwas außerordentlich Verunsicherndes. »Ist Ihnen etwas an ihm aufgefallen? War er anders als gewöhnlich?«, hakte er rasch nach.

Francoise schluckte tapfer. Ihr brünetter, dünner Zopf hing kraftlos über die linke Schulter, die Arme baumelten leblos an den Seiten herunter.

Der Oberkellner sah sich veranlasst, ihr beizuspringen. »Wie soll sie das beurteilen?«, polterte er los. »Sie kannte ihn doch gar nicht!«

»Er – war – sehr – freundlich«, erklärte die Kellnerin und stockte vor jedem Wort, als müsse sie es erst in einer chaotischen Schublade suchen.

»Freundlich, aha.« Mangold räusperte sich. »Sie haben sicher beobachtet, wie er das Haus verlassen hat?«

»Ja!«

Das hatte er nicht erwartet. »Ist er in ein Taxi gestiegen?«

»Nein. Er trat vor die Tür und wandte sich nach links. Ich sah ihn am Küchenfenster vorbeigehen. Er pfiff eine fröhliche Melodie vor sich in die schwarze Nacht – wie um böse Geister zu vertreiben. Ich fand das amüsant. Ich tue es auch und dachte noch, wie ungewöhnlich, sieht so aus, als habe Herr Schaber genauso viel Angst wie du im Dunkeln.«

Vielleicht stimmte das.

Ahnte er, dass er getötet werden sollte?

Möglicherweise hatte es im Vorfeld Drohbriefe oder anonyme Anrufe mit Morddrohungen gegeben.

Aber all das erwähnte er der jungen Frau gegenüber nicht. Seiner Meinung nach sah sie auch so schon verschreckt genug aus.

Vor dem Hotelrestaurant bogen sie links ab und fanden sich in einer schmalen Sackgasse wieder. Was hatte Schaber hier gewollt? Aufmerksam tasteten zwei Augenpaare die leicht baufälligen Häuserfassaden ab.

»Ein Besuch?«, fragte Kruse ungläubig. »Hier? Das glaube ich nicht.«

»Wir müssen herausfinden, ob Schaber Bekannte in Dresden hatte.«

»Wer informiert eigentlich die Eltern? Leben die in Brasilien? Überlassen wir das den anderen Mitgliedern der Delegation?« Kruse zählte die Fragen an ihren Fingern ab.

»Lassen Sie uns nachsehen, ob der Dolmetscher inzwischen eingetrudelt ist. Dann können wir die Delegationsmitglieder befragen und dabei sicher schon eine Menge klären!«

10

»Was soll das heißen: Du kommst heute nicht ins Büro?«
Peter Nachtigall war alarmiert.

»Ich liege im Krankenhaus. Gestern wollte ich es dir nicht
gleich sagen, weil ich dachte, sie finden eh nichts und …«

»Moment!«, unterbrach ihn der Freund. »Das geht mir
zu schnell. Du hattest doch gestern einen Untersuchungs-
termin beim Arzt.«

»Ja, im Klinikum.«

»Und danach haben sie dich nicht mehr gehen lassen?«

»Genau. Ich hatte das mit der stationären Einweisung nicht
so ernst genommen. Fehler meinerseits. Jetzt reden die Ärzte
von B-Symptomatik und legen die Stirn in Falten. Sie wollen einen meiner Lymphknoten rausnehmen. Daran könne
man mit Sicherheit erkennen, was für eine Erkrankung ich
hätte. Wie auch immer: Du musst erst einmal mit Michael
allein weitermachen.«

Noch ein paar aufmunternde Worte und das Gespräch war
beendet.

Schließlich stand Albrecht Skorubski vor dem Klinikge-
bäude. Wie hatte er das genannt? Raucherpavillon? Das war
nun mit Sicherheit nicht der richtige Ort für wirklich private
Gespräche, sah der Freund ein. Im Hintergrund war das Stimmengewirr der anderen Mobiltelefonierer zu hören gewesen.
Tief beunruhigt schob Nachtigall das Handy in die Hosentasche.

»Morgen, Michael!«, begrüßte er nur Minuten später den jungen Kollegen, der wie immer gehetzt ins Büro stürmte. »Wir
beide bearbeiten den Fall Keiser zunächst ohne Albrecht weiter. Er ist krankgeschrieben.«

»Ach? Hoffentlich nur die Sommergrippe.«

»Wird sich noch zeigen«, blieb Nachtigall unklar. »Roland Keiser hatte einen Untermieter, Bernhard Schneider. Dem werden wir jetzt einen Besuch abstatten. Mal sehen, vielleicht erinnert der sich noch an Einzelheiten vom Tag des Verschwindens.«

»Nach 20 Johr? Das glaub' ich net!«, lachte Wiener überzeugt.

Bernhard Schneider wohnte noch immer unter der alten Adresse, Kantstraße. Typischer renovierter und komplett sanierter Plattenbau.

Auf ihr Klingeln erschien ein unausgeschlafenes, teigiges Gesicht im Türspalt. Wässrig graue Augen blinzelten wie kurzsichtig ins Sonnenlicht.

Die Eröffnung, die Polizei wolle ihn sprechen, munterte Schneider nicht spürbar auf.

»Um die Zeit? Das ist Folter!«, beschwerte er sich.

Nachtigall warf einen raschen Blick auf seine Uhr. 8.30 Uhr. Wie Menschenquälerei kam ihm das nun wirklich nicht vor. »Wir haben noch ein paar Fragen an Sie zum Verschwinden von Roland Keiser.«

Die Verblüffung im Gesicht des Zeugen war echt.

Die Zornesröte, die unmittelbar danach in seine Wangen schwappte, allerdings auch.

Bernhard Schneider sah aus, als wolle er über den Hauptkommissar herfallen, wisse aber nicht, ob das angesichts der Größe und zu erwartenden Schlagkraft des Gegners eine falsche Entscheidung wäre.

Beeindruckt beobachtete Michael Wiener das Mienenspiel des Mannes, in dem sich der innere Konflikt auf dramatische Weise widerspiegelte. Nachtigall bewahrte lächelnde Standhaftigkeit.

Gefühlte Ewigkeiten später entschloss sich Schneider doch zur Kooperation.

Widerstrebend führte er die ungeladenen Besucher in sein Arbeitszimmer. »Tut mir leid, ich habe kein Wohnzimmer. So etwas brauche ich nicht.«

»Sie leben allein?«

»Ja. Als ich damals die Wohnung übernommen habe, richtete ich mir in Rolands Zimmer einen Arbeitsbereich ein. Es sollte ein Provisorium sein, aber wie Sie sehen ...«, seufzte er tief, »bin ich immer noch hier.«

»Vom eigenen Schreibtisch aus arbeiten zu können, ist nicht das Schlechteste«, meinte Wiener und sah sich neugierig um.

»Ich betreue die Hotline eines Computerherstellers. Wenn ich dazu nicht das Haus verlassen muss, kommt mir das sehr entgegen.«

»Die Welt draußen ist für Sie nicht so interessant?«, hakte Nachtigall überrascht nach.

Es wurde so still, dass man einen Ohrenkneifer unter dem Teppich hätte trippeln hören können. Wäre nicht eine erstaunliche Veränderung in Schneiders Gesicht vor sich gegangen, hätte der Ermittler angenommen, Schneider habe seine Frage als rhetorisch eingestuft und sie bliebe unbeantwortet. Doch der Computerfachmann zog die Unterlippe ein, kaute mit den oberen Schneidezähnen darauf herum, kleine Schweißperlen standen über seinen Augenbrauen und die Lider begannen zu flattern.

»Draußen?«, fragte er dann heiser und ergänzte nach einem Seitenblick auf Nachtigall: »Interessant? Nun, vielleicht. Ich gehe selten weg, das war noch nie anders. Heute ist es einfacher als früher. Die meisten Dinge, die man braucht, kann man übers Internet bestellen. Selbst Bankgeschäfte sind so ganz einfach zu erledigen. Nur Arzttermine sind ein Problem.«

Dabei behielt er den Hauptkommissar im Auge. Doch der ließ sich nicht anmerken, ob ihm diese Scheu vor der Welt seltsam vorkam oder nicht.

»Roland Keiser hat das sicher anders gesehen. Wir haben gehört, er sei sehr lebenslustig gewesen. Gab es zwischen Ihnen beiden Differenzen deswegen?«, wollte Wiener wissen.

»Nein, Ärger direkt gab es nicht. Unsere ›Wohngemeinschaft‹ war ein Zweckbündnis, keine Liebesbeziehung. Jeder konnte letztlich machen, was er wollte.«

»Wie kam es eigentlich zu dieser Wohngemeinschaft? War doch ein für damalige Verhältnisse ungewöhnliches Arrangement.«

Bernhard Schneider hatte in der Zwischenzeit zwei Stühle von Papierstapeln und Bücherbergen befreit, sodass er den beiden Kripobeamten nun Sitzgelegenheiten anbieten konnte. Er selbst schob seine Körperfülle hinter den Schreibtisch und fiel leise ächzend in seinen Chefsessel. »Nun ja. Ungewöhnlich war es sicher. Roland war ein schwieriger junger Mann – jedenfalls nach der Auffassung der Menschen, die erzieherisch auf ihn einwirken wollten. Er hatte großes Glück, dass sein Vater so eine angesehene Position innehatte. Andere Jugendliche sind für ähnliches Verhalten auf dem Jugendwerkhof gelandet.«

»Aber Roland nicht. Er musste nicht in solch eine Erziehungseinrichtung. Er bekam eine Wohnung und Sie als ›Wachhund‹, nicht wahr?«

»Ja«, stieß Schneider trotzig hervor. »Wenn Sie das unbedingt so ausdrücken wollen! Natürlich war man an entsprechender Stelle der Meinung, das Talent solle jemanden zur Seite haben, der ein Auge auf seine Aktivitäten haben konnte.«

»Es existieren Berichte?«, fragte Nachtigall schärfer als beabsichtigt.

»Sicher!«

Michael Wiener spürte eine Spannung zwischen den beiden, die er sich nicht erklären konnte. Nervös blätterte er in seinem Notizbuch und wartete schweigend ab. Schließlich fehlte ihm in diesem Bereich jede persönliche Erfahrung. Dem jungen Kommissar wurde klar, wie wenig er über dieses Thema wusste. Hatte er gedacht, es ginge ihn nichts mehr an, er habe damit nichts zu tun? Nun, ich steckte mittendrin und es ist sicher keine schlechte Idee diese Wissenslücke endlich zu schließen, entschied er.

»Was erwarten Sie denn? Natürlich gibt es die. Und es stehen nur lauter Allgemeinplätze drin – über Roland gab es nicht viel zu berichten! Seien Sie bloß nicht so verdammt selbstgerecht.«

»An jenem Tag, als Roland Keiser verschwand, muss es ein untypisches Ereignis gegeben haben«, behauptete der Hauptkommissar gänzlich unbeeindruckt von Schneiders Ausbruch.

»Hören Sie, dazu bin ich an die 100 Mal befragt worden! Da war nichts! Alltag – wenn man davon absieht, dass wegen der Gehhilfen Rolands Aktionsradius deutlich eingeschränkt war. Auch Besuche hatte er in der Zeit relativ wenig. Ein paar Freunde hin und wieder.«

»Alltag? Wie sah der aus?«

»Morgens schlief er noch, wenn ich zur Arbeit ging. Personalabteilung TKC – Textilkombinat. Gegen Nachmittag kam ich nach Hause, in der Regel in eine leere Wohnung. Roland erschien erst spät. Manchmal haben wir gemeinsam etwas gekocht, oft hat auch jeder für sich zu Abend gegessen. Wenn er die ganze Woche über in Potsdam war, gab es ohnehin nur am Wochenende Berührungspunkte. Als er noch gesund war, ging er gern aus, traf Freunde, oft auch Mädchen. Manchmal brachte er die jungen Damen auch mit hierher. Aber zu Gesicht bekommen habe ich nie eine«, betonte Schneider mit erhobenem Zeigefinger. »Als er krank wurde, traf ihn das tief. Er empfand es als ungerecht, fürchtete um seinen Sport. Aber als er die Ausbildung zum Trainer machen konnte, fasste er neuen Mut. Eigentlich hätte nun alles ruhig seinen Gang gehen können, aber dann kam der erneute Rückschlag. Der Sturz. Die OP.« Schneider sah Nachtigall offen ins Gesicht. »Roland wusste vom ersten Tag an über meine Funktion Bescheid. Ich habe ihm nichts vorgemacht und er war nicht dumm genug zu glauben, all die Wunder, wie zum Beispiel die eigene Wohnung, fügten sich von selbst. Es mag Ihnen ja unwahrscheinlich vorkommen: Auf dieser Basis entwickelte sich tatsächlich ein Vertrauensverhältnis.«

Nachtigall blieb skeptisch. Ein Vertrauensverhältnis, das darauf gründete, dass einer nichts von den Wünschen und Plänen des anderen wissen durfte, erschien ihm unrealistisch. Um eine Grundsatzdiskussion zu vermeiden, behielt er diese Überlegungen für sich und fragte stattdessen weiter. »Und an jenem Tag? Was war anders?«

»Nichts. Nach der OP war er natürlich zu Hause. Er bekam einen Betreuer, einen besonders geschulten Physiotherapeuten, der dafür sorgen sollte, dass nicht alles an Fitness verloren ginge. Sie haben ein kleines Programm gemacht. Das Knie war ja noch nicht belastbar, aber der Rest des Körpers sollte darunter nicht inadäquat leiden. Es war daher nicht ungewöhnlich, dass Roland nicht da war.«

»Was haben Sie an jenem Nachmittag gemacht?«

»Ich ging in mein Zimmer, um zu lesen. Klassische Musik lief im Hintergrund. Einmal hatte ich den flüchtigen Eindruck, die Wohnungstür sei zugeschlagen, kurz darauf noch einmal. Als ich nachsehen ging, war Roland nicht in seinem Zimmer. Ich kehrte zu meinem Buch zurück, fest überzeugt davon, mich getäuscht zu haben.«

»In den Akten ist vermerkt, er sei an jenem Nachmittag nach Hause gekommen«, insistierte Nachtigall.

»Ja. Das stimmt ja auch.«

»Sie haben es also erst im Nachhinein bemerkt. Woran? Hat er einen angebissenen Apfel in der Küche liegen lassen?«

Bernhard Schneiders Blick war zu mitleidig-arrogant, um noch als freundlich durchzugehen. Nachtigall bemühte sich, seine aufsteigenden Aggressionen zu verbergen. Er würde sich nicht provozieren lassen.

»Nein. Er hatte seine Post gelesen. Die hatte ich wie immer auf die Kommode im Flur gelegt. Roland hatte sie in sein Zimmer mitgenommen.« Er holte tief Luft und setzte sich kerzengerade auf. »Und jetzt sollten Sie mir erklären, was Sie mit dieser Fragerei bezwecken! Roland ist in den Westen abgehauen. Wahrscheinlich lebt er dort in einem schnuckeligen Reihenhaus mit Frau und Kindern. Meine damaligen Versuche, ihn in die sozialistische Gesellschaft einzugliedern, sind kläglich gescheitert!«

»Roland Keiser wurde ermordet. Wir haben seine Leiche gefunden. In einem Feld in der Nähe.«

»Roland ist tot?«, hauchte Schneider schockiert. »Ermordet?« Der ehemalige Mitbewohner begann nervös an einigen Papieren auf seinem Schreibtisch zu nesteln. »Warum ist er nur zurückgekommen?«

»Er war nie weg.«

Bernhard Schneider wurde noch blasser. Selbst seine Lippen verloren alle Farbe und schimmerten jetzt bläulich. »Der Fall wurde damals untersucht. Irgendjemand wusste über die Pläne Bescheid. Roland wollte angeblich in den Westen, davon wusste ich nichts. Alles war logisch. Die Bücher! Er hatte doch sogar Bücher über Ballonbau in seinem Regal!«, stammelte der füllige Mann aufgeregt. »Warum sollte jemand Roland u-m-g-e-b-r-a-c-h-t haben?«

»Genau das herauszufinden, ist unsere Aufgabe.«

»Da kommen Sie ausgerechnet zu mir?« Schneider schüttelte traurig den Kopf. »Ich habe damit nichts zu tun!«

»Wir befragen jeden, der ihn kannte«, stellte Wiener klar.

»Roland war beliebt. Nicht nur bei den Mädchen. Es gab in seinem privaten Umfeld so gut wie nie Probleme. Schwierigkeiten entstanden immer außerhalb dieses direkten Beziehungsgeflechts. Autoritäten anzuerkennen, fiel ihm besonders schwer.«

»Die Tatsache, dass er getötet wurde, ist nicht zu bestreiten. Es muss in seinem Umfeld eine Person gegeben haben, die ihn hasste.«

»Hass ist so ein großes Wort. Ist im Moment direkt trendy, jemanden zu hassen. Doch wer weiß denn noch, wie sich abgrundtiefer Hass tatsächlich anfühlt? Dieses schmerzhafte Brennen in den Gedanken, dieses quälende nicht-loslassen-Können von der einen Idee, dass derjenige sterben soll! Die jungen Leute halten doch heute schon jede kleine Missstimmung dafür. Nein, nein. Mir fällt niemand ein, der Roland hätte töten wollen.« Er überlegte einen intensiven Atemzug lang. »Wobei man zugeben muss, nach der OP war er mit diesen beiden Krücken verflixt hilflos. Da wäre auch einer zum Zug gekommen, der sich unter normalen Umständen nie eine Chance hätte erhoffen können.«

11

Hajo Mangold starrte den kleinen Zettel an, den die Kollegen im Innenfutter des Jacketts gefunden hatten.

Du bist der Dritte.

Weitere werden folgen.

Bis die Schuld bezahlt ist!

»Der Dritte. Das bedeutet wahrscheinlich, dass es schon zwei Opfer dieses Täters gibt, von denen wir nichts wissen«, stellte Ankekatrin Kruse sachlich fest. »Ich hatte schon befürchtet, es könnte einen religiösen Hintergrund haben.«

»Synagoge und Kreuzigung?«

»Ja. Aber das scheint mir doch zu konstruiert.«

»Das glaube ich auch. Aber wir können den Gedanken mal im Hinterkopf behalten. Am besten, wir klären seine Religionszugehörigkeit und sehen dann weiter. Genauso gut könnten wir einen Zusammenhang mit Blick aufs Ministerium für Kultus und Sport erfinden. Nein, nein. Halten wir uns an die offensichtlichen Fakten. Wir wissen: Schaber ist *ein* Opfer einer Serie. Und dieser Täter will noch mehr Menschen töten – so steht es jedenfalls hier. Können wir das glauben? Es wäre doch möglich, dass sowohl die Zahl drei als auch die Drohung uns nur in die Irre führen sollen.«

»Wären die anderen beiden Opfer, vorausgesetzt, es gibt sie tatsächlich, ähnlich prominent gewesen, wüssten wir davon.«

»Wussten Sie, dass der Delegationschef der brasilianischen Frauenfußballmannschaft ein Deutscher ist? Ziemlich ungewöhnlich, oder?«

»Er ist direkt nach der Wende ausgewandert. Vielleicht auf der Suche nach einem neuen Leben? Könnte doch sein, dass er früher schon mit Frauenfußball zu tun hatte«, antwortete die Kollegin.

»Finden Sie doch bitte mal raus, ob es Verwandte in Deutschland gibt, jemanden, den wir verständigen müssen. Seine Mutter ist vielleicht nicht mit nach Brasilien gezogen.«

Ankekatrin Kruse drehte sich zu ihrem Monitor um und begann eifrig zu tippen.

»Wie wird man eigentlich Delegationschef?«, brummte Mangold, während er die Aussagen von Schabers Abendbegleitern sichtete.

Frustriert fasste er das Ergebnis auf einem Notizzettel zusammen: Schaber sei guter Stimmung gewesen, behaupteten sie unisono, habe gescherzt und gelacht wie immer. Nein, eine gedrückte Stimmung seit der Ankunft in Deutschland oder Dresden sei nicht festzustellen gewesen. Das einzig Auffällige am letzten Abend, wenn man das auffällig nennen wolle, sei eine gewisse Zurückhaltung beim Konsum von Alkohol gewesen. Aber falls er noch eine Verabredung gehabt hätte, war auch das mehr als verständlich. Wer gehe schon gern betrunken zu einer schönen Frau?

»Woher wollen die gewusst haben, dass Schaber mit einer schönen Frau verabredet war? Vielleicht hat er sich mit jemandem getroffen, der illegale Spiele für Fußballwetten organisiert!«, schimpfte Mangold leise. Mangold, die Frauen und der Sex, dachte er süßsauer, das schien sich ja zu seinem Lieblingsthema zu entwickeln.

»Wahrscheinlich nehmen Männer von ihren Geschlechtsgenossen an, was sie selbst auch gern tun würden.« Lachend entschärfte Ankekatrin: »Ist bei uns Frauen auch nicht anders. Aber sicher ist es in der Anonymität des Auslands leichter, über die Stränge zu schlagen, ohne dass man es in der Heimat gleich erfährt!«

»Das mit der Anonymität des Auslands stimmt in unserem Fall nur bedingt. Er war Deutscher – und die Presse hat im Vorfeld über den Besuch der Delegation berichtet. Ausführlich und mit Foto.«

»Trotzdem«, widersprach die junge Kollegin. »Es wäre wohl niemand auf die Idee gekommen, seiner Angetrauten in Brasilien zu erzählen, ihr Mann habe sich hier mit anderen Frauen amüsiert.«

»Zugegeben, klingt nicht wahrscheinlich. Allerdings wissen wir nicht, was er in dieser Gasse neben der Hotelküche wollte. Wir haben keine Vorstellung davon, was dort geschehen ist. Trifft man sich heutzutage mit attraktiven Damen in schmuddeligen Gassen?«

»Wäre doch denkbar, dass seine Verabredung in der Gasse wohnt. Wir könnten nachfragen.«

»Bei allen? Und wie merken wir, dass wir belogen werden, wenn wir nicht einmal wissen, was er dort vorhatte?«

»Wir lassen es nach Routine aussehen und werten dann aus. Vielleicht ergeben sich Widersprüche.«

»Konnten Sie Angehörige finden?«, wechselte Mangold zu einem anderen Ansatz.

»Ja. Eine Schwester wohnt in Cottbus. Ist dort verheiratet. Aber seine Mutter lebt hier. Oh! Das ist eine echte Überraschung! Sollte es sich bei der schönen Frau am Ende um seine Mutter gehandelt haben?«

Manuela beobachtete ihre Mutter beim Schälen der Kartoffeln.

Die Bewegungen waren hart und unrhythmisch. Wenn sie sich nicht bald beruhigte, würde sie sich sicher schneiden.

Manuela wusste, dass es ihre Schuld war.

Seit ihrem Geständnis hüllte die Mutter sich in Schweigen, schälte nur brutal die unschuldigen Erdäpfel. Was sollte sie nun tun?

Zurücknehmen konnte sie die Beichte nicht mehr. Manuela zuckte zusammen. Im Moment gab es in ihrem Leben so einiges, was sie gern ungeschehen gemacht hätte.

Die Tür öffnete sich und Mark stapfte in die enge Küche.

Dankbar sah die Schwester zu, wie der große Junge sich schwerfällig an die Mutter presste und dabei versuchte, über ihre Schulter hinweg zu erkennen, was es heute zu essen geben würde.

Mark hatte immer Hunger.

Seine unrunden, abgehackten Bewegungen, der unsichere Gang waren Ausdruck einer angeborenen Behinderung. Innerhalb der Familie war das Thema mit einem Tabu belegt. Manuela konnte sich noch gut an die ersten Monate nach seiner Geburt erinnern, als ihre Mutter immer in Tränen ausbrach, wenn sie das Baby auf den Arm nahm. Es war die Schwester gewesen, die sich um ihn gekümmert hatte, mit ihm spielte und lachte, mit ihm geduldig all das übte, was andere in seinem Alter längst beherrschten. Und ihre Beharrlichkeit wurde belohnt. Mark lernte sogar laufen. Es sah plumper aus als bei anderen, er zog ein Bein nach, klagte über Schmerzen, wenn er längere Zeit mithalten musste. Aber es ging. Sein kindliches Wesen, meinte der Kinderarzt, habe nichts mit der Behinderung zu tun. Es sei Ausdruck seines Charakters und würde mit der Zeit reifen. Doch mit den Jahren wurde aus dem Kind nur ein Lausbub.

›Erziehungsfehler‹, lautete die Diagnose des Hausarztes. ›Der Junge ist verwöhnt.‹

»Lass das!«, fauchte die Mutter ihren Sohn an und Mark zog den Kopf ein.

»Ich war's nicht!«, rief er lachend und sah wenig später ratlos von einem zum andern, weil diese Formel, die sonst immer die Wogen glättete, heute nicht zu wirken schien.

Manuela schob dem Bruder einladend einen Küchenstuhl zu und er setzte sich zaudernd.

»Ist schon gut. Ich bin schuld!«, erklärte sie und wuschelte tröstend durch sein dichtes Haar.

»Warum?«

»Ich habe einen Fehler gemacht. Und nun ist Mama böse auf mich.« Ihre innere Stimme redete derweil hartnäckig von einer ganzen Reihe von Fehlern, angefangen mit Andy bis zum zu späten Beichten.

Mark schüttelte sich wie ein Hund, der nach dem Bad aus dem See kommt.

Schlechte Stimmung in der Familie war ihm verhasst.

Und das war erst der Anfang, hätte Manuela ihm verraten können, noch wusste der Vater nichts davon.

Mit unnötig heftigen Bewegungen knetete die Mutter derweil ein Ei ins Hackfleisch.

Schweigend beobachteten die Geschwister, wie der gesamte Körper mitarbeitete.

Mark ahnte, dass Manuela etwas ziemlich Schlimmes angestellt haben musste.

»Wird wieder!«, flüsterte er ihr aufmunternd ins Ohr.

»Diesmal nicht«, schniefte die Schwester und Mark legte tröstend den Arm um ihre Schultern.

Laut klatschten die Hände der Mutter auf die Fleischmasse, die sie zu großen Buletten formte. Es zischte wütend, als sie die erste Fleischportion in die Pfanne legte.

Manuela hielt dieses feindselige Schweigen nicht mehr aus.

»Kommst du mit?«

Mark nickte dankbar.

Als sie gemütlich auf Manuelas Bett saßen und Musik hörten, war die Welt fast wieder in Ordnung.

Hajo Mangold drückte den Klingelknopf.

Seine Augen wanderten an der dunklen Holztür entlang, registrierten Anzeichen des Verfalls, bemerkten den viel zu breiten Spalt über dem Treppenabsatz. Rund um das Türschloss war der Lack so tief zerkratzt, dass das blanke Holz frei lag. Offenbar traf die Bewohnerin nicht immer gleich beim ersten Versuch. Erinnerungen an viele solche Gespräche drängten sich auf.

Jedes war anders. Man wusste nie, was einen erwartete.

»Nur gut, dass es aus der Mode gekommen ist, den Überbringer einer schlechten Nachricht zu töten«, neckte ihn Ankekatrin, die spürte, wie unwohl Mangold sich fühlte.

»Ich fürchte, so würde unser Beruf noch das letzte bisschen an Attraktivität einbüßen!«, versetzte Mangold und wartete angespannt darauf, dass jemand öffnete.

Dennoch zuckte er erschrocken zusammen, als unvermittelt die Wohnungstür aufgerissen wurde.

Hatte sie schon hinter der Tür gelauert?

Genug Zeit, sich anzuschleichen, hatte sie gehabt. Schließlich mussten die beiden Beamten drei Stockwerke bewältigen.

»Sie wollen zu mir?«, erkundigte sich eine schneidende Stimme unfreundlich.

Sie gehörte einer Frau, die auf den ersten Blick wie ein Kubus wirkte. Ihre Locken waren rosa gefärbt, sie hielt den Kopf, der auf dem großen Würfel winzig aussah, leicht schief, als könne sie so ihr Gegenüber besser erkennen.

»Frau Schaber?«

»Na, Sie werden doch wohl wissen, bei wem Sie geklingelt haben! In Ihrem Alter dürften solche Probleme eigentlich noch nicht auftreten!«

»Wir sind von der Kriminalpolizei. Mein Name ist Mangold, dies ist meine Kollegin Kruse.« Artig zeigte er seinen Ausweis.

Die Frau runzelte die Stirn und spitzte ihre Lippen, als wolle sie pfeifen. Die unzähligen Plisseefalten, die sich dabei bildeten, milderten ihre scharfen Züge nur wenig.

Mit einer raschen Handbewegung schnappte sie den Dienstausweis, kramte umgehend aus der Tasche ihrer Kittelschürze eine Brille hervor und setzte sie umständlich auf. »Nun, scheint ja zu stimmen! Was sollte aber die Polizei von mir wollen?«, meinte sie säuerlich und gab Mangold den Ausweis zurück.

»Das sollten wir besser nicht im Treppenhaus besprechen. Können wir für einen Moment reinkommen?«

Ein bauernschlauer Zug erschien in ihrem Gesicht. Kokett bewegte sie ihren breiten Körper zur linken und neigte den Kopf zu anderen Seite. »So, so. In meine Wohnung wollen Sie also. Es entspricht sonst nicht meiner Art, fremde Männer in meine Wohnung zu bitten, auch wenn sie eine ›Anstandsdame‹ im Schlepptau haben. Schon gar nicht so früh am Morgen. Aber bei der Polizei kann ich wohl eine Ausnahme machen!«, krähte sie so laut, dass es durch das Stiegenhaus schallte.

Sie drängte ihre Besucher in ein völlig mit Möbeln zugestelltes Wohnzimmer und nötigte Mangold, in einem breiten Sessel Platz zu nehmen. Ankekatrin Kruse wurde aufs Sofa eingeladen.

»Das war der Lieblingssessel meines verstorbenen Mannes. Er hat ein Leben lang schwer gearbeitet. Im Tagebau. Er geht in Rente und nicht einmal ein Jahr später ist er tot! Tragisch nenn ich so was!«

»Ihr Sohn …«, begann Mangold und rutschte unbehaglich in dem Sessel des Hausherrn umher.

»… war nicht einmal bei seiner Beerdigung!«, fiel Frau Schaber ihm ins Wort. »Tja, aber so sind die Kinder eben.

Undankbar! Wenn sie, wie meiner, im Ausland leben, haben sie für ihr Fernbleiben bei jeder passenden oder unpassenden Gelegenheit eine gute Entschuldigung.«

Die Atempause nutzte Mangold und erklärte hastig, um nicht erneut unterbrochen zu werden: »Wir haben Ihren Sohn heute Morgen tot aus der Elbe geborgen. Mein Beileid!«

»Aus der Elbe, sagen Sie? Er konnte noch nie besonders gut schwimmen. Nicht einmal zum Halbschwimmer hat er es damals gebracht. Wie leichtsinnig von ihm, ausgerechnet in der Elbe baden zu gehen. Alkohol vielleicht? Oder er hat es in Brasilien gelernt. Wenn all die gut gebauten jungen Männer am Strand im Meer schwimmen gehen, will man ja nicht zurückstehen.«

»Ihr Sohn hatte keinen Badeunfall. Es handelt sich um Mord!«, stellte Mangold etwas verunsichert durch ihre Gleichgültigkeit klar.

»Mord?«, fragte sie schrill. Das einzige Indiz für eine emotionale Beteiligung. Dem Hauptkommissar grauste.

»Ja. Daran besteht kein Zweifel.«

»Warum hier?«

Hajo Mangold verstand zunächst nicht, was sie damit meinte. Offensichtlich war ihm seine Ratlosigkeit anzusehen, denn Frau Schaber schob die Erklärung umgehend nach.

»Es gibt in jedem Jahr unzählige Morde in Brasilien. Tausende wahrscheinlich! Es ist ein wirklich unsicheres Land. Aber hier in Sachsen? Wenn ich mich recht erinnere, stand in der Zeitung, es habe im letzten Jahr ungefähr 25 Opfer von Gewaltverbrechen bei uns gegeben. Mord, Überfall, Totschlag. Warum sollte ausgerechnet mein Sohn, der hier gar nicht mehr wohnt, unter den Opfern sein?«

So hatte der Hauptkommissar den Fall noch gar nicht gesehen. Er staunte immer mehr. Vielleicht hatte er die Frau vollkommen falsch eingeschätzt.

»Sie sind sich wirklich sicher, dass mein Sohn tot ist?«, fragte die Mutter noch einmal nach.

Mangold nickte. »Ja. Es tut mir sehr leid.« Er zog ein Foto aus der Innentasche des Jacketts, zögerte kurz und legte es auf die gehäkelte Tischdecke. Es wirkte so deplatziert wie eine Erdbeere im Bananensplit.

Die dicken Finger grabbelten ein wenig, dann hatte Frau Schaber das Bild endlich in der Hand. Sie betrachtete es voll distanziertem Interesse. Hätten nicht ihre Hände dabei leicht gezittert, Mangold wäre davon ausgegangen, der Tod ihres Sohnes lasse sie kalt.

»Tja – demnach stimmt es wohl. Wie ist er gestorben?«

»Wir warten noch auf das Ergebnis der Obduktion. Sieht so aus, als wäre er erstochen worden. Waren Sie gestern mit ihm verabredet?«

»Nein. Natürlich wusste ich, dass er hier ist, aber er war an einem Treffen mit mir nicht interessiert. Wenn die Jungs älter werden, sind es oft nur noch die Mütter, die es wagen, ihnen die Wahrheit zu sagen. Dem weicht man lieber aus. Wenn er erstochen wurde, hat ihn also der Mörder in die Elbe geworfen?«

Mangold zuckte leicht zusammen. Eigentlich hatte er ihr nichts davon erzählen wollen.

»Der Täter hat ihn über die Uferbefestigung gehängt, mit ausgebreiteten Armen. Ein bisschen wie der Gekreuzigte.« Wenigstens hatte sie ihn dort nicht hängen sehen müssen, tröstete sich der Hauptkommissar. Worte konnten gar nicht schrecklich genug sein, um ein realitätsnahes Bild zu entwerfen.

»Johannes glaubte nicht an irgendeinen Gott, schon gar nicht an den christlichen. Religion hat ihn noch nie interessiert. Fand er langweilig. Was für ein ausgemachter Blödsinn: wie der Gekreuzigte! Da hatte aber jemand überhaupt keine Ahnung.«

12

Peter Nachtigall starrte auf den Stapel Fotos, die Rolands
Vater bei Michael Wiener abgegeben hatte. Er kenne zwar
die Leute auf den Bildern nicht, aber vielleicht helfe es ja
dennoch weiter, hatte Vincent erklärt. Roland Keiser. Offensichtlich ein lebensbejahender junger Mann. Auf den meisten Schnappschüssen lachte er unbeschwert, viele zeigten ihn
mit schönen Mädchen im Arm. Immer wieder anderen. Ein
Mädchenschwarm eben.

Sein Körper war durchtrainiert, die Muskelstränge deutlich definiert – das war nur durch diszipliniertes Training zu
erreichen, wusste Nachtigall. Einige der faltenlosen Gesichter
kamen ihm vage bekannt vor. Sie gehörten wohl zu Freunden
Rolands, vielleicht auch nur entfernten Bekannten.

Ronny Zobel. Er wirkte neben dem lausbubenhaften Keiser verkrampft, fast so, als hoffe er, unsichtbar zu werden, um
den anderen auszuweichen. Lag das nur daran, dass er nicht
aus dem sportlichen Umfeld stammte? War es Zobel unangenehm, Roland mit so vielen Menschen teilen zu müssen?

Peter Nachtigall fächerte die Fotos auf und legte sie auf den
Schreibtisch.

Ein Twen voller Freiheitsdrang lebt mit einem Aufpasser
gemeinsam in einer Wohnung, hat jede Menge Freunde und
Freundinnen. Plötzlich ist er verschwunden. Von einem Tag
auf den nächsten. Wird ermordet. Von einem Freund? Was
hatte Roland sich zuschulden kommen lassen? War er ein
Verräter? Ein IM?

Aber hätte man einen IM wie Schneider auf einen anderen angesetzt?

Nur dann, wenn Roland Keiser Zugang zu Informationen hatte, die anders nicht zu beschaffen waren, kombinierte Nachtigall, Informationen aus dem Bereich Sport.

Gut, das müsste sich ja klären lassen, dachte der Hauptkommissar mürrisch bei sich.

Der Grund für seinen Unmut war ein Bild, das er aussortiert und zur Seite gelegt hatte. Eine Gruppe von Männern unterschiedlichen Alters saß mit Keiser um ein Lagerfeuer und grillte an langen Stöcken Würstchen. Offensichtlich war die Stimmung gut.

Einer von ihnen war Albrecht Skorubski!

Michael Wiener stieß bei Ulrike Fleischer, einer Freundin Keisers, auf trotzigen Unglauben.

»Ihre Geschichte ist doch ausgemachter Blödsinn! Klar ist Roland rüber! Der wohnt jetzt in einer dieser Legebatterien und stopft mit seinem Gehalt x hungrige Mäuler. Sicher haben Sie sich getäuscht.«

»Nein. Es gibt keinen Zweifel. Wir konnten die Leiche identifizieren.«

»Aha«, gab sie unsicher zurück. »Wer hat das bestätigt?«, fragte sie spitz nach. »Etwa seine Mutter, die Hexe?«

»Die Seriennummer seines künstlichen Knies.«

Ulrike Fleischer hüllte sich in aggressives Schweigen.

Rücksichtslos raschelte sie ihre Einkäufe aus einer braunen Papiertüte und knallte sie auf den Küchentisch.

Die Tüte mit Äpfeln riss auf, einige der grünen Früchte kullerten über die Tischplatte und stürzten über den Rand in die Tiefe.

»Scheiße!«, fluchte Ulrike Fleischer und sammelte gemeinsam mit dem Ermittler die Äpfel wieder ein, inspizierte sie auf Druckstellen und meinte lachend: »Dann gibt es heute Apfelpfannkuchen! Und Sie sind wirklich sicher, dass es Roland ist?« Das Lachen war plötzlich wie weggewischt und ihre braunen Augen schimmerten feucht.

»Ja. Er wurde ermordet. Vermutlich erstochen.«

»Vermutlich erstochen.« Sie bewegte die Worte in ihrem Mund von einer Seite zur anderen wie ein saures Bonbon. »Vermutlich? Das bedeutet wohl, seine Leiche war nicht mehr ganz frisch?«

»So kann man das auch ausdrücken. Er starb wohl am Tag seines Verschwindens.«

»Das ist wirklich schlimm.«

Wiener beobachtete, wie sie versuchte, unauffällig ein paar Tränen von der Wange zu wischen, während sie die Lebensmittel in den Kühlschrank räumte.

»Wir dachten ja alle, er habe es geschafft. Waren auch ein bisschen neidisch. Ich zum Beispiel. Aber ich wäre nie mutig genug gewesen.«

»Gab es damals Feinde?«

»Kein Mensch wird von allen geliebt«, antwortete Ulrike philosophisch.

»Stimmt. Aber zum Glück werden nur relativ wenige ermordet«, parierte Wiener schlagfertig.

Sie schenkte ihm ein maliziöses Lächeln. »Okay. So auf die Schnelle fällt mir niemand ein, der vielleicht so weit gegangen wäre, zu morden. Es ist ewig her! Mein ganzes Leben liegt dazwischen. Ich werde in Ruhe darüber nachdenken«, versprach die attraktive Frau.

Nach einem raschen Blick auf die Küchenuhr schaltete sie den Wasserkocher ein.

»Was haben Sie damals als Alternative zur Flucht aus der DDR angenommen? Ich habe gehört, er sei gar nicht der Typ gewesen, von dem man so eine Aktion erwartet hätte.«

»Mir gegenüber war nie die Rede von Fluchtplänen. Politik gehörte nicht zu unseren bevorzugten Gesprächsthemen.

Ich weiß noch, dass ich nicht glauben konnte, jemand an zwei Krücken könne in den Westen abhauen. Ich meine, wenn *das* funktionierte, hätte doch jeder einfach rausspazieren können.« Sie nahm eine Schüssel aus dem Hängeschrank, angelte einen Schneebesen aus der Schublade und schlug drei Eier auf. Während sie Eiweiß und Eigelb kräftig durchmischte, erklärte sie: »Aber es gab schon Tricks. Mir kam das Ganze seltsam vor, weil ich davon ausging, dass er nach der OP ziemliche Schmerzen haben musste. Er hätte sich nicht in irgendeiner Kiste verstecken können. Wo haben Sie ihn denn gefunden?«

Nachdem Wiener ihr das erzählt hatte, war Ulrike Fleischer ziemlich blass.

»Das war Roland?«, hauchte sie entsetzt. »Ich habe im Radio davon gehört. Als Vogelscheuche auf dem Feld!« Sie fixierte den jungen Beamten kritisch. »Und wo sollte er dann wohl die letzten 20 Jahre gewesen sein?«, zischte sie aggressiv.

»In einer Tiefkühltruhe.«

Ronny Zobel war blasser als die pastellgelb-weiß gestreifte Bettwäsche, auf der er lag.

Nachtigall hatte den Eindruck, das Gesicht des Patienten leuchte weiß.

Es war nicht zu erkennen, ob er gehört hatte, dass jemand den Raum betreten hatte. Die Augen blieben geschlossen. Zobel atmete tief und ruhig. Schlief er vielleicht?

Peter Nachtigall zögerte. Es kam ihm nicht richtig vor, den Mann jetzt zu wecken. Abgesehen davon war nicht davon auszugehen, dass er besonders erfreut auf seinen Besucher reagieren wird.

Es klopfte.

In Zeitlupentempo schob sich die Tür in den Raum. Der blonde Schopf einer Frau erschien. Als ihre tastenden Blicke den Hauptkommissar entdeckten, zuckte sie zurück und machte Anstalten, die Tür rasch wieder zuzuziehen.

Mit zwei langen Schritten war Nachtigall neben ihr. »Frau Zobel?«

Sie nickte. Trat rückwärts in den Gang hinaus.

»Mein Name ist Peter Nachtigall. Hauptkommissar bei der Cottbuser Kriminalpolizei«, stellte er sich vor und schloss die Tür hinter sich.

Zögernd streckte sie ihm den Arm entgegen. Er schüttelte ihre Hand, die sich kalt und schlapp anfühlte, wie der Schwanz einer toten Ratte.

»Sie haben ihn gerettet, sagt der Stationsarzt«, schnarrte sie mäßig begeistert.

»Zufall. Ich wollte mich mit Ihrem Mann über Roland Keiser unterhalten. Er war mit ihm befreundet.«

»Ist das nicht der, der in den Westen rüber ist? Das muss mehr als 20 Jahre her sein! Was soll mein Mann denn über den wissen? Soweit ich mich erinnern kann, hat er sich nie wieder gemeldet.«

»Ihr Mann hatte damals als Einziger von Plänen seines Freundes berichtet, das Land zu verlassen.«

»Und? Kann doch sein, dass Roland ihm etwas anvertraute, was er ansonsten niemandem erzählt hätte. Immerhin waren sie eng befreundet.«

»Natürlich wäre das denkbar. Nur hat Roland diesen Fluchtversuch nie unternommen. Er wurde am Tag seines Verschwindens ermordet. Wir haben seine Leiche entdeckt.«

»Igitt!«, murmelte sie spontan.

Nachtigall beobachtete, wie sich hinter ihrer Stirn die Gedanken überschlugen.

Als sie sich ihm zuwandte, hatten sich ihre Augen zu Schlitzen verengt. »Jetzt verstehe ich, worauf das Ganze rauslaufen soll«, flüsterte sie mit einer Stimme, die sich schmerzhaft ins Fleisch bohrte. »Sie glauben, mein Mann könnte die Geschichte erfunden haben. Es kam ihm darauf an, mögliche Nachforschungen schon im Keim zu ersticken. Daran konnte aber nur dem Mörder gelegen sein.« Sie atmete tief durch und reduzierte die Lautstärke ein wenig, als eine Schwester sie im Vorbeihuschen zornig von oben bis unten maß nahm. »So ein ausgemachter Schwachsinn! Ronny tut nie irgendjemandem irgendetwas. Er ist ein verdammter Softie ohne jeden Biss! Roland und er waren echte Freunde, fast wie Brüder. Fühlt es sich eigentlich gut an, einen Menschen vor dem Suizid zu retten, damit man ihn wegen eines Mordes, den er nicht begangen hat, lebenslang einsperren kann?«

Die automatischen Türen schwangen mit lautem Summen zur Seite. Ein rothaariges Mädchen erschien am Ende des Ganges, sah sich orientierend um.

Etwa 12, taxierte Nachtigall automatisch.

Mit ungelenken, staksigen Bewegungen kam sie langsam näher, jeder Schritt ein Ausdruck größten Missbehagens.

»Krissie! Das ist der Herr, der dafür gesorgt hat, dass Papa in die Klinik kam«, erklärte Frau Zobel und ihre Augen warnten Nachtigall eindringlich davor, das zuletzt angeschnittene Thema weiterzuführen, jetzt, wo die Tochter alles hören konnte.

»Tag«, grüßte das Mädchen artig, gab ihm aber nicht die Hand. Ihr Blick wanderte desinteressiert an ihm vorbei durchs Fenster.

»Was ist nun mit Papa?« Das klang völlig unbeteiligt.

»Er schläft. Wir gehen schnell was trinken und kommen später wieder.«

Krissie zuckte mit den Schultern. »Wenn du meinst.« Das Mädchen machte auf dem Absatz kehrt und trabte den Weg zurück, den es gekommen war.

»Es nimmt sie ziemlich mit. Erst der ständige Streit, dann der Umzug und nun ... na ja. Sie liebt ihren Vater, glaubt

sie. Ich weiß, dass er ihr nie einen Wunsch abschlägt, nie
einen Gedanken an Erziehung verschwendet und ihr deshalb sympathischer ist als ihre Mutter. Da ist noch einiges
aufzuarbeiten.«

»Frau Zobel, wenn Ihr Mann und Roland so gute Freunde
waren, warum erzählte er dann von den Fluchtplänen? Hätte
es wirklich welche gegeben, wäre doch danach alles hinfäl-
lig gewesen«, lenkte Nachtigall das Gespräch wieder auf
seine Ermittlungen zurück. Die innerfamiliären Probleme
der Zobels müssen die Eltern selbst in den Griff bekommen,
dachte er, die gehen mich im Grunde nichts an.

Bevor die Mutter hinter Krissie herstürmte, rief sie ihm
schnippisch: »Fragen Sie ihn!« und war verschwunden. Das
in dieser Umgebung unpassend laute Klacken ihrer hochha-
ckigen Pumps war weithin zu hören.

Peter Nachtigall kehrte zu seinem schweigsamen Zeugen
zurück.

Leise angelte er sich einen der unbequemen Besucherstühle
ans Bett und setzte sich. Betrachtete schweigend das schmale,
ausgemergelte Gesicht und fragte sich, ob die Ehe wirklich
nur daran gescheitert war, dass Zobel ein Softie war. Diskus-
sionen mit seiner Tochter Jule fielen ihm ein, in denen von
den günstigen Eigenschaften des zukünftigen Partners die
Rede war. Er konnte ein Schmunzeln nicht unterdrücken.
Sein Schwiegersohn hatte nun wirklich kaum Ähnlichkeit
mit dem Bild des Traummanns, das Jule damals hatte. Zum
Glück, dachte er, waren Softies heute anscheinend out.

»Ist sie weg?«, wisperte eine kraftlose Stimme unerwartet.

Nachtigall zuckte ertappt zusammen. »Ja.«

Zobel öffnete probeweise die Augen, blinzelte leicht ver-
stört. »Krissie?«

»Auch. Sie kommen später noch mal vorbei.«

Ronny Zobel wich dem Blick des Ermittlers aus – drehte den Kopf demonstrativ zur Seite. »Ich habe Sie nicht gebeten, den Notarzt zu verständigen. Erwarten Sie bloß keinen Dank«, flüsterte er verbittert.

»Ich erwarte nur eine Antwort. Auf meine Frage gestern, warum Sie dieses Märchen von den Fluchtplänen erzählt haben, antworteten Sie: Wir waren Freunde. Mir ist nicht ganz klar, was Sie damit ausdrücken wollten.«

Zobel schwieg. Ausdauernd.

Nachtigall bewies mindestens ebenso großes Beharrungsvermögen.

»Roland und ich waren wie Brüder«, ächzte Zobel endlich.

»Das beantwortet meine Frage nicht.«

»Nein, vielleicht nicht.«

Wieder lastendes Schweigen.

»Roland wäre so gern etwas gewesen, was meine Tochter als coolen Typen bezeichnen würde. Davon war Roland in Wahrheit allerdings Lichtjahre entfernt. Tief in seiner Seele war er ein spießiger, ängstlicher Junge, dem im Leben einfach nichts so recht gelingen wollte. Ein Langweiler. Die vielen Partys. Nur um niemanden merken zu lassen, wie öde er im Grunde war. All die Weibergeschichten. Nur damit keine je herausfinden konnte, wie wenig mit ihm los war. Dann der Rückschlag bei der Karriereplanung – Rheuma. Ich wollte ihm die Aufmerksamkeit verschaffen, die er sich immer gewünscht hat«, röchelte Zobel.

»Wir haben gehört, er sei schwierig gewesen. Es gab ständig Differenzen mit seinen Eltern.«

»Ja, schon. Das widerspricht sich nicht. Seine Eltern – das war ein Kapitel für sich. Rolands Mutter träumte davon, über ihren Sohn berühmt zu werden. Als das nicht richtig klappen wollte, wurde die Situation zu Hause unerträglich. Aber das ändert nichts daran, dass Roland eine Menge Action veranstaltet hat, um den Anschein zu erwecken, er sei ein toller Hecht. Dabei drehte sich sein Leben eben nur um Fußball. Erst um sein eigenes Training – er konnte stundenlang über Taktik und Laktat und solche Dinge reden – später war es sein Ausbildung zum Trainer, die das Gespräch dominierte, bis seine Arbeit in der Frauenfußballmannschaft in Potsdam zum Topthema avancierte. Ich konnte es manchmal kaum ertragen. Lesen? Nö. Eine politische Meinung? Fehlanzeige.«

»Er war Ihr Freund.«

»Er war einsam. Schon immer. Wie ich selbst. Das hat uns zusammengeschweißt. Sie wissen schon: Zusammen ist man weniger allein. Mit mir konnte er über seine Probleme sprechen, seine Ängste und Sorgen. Seinen Ärger über Bernhard Schneider, der ihn überwachen sollte. Wenn wir uns getroffen haben, konnte der coole Roland zu Hause bleiben und sich ausruhen.«

»Es musste doch einen Grund für sein Verschwinden geben. Haben Sie sich zu keinem Zeitpunkt Sorgen um Ihren Freund gemacht?«

»Anfangs nicht. Ich dachte, er hat sich mit einem Mädchen eingelassen oder einer verheirateten Frau. Damals ging ich ja noch davon aus, dass er spätestens nach ein paar Tagen wieder aufkreuzt. Also habe ich eine Räuberpistole erzählt, damit er als Held dastehen konnte, wenn er wieder auftauchte. Einmal Westen, dann enttäuscht umkehren und in der DDR weiter Sportgeschichte schreiben. So dachte ich mir das. Die Bücher über Ballonbau gehörten mir – eine Tante aus dem Westen hatte sie mir gut getarnt geschickt. Es war keine Hürde, sie in Rolands Regal zu platzieren. Aber Roland kam nicht zurück. Meine Geschichte war längst zum Selbstläufer geworden – ich konnte ohne Gesichtsverlust nicht mehr aussteigen.« Zobel stöhnte laut. »Können Sie sich überhaupt vorstellen, wie verzweifelt ich war? Am liebsten wäre ich tot umgefallen.

Rolands Vater hat sich in regelmäßigen Abständen bei mir erkundigt, ob sein Sohn vielleicht geschrieben habe. Jedes Mal ein Stich in die Wunde. Und ich fragte mich natürlich ständig, was wirklich passiert war. Mit den Jahren glaubte ich selbst an die Republikflucht, redete mir ein, dass ich wohl instinktiv gespürt haben musste, was er plante. Vielleicht eine Art Schutzmechanismus.«

»Sie haben eine Mordermittlung verhindert.«

»Ich dachte doch, morgen ist er wieder da! Übermorgen! Nächste Woche. Bis es zu spät war.«

»Herr Skorubski ist zur OP«, beschied Schwester Inge dem Hauptkommissar wenig später auf der M2/2, der Station für Hämatologie. »Wenn Sie möchten, können Sie ihm gern eine Nachricht hinterlassen.«

Nachtigall las die Worte für Albrecht noch einmal sorgfältig durch.

Zeile für Zeile schmerzlich nichtssagend!

Schwerfällig stand er auf, verließ das Krankenzimmer und trottete über den verlassenen Gang an den Zimmertüren vorbei, floh deprimiert vor Krankheit und Todesangst.

Feigling!, empörte sich seine innere Stimme.

Die Hand in der Hosentasche zerknüllte den Zettel mit dem banalen Text.

»Was haben wir?«, fragte Nachtigall wie gewöhnlich zu Beginn der Besprechung.

»Er scheint ein eigenartiger Typ gewesen zu sein.« Michael Wiener blätterte in seinen Notizen. »Jede Menge Freunde, die aber nicht viel über ihn zu sagen haben. Freundinnen! Und die Verflossenen sind nicht wirklich wütend auf ihn. Oder ihr Ärger ist in den letzten Jahren verraucht. Es gab eine Elvira, eine Manuela, eine Patricia, eine Sabine, eine Susanne, eine

Sibille, eine Maria – ich fürcht', das sind nur einige seiner Bekanntschafte'. Als Charakteristikum gilt wohl, dass die Beziehunge' nicht von Dauer ware'.«

»Hast du schon alle Adressen der Damen?«

»Nein. Aber ich bin dran«, versicherte Wiener eifrig.

»Dieser Zettel lässt mir keine Ruhe. Geht es hier um eine Mordserie, die vor 20 Jahren stattfinden sollte und nach dem ersten Opfer abgebrochen wurde? Oder ist der Zettel ab jetzt gültig – was bedeuten würde, dass die Serie mit dem Auffinden von Keiser erst beginnt.«

»Gab es denn vor 20 Jahren eine Serie in Cottbus?«

»Nein, das habe ich schon recherchiert. Aber das schließt nicht aus, dass es etwa DDR-weit eine gegeben haben könnte, die nicht als Serie erkannt wurde.«

»Ach, das glaub' ich nicht. Das wär' doch aufg'falle'!«

»Nicht, wenn man keine Verbindung zwischen den Opfern entdecken konnte. Vielleicht waren die Morde sich auch so unähnlich, dass kein Verdacht aufkam, sie könnten alle von einem Täter begangen worden sein. Du weißt ja, dass man das nicht unbedingt immer erkennen kann. Denk nur mal an unseren letzten Fall.«

»Ja«, räumte Wiener ein. »Wenn wir davon ausgehen, dass die Serie erst jetzt beginnen soll, nehmen wir dann an, dass der Täter Roland Keisers damaliges Umfeld im Auge hat oder glaubst du, die Familie Keiser ist in Gefahr?«

Nachtigall verzog das Gesicht zu einer Grimasse. »Ich weiß nicht. Aber so spontan würde ich denken, die größte Gefahr für Renate und Vincent Keiser sind sie selbst. Vielleicht hofft der Mörder, die beiden brächten sich jetzt gegenseitig um? Wir schicken aber besser eine Streife vorbei und lassen sie warnen. Noch wissen wir zu wenig, um das Risiko realistisch einschätzen zu können.«

»Angenommen, der Täter plante ursprünglich wirklich

eine Serie, zum Beispiel aus Neid. Warum führte er sie nicht aus? Wenn du bedenkst, wann dieser Mord geschehen ist, könnte dem Täter schlicht die Wende dazwischengekommen sein«, erklärte Wiener nachdenklich. »Natürlich kann er auch krank geworden oder gestorben sein, aber vielleicht änderten sich nur die Umstände.«

»Du glaubst, er ist in ein neues Leben gestartet und hat deshalb auf weitere Morde verzichtet? Dann war das Motiv nicht sehr stark, seine Wut, sein Neid, was auch immer, schnell verflogen. Und warum sollte er in diesem Fall nach so vielen Jahren die Leiche auf ein Feld stellen? Nein, Michael. Das ist unwahrscheinlich. In deinem Szenario hätte er froh sein müssen, dass die Entdeckung der Leiche seine neue Existenz nicht empfindlich stört.«

»Was, wenn gar nicht der Mörder die Leiche auf dem Feld platziert hat?«, fragte Wiener und Nachtigall unterdrückte ein tiefes Seufzen.

»Jemand findet in einer fremden Kühltruhe einen kompletten menschlichen Leichnam. Statt die Polizei darüber zu informieren, bringt er ihn auf ein Feld und stellt ihn als Vogelscheuche auf?«

»Angenommen, er wusste, wen er dort entdeckt hatte. Er wollte das Verbrechen publik machen, ohne selbst in die Ermittlungen zu geraten. Ein Mitwisser womöglich, der seit 20 Jahren unter seinem Schweigen leidet. Er will, dass endlich der Mörder gefunden und bestraft wird. Und er hat ja geschafft, was er wollte: Die Polizei ermittelt.«

»Klingt nicht völlig abwegig, gebe ich zu. Motiv?«

»Klassisch. Eine Frau, Eifersucht.«

»Von einem eifersüchtigen Freund oder Ehemann hat uns noch niemand etwas erzählt. Aber das muss ja nichts bedeuten, wir haben auch nicht danach gefragt. Und so viele Namen stehen noch auf der Liste.« Er legte die Fotos auf Michaels

Schreibtisch. Zögerte einen Atemzug lang und mischte auch den Schnappschuss mit Albrecht Skorubski darunter.

Wiener schob die Aufnahmen auseinander, nahm einzelne hoch, um sie genauer zu betrachten. Dann sortierte er die Bilder nach den abgebildeten Personen. »Sag mal – ist das nicht Albrecht? Siehst du? Im Hintergrund.«

»Ja. Schau mal, er trug schon damals eine Mütze, um den Haarschwund zu kaschieren.«

»Dann kennt er Roland Keiser. Also konnte er dir schon eine Menge Informationen über das Opfer geben.«

»Nein. Er hat mit keinem Wort erwähnt, dass sie sich kannten.«

»Obwohl er gestern den ganzen Tag mit dir unterwegs war? Das ist ja eigenartig.«

»Er ist krank, Michael. Offensichtlich eine Art Krebs, er hatte nicht viel Zeit für Erklärungen. Gestern stand noch eine Untersuchung an. Vielleicht war er mit seinen Gedanken nicht ganz bei der Sache.« Aber im Grunde glaubte Peter Nachtigall das nicht.

Und genau das machte ihm Sorgen.

»Was ist eigentlich mit diesem Friedrich Konstantin Plau? Haben wir schon eine Adresse?«

»Ja, scho. Aber der isch zurzeit in Marokko. Eine Selbstfindungstour. Midlife Crisis, meinte sei' Schwester. Man kann ihn nicht erreiche'. Kein Handy, nichts. Der fällt als Zeuge aus.«

Hart schlugen Fingerknöchel gegen die Bürotür.

»Bitte!«

»Tschuldigung. Aber vorhin hat jemand aus Dresden angerufen. Sie haben dort ein Mordopfer, dessen Schwester in Cottbus wohnt. Der ermittelnde Hauptkommissar fragt nach, ob Sie nicht vielleicht mit der Schwester …« Die Stimme des Beamten vertrocknete, als er bemerkte, wie Nachtigalls Gesicht rot anlief.

»Da scheint der Kollege zu glauben, die Mordkommission in Cottbus leidet unter Schüben von Langeweile! Das ist doch nicht zu fassen!«

»Nun, Herr Mangold meinte, er kenne Sie. Vielleicht ging er deshalb davon aus, dass es kein Problem sei«, schob der Kollege den Namen des Dresdner Ermittlers nach, in der Hoffnung, es könne die Lage beruhigen.

»Herr Mangold?«, fragte Nachtigall ungläubig. »Dann kam der Anruf aber aus Leipzig!«

»Nein, nein. Aus Dresden. Sie haben dort die Leiche eines …«, er kramte einen Zettel hervor, »Johannes Schaber geborgen. Aus der Elbe. Sie würden gern wissen, ob er in letzter Zeit mit der Schwester Kontakt aufgenommen hat, ob sie etwas über seine Pläne wusste.«

»Und warum zum Kuckuck rufen sie nicht einfach bei ihr an?«, fluchte Nachtigall, der zugeben musste, dass er Mangold verstehen konnte. Es war immer besser, eine Person zu schicken, der man vertrauen konnte. Wieso rief Hajo ihn aus Dresden an? Das ergab doch alles keinen Sinn!

»Wie heißt die Schwester denn?«, erkundigte er sich freundlicher.

»Veronica Bauer. Die Adresse habe ich hier notiert.« Der Kollege reichte dem Hauptkommissar ein neongrünes Papier.

Wiener fragte: »Johannes Schaber? So hieß das Opfer?«

Der Beamte nickte zur Bekräftigung mit dem gesamten Oberkörper.

Nachtigall fiel bei dieser Bewegung unwillkürlich Philomena ein und er schmunzelte hinter vorgehaltener Hand. »Wir kümmern uns drum.«

Erleichtert flüchtete der Beamte über den Gang davon.

»Weißt du, wer das ist? Johannes Schaber?« Michael Wiener wirkte mit einem Mal sehr aufgeregt.

Peter Nachtigall sah ihn verwundert an und schüttelte den Kopf.

»Nein, müsste ich?«

»Johannes Schaber leitet die Delegation des brasilianischen Frauenfußballteams!«

13

Bernhard Schneider empfand seine Situation als unkomfortabel.

Gerade im Augenblick kam ihm die ungeteilte Aufmerksamkeit der Staatsmacht sehr ungelegen. Hoffentlich hörte das bald wieder auf.

»Roland, Roland! Du hättest doch wirklich nicht gerade jetzt auftauchen müssen. Das ist nicht nett!«

Roland – ein Mordopfer.

Bernhard Schneider konnte es kaum glauben.

All die Jahre hatte er an Rolands Zukunft im Westen geglaubt – und nun stellte sich raus, dass er tot war. Die beiden Beamten schienen sich jedenfalls sehr sicher zu sein – kein Spielraum in diesem Punkt. Bedächtig wiegte er den zu mächtigen Kopf hin und her, als kämen die Gedanken besser in Fluss, wenn das Hirn von links nach rechts und zurück schwappte.

Alle waren sich am Ende sicher gewesen: Roland hat in den Westen gemacht. Dass man danach von ihm nichts mehr hörte, war nicht so ungewöhnlich. Klar hatte es immer einige Wichtigtuer gegeben, die sich mit Briefen an die verlassene Verwandtschaft hervortaten, mit ihren unglaublichen Erfolgen prahlten – aber oft genug herrschte Schweigen. Manch einem mochte es nicht wohl in seinem Pelz sein, dort, im westlichen Speck, wenn er daran dachte, wie sehr er seiner Familie womöglich durch diesen egoistischen Schritt geschadet haben mochte. Andere fürchteten auch, den Neid und die Missgunst von Eltern und Freunden auf sich gezogen zu haben, sorgten sich, die Zurückgelassenen oder Verratenen könnten sich fortan mit überzogenen Wünschen und Forderungen an die frisch gebackene Westverwandtschaft wenden. Nein, da war es besser, das neue Leben zu genießen.

Schneider setzte sich an den Küchentisch und zündete sich eine der guten Zigarren für besondere Gelegenheiten an.

Roland, dieser eingebildete Möchtegernstar!

Roland, wie er ihm hier gegenübersaß, süffisant grinsend und selbstherrlich anmaßend seine Forderungen formulierend. Tja, Bernhard, hatte er gesagt, wenn du nicht willst, dass ich dem Ministerium stecke, dass du … Roland!

Dicker Qualm füllte inzwischen den winzigen Raum und Schneider sah sich gezwungen, das Fenster zu öffnen. Gierig ließ er die frische, warme Luft in seine Lungen strömen, atmete aus, blieb am Fenster stehen und blies den Rauch in Kringeln hinaus in den Spätsommer.

Was soll's!

Roland ist tot!

Sollte er darüber etwa traurig sein?

Mark lag auf seinem Bett und starrte die gegenüberliegende Wand an. Die Musik aus dem Rekorder war nicht laut genug, um die Stimmen aus der Küche zu übertönen.

Sie stritten sich.

Der Junge rollte sich wimmernd hin und her, presste die Hände fest auf die Ohren. Es half nicht. Er hörte dennoch jedes Wort. Manchmal lag er minutenlang still und lauschte.

Schon um sicherzugehen, dass der Zwist nicht doch auch mit ihm zu tun hatte.

Und das, obwohl er längst wusste, dass es um Andy ging. Mark kannte ihn flüchtig. Er war ein Freund seiner Schwester, lustiger Typ, der immer gute Laune hatte. Er bedauerte den Ärger um den jungen Mann. Die paar Male, an denen er ihm begegnet war, hatte Andy sich ganz normal mit ihm unterhalten, kein albernes Getue um seine Behinderung gemacht und ihn nicht als lästiges Anhängsel seiner großen Schwester gesehen. Sicher, er war erst zwölf, aber das hieß ja nicht, dass man ihn wie ein kleines Kind behandeln musste! Sie waren zu dritt Eis essen gegangen. Mama hatte an jenem Nachmittag eine Freundin besucht und Manuela nahm ihren Bruder kurzerhand mit.

Mark lächelte beseelt, als er sich an den großen Eisbecher erinnerte, den Andy ihm spendiert hatte.

Aus der Küche hörte er Mama kreischen, Andy sei ein Schuft! Manuela weinte.

Sofort spürte er, wie auch seine Augen brannten. Das war schon immer so gewesen – eine Art innerer Beziehung zu seiner Schwester. Papas Worte waren nicht zu verstehen, aber Mark erkannte am Tonfall, dass er sehr verärgert sein musste. Wenn sich der erste Zorn gelegt hatte, würde er Manuela fragen, was denn eigentlich passiert war, warum Andy ein Schuft sein sollte. Vielleicht konnte er ihr ja helfen. Das wäre nicht das erste Mal, dass ihm eine Lösung für ein Problem einfiel, auf die sie nie gekommen wäre.

14

»Veronica Bauer wohnt im Birkenweg. Ruhige Gegend, kleine Häuschen. Direkt am Wald, nahe beim Tierpark. Schöne Ecke. Mangold hat uns übermitteln lassen, der Bruder sei heute Morgen aus der Elbe gezogen worden. Erstochen. Offensichtlich ist er seit etwa 20 Jahren nicht mehr in Deutschland gewesen.« Nachtigall sah von den Unterlagen auf. »Und beim ersten Besuch wird er gleich ermordet. Meinst du, der Täter hat all die Jahre auf diesen Moment gewartet – oder ist es Zufall, er lief einfach beim nächtlichen Bummeln durch Dresden einem gewaltbereiten Messerstecher über den Weg?«

»Schwer zu sage'. Ein Mörder, der so lang warte' kann? Was wär' das für eine Persönlichkeit? Einer, der wo sei' ganze Hass so konserviert hat, dass er ihn im richtige' Moment abrufe' konnt'. Des klingt für mich ziemlich gefährlich.«

»Eiskalt. Er liest in der Zeitung von dem bevorstehenden Besuch – das stand doch in der Zeitung, oder?« Wiener nickte. »Und macht sich unverzüglich mit einem Messer auf den Weg. Wenn sich das wirklich so abgespielt hat, muss Schaber in den Augen des Täters etwas Entsetzliches verbrochen haben – sonst hält der Hass nicht so lange.«

»Der Mörder hätt' ja au' längst nach Brasilie' reise' könne', um den Mord zu begehe'. Ich glaub' nicht, dass er hier g'wartet hätt wie eine Katze vorm Mauseloch. Hass schreit doch nach schnellen Konsequenze'!«

»In der Regel schon. Aber es gibt auch eine andere Variante. Hass lässt sich einfrieren. Du trägst ihn wie einen riesigen Eiswürfel in deinem Innern mit dir herum. Alles Denken kreist zwar um diesen Kältepol, du ziehst dich von anderen Menschen zurück, deine sozialen Aktivitäten erkalten – doch dein

Hass hält dich aufrecht. Wie Stickstoff. Der ist so kalt, dass man sich daran verbrennen kann. Und irgendwann kommt die Gelegenheit – und du legst los.«

»Ist scho' seltsam. Unsere Leich' hat ja auch eine 20-jährige Geschichte. Glei' zwei Fälle, die ihre Wurzeln in der Historie habe'.«

»Das wissen wir noch nicht, Michael. Der Mord an Schaber kann sein Motiv im Jetzt haben. Denkbar wäre doch, dass ein Mörder aus Brasilien ihm folgt, ihn hier tötet im Glauben, die deutschen Behörden könnten so nie den Täter ermitteln, eben gerade weil sie ihn bei den deutschen Wurzeln suchen.«

Michael Wieners Augen leuchteten wie im Jagdfieber. »Die Fußballmafia! Ein Auftragskiller wird auf Schaber angesetzt, folgt ihm und bringt ihn fernab der Auftraggeber um. Vielleicht waren Manipulationen bei der Frauen-WM geplant und Schaber wollte nicht mitziehen – oder schlimmer noch – er wollte die Sache auffliegen lassen. Ein Pendant zum Wettskandal im Männerfußball.«

»Wir werden gleich erfahren, was seine Schwester über solche Dinge weiß. Ansonsten bleibt Hajo nichts anderes übrig, als auf die Hilfe der brasilianischen Behörden zu vertrauen.«

»Es ist noch gar nicht so lange her, da wurd' eine ganze Fußballmannschaft entführt und getötet. Ich glaube, das war in Venezuela. Die Sportmafia ist kein Wiener'sches Hirngespinst!«

Peter Nachtigall gab einen undefinierbaren Grunzlaut von sich.

Seit Michael Wiener bei ihnen arbeitete, hoffte der junge Mann auf einen Mordfall mit internationalen Dimensionen, einem Profikiller, einem reichen Auftraggeber.

Voller Unbehagen musste der Hauptkommissar zugeben, dass sich Wieners Vermutung in diesem Fall möglicherweise bestätigen könnte.

Veronica Bauer war sehr blass. Ihre geröteten Augen bewiesen, dass sie die Nachricht vom Tod ihres Bruders bereits erhalten hatte.

»Kriminalpolizei Cottbus? Meine Mutter hat mich schon angerufen. Man hat Johannes ermordet«, murmelte sie erstickt und presste sich ein zerknülltes Papiertaschentuch so fest vor den Mund, dass die Knöchel weiß hervortraten.

»Herzliches Beileid«, murmelte der Hauptkommissar betreten. »Wir haben ein paar Fragen. Die Kollegen brauchen so viele Informationen wie möglich, um den Täter schnell zu fassen«, erklärte er leise und dachte, dass, falls Wiener mit seiner Theorie recht behalten sollte, es für die Dresdner schwer werden würde, den Mörder zu schnappen. War es ein Auftragskiller, hatte er Deutschland sicher schon vor der Entdeckung seines Opfers verlassen, lag als harmloser Tourist getarnt an irgendeinem Strand und wartete entspannt auf die Erfolgsprämie.

»Kommen Sie rein. Aber sprechen Sie bitte leise. Ich möchte nicht, dass die Kinder etwas bemerken.« Veronica Bauer lotste die Ermittler an der halb geöffneten Wohnzimmertür vorbei in die Küche.

Nachtigall hatte im Vorbeigehen einen Blick auf drei dunkelhaarige Kinderköpfe erhaschen können, die sich eine Informationssendung im Fernsehen ansahen. Über Haie und andere große Räuber.

Sie setzten sich um den Küchentisch.

»Sie wussten, dass Ihr Bruder in Deutschland war?«

»Ja. Er hatte mich angerufen. Wir wollten uns treffen, wenn die Delegation in Berlin Station macht.« Die sorgfältig gepflegten Hände der großen Frau beschäftigten sich automatisch mit der Zubereitung des Abendessens. Veronica Bauer schnitt Möhren in Scheiben und schabte sie mit der Rückseite des Messers auf einen Berg aus anderen Gemüsestücken, der auf einem Teller auf die weitere Verarbeitung wartete.

»Sie telefonierten regelmäßig miteinander?«, fragte Nachtigall weiter.

»Ja. Unsere Familienverhältnisse sind etwas unübersichtlich. Meine Mutter spricht nicht mehr mit mir. Ich habe den in ihren Augen falschen Mann geheiratet. Johannes hingegen war ihr Star. Er hatte allerdings wenig Interesse an ihr. Sie sehen schon: In manchen Familien läuft nicht alles rund. Aber bei der Kripo weiß man um solche Dinge, nicht wahr?«

»Mit Ihnen hielt er regelmäßigen Kontakt, oder?«

»Wir telefonierten etwa einmal in der Woche miteinander«, schluchzte die Schwester und griff nach einem Päckchen Taschentücher. »'Tschuldigung.«

»Hat er Ihnen von beruflichen oder privaten Schwierigkeiten berichtet? Ärger im Fußballverband? Drohungen?«

Während sie überlegte, griff sie zerstreut nach einer Zucchini. »Nein. Er eignete sich nicht als Zielscheibe. Immer korrekt. Manche machen Fehler eben wirklich nur einmal.«

Nachtigall zog fragend die linke Augenbraue hoch.

»Falsche Freunde«, ergänzte die Schwester achselzuckend.

»Später war er nur noch mit den richtigen Leuten befreundet?«

»Man muss sich ja nicht unbedingt mit denen zusammentun, die den Ärger förmlich herbeisehnen. Johannes war vorsichtig geworden, ließ sich nicht mehr vor irgendeinen Karren spannen. Als er nach Brasilien ging, arbeitete er sehr zielstrebig an seiner Karriere.«

»Dann können Sie sich kein Motiv für diesen Mord vorstellen?«

Mit einer ärgerlichen Bewegung schob sie die Zucchinischeiben ebenfalls auf den Gemüseberg. »Habe ich das gesagt? Natürlich macht man sich nicht nur Freunde, wenn man innerhalb eines Systems aufsteigt. Auch noch als Deutsch-stämmiger. Vielleicht suchen Sie mal unter den anderen Mitgliedern der Delegation nach einem Neider.«

Langsam begann der Hauptkommissar zu seinem aktuellen Fall überzuleiten. »Gab es vor 20 Jahren außer Abenteuerlust noch einen anderen Grund für Ihren Bruder, nach Brasilien auszuwandern?«

Veronica Bauers Miene verschloss sich sofort. Offensichtlich berührte diese Frage eine schmerzhafte Wunde. »Wie gesagt: Falsche Freunde.« Mit einer energischen Bewegung stieß sie ihren Stuhl zurück und stand demonstrativ auf. »Ich muss jetzt das Abendessen kochen. Es gibt nichts, was ich Ihnen noch zu Johannes erzählen könnte!«

Ungerührt blieben die Ermittler sitzen.

Frau Bauer schnaubte empört, wandte den beiden den Rücken zu und begann, in einer Pfanne Öl zu erhitzen.

»Ihr Bruder war mit Roland Keiser befreundet«, stellte Nachtigall in den Raum.

Wütend zischte die Schwester zurück: »Was er später sehr, sehr oft bereut hat. Das können Sie mir glauben! Wer weiß, wo er den kaputten Typen aufgegabelt hat. Vielleicht bei einem Freund getroffen.«

»Keiser war einer dieser falschen Freunde?«

»Oh, nein! Er war *der* falsche Freund schlechthin! Roland hat damals die Katastrophe ausgelöst und als es darum ging, die Konsequenzen zu tragen, ist er in den Westen abgehauen! Er hat Johannes einfach in der ganzen Scheiße sitzen lassen, so war das!«

15

Hajo Mangold starrte die seltsame Nachricht aus der Kleidung des Opfers an, als erwarte er, den Namen des Absenders zwischen den wenigen Zeilen entdecken zu können. »Du bist der Dritte«, murmelte er. »Du bist der Dritte. Weitere werden folgen.«

Möglicherweise gab es schon irgendwo ein viertes Opfer, vom dem er ebenso wenig wusste wie von den vorherigen.

Frustriert blätterte er die spärlichen Informationen durch, die ihnen inzwischen vorlagen.

Johannes Schaber, wohnhaft in São Paulo seit 1990, hatte einen Hund, beschäftigte eine Wirtschafterin.

Es gab keine Frau, keine Kinder.

Dabei, überlegte Mangold, hatte er doch genau das richtige Alter und Einkommen, um für familienwillige weibliche Partner attraktiv zu sein. Schwul?

Er griff nach einem Notizzettel und schrieb als ersten Punkt ›Homosexuell?‹ darauf. Schließlich würde Ankekatrin Kruse das vielleicht morgen lesen.

Den Angaben seiner Mutter zufolge war Schaber in den letzten Jahren kein einziges Mal nach Deutschland zurückgekommen. Das würden sie auch überprüfen müssen. Möglich, dass er ihr nur nichts davon erzählt hatte.

Finanziell, hatte die Mutter klargestellt, sei sie nicht auf die Unterstützung ihres Sohnes angewiesen – und er gottlob auch nicht auf die ihre. Er war so weit weg – scheintot, hatte Frau Schaber Mangold wissen lassen. Der einzige Unterschied zu wirklich verstorben sei gewesen, dass sie ja wusste, dass er noch irgendwo in Brasilien leben musste, denn sonst hätte jemand ihr mitgeteilt, er sei gestorben.

So wie jetzt.

Es war eindeutig ein höchst befremdliches Gespräch gewesen, das sich deutlich von denen unterschied, die er sonst mit Hinterbliebenen führte. Mangold seufzte schwer. Immerhin waren sie an wichtige Informationen gelangt – und Gespräche mit weinenden Müttern waren stets sehr schwierig und brachten selten wirkliche Erkenntnisse. Ganz abgesehen davon, dass er schluchzende Frauen als extrem beunruhigend empfand. Schon deshalb, weil er angesichts des Schmerzes nie wusste, wie er sich verhalten sollte.

In seinem Gesicht zuckte es nervös.

Diese gefühlskalte Mutter war ihm auch unheimlich gewesen.

Auf der anderen Seite waren 20 Jahre eine lange Zeit.

Wenn es wirklich nur sporadisch Kontakt zwischen Mutter und Sohn gegeben hatte, wie sie behauptete, waren sie sich einfach über die Jahre gleichgültig geworden.

Du bist der Dritte ... was meinte der Täter damit? Du bist der dritte Delegationschef, den ich getötet habe? Quatsch, verwarf Mangold diesen Gedanken, in diesem Fall hätten sie schon etwas davon in den Nachrichten gehört. Einen religiösen Hintergrund hatten sie ausgeschlossen. Zu weit hergeholt. Der Täter wusste vielleicht gar nicht, dass er Johannes Schaber so nah an der Synagoge in die Elbe gehängt hatte. Genauso gut konnten sie annehmen, es habe mit der aktuellen Kunstausstellung im Albertinum zu tun. Eine alte Rechnung? Vielleicht. Aber wie alt?

16

Peter Nachtigall genoss den lauen Sommerabend.

Aus den Augenwinkeln beobachtete er seine Tochter.

Glücklich sah sie aus.

Vor zwei Wochen hatte sie ihre eigene Tochter geboren, die im Augenblick satt und zufrieden im Kinderwagen schlief. Blaue Augen und dunkle Haare – na ja – die Augenfarbe würde sich noch ändern, aber mit ein bisschen Glück bekäme die Kleine die grünen sprühenden Augen ihrer Mutter. Damit würde sie in ein paar Jahren ein Jungenherz nach dem anderen brechen.

Der Hauptkommissar lächelte selig.

Von seinem Schwiegersohn hatte das Töchterchen nur wenig geerbt. Hoffentlich entwickelte sich die Kleine nicht auch zu einer gelackten Tusse, wie Jule das noch vor wenigen Jahren bezeichnet hatte. Beim Gedanken an seinen Schwiegersohn und dessen Dressmankörper verdüsterte sich Nachtigalls Miene. Jule lachte warm.

»Man muss wahrlich kein Dupin sein, um zu erraten, was du denkst.«

»So?«, tat der Vater unschuldig.

»Oh ja. Immer wenn du an Emile denkst, ziehen Wolken an deiner Stirn vorbei. Gewitterwolken.«

»Das bildest du dir ein. Er ist der Mann meiner Tochter, der Vater meiner Enkelin.«

»Und Profiler beim LKA. Ihr arbeitet doch ganz erfolgreich zusammen.«

»Stimmt. Ich fürchte, es richtet sich gar nicht gegen ihn – es ist dieses typische Vaterverhalten. Wahrscheinlich wäre mir keiner recht«, lachte Nachtigall und schlang seine starken Arme um die Tochter. Jule drückte ihm einen herzlichen Kuss auf die Wange.

Aus dem Kinderwagen waren leise, glucksende Laute zu hören.

»Warte nur, im nächsten Sommer macht sie schon die Gegend unsicher und wir werden uns nach der Ruhe der ersten Monate zurücksehnen«, prophezeite Jule und strahlte.

Sie stand auf und beugte sich in den Wagen, zupfte ein bisschen an der leichten Decke und überprüfte, ob ihre Tochter etwa kalte Hände bekommen hatte.

Peter Nachtigall sah ihr stolz dabei zu. »Wann wollte Conny eigentlich zurückkommen?«

»In ein paar Minuten ist sie wieder da – und Emile kommt in einer halben Stunde«, erklärte Jule nach einem Blick auf die Uhr.

Das Telefon.

»Michael? Jetzt erzähl mir nicht, dass wir schon wieder eine Leiche haben!«

Jule warf ihrem Vater einen tadelnden Blick zu.

»Na, das ist auch besser so. Kein Mordopfer!«

Jule drohte lachend mit dem Zeigefinger.

Nachtigall grimassierte, während er seinem jungen Kollegen zuhörte. Jule gelang es nur mühsam, ein albernes Kichern zu unterdrücken.

»Johannes Schaber ist auf dem Grillpartyfoto mit Roland Keiser? Das muss ja nicht unbedingt heißen, dass sie befreundet waren. Albrecht ist da auch drauf? Ja, mir ist bewusst, dass es Parallelen gibt, aber wir haben keinen handfesten Anhalt dafür. Wie? Jetzt? In welchem Programm?«

Als ihr Vater in Richtung Haus stürmte, rief Jule ihm nach: »In Zukunft kannst du solche Gespräche nicht mehr neben deiner Enkeltochter führen! Womöglich bekommt es ihr nicht, wenn der Opa von Leichen und Mord redet.«

»Dir hat es doch auch nicht geschadet.«
»Bist du dir da sicher?«

Peter Nachtigall suchte nach dem richtigen Sender und sah entgeistert auf die Videosequenz.

Michael hatte recht.

Die Position des Opfers glich der von Roland Keiser.

Die Stimme des Reporters klang schrill.

Vielleicht war das sein erstes Mordopfer. Er hatte in der Zwischenzeit recherchiert und fügte dem Bericht über das Auffinden von Johannes Schaber noch einen zusätzlichen Hinweis an.

»In der Jacke des Opfers fand die Polizei einen Zettel mit der Androhung weiterer Morde. Es ist davon auszugehen, dass Herr Schaber bereits das dritte Opfer einer Serie ist. Bisher hält sich die Kriminalpolizei noch bedeckt, man hat keine allgemeine Warnung an die anderen Mitglieder der Delegation oder Funktionsträger des Frauenfußballs herausgegeben. Fritz Klemper für die Nachrichten.«

Es fehlte ein Opfer!

Casanova sah ihm gelangweilt nach, als er zum Telefon hastete. Der kluge Kater wusste, dass Menschen sich manchmal sonderbar benahmen. Domino, die dösend auf der Couch gelegen hatte, musste das erst noch lernen. Durch die Hektik des Aufbruchs aus den Träumen geschreckt, war sie aus dem Zimmer gejagt und in halsbrecherischem Galopp in die Küche geflohen.

Am nächsten Morgen trafen die Kollegen aus Dresden schon früh bei Nachtigall und Wiener in Cottbus ein.

Mangold und Kruse hatten Ermittlungsergebnisse, Vernehmungsprotokolle, Obduktionsbericht und Tatortfotos mitgebracht. Voller Interesse schoben sich die vier Kollegen am Tisch Aufnahmen und Aktenvermerke zu. Gesprochen wurde kaum. Es knisterte, Papier raschelte, hin und wieder seufzte jemand.

»Wir müssen unbedingt klären, ob die beiden wirklich befreundet oder nur locker miteinander bekannt waren. Dieser Grillpartyschnappschuss sagt gar nichts«, stellte Hajo Mangold nach einer Ewigkeit maulig fest. »Stellt euch vor, eine Gruppe Jugendlicher grillt an einem See und andere stoßen vom Duft angelockt dazu. Einer hat einen Fotoapparat dabei und knipst die Runde. Du liebe Zeit. Gut möglich, dass dies ihr einziges Zusammentreffen im Leben war.«

»Bisher ist uns noch bei keiner Vernehmung der Name Schaber begegnet«, erklärte Wiener. »Am besten, wir fragen bei Schneider nach.«

»Der Delegationschef der brasilianischen Frauenfußballmannschaft. Mann! Das Medieninteresse ist gewaltig. Ich kann kaum noch einen Schritt in irgendeine Richtung machen, ohne dass mir jemand ein Mikro unter die Nase hält. Natürlich bekommen sie keine Auskunft, wir verweisen an die Pressestelle. Aber sie probieren es eben immer wieder«, schimpfte Ankekatrin Kruse. »Gestern ist mir einer bis in den Supermarkt nachgeschlichen. Der dachte wohl, ich treffe beim Gemüse einen Öko-Informanten.«

»Es wird schon wild spekuliert. Große Schlagzeile: ›Liebte er nur Hunde?‹ Und die Überlegung, ob im Frauenfußball nur Homosexuelle eine Chance auf Karriere haben. Wir haben schon Anrufer in der Leitung gehabt, die meinten, wir sollten den Mörder im ›Milieu‹ suchen«, regte sich auch Mangold auf.

»Beide wurden symbolisch gekreuzigt«, murmelte Nachtigall nachdenklich. »Aber unser Opfer ist schon lange tot, euer Fall brandaktuell. Suchen wir überhaupt nach demselben Täter oder gibt es einen Trittbrettfahrer? Und ist die

Position, in der wir die Körper finden, Zufall oder Absicht? Ist es für den Täter auf diese Weise praktikabler oder will er uns damit etwas mitteilen?«

Keiner antwortete.

»Verbrecher werden ans Kreuz geschlagen. Verräter gern mit dem Kopf nach unten. In einigen arabischen Staaten ist das noch immer üblich«, fuhr er fort. »Ist gar nicht lang her, da wurde in Saudi-Arabien ein Päderast erst enthauptet und anschließend zur Abschreckung ans Kreuz genagelt.«

»Erst geköpft und dann gekreuzigt?« Ankekatrins Augen weiteten sich vor Entsetzen. »Ich dachte, die Saudis sind ein westlich orientiertes Volk. Das ist ja tiefstes Mittelalter!«

»Vielleicht empfinden sie unsere Methode der Inhaftierung auch als mittelalterlich. Andere Religion, anderer Ansatz in der Rechtsprechung«, gab Michael Wiener zu bedenken.

»Um Resozialisierung und Therapie ging es dabei sicher nicht!«, fauchte die junge Frau ihn an und Wiener zuckte heftig zurück, als habe ihn eine Schlange gebissen.

»Eines steht jedenfalls fest«, erklärte Nachtigall mitten hinein in die feindliche Atmosphäre, »Roland Keiser ist seit 20 Jahren nicht mehr am Leben, demnach kann das Motiv nur in der Vergangenheit liegen. Bedauerlicherweise war Frau Bauer nicht bereit uns zu erklären, was genau zwischen Roland und ihrem Bruder vorgefallen ist. Aber es muss dramatisch gewesen sein. Wir hatten den Eindruck es könnte sich um Drogen oder Doping gehandelt haben. Aber wie gesagt, das ist nur eine Vermutung.«

»Da zwischen den Morden 20 Jahre liegen, könnte es ja auch sein, dass Keiser für ein Verhalten sterben musste, das Schaber erst viel später an den Tag legte«, murrte Mangold und dachte reflexartig an sexuelle Belästigung. Das musste er abstellen, nahm er sich vor, so konnte das auf keinen Fall weitergehen.

»Andernfalls würde es doch bedeuten, der Mörder habe eine Ewigkeit auf den passenden Moment gewartet.« Die Kollegin aus Dresden schien sich wieder beruhigt zu haben, registrierte Nachtigall erleichtert. Konflikte im Team konnten sie nicht brauchen.

»Das glaube ich nicht. Schaber war mehrfach in Deutschland. Zur Hochzeit seiner Schwester zum Beispiel. Das war kein Geheimnis. Warum also hat der Täter seine Chance damals nicht genutzt? Er konnte ja nicht sicher sein, eine zweite zu bekommen.«

»Tatsächlich?«, staunte Ankekatrin Kruse. »Davon wusste seine Mutter offenbar nichts.«

»Demnach gehst du davon aus, dass es einen Grund dafür gibt, dass die Morde jetzt stattfinden«, stellte Mangold nüchtern klar.

»Kann was ganz Banales gewesen sein«, warf Ankekatrin ein. »Vielleicht lag der Täter damals, als Schaber hier war, mit einer Grippe im Bett! Wie sollen wir das rausfinden?«

»Ich fürchte, so einfach ist die Sache nicht. Man musste Keiser aus der Kühltruhe holen, vorbereiten, ein Feld finden – und danach Schaber in Dresden abpassen. Da brauchte der Täter einen Plan mit genauen Abfolgen, sonst konnte er den gewünschten Effekt nicht erzielen«, hielt Wiener dagegen.

»Nur dass Schaber eben nicht das zweite, sondern das dritte Opfer sein soll. Wenn die Nachricht an uns wirklich stimmt, hat es dazwischen einen weiteren Mord gegeben«, rückte Nachtigall die Sachlage zurecht.

»Wenn ihm die Reihenfolge so wichtig war, warum fehlt dann das zweite Opfer?«, fragte Mangold.

»Vielleicht hat er einen Fehler gemacht. Während er die beiden anderen so ablegte, dass sie schnell gefunden werden mussten, hat er das zweite Opfer möglicherweise zu gut versteckt. Wäre es nicht denkbar, dass er es holt und einen neuen

Fundort sucht, wenn es ihm zu lange dauert, bis es entdeckt wird?« Michael Wieners Augen loderten im Jagdeifer.

»Das stimmt allerdings nur, wenn er unser Denksystem teilt«, dämpfte Nachtigall die Begeisterung seines Partners. »Wir halten die Zahlen für eine Reihenfolge chronologischer Natur. Was, wenn sie für den Täter eine völlig andere Bedeutung haben? Nach Wichtigkeit, nach Schwere der Schuld, es könnte auch eine Art Punktesystem sein. Solange wir rein gar nichts über Täter und Motiv wissen, ist auch das offen!«

Mangold starrte Nachtigall sekundenlang an.

»Aber das könnte ja bedeuten, dass das zweite Opfer womöglich noch am Leben ist.«

Als Manuela nach diesem Wochenende ins Internat zurück-fuhr, tat sie es nur, um ihre Sachen zu packen. Das Projekt Frauenfußball hatte sich erst mal erledigt. Eine vage Hoff-nung blieb. Später vielleicht, in einem halben Jahr. Während der Fahrt lehnte sie den Kopf gegen die Scheibe, spürte das Ruckeln des Zuges und dachte darüber nach, wie es nun wei-tergehen würde. Die erste Hürde war genommen! Die Beichte abgelegt. Der Ärger eingesteckt. Die Diskussion geführt.

Sie wollte das Kind auf jeden Fall behalten. An dieser Ent-scheidung war nichts zu rütteln.

Genau das würde sie auch Andy wissen lassen, sollte er danach fragen. Doch Manuela ahnte schon, dass er eine sol-che Frage gar nicht stellen wollte. Es interessierte ihn nicht. Wahrscheinlich gäbe es nicht einmal mehr ein Treffen, bevor sie abreiste. Und mit ihrem Verschwinden wären auch alle Erinnerungen an sie bei Andy gelöscht. Nicht einen Gedan-ken würde er mehr an sie verschwenden.

Tränen purzelten über ihre Wangen. Ja, dachte sie böse, heul nur! Du hast es nicht anders verdient! Hättest dir ja einen Familienmenschen als Freund suchen können – aber nein,

Andy musste es sein. Da sind Tränen genau richtig! Du dumme Gans! Doch die Selbstbeschimpfung zeigte kaum Wirkung.

Die Tränen liefen ungehindert weiter, ließen sich nicht stoppen. *Egal.*

Sollten die anderen ruhig denken, sie habe geheult, weil sie den Traum von Karriere und Ruhm so plötzlich aufgeben musste. Die Geschichte, die sie erzählen wollte, hatte sie sich in der letzten Nacht zurechtgelegt. *Es sei eine schwere Entscheidung gewesen,* würde sie erzählen, *doch die Familie war wichtiger als jedes egoistische Ziel. Ihre Mutter sei schwer erkrankt, die Therapie langwierig und einer müsse sich ja um die Patientin und die beiden Männer kümmern.*

Zufrieden rekapitulierte sie die geschmeidigen Formulierungen, die sie die halbe Nacht geübt hatte. *Das Mitleid der anderen wäre ihr gewiss. Niemand käme auf die Wahrheit.*

›Den Kerl lasse ich bluten!‹, hörte sie die Stimme ihrer Mutter in ihren Gedanken. ›Der wird den Rest seines Lebens dafür bezahlen!‹

Es hatte sie viel Kraft gekostet, die Mutter davon abzubringen, sofort zu handeln.

Manuela lächelte versonnen und strich über die deutliche Wölbung, die nun schon oberhalb des Nabels zu tasten war. Ganz leicht glaubte sie eine Bewegung zu spüren. *Ihr Kind!*

Die untrennbare Verbindung zu Andy.

Alles andere würde sich nach der Entbindung finden.

Zwei Stunden später räumte sie mit schwerem Herzen ihren Spind in der Trainingshalle aus.

Sie lauschte auf jedes Geräusch, hoffte, seinen Schritt zu hören, sehnte sich nach einem liebevollen Wort, einer zärtlichen Berührung, die ihr zeigte, sie war ihm nicht völlig gleichgültig.

Doch Andy ließ sich nicht blicken.

Während sie ihren Pulli in die große Sporttasche stopfte und mit dem Reißverschluss kämpfte, bog unerwartet Silvia um die Ecke.

»Hallo, beste Freundin«, begrüßte Manuela sie ätzend.

»Du packst! Das ist wirklich gut. Längst überfällig, würde ich meinen«, gab die andere schmalzig zurück.

»Ich kann es noch immer nicht fassen, dass ich dir mal vertraut habe! Es gab Zeiten, da wusstest du mehr über mich als mein Tagebuch! Du elendes Aas!«

»Nun hab dich bloß nicht so! Schließlich kann ich nichts dafür, wenn ein Mann mich seiner bisherigen Freundin vorzieht. Vielleicht warst du in der letzten Zeit ziemlich anstrengend? Zickig?«

»Hat er das gesagt?«, hauchte Manuela fassungslos und alle Hoffnungen zerstoben.

»Ja«, antwortete Silvia mit Siegerlächeln.

Jetzt bloß nicht flennen – Manuela kämpfte die aufkommenden Tränen nieder. Solch einen Triumph hatte Silvia nun wirklich nicht verdient.

Rasch griff sie nach ihrer Sporttasche und ging kommentarlos an der anderen vorbei.

Wie hatte sie auch nur so hirnlos sein können? Sie selbst hatte Silvia von Andy vorgeschwärmt.

Aber wie hätte sie auch ahnen können, dass ihre Freundin nichts Eiligeres zu tun hatte, als ihr den Freund auszuspannen? Woher hätte sie wissen sollen, dass Andy so leicht zu verführen war? Er hatte nicht eine Sekunde gezögert, sich in Silvias Arme zu werfen und sich von ihr trösten zu lassen.

Schon auf dem Gang flüsterte sie über die Schulter: »Du bist nicht seine Neue! Er liebt jetzt Patricia.«

Ein scharfes Atemgeräusch verriet ihr, dass ihre Worte verstanden worden waren.

Im Zug fasste sie einen endgültigen Entschluss.

Sie würde bei der Entbindung nicht ›Vater unbekannt‹ angeben, sondern Andys Namen nennen!

Nein! Auf Großzügigkeit und Einsicht oder Verantwortungsbewusstsein zu setzen, war in diesem Fall wohl sinnlos.

Ihr Kind hatte ein Recht darauf, als Ergebnis einer echten Beziehung entstanden zu sein!

Auch wenn sich die Liebe nur auf die Mutter beschränkt hatte – und auch das nur für sehr kurze Zeit.

Die Gestalt wartet im warmen Sommerregen.

Bald kämen die Zielpersonen nach Hause zurück, würden in einen entspannten Abend starten.

Und wüssten nicht, dass sie dabei beobachtet wurden!

Das hat ohnehin alles bald ein Ende, denkt der Schatten im Hauseingang zufrieden.

Die Reihenfolge ist festgelegt, und sie sind in Kürze dran. Ein bisschen ärgerlich ist dabei, dass man sie kaum je allein antrifft. Ständig wuselt diese alberne Tochter um sie herum. Oft genug auch noch eine Freundin von Kiri. Beide? Mutter und Tochter?

Dann kommt die Nummerierung ein wenig durcheinander. Auf der anderen Seite: Hatten es nicht beide mehr als verdient?

Der Schatten drückt sich tiefer in den Eingangsbereich. Da kommen die beiden. Pünktlich. Mittagessenszeit. Das ist wichtig für die weitere Planung.

Sie haben eingekauft, wie erwartet trägt jede eine schwere Tüte.

Die Gestalt kneift die Augen fest zusammen.

Tatsächlich. Rotkäppchen! Der Körper gleitet wieder zurück. Es spielt keine Rolle mehr. Es ist wahrscheinlich ohnehin ihre letzte Flasche.

17

Hajo Mangold war unzufrieden.

Vor ihm lag die Übersetzung der Aussagen der Delegationsmitglieder, die inzwischen ohne Verzögerung nach Berlin weitergereist waren. Es las sich, als hätten sie sich abgesprochen.

Johannes Schaber war ein gutmütiger Mann, ausgeglichen, stets freundlich zu jedermann. Der Posten sei ihm wegen seiner unerschütterlichen Ruhe und inneren Balance angeboten worden, er verfügte über ausgeprägtes diplomatisches Geschick – und außerdem sei das Austragungsland der WM Deutschland. Sprachbarrieren wären demnach für ihn nicht zu erwarten gewesen.

Schaber habe voller Leidenschaft für den Frauenfußball in Brasilien gearbeitet, sein Herzblut stecke im Aufbau einer exzellenten Mannschaft, in der sich Kampfgeist und Können auf ideale Weise verbinden. Die Popularität der Frauenmannschaft sollte schon bald die der Männer erreicht haben. Das war sein großes Ziel, dafür kämpfte er.

Unisono hatten sie bestätigt, dass der Mord nichts an den Plänen zur Teilnahme an der WM ändere und man im Übrigen davon ausgehe, dass die deutsche Polizei den Täter schnell finden werde.

Niemand beantwortete die Frage nach dem Grund für Schabers Entscheidung, nach der Wende in Brasilien leben zu wollen. Offensichtlich war es ihm gelungen, die Sache zu verschweigen.

Drogengeschäfte! Veronica Bauer hatte im Gespräch mit Nachtigall beteuert, ihr Bruder habe nichts damit zu tun gehabt, alles sei Rolands Idee gewesen, aber das musste ja nicht stimmen. Immerhin erzählte der große Bruder seiner Schwester auch nur eine individuelle Wahrheit.

Roland musste sogar befürchten, vom Verband ausgeschlossen zu werden, eine richterliche Verurteilung drohte ebenfalls. Über weitergehende Informationen verfügte sie nicht, es habe sie nicht interessiert. Wichtig sei nur gewesen, dass ihr Bruder unschuldig da hineingeraten war.

»Wo man in diesem Fall auch stochert, man kommt nicht voran!«, schimpfte Mangold und fasste für die anderen die Aussagen zusammen. Handyklingeln unterbrach diese finsteren Überlegungen.

Er erfuhr, man habe die Überprüfung des Laptops bereits abgeschlossen. Keine Drohmails, keine Aufforderung zu einem konspirativen Treffen im Mailverkehr, kein Anhalt dafür, dass Schaber Kontakt zu einem der Freunde Roland Keisers unterhalten habe.

Mangold grunzte. »Nichts auf der Festplatte, sein Handy liegt vermutlich in der Elbe und wir haben noch keinen Verbindungsnachweis. Mann!«

»Dann suchen wir hier weiter«, meinte Nachtigall und schob seinen Stuhl zurück.

Bernhard Schneider staunte nicht schlecht, als Peter Nachtigall schon so bald wieder vor seiner Tür stand.

»Dies ist Hauptkommissar Mangold aus Dresden. Er hat einen Mordfall zu bearbeiten, der wohl mit dem Fall Keiser zusammenhängt.«

»Aha«, machte Schneider nur und verdrehte die Augen gen Decke. Er hatte es ja geahnt. So schnell würde sich die Sache mit Roland nicht erledigen lassen. »Wollen Sie jetzt bei jeder Leiche erst mal bei mir vorbeischauen?«, fragte er süffisant und ließ die beiden eintreten.

»Na, so schlimm wird's wohl nicht werden«, tröstete ihn Nachtigall.

Das Arbeitszimmer bot wenig Platz.

»Ich habe nur noch den einen Stuhl.« Schneider zuckte mit den Schultern und verzog geringschätzig die Lippen. »Der andere steht im Keller. Ich muss in meinem Abteil die Glühbirne austauschen.«

»Wir stehen gern.«

»Ja, dann ist es gut. Es wird Ihnen wohl auch nichts anderes übrig bleiben.« Fragend sah er von Nachtigall zu Mangold und wieder zurück. »Nun?«

»Ich ermittle im Mordfall Johannes Schaber«, holte Mangold zu einer weitschweifigen Erklärung aus und Nachtigall verkürzte: »Ist Ihnen der Name aus dem Bekanntenkreis von Roland Keiser geläufig?«

Schneider überlegte. »Hm. Johannes Schaber? Den Namen kenn' ich irgendwoher. Kann schon sein, dass Roland den mal erwähnt hat. Haben Sie vielleicht ein Foto?«

Nachtigall beobachtete Schneider genau. Er sah, wie der Mann sich wand.

Mangold zog ein Foto hervor. »Er hat sicher früher anders ausgesehen. Schlanker vielleicht, andere Frisur. Lange Haare waren Mode, oder? Womöglich mit Bart?«

Schneider studierte das Bild gründlich. Verzog dabei keine Miene. Intensiv sogen sich seine Augen am Gesicht des Opfers fest. »Tja, schwer zu sagen. Ich kannte auch nicht all seine Freunde. Roland war ja kein Dummkopf, der brachte nur die unverdächtigen mit.« Die Hand des Zeugen sank nach unten.

Fast wirkte er etwas enttäuscht.

»Johannes Schaber ist direkt nach der Wende ausgereist. Nach Brasilien«, ergänzte Nachtigall.

Die Hand mit dem Foto zuckte wieder hoch. Schneider betrachtete es noch einmal sorgfältig. »Ach – der war das?

Sieht sich gar nicht mehr ähnlich! Nee, der war nie hier. Aber als er damals auswanderte, brachte der Lügen-Rudi einen großen Artikel über ihn.« Schneider kicherte albern und schlug sich die Hände vor den Mund. »Entschuldigung. Ich meine natürlich die Lausitzer Rundschau. Foto war auch dabei. Aber da sah er völlig anders aus. Deutlich schlanker.« Er strich wohlgefällig über seinen eigenen ausladenden Bauch. »Aber das gilt ja für mich selbst auch!«, keckerte er fröhlich.

»War er ein guter Freund Rolands?«

»Weiß ich nicht! Eher nicht. Der sieht so gebildet aus, den hätte Roland auf die Dauer nicht als Freund haben wollen. Er achtete schon darauf, am obersten Punkt des Gefälles zu stehen.« Schneider kratzte sich am Kinn. »Aber den Namen habe ich kürzlich erst gehört. Wenn ich nur wüsste, wo! Das Gedächtnis ist auch nicht mehr, was es mal war.«

»Stand in dem Artikel auch der Grund für die Auswanderung?«, wollte Mangold wissen.

»Ja, sicher. Er hatte ein Angebot bekommen. Von einem kleinen Verein. Brasilien! Das war natürlich toll. Da hat er wohl nicht einen Wimpernschlag lang gezögert.«

»Wer könnte wissen, ob die beiden sich gut gekannt haben?«

»Fragen Sie bei seinen Freunden«, dabei zog Schneider das Wort Freunde zynisch breit. »Mir hat er nicht alles anvertraut. Ich war das notwendige Übel!«, zischte er dann scharf.

Als die beiden Ermittler zu ihrem Wagen zurückkehrten, wurde ein Fenster aufgerissen.

»Jetzt weiß ich, woher ich den Namen kenne. Delegationschef der brasilianischen Frauenfußballmannschaft war der! Na, wenn das mal keine Folgen für die WM hat. Wenn keiner kommen will, weil sie Angst vor Mordanschlägen haben, fällt sie am Ende aus! Schluss mit lustig!«, grölte Schneider ihnen nach.

Auch ein Besuch bei den Eltern Roland Keisers war unergiebig.

Ob er denn ernsthaft glaube, Roland habe nach dem Zerwürfnis seine Freunde noch vorgestellt?, musste Mangold sich fragen lassen und man versicherte ihm, Roland sei sehr sparsam mit Informationen über sein Privatleben umgegangen. Seine Geheimniskrämerei habe er schon auf die Spitze getrieben, nicht einmal seine Konfektionsgröße habe er ihnen genannt, als sie für ihn eine Hose kaufen wollten.

18

Kiri saß am Spielfeldrand.

Ja, dachte sie begeistert, so hatte echtes Training auszusehen. Den Sportlerinnen von ›Turbine Potsdam‹ war die Leidenschaft fürs Spiel anzusehen.

Ein Betreuerstab behielt die Spielerinnen im Auge. Kiri beobachtete, wie immer wieder einzelne Sportlerinnen angesprochen wurden – wohl um die Bewegungsabläufe zu optimieren. Ein junger Mann mit ernster Miene machte sich eifrig Notizen. Da er so gar nicht zu den anderen passen wollte, schloss Kiri, es müsse sich um einen Journalisten handeln. Vielleicht schrieb er einen Artikel über den Verein und die

Vorbereitungen auf die WM im eigenen Land. Das Sportereignis 2011 überhaupt.

Der Trainer rief seine Spielerinnen zusammen. Leises Gemurmel drang bis zu ihr hinüber. Plötzlich kam wieder Bewegung in das Team.

Kiri schob ihr Basecap zurecht, damit sie auch gegen die Sonne sehen konnte, was passierte.

Aha – eine neue Angriffstaktik sollte erprobt und eingeschliffen werden!

Wenn man sie so agieren sah, drängte sich schon der Eindruck auf, die Teammitglieder gingen freundschaftlich miteinander um. Doch die junge Frau kannte auch die andere, die finstere Seite. Sie konnte sich sehr gut an einige Fotos und den Bericht über eine Spielerin erinnern, die sich inzwischen in psychologischer Betreuung befand, weil sie ihre Gegnerinnen unangemessen brutal attackiert hatte. Auch sie selbst war beim Spiel nicht frei von Aggressionen, schließlich brauchte man die gelegentlich, um Kraftreserven freizusetzen. Unwillkürlich musste sie lächeln, als sie an ihre Teamkollegin dachte, die immer wieder betonte: Steht dir eine von den anderen Spielerinnen im Weg – tritt sie zur Seite. Reicht das nicht, dann hau sie um. Aber pass bloß auf, dass dich dabei keiner erwischt!

Kiri wusste, manche Männer glaubten noch immer, Frauenfußball sei Mädchenbolzen. Doch das stimmte natürlich nicht. Die hatten eben keine Ahnung. Das würde sich vielleicht im nächsten Jahr gründlich ändern. Hier wurde mit harten Bandagen gekämpft – es sah für Männeraugen nur nicht so hart aus, weil sie von Frauen so etwas nicht erwarteten. In puncto Athletik und Tempo konnten die Spielerinnen vielleicht nicht immer mit ihren männlichen Kollegen mithalten, das räumten sie gelegentlich auch selbst ein, aber dennoch: Es war ein ernstzunehmender Sport.

»Tor!«

Die Defensive hatte nicht aufgepasst.

Lachend kam die Torhüterin aus ihrem Kasten und gab Anweisungen. Ruhig und ohne Geschrei.

Das hatte Kiri auch schon anders gesehen.

Bei einem Spiel ihrer eigenen Mannschaft hatte Laura, ihre Keeperin, deutlicher reagiert und der Verteidigerin, die den Spurt der Gegnerin schlicht verpennt hatte, eine runtergehauen. Das war alles andere als freundschaftlich gewesen. Richtig kräftig war der Schlag der Torfrau.

Laura hatte durch den Fehler in der Defensive beim Schuss aufs Tor wahrlich keine gute Figur gemacht. Das wollte die Perfektionistin nicht auf sich beruhen lassen.

Nach dem Abpfiff hatte es sogar noch eine handfeste Keilerei mit der gegnerischen Mannschaft gegeben. Gedankenverloren strich Kiri über die Beule am Schienbein, dort, wo die andere sie erwischt hatte.

Aggressionsabbau. Frustverarbeitung.

Ganz mit ihren eigenen Gedankengängen beschäftigt, hatte sie gar nicht bemerkt, dass sie nicht mehr allein war. Erschrocken zuckte sie zusammen, als die Fremde sie unvermittelt ansprach. »Du bist Kiri?«

Völlig perplex konnte sie nur nicken.

»Deine Mutter ist eine super Physiotherapeutin. Da merkst du bei jedem Griff, die Frau versteht ihr Handwerk.«

»Für sie ist es mehr als ein Beruf. Frauenfußball ist ihre Lieblingssportart«, sagte die Tochter und überlegte irritiert, worauf dieses Gespräch zusteuern sollte. Smalltalk mit der Kleinen, um freundlich zu sein? Niemals!

»Nun, sie hat mir erzählt, ihre Tochter spielt auch in einer Frauenmannschaft. Bei ›Energie Cottbus‹. ›Meine Kiri hat wirklich Talent‹, schwärmte sie. Ist das so?«

Eine Hitzewelle spülte über Kiris Körper hinweg. Wieder nickte sie. Zurückhaltend.

»Na dann – beweise es!«, forderte die andere energisch, streckte Kiri die Hand entgegen und zog die verblüffte junge Frau auf die Füße. »Deine Sporttasche ist im Kofferraum. Du hast sieben Minuten! Was ist deine gewohnte Position?«

»Linkes Mittelfeld.«

»Dein Glück, dass du nicht geschleimt hast, nach dem Motto: ›Die, die mir mein Trainer zuweist‹!«, lachte die dunkelhaarige Frau und öffnete die linke Hand.

Kiri schnappte sich den darin liegenden Wagenschlüssel ihrer Mutter und sprintete los.

Das war die Chance.

Die, die man immer nur einmal im Leben bekam.

Sie würde sie nutzen!

19

Hajo Mangold schimpfte Unverständliches.

»Es muss einen Berührungspunkt geben. Zumindest einen, der dem Täter logisch erscheint.«

»Schule?«, schlug Kruse vor. »Die Schwester hat doch ausgesagt, Keiser habe ihren Bruder in Schwierigkeiten gebracht.«

»Möglich. Aber bei den beiden liegt die Schulzeit schon Ewigkeiten zurück.«

»Es muss ja gar nicht so gewesen sein, dass sie sich ein Umfeld teilten. Es könnte auch sein, dass sie einfach nur dieselbe Person kannten«, wandte Nachtigall ein.

»Peter Nachtigall, du hoffnungsloser Romantiker«, lachte Mangold dröhnend. »Eine Liebe, die nach 20 Jahren noch so heiß brennt, dass man die Nebenbuhler von damals tötet. Einen nach dem anderen.«

»Am heißesten brennen bekanntermaßen unerfüllte Liebe und Sehnsucht. Mir kommt der Gedanke so abwegig nicht vor«, erklärte Michael Wiener.

»Bleiben wir bei dem, was wir wirklich wissen«, murrte Nachtigall. »Es gibt zwei Opfer, die Morde zeigen verbindende Elemente – und ein Opfer fehlt! Handschriftenanalyse?«

»Steht noch aus. Wir haben ein erstes Statement: Es handelt sich mit hoher Wahrscheinlichkeit um denselben Verfasser. Das Gutachten wird uns wohl erst in etwa ein bis zwei Wochen vorliegen«, antwortete Wiener.

»Hajo – hast du schon etwas über den Verbindungsnachweis zu Schabers Handy?«

Mangold zog sein Smartphone hervor und checkte den Maileingang.

Nachtigall, der schon froh war, mit seinem Mobiltelefon jemanden anrufen oder eine SMS verschicken zu können, schimpfte innerlich über Angeberei und Imagepflege mit dem Handy und wusste doch, dass er auch gern diese Technik beherrscht hätte. Praktisch wäre es schon.

»Ja. Das letzte abgehende Gespräch war ein Anruf im Hotelrestaurant. Er fragte nach, ob alles vorbereitet sei und kündigte an, man werde pünktlich eintreffen. Der letzte eingehende Anruf war von einem Freund in Brasilien. Er wollte sich mit Schaber für das übernächste Wochenende verabreden. Schaber hat eine SMS bekommen. Hm. Ohne Inhalt. Das ist ja eigenartig. Der Kollege schreibt, sie sei aus einem kostenlosen Serviceportal verschickt worden, ohne Absender.«

»Wir haben eine Nummer, aber keinen Namen?«

»Richtig. Aber das muss nichts bedeuten, war vielleicht schlicht verwählt.«

»Gehen wir von einem oder zwei Tätern aus? Schaber war nicht gerade ein Leichtgewicht. Es war ein hoher Kraftaufwand von dem gefordert, der ihn dort drapierte.« Kruse sah fragend in die Runde.

»Auch das Aufstellen der Vogelscheuche war für einen allein sicher schwierig. Zwei Täter könnten schneller und unauffälliger agieren. Aber sicher wissen wir es nicht.«

»Wenn es zwei sind, scheidet unerfüllte Liebe wohl aus«, kommentierte Mangold unangenehm scharf.

»Wir müssen herausfinden, woher die beiden sich kannten. Veronica Bauer deutete an, ihr Bruder sei in eine Drogenaffäre verwickelt worden, die mit Keiser zusammenhing. Als Keiser aufflog, geriet auch Schaber in den Fokus der Ermittler. Seine Schwester glaubt, er sei deshalb nach Brasilien gezogen – weil nach solchen Gerüchten, auch wenn sie sich als falsch erweisen, immer etwas am Beschuldigten hängen bleibt. Mir geht nicht aus dem Kopf, dass wir das zweite oder nächste Opfer warnen müssen!«, mahnte Nachtigall. »Wo hat Schaber gearbeitet, bevor er nach Brasilien ging?«

»Im Betrieb seiner Mutter. Er war dort als Hauswart angestellt. Es war ein Textilkombinat – da musste er die Maschinen warten und reparieren«, fasste Wiener die Internetsuche zusammen.

»Ich dachte, er war Trainer«, staunte Kruse.

»Ja – aber ich glaube, er hat wegen der Drogengeschichte den Trainer kurzzeitig an den Nagel gehängt. Vielleicht wollte er einem Ausschluss zuvorkommen. Oder er hoffte auf eine Einstellung des Verfahrens«, erklärte Wiener.

»Drogen? Wie soll das überhaupt funktioniert haben?«, hakte Ankekatrin nach.

»Über einen Dritten, der reisen durfte. Sie haben sich wohl an der Transitstrecke getroffen. So bekam Keiser das Kokain.«

»Ach ja?« Ungläubig starrte die junge Frau Wiener an. »Und womit hat er bezahlt?«

»Gar nicht. Veronica Bauer glaubt sich erinnern zu können, dass es sich um eine Erpressung handelte. Genaues wusste sie ohnehin nie. Es handelte sich offenbar um einen Fluchthelfer. Roland muss ihm auf die Schliche gekommen sein und hat ihm gedroht, ihn auffliegen zu lassen. Sein Schweigen wurde eben dann mit Kokain erkauft. Große Mengen waren es wohl nicht«, fasste Nachtigall das Gespräch zusammen.

Schweigend starrten die vier auf Tatortfotos und Bekennerschreiben.

»Dieser Täter füttert uns mit ziemlich vielen Informationen. Du bist der Erste, der Dritte, weitere werden folgen! Aber es ist nicht genug, um einen Zipfel der Wahrheit zu greifen«, ereiferte sich Nachtigall.

»Der Dritte. Weitere werden folgen. Das spricht immerhin dafür, dass es sich um einen ziemlich großen Personenkreis handelt«, stellte Mangold fest.

»Roland Keisers Talent wurde früh entdeckt und an der Sportschule Cottbus gefördert. Er wechselte schon bald nach Potsdam. Als Rheuma diagnostiziert wurde, unterstützte man ihn dort weiter, wollte, dass er seine Fähigkeiten an andere weitergab. Schabers Talent war auch relativ früh bemerkt worden – er hatte zunächst aber gar kein Interesse an einer Sportlerkarriere. Zuerst versuchte er es mit einer Ausbildung zum Gärtner, das ging schief. Seine Schwester meinte, er hasste es, bei jedem Wetter draußen sein zu müssen. Daraufhin sollte er Mechaniker werden, doch auch die Ausbildung hat er abgebrochen. Ging einfach nicht mehr hin. Er wechselte dann doch zum Sport. Als Trainer arbeitete er in der Cottbuser Sportschule – da war Roland Keiser schon weg. Jahre später wurde er nach Potsdam gerufen. Dort sollte etwas Neues aufgebaut werden – eine Frauenfußballnationalmannschaft der DDR. Keiser war zu dieser Zeit auch als Trainer dort.«

»Also konnten sie sich dort begegnet sein.«

»Toll. Das macht den Personenkreis nicht gerade überschaubarer. Dort hatten sie nicht nur Kollegen – sondern auch Schüler«, stöhnte Mangold.

»Das muss ganz zu Beginn des Frauenfußballs gewesen sein. Im Westen gab es 1987 die erste echte Mannschaft. Silvia Neid, die heute die Nationalmannschaft trainiert, war damals noch selbst Spielerin«, begeisterte sich Wiener. »Schaber hat Pionierarbeit geleistet.«

»Du erstaunst mich immer wieder!«, neckte Nachtigall den jungen Kollegen.

Der verdrehte nur die Augen und ächzte: »Marnie!«

»Marnie spielt Fußball?«

»Nein, zum Glück nicht. Ihre Freundin kickt schon seit Jahren. Also ehrlich gesagt, ich finde es ziemlich überflüssig, wenn Frauen auch boxen und Fußball spielen. Sieht doch nicht nach Fight aus! Und erst die Fouls! Lächerlich!«

»Macho!«, dröhnte Mangolds Organ durch den Besprechungsraum. »Frauen gehören an den Herd und hinters Bügelbrett?«

»So nun auch wieder nicht. Aber müssen sie sich denn gerade in solch harten Sportarten beweisen?«

»Ja!« Nachtigall schlug sich auf die Seite der Frauen und Wiener zuckte ergeben mit den Schultern. »Dein Frauenbild scheint etwas verstaubt! Sieh mal, bei der Polizei arbeiten auch Frauen, beim Bundesheer kämpfen sie an vorderster Front.«

»Na, vielleicht hast du ja recht. Meine Mutter war einfach gern eine hundertprozentige Hausfrau, ging darin auf. Sie hat gekocht, gewaschen, Pflaster auf Wunden geklebt – konnte auch Fahrradschläuche reparieren und Lampen aufhängen. Bei Gelegenheit werde ich sie mal fragen, ob sie auch gern Fußball gespielt hätte«, schloss er nachdenklich.

»Dieselbe Sportschule, eine Position als Ausbilder«, grübelte Mangold laut, »vielleicht ist die Idee mit der großen Liebe doch nicht so abwegig.«

»Falls der Ansatz passt, muss es noch weitere Nebenbuhler gegeben haben.« Ankekatrin Kruse runzelte die Stirn. »War da eine besonders begehrte Mitarbeiterin oder Schülerin? Hat die sich tatsächlich mit den beiden Opfern eingelassen – oder ist das nur eine vom Täter gefühlte Liaison gewesen?«

»Wenn er sich das nur eingebildet hat, wird der Fall noch schwieriger zu lösen. Wer mag das zweite Opfer sein? Wir müssen jemanden finden, der uns über die Frauenbekanntschaften Auskunft geben kann.«

»Schneider? Zobel und der ABV? Veronica Bauer!«

Wiener nickte und stürmte in sein Büro.

Der Schatten biegt in einem scharfen Knick vom Weg ab und bewegt sich geschmeidig durchs Unterholz. An dieser Stelle ist es ziemlich dicht – für seine Zwecke ungünstig.

Nein, korrigiert er sich – es ist sogar verdammt schlecht.

Je länger die Leiche hier unentdeckt liegt, desto weniger bleibt von ihr übrig.

Am Ende wäre es womöglich nicht mal mehr genug für eine schnelle und zuverlässige Identifizierung!

Es läuft weiß Gott nicht nach Plan.

Und das ist durchaus ärgerlich.

So würde es der Polizei schwerfallen, den roten Faden zu entdecken und dann musste man so viel nachträglich erklären. Der Körper liegt unverändert. Immerhin. Offensichtlich hatten keine Tiere versucht, ihn zu verschleppen.

Ohne Reue oder einen Hauch Mitgefühl sieht die Gestalt auf den kalten Leichnam zu ihren Füßen hinab.

»Auf der anderen Seite wäre es völlig okay, wenn dir eine Ratte das zarte Gesichtchen wegfräße. Dieses Lärvchen, das du so gern für deine Zwecke benutzt hast. Weggeknabbert und entstellt! Ja, das wäre mir schon sehr recht – solange an anderer Stelle noch was zur Analyse übrig bleibt!«

Alle Ungeduld hilft nicht. Noch ist sie nicht gefunden worden. Könnte man das ändern? Nein, eher nicht. Es gibt noch viel zu tun, der Schatten darf nicht zu früh entdeckt werden. Nicht, bevor die Rechnung bezahlt ist! Geduld ist also gefragt. Am Ende wird die Polizei das Puzzle schon ordentlich gelegt bekommen.

Zum Abschied wandern die Augen der Gestalt noch einmal über den nackten Körper.

Selbst mit der grünlichen Fäulnisfarbe sieht dieser noch verdammt gut aus. Doch das wird sich schnell ändern. Die Zeit arbeitet dem Täter in die Hände, zumindest was diesen Punkt betrifft. Flüssigkeitsgefüllte Fäulnisbeulen würden sich nun bilden, entstellende Säckchen mit stinkenden Körpersäften, die Haut würde sich ablösen.

Fliegen sind schon reichlich da, umschwirren interessiert das Futterreservoir für ihre Nachkommen. Vereinzelt kriechen Maden auf dem grünlichen Fleisch umher.

Auch neugierige Käfer krabbeln aus allen Richtungen herbei.

Bald werden sich fleischfressende Säugetiere hier den Bauch vollschlagen.

Die Natur erobert sich den Menschen zurück, verleibt sich den toten Organismus ein.

Noch ein letzter kalter Blick. Schönheit ist so schrecklich vergänglich. Besonders nach dem Eintritt des Todes.

Mit einem tiefen Seufzer der Zufriedenheit wendet die Gestalt sich zum Gehen.

Nach wenigen Schritten erreicht sie wieder den Hauptweg, mischt sich einige Meter weiter unauffällig unter die anderen Spaziergänger und Hundehalter.

Man wird sie schon finden. Die Vergangenheit holt die Gegenwart ein.

»Ja, Irmchen. Mir tut es doch auch leid. Das kann noch dauern hier in Cottbus. Vielleicht muss ich über Nacht bleiben.« Hajo Mangold lehnte neben dem Händetrockner und drückte sich das Handy fest ans Ohr.

Irmchen war sauer. Kein Wunder.

Immerhin war er nach Dresden gezogen, um ihr nahe zu sein. Er hatte gemeint, die Zeit der langen Trennungen sei vorbei. Und nun war er schon gleich beim ersten Fall nicht am Abend zu Hause. Mist!

»Hajo – du hast doch nicht etwa was getrunken?«, fragte Irmchen argwöhnisch. »Damit sollte Schluss sein.«

»Keinen Tropfen«, log Mangold und schob verlegen die kleine Edelstahlflasche in die Innentasche seiner Jacke zurück. »Ich ruf dich an, sobald ich weiß, wie es hier weitergeht. Vielleicht muss ich ja gar nicht bleiben, sondern lasse nur Frau Kruse hier. Das wird davon abhängen, wie sich die Angelegenheit entwickelt.«

»Frau Kruse? Hajo, ich warne dich. Pass bloß auf deine Finger auf, noch mal nehme ich so was nicht einfach hin!«

»Ach, Irmchen! Das war doch alles nur ein großes Missverständnis. Ich liebe nur dich – und verspreche, immer mehr als eine Armlänge Abstand zu Frau Kruse einzuhalten«, lachte er seine eigenen Befürchtungen beiseite.

Wenig später steckte er sich einen Kaugummi in den Mund und verließ den Waschraum mit neuer Zuversicht. Im Besprechungszimmer warteten die anderen bereits.

»Schneider konnte sich an vier Namen erinnern. Er meinte, alle seien tolle Frauen gewesen, die jeder gern nach Hause geführt hätte. Aber am Ende war es eben immer Roland, der sie bekam.«

»Hatte er nicht behauptet, Roland habe seine Damenbekanntschaften nicht mit nach Hause gebracht?«, grantelte Nachtigall, der sich über Zeugen ärgerte, denen man die Wahrheit mühsam entlocken musste.

»Hab ich ihm auch gesagt. Aber er konnt' das erklären. Seit er zum Tod von Roland befragt worden sei, beschäftige ihn das Thema – und so falle ihm immer mal das eine oder andere ein.«

»Hast du ihm gesagt, er darf uns gern anrufen, wenn er wieder eine spontane Erinnerung hat?«

Michael Wiener grinste vielsagend.

»Silvia Braun, Manuela Winter, Bettina Eckstein, Elvira Teichmann. Mal sehen, wer noch hier in der Stadt wohnt«, murmelte Nachtigall und schlug das Telefonbuch auf.

»So findsch' die nie. Außerdem hat die Manuela gar nicht in Cottbus g'wohnt. Die ware' alles Schülerinne' an der Sportschul', meint Schneider. Fußballerinne' wohl. Manuela Winter hat in Klein Oßnig g'wohnt, Elvira Teichmann in Neupetershain.«

»Wenn die Damen geheiratet haben, stimmt der Name vielleicht gar nicht mehr«, warf Mangold ein.

»Lass mal, ich krieg das schneller raus«, behauptete Wiener. Dankbar überließ Nachtigall dem Kollegen die Namensliste.

Während Michael Wiener in seinem Büro im Internet recherchierte, saßen die drei anderen über den Akten und diskutierten.

»Schade, dass Frau Bauer nicht mehr wusste, woher die beiden sich kannten. ›Beruflich wahrscheinlich‹ ist ein bisschen zu unkonkret«, nörgelte Ankekatrin Kruse und warf einen Blick auf ihre Armbanduhr.

»Wenn wir annehmen, dass die beiden Männer sich aus der Zeit an der Potsdamer Sportschule kannten, müssen wir herausfinden, ob sie mit anderen zum Beispiel ein Quartett gebildet haben. Vier sportliche Männer, die miteinander ausgehen, Mädchen treffen. So etwas. Vielleicht waren es auch fünf! Nur so können wir eventuell den Tod von Opfer zwei – und womöglich weitere – noch verhindern«, drängte Nachtigall. »Keiser starb sofort, Schaber entging diesem Schicksal zunächst. Warum? Hatte der Täter ihn aus den Augen verloren?«

»Unwahrscheinlich«, widersprach Mangold. »Im Zeitalter des Internets ist es gar nicht so einfach, jemanden zu verlieren. Du gibst bei Google den Namen ein und schon findest du Spuren von ihm.«

»Stell dir vor, Schaber überlebte die letzten Jahre nur, weil der Mörder keinen Zugriff aufs Internet hatte und sich einen Flug nach Brasilien nicht leisten konnte.«

»Denkbar wäre doch auch, dass Schaber von der Bedrohung gewusst hat. Deshalb ist er nur selten nach Deutschland zurückgekehrt«, steuerte Kruse bei. »Denn wenn er kam, besuchte er Familienfeiern mit einem kleinen, überschaubaren Kreis von Gästen. So hatte er alles im Griff!«

»Diesmal ließ es sich allerdings nicht vermeiden. Schaber ging wohl davon aus, dass nach 20 Jahren nun alles vergeben und vergessen sei – oder zumindest durch eine Aussprache von Mann zu Mann geklärt werden konnte.«

»Das ist die Frage: Wusste er nicht, wie heiß der Hass noch immer loderte? Oder gab es einen neuen Anlass, der ihn wieder entfachte?«, warf Nachtigall in die Runde.

»Er konnte sogar Kontakt aufgenommen haben und der andere täuschte vor, er wolle das Kriegsbeil begraben. Am Ende war das aber gelogen.« Kruses Augen leuchteten vor Aufregung, während sie sprach.

»Dann müssen wir ja nur noch rausfinden, worum es damals ging«, ergänzte Mangold sarkastisch. »Kein Problem.«

»Wisst ihr, ich habe den Eindruck, diese Morde beziehen sich nicht nur auf die Vergangenheit. Warum jetzt? Und die Antwort finden wir im Sport, da bin ich mir inzwischen ziemlich sicher.«

»Die WM!«

»Genau. Welche Themen spielen dabei neben der sportlichen Leistung eine Rolle? Doping, Ausbeutung, Wettskandale, Bestechungen, Bedrohungen …«

»Willst du wirklich behaupten, jemand kämpft mit diesen Morden gegen die Fußball-WM der Frauen? Das halte ich für zu weit hergeholt.« Wieder zog Kruse den Ärmel ihrer Bluse hoch, um die Uhrzeit erkennen zu können.

»Niemand kann auf diese Weise die WM verhindern«, bestätigte auch Mangold.

Plötzlich sprangen die Kollegen aus Dresden auf. »Ich muss mal telefonieren!«, erklärten sie im Gleichklang.

Ganz allein mit sich und seinen privaten Dämonen fühlte Nachtigall ein ausgeprägt schlechtes Gewissen aufsteigen. Albrecht. Er hatte ihm nur eine kurze SMS geschickt, statt sich Zeit für den Freund zu nehmen, ihn mit vier kargen Zeilen abgespeist. Lag das wirklich nur an diesem Fall – oder war es nicht eher so, dass er Angst vor dem Leid Albrechts hatte? Entschlossen zog er sein Telefon hervor und wählte die Nummer des Freundes.

Wenn es sich ergab, konnte er ihm ja auch gleich die Frage stellen, die ihm auf den Nägeln brannte.

Was zum Teufel hatte Albrecht bei einer Grillparty von Sportassen zu suchen gehabt?

Ronny Zobel. Der würde doch auch etwas über Damenbekanntschaften Rolands wissen.

Er beendete die Verbindung, bevor sein Handy die Nummer angewählt hatte und schob es in die Gesäßtasche zurück. Das Gespräch mit Albrecht würde er heute Abend in aller Ruhe von zu Hause aus führen. Feigling, entrüstete sich sein Gewissen, doch er ignorierte das, so gut es eben ging.

Auf dem Gang traf er mit Mangold zusammen. »Komm, wir fahren zu diesem Freund von Keiser, der die Republikfluchttheorie aufgestellt hat.«

Im Vorbeihasten öffnete er die Tür zu Wieners Büro. »Oh, da haben sich die beiden ja schon gefunden. Ich wollte dich gerade bitten, mit der Kollegin gemeinsam die Adressen zu eruieren. Ich fahre mit Hajo zu Zobel.«

»Sie schon wieder? Ich glaub's nicht!«, stöhnte Zobel zur Begrüßung gequält auf. Er drehte das Gesicht zum Fenster und starrte hinaus.

»Wir haben ein Problem, Herr Zobel«, begann Nachtigall eindringlich. »Dieser Herr ist Hauptkommissar aus Dresden. Es sieht so aus, als habe der Mörder von Roland noch einen weiteren Mord begangen.«

»Das geht mich nichts an! Außerdem klingt das in meinen Ohren ziemlich unwahrscheinlich. Zwischen den Taten liegen mehr als 20 Jahre – so was macht doch keiner.« Zobel rollte den Kopf zurück und zog die Augen zu Schlitzen zusammen. »Oder ist der andere etwa auch schon seit damals tot?«

»Nein. Sein Name ist Johannes Schaber.«

»Ich weiß nicht, ob Ihnen das möglich ist, aber Sie können sich vorstellen, dass ich nicht ständig von Ihnen mit solchen Geschichten belästigt werden möchte?«, fauchte Zobel. »In meinem bisherigen Leben gab es so gut wie nie Leichen, schon gar keine Mordopfer! Und nun bringen Sie mir schon das zweite vorbei! Ich will davon nichts mehr hören.«

»Dafür habe ich durchaus Verständnis, Herr Zobel. Wirklich!«, versicherte Nachtigall ehrlich.

»Dann konfrontieren Sie mich nicht immerzu damit.«

»Johannes Schaber wurde aus der Elbe gezogen. Wir müssen den Mörder schnell finden, denn er hat weitere Opfer angekündigt. So gern ich auf Ihre Psyche Rücksicht nehmen würde, ich kann es nicht.«

»Johannes ist ein Allerweltsname!«, protestierte Zobel schon schwächer.

»Vielleicht werfen Sie einen Blick auf die Fotos?« Peter Nachtigall zog zwei Aufnahmen hervor und legte sie vor Zobel auf die Bettdecke.

Der Zeuge schluckte und seine Augen klammerten sich an einen Soßenfleck an der gegenüberliegenden Wand. War das Tomatensoße oder hatte da jemand mit Bratensaft gespritzt? Es könnte auch ein verirrter Marmeladenfleck sein, so genau war das vom Bett aus nicht zu …

»Herr Zobel!«

Sorgfältig hielten die Augen die hohe Blickebene.

»Ja? Was soll das? Sie können mich nicht zwingen.«

»Wir haben einen Zettel bei ihm gefunden. Der Mörder schreibt, Schaber sei das dritte Opfer, weitere würden folgen. Herr Zobel, bitte«, insistierte Nachtigall.

Und da war es passiert.

In einem Moment der Schwäche war sein Blick über die Bilder gehuscht.

»Nehmen Sie sofort die Leiche aus meinem Bett!«, keifte

Zobel und begann, hektisch mit den Armen um sich zu schlagen. »Oder ich rufe nach der Schwester.«

Betont langsam hob der Ermittler die Bilder von der Decke. »Schade, Herr Zobel«, sagte er leise.

Stummes Warten füllte den Raum wie Stopfwatte. Es machte das Atmen schwer und verlangsamte alle Bewegungen.

»Ich weiß, wer das ist«, quetschte Zobel mühsam hervor. »Das ist der Delegationschef der brasilianischen Fußballmannschaft. Frauenfußball.«

»Stimmt«, antwortete Nachtigall und beobachtete amüsiert, wie Mangold sich halb zur Wand drehte, damit Zobel nicht sehen konnte, wie er die Augen gen Himmel hob.

»Das wussten Sie schon, nicht wahr?«

Zögernd streckte Zobel die Hand aus und nahm dem Hauptkommissar eines der Fotos wieder ab. Die Aufnahme zitterte zwischen seinen Fingern. Tapfer schaute er in das verquollene Gesicht des Mannes, der in Dresden aus der Elbe geborgen worden war.

»Der ist ja ganz nass«, beschwerte sich Zobel, als tropfe das Flusswasser bereits in sein Bett.

»Wie gesagt, er wurde aus der Elbe gefischt.« Mangold gelang es nur noch schlecht, seine Ungeduld zu verbergen.

»Wenn das tatsächlich Johannes Schaber ist, hat er sich in den letzten Jahren allerdings erheblich verändert. Er war früher schlanker – nicht so aufgeblasen.«

»Möglich, dass der Tod ihn etwas verändert hat«, meinte Nachtigall.

»Aber auch die Hautfarbe. Also ich habe ihn nicht so blass in Erinnerung, eher dunkler.«

»Haben Sie ihn bei irgendeiner Gelegenheit mit Roland zusammen getroffen?«

»Schon möglich. Roland hat seine Freundeskreise nicht gern vermischt. Das lag daran, dass er für jedes seiner Leben ein anderes Ego hatte. Stellen Sie sich nur den Spagat vor, wenn der eine Lebenskreis sich mit dem anderen vermengte. Nein, das hat er immer vermieden, so etwas passierte höchstens zufällig und war ihm immer ausgesprochen unangenehm.«

Zobel betrachtete die Züge des Toten noch einmal eindringlich. »Ich muss ihm aber mal bei Roland begegnet sein, sonst würde ich mich ja nicht an sein Gesicht erinnern.« Der Zeuge legte den Kopf zurück und schloss die Augen.

Mangold signalisierte, er müsse dringend telefonieren und floh nach draußen.

Peter Nachtigall schwieg und wartete. Stoisch. Er war sich sicher, dass Zobel noch einige interessante Einzelheiten nennen würde.

Lange war nur der gleichmäßige Atem des Zeugen zu hören.

Dann fragte Zobel: »Ihr Kollege hat ein Alkoholproblem. Wussten Sie das schon?«

»Wie kommen Sie darauf?«

»Das rieche ich. Und er ist weg, oder? Nicht zum ersten Mal heute, richtig?«

»Ist Ihnen eingefallen, wann Sie die beiden zusammen getroffen haben?«, fragte der Ermittler unbeirrt.

Zobel spürte, dass Nachtigall sich nicht mit Allgemeinplätzen abspeisen lassen würde. Er räusperte sich und schlug die Augen wieder auf. »Ich bin mal unangemeldet bei Roland vorbeigekommen. Der hatte die Klingel nicht gehört und so öffnete mir Schneider. Bis in den Flur war zu hören, dass hinter Rolands Tür gestritten wurde. Schneider zuckte bloß mit den Schultern und ließ mich stehen. Ich habe eine Weile vor der Tür gewartet, nicht weil ich lauschen wollte, sondern weil ich hoffte, die beiden würden sich beruhigen.«

»Aber Sie konnten nicht verhindern, etwas zu hören!«

»Na, was sollte ich denn machen? Die haben sich angeschrien.«

»Und?«

»Ich weiß nicht genau, was Roland angestellt hatte. Johannes Schaber fluchte ständig ›das wird uns den Kopf kosten, die schmeißen uns raus. Am Ende wandern wir noch in den Knast‹. Na ja, das hat mich mehr als erstaunt, weil Roland sonst ein so wenig aufregendes Leben führte. Aus dem Geschrei ging aber klar hervor, dass Roland was verbockt und Schaber mit reingezogen hatte.«

»Es gab Gerüchte über Drogenhandel.«

»Hm. Das wäre schon schlimm gewesen. Dopen durfte man, solange es niemand merkte, aber Drogen, ne, ne, das war ein echtes Verbrechen.«

Die Tür ging auf und Mangold steckte seinen Kopf ins Zimmer.

Zobel nickte Nachtigall zum Abschied zu und fasste sich mit dem Zeigefinger an den linken Nasenflügel. Gut, dachte der Ermittler, ich werde aufpassen.

»Michael, kannst du bitte bei Sabine Wernke nachfragen, ob sie etwas über Johannes Schaber weiß?«

Eine halbe Stunde später war klar: Frau Wernke kannte Freunde aus dem Sport und aus dem privaten Cottbuser Umfeld, aber Schaber mit Sicherheit nicht.

»Peter, sie meinte, sie könne sich erinnern, dass einer aus Rolands Truppe nach Brasilien auswanderte. Aber aus dem Umfeld Roland Keisers hat nie jemand darüber gesprochen. Sie glaubt, Johannes Schaber sei kein Freund gewesen, bestenfalls ein flüchtiger Bekannter.«

»Flüchtig passt gut«, gab Nachtigall sarkastisch zurück und informierte Mangold.

Mischte sich unter den Dauergeruch der Kaugummis nicht der Hauch von etwas Hochprozentigem?

Du lässt dich ins Bockshorn jagen, schimpfte er mit sich, was weiß Zobel denn schon?

Hajo Mangold starrte auf die staubige Straße.

»Gut, angenommen, die beiden waren nicht befreundet. Dann kannten sie möglicherweise eine dritte Person. Standen mit jemandem in Kontakt, ohne voneinander zu wissen und ohne zu ahnen, der andere sie beide kennt.« Nachtigalls Stimme war leise und Mangold musste sich in seine Richtung lehnen, um ihn verstehen zu können. »Es wird schwer, einen Hinweis auf Dritte zu bekommen. Oder wir haben auf einmal so viele mögliche Täter, dass wir Verstärkung anfordern müssen, um sie und ihre Geschichten zu überprüfen.«

»Meiner Erfahrung nach ähneln sich die Fälle, wenn junge Männer im Spiel sind. Am ehesten war es eine gemeinschaftliche Vergewaltigung. Du weißt doch, wie so etwas läuft: Die beiden sitzen zusammen in einer Kneipe und machen eine Frau am Nachbartisch an. Sie folgen ihr. Die Männer sind sich einig, die Frau wehrt sich, die Dinge nehmen ihren Lauf. Und nun rächt sich die Frau.«

»Dann müssen wir sie finden, bevor noch mehr Menschen sterben.« Nachtigall zog die linke Augenbraue hoch. »Nach dieser Theorie hätte das Vergewaltigungsopfer 20 Jahre lang die Leiche ihres Peinigers in der Tiefkühltruhe aufbewahrt? Das ist mehr als unwahrscheinlich.«

»Zugegeben, es wäre ungewöhnlich. Aber können wir es deshalb ausschließen?«

»Ich glaube eher an eine Verbindung zum Sport. Denkbar wäre, dass Roland Sportler ausspioniert hat. Er könnte jemandem die Karriere verbaut haben. Der bringt nun die um, die dafür verantwortlich sind.«

»Das erklärt nicht, warum Schaber ausgerechnet jetzt sterben musste. Möglicherweise finden wir die Antwort auf diese Frage erst, wenn wir den Täter haben.«

»Wir drehen uns im Kreis. Die Drogengeschichte geht mir nicht aus dem Kopf. Stell dir vor, die beiden haben jemanden abhängig gemacht und nun rächt sich zum Beispiel der Lebensgefährte, Ehemann, Bruder.« Nachtigall starrte minutenlang schweigend vor sich hin. Unvermittelt murmelte er, mehr zu sich selbst: »Ich muss immer wieder an diese Frau denken, die durch die Gabe von Hormonen zu einem Mann wurde. Das muss schrecklich für sie gewesen sein. Stell dir vor, Keiser und Schaber waren für etwas in der Art verantwortlich.«

»Oder es geht doch um Doping. Keiser wusste natürlich darüber Bescheid, andere auch. Der erfolgreiche Athlet, der nun in aller Ruhe seine Gelder im Ruhestand genießen will, fürchtet mit einem Mal, die alte Geschichte könnte ihm die Ernte verhageln. Also macht er alle Mitwisser mundtot«, schlug Mangold vor, ohne auf die Worte des Kollegen einzugehen. Vielleicht hatte er sie auch einfach nicht gehört.

Nachtigall setzte gerade zu einer Antwort an, da brummte sein Handy in der Freisprechanlage.

»Ich habe eine Überraschung für euch! Ich konnte den Namen und die Adresse des ehemaligen Schulleiters in Potsdam ausfindig machen. Er ist vor Kurzem in den Ruhestand gegangen. Vielleicht kann er uns ja 'was über die Freunde von Keiser erzählen«, freute sich Wiener.

»Gut gemacht. Das hilft möglicherweise weiter. Roland hatte Rheuma. Sportliche Freunde hätten immer Rücksicht nehmen müssen. Berufliche nicht.«

»Er hat die Fußballdamen trainiert. Dabei musste er nicht mitrennen. Er entwickelte Trainingspläne und Übungseinheiten für den Muskelaufbau. Da kontrollierte er nur, ob die Damen die Übung auch richtig machen«, erklärte Wiener. »Das habe ich schon überprüft. Schaber dagegen kam als echter Trainer. Fußball für Jungs und Mädchen. Er spezialisierte sich zunächst auf den männlichen Nachwuchs und entdeckte sein Herz für den Frauenfußball erst in Brasilien.«

»Das heißt, die beiden hatten so viel nicht miteinander zu tun«, seufzte Nachtigall.

»Dann müssen wir wohl alle Alibis von damals überprüfen, von allen, die dort gearbeitet und trainiert haben? Dazu noch von denen, die zu diesem Zeitpunkt ausscheiden mussten, weil er vielleicht dabei seine Finger im Spiel hatte?« Mangold warf entsetzt die Arme in die Luft und dachte verzweifelt daran, was Irmchen dazu sagen würde, wenn er nun wieder wochenlang in fremden Betten schlafen sollte.

»Vor allem müssen wir herausfinden, mit wem beide befreundet oder näher bekannt waren. Das ist die einzige Chance, einen weiteren Mord zu verhindern«, erklärte Nachtigall mit Nachdruck.

Mark hatte sich das eine ganze Weile angesehen.

Manuela und seine Mutter sprachen kaum noch miteinander, seine Schwester verließ das Haus nur selten und wenn doch, dann immer nur für kurze Zeit. Er traute sich nicht, seine Mutter zu fragen. Die Stimmung innerhalb der Familie hatte sich dramatisch verschlechtert, da war es besser, solche Dinge auf sich beruhen zu lassen. Andererseits wollte er schon wissen, was eigentlich los war und warum alle so gereizt reagierten. Selbst Papa. So beschloss er, die Person zu fragen, bei der es am ungefährlichsten schien. Und Manuela lachte.

Sie erzählte ihm, sie bekäme ein Baby. Wie die Nachbarin vor drei Jahren.

Und sie freue sich auf das Kind, obwohl ihre Eltern ständig wütend reagierten, wenn sie mit ihrer Tochter allein waren.

»Warum hat Mama neulich geschrien, du hättest gewartet, bis es zu spät war? Warum bist du peinlich?«

»Sie wollten nicht, dass ich dieses Kind bekomme, Mark. Es ist ihnen peinlich, weil ich keinen Ehemann habe.«

Mark spürte, dass Manuela weinte.

Er legte seinen Arm um sie und drückte sie fest an sich, um sie zu trösten. Die große Schwester nahm seine freie Hand und legte sie auf den straff gespannten Stoff des T-Shirts über ihrem Bauch. Unter seiner Hand spürte er deutlich eine Bewegung!

Manuela lachte, als sie sein verblüfftes Gesicht sah. »Ja, das ist das Baby. Wenn es sich bewegt, spüre ich es. Man kann es sogar sehen.«

Minutenlang lauschten Marks Fingerspitzen auf den Druck und die sanften Stöße aus Manuelas Körper. »So fest!«, staunte er. »Tut das nicht weh?«

»Nein, es ist nur toll!«

Mark sah seiner Schwester direkt in die Augen. »Und?«, fragte er dann. »Wirst du heiraten?«

Manuela hörte seine tief sitzende Angst vor Einsamkeit und Alleinsein heraus.

»Das wird sich zeigen. Der Vater will noch nicht.«

»Und was willst du?«

Darüber musste die junge Frau nicht nachdenken. Für sie stand die Entscheidung fest. »Heiraten. Ich könnte das Kind in eine Krippe geben und das Training wieder aufnehmen. Meine Karriere bekäme einen kleinen Knick – aber das ist nicht schlimm«, träumte die Schwester sich ihre Zukunft rosarot. »Andy und ich könnten beide in unserem Traumberuf arbeiten. Vielleicht sogar reisen! Ins Ausland, in den Westen! Stell dir nur vor: Vielleicht wird es ein Mädchen. Dann spielt sie sicher gern Fußball.« Sie seufzte verzückt. Schloss die Augen. Ließ sich treiben.

»Aber Andy will nicht. Stimmt doch, oder?«

Mit einem Schlag kehrte die Dunkelheit zurück, erstickte alle Träume unter einer schwarzen Decke.

»Ja. Woher weißt du das überhaupt?«

»Ach,« Mark machte eine wegwerfende Handbewegung, »da ist nichts dabei, Papa und Mama sprechen abends darüber. Ich höre ihre Stimmen durch die Wand.«

Manuela streichelte sanft über ihren Bauch. »Andy wird mich heiraten wollen, wenn das Baby da ist.«

Mark schwieg.

Er kuschelte seinen Kopf an Manuelas Mitte. »Ich werde Onkel«, freute er sich. »Wenn Andy dich nicht heiratet, bleibst du eben mit dem Baby hier. Das wird schön, wart's nur ab. Ich bringe deinem Kind das Radfahren und das Bauen von Tipis bei, es kann zu den Indianern mitkommen!« Der Junge war plötzlich ganz aufgeregt.

Manuela spürte, wie sein Körper sich anspannte. Sie erkannte die Wahrheit hinter seinen Worten. Mark wollte auf gar keinen Fall allein bei den Eltern zurückbleiben.

Entschlossen griff die Schwester zu einer tröstenden Halbwahrheit. »Erst mal wohnen wir sicher hier.« Sie strich ihm über die dichten Haare. »Mach dir keine Sorgen. Ich lass doch den Onkel meines Kindes nicht im Stich.«

20

»Der Schulleiter, Helmut Hallow, ist wie gesagt gerade in Pension gegangen. Ich hab' hier sei' Nummer. Der weiß doch sicher noch, mit wem Roland Keiser zusammengearbeitet hat, mit wem er befreundet war. Immerhin war sei Verschwinde' ziemlich spektakulär, so jemand' vergisst man nicht. Der brennt sich regelrecht ins Gedächtnis.«

Das hoffte Nachtigall auch.

»Polizei?«, fragte eine erstaunlich energische Stimme nach und Nachtigall nannte seinen Namen ein zweites Mal.

»Nachtigall? Wie der Vogel? Aha. Und Sie sagen, es geht um Roland Keiser?«

»Wir ermitteln im Mordfall Roland Keiser. Und deshalb wäre es für uns besonders wichtig zu erfahren, mit wem er damals engen Kontakt hatte – befreundet war.«

»Roland Keiser! Mordfall? Das verstehe ich nicht, da haut einer in den Westen ab und lässt sich dort umbringen? Und was soll das dann mit seinen damaligen Freunden zu tun haben?«

»Nun, das ist so …«, begann Nachtigall zum wiederholten Mal, um diesen Irrtum aufzuklären. Der einstige Schulleiter hörte atemlos zu. Es war am anderen Ende der Leitung so still, dass der Hauptkommissar befürchtete, der Mann habe den Hörer einfach zur Seite gelegt. Deshalb zuckte er zusammen, als ein überraschendes »Sicher?« in sein Ohr gezischt wurde.

»Ja. Unser Rechtsmediziner hat in dieser Frage keinen Zweifel.«

»Mord! Unfassbar.« Helmut Hallow räusperte sich und fragte in sachlichem Ton: »Denken Sie an enge Freunde?

Oder eher an die Menschen, mit denen er im selben Umfeld arbeitete?«

»Wahrscheinlich an beides«, gab Nachtigall zu.

»Freunde kann ich sofort beantworten: In Potsdam hatte er keine. Mir ist natürlich nicht bekannt, ob es in Cottbus anders war, vielleicht hatte er dort einen Freundeskreis – hier aber nicht. Mag daran gelegen haben, wie er mit seiner Krankheit umging. Sie wissen von seinem Rheuma?«

»Ja. Wir wissen auch von der Knie-OP.«

»Richtig. Sie erwähnten den Rechtsmediziner. Natürlich gab es eine Obduktion.«

Der Dialog kam ins Stocken.

»Viel wird das nicht mehr gebracht haben, nach 20 Jahren«, formulierte Hallow vorsichtig.

»Wie ging er denn mit der Diagnose Rheuma um?«, klebte Nachtigall fest.

»Ausgesprochen aggressiv. Nach den ersten heftigen Schüben beruhigte sich die Erkrankung. Roland nahm regelmäßig Medikamente, er glaubte, er habe alles im Griff. Nun setzte er seinen Ehrgeiz in den Versuch zu beweisen, wie fit er war. Immer noch. Fitter als die anderen. In jeder Beziehung. Das machte den Umgang mit ihm oft kolossal schwierig.«

»Johannes Schaber war auch an der Sportschule.«

»Oh ja. Das ist richtig. Ich habe es in den Nachrichten gehört – er wurde ermordet.« Hallow schluckte laut.

Nachtigall drängte ihn nicht.

»Er wurde auch ermordet. Deshalb rufen Sie mich an, nicht wahr? Sie vermuten einen Zusammenhang.«

»Das stimmt. Wir halten eine Verbindung für denkbar.«

»Johannes Schaber wollte zuerst selbst Fußball spielen. Sein Talent reichte nicht aus. Aus ihm wäre nie ein Profi geworden. Doch vom Sport lassen mochte er auch nicht.

Wir schlugen ihm vor, als Torwarttrainer sein Glück zu versuchen. Ihnen ist natürlich bekannt, dass er in Brasilien lebte.«

»Wir suchen vor allem nach Menschen, die mit beiden Opfern Kontakt hatten. Wir fürchten, dass noch mehr Bekannte der beiden in Lebensgefahr sind.«

»Das kann ich so schnell nicht beantworten.« Die Stimme Hallows zitterte, klang auf einmal alt und mutlos. »Aber ich werde Folgendes tun: Sobald dieses Gespräch beendet ist, nehme ich Kontakt mit meinem Nachfolger auf, treffe ihn im Büro und erstelle eine Liste von Namen. Die wird aber möglicherweise nicht vollständig sein. Ein Schulleiter weiß nie alles über seine Angestellten und Schüler.« Er kaschierte sein Bedauern hinter einem rauen Lachen.

»Ich melde mich morgen wieder bei Ihnen«, erklärte Nachtigall, doch Hallow hatte eine bessere Idee.

»Ich maile Ihnen die Liste – und wo ich sie finden kann, schreibe ich die Heimatadresse dazu.«

»Ich habe keine Ergebnisse zu Roland Keiser«, verkündete Wiener und erntete einen verständnislosen Blick.

»Na, du wolltest doch wissen, ob er eventuell Sportler ausspioniert hat. Was ich bisher erfahren habe, ist, dass die Stasi in Cottbus ziemlich lang weitergearbeitet hat. Quasi bis zur letzten Sekunde wurde, wie damals überall, versucht, Akten zu vernichten. Es gibt jede Menge Säcke mit Aktenschnipseln aus Cottbus, die in der Birthler-Behörde darauf warten, zusammengepuzzelt zu werden. Da mag noch so einiges ans Licht kommen. Aber man hat mir erklärt, es gebe zum jetzigen Zeitpunkt keinen Eintrag zu Roland Keiser, was eine mögliche Tätigkeit als IM angeht – wie erwartet existiert eine Opferakte.«

»Bernhard Schneider. Das wussten wir ja schon. Ich

fürchte, diese Zwangswohngemeinschaft hat ihren Zweck nicht erfüllt. Keiser wird Schneider nur erzählt haben, was der Staat wissen durfte.«

Unbefriedigt über die mageren Ergebnisse des Tages fuhr Mangold nach Dresden zurück.

Um bei Irmchen jeden aufkeimenden Verdacht zu ersticken, kaufte er sich noch ein Knoblauchbrot für unterwegs. Ankekatrin lehnte freundlich ab und entschied sich für ein belegtes Baguette mit Käse. Knoblauch würde sie nur dann freiwillig essen, wenn glaubhaft Vampire in der Nähe wären und das sei offensichtlich zumindest im Augenblick nicht der Fall, versicherte sie überzeugt.

Bei Bedarf würde er natürlich jederzeit wieder nach Cottbus kommen und auch Ankekatrin mitbringen, versprach er und zwinkerte Michael Wiener kumpelhaft zu.

Dass dieser Bedarf schon sehr bald akut sein würde, konnte er zu diesem Zeitpunkt nicht ahnen.

»So, nun sind die beiden weg. Lass uns mal in aller Ruhe zusammentragen, was wir bisher wissen, auch wenn die Abendrunde in der nächsten Zeit nur mit uns beiden besetzt sein wird. Albrecht bleibt länger im Krankenhaus.«

»Also doch was Ernstes! Wer unabsichtlich so viel Gewicht verliert, ist krank.« Wiener war betroffen.

»Es ist nicht so schlimm, wie er befürchtet hat. Sie haben einen Lymphknoten entfernt und untersucht. Man kann es therapieren, aber das dauert«, hörte Nachtigall sich antworten und fragte sich, wen er mit dieser halbwahren Aussage mehr trösten wollte: Michael Wiener oder sich selbst?

»Krebs? Also doch?«, fragte der junge Mann gepresst.

»Ja. Er muss eine Chemotherapie über sich ergehen lassen, das ist weder für ihn noch für seine Familie leicht zu ertragen. Ach, er möchte im Augenblick keinen Besuch, Michael. Ich glaube, das sollten wir akzeptieren.«

Der Kollege nickte.

»Zurück zum Fall«, floh Nachtigall hastig in die Arbeit. Michael Wiener ging seine private Sorge um den Freund nichts an. »Zwei Opfer, Taten, die offensichtlich zusammengehören. Ist wirklich davon auszugehen, dass der Täter aus Cottbus kommt? Die Delegation ist nach Berlin weitergereist – wenn Cottbus die Ausgangsbasis wäre, hätte er Schaber in Berlin doch besser auflauern können.«

»Warum? Dresden ist näher!«

»Mit dem Auto vielleicht. Aber mit dem Zug kommst du leichter nach Berlin«, beharrte Nachtigall und setzte dann hinzu: »Natürlich wissen wir nicht, mit welchem Verkehrsmittel er unterwegs war.«

»Roland Keisers Körper wurde eindeutig mit einem Wagen zum Feld transportiert. Selbst wenn es nicht das eigene Fahrzeug des Täters gewesen sein sollte – es bedeutet, dass er fahren kann. Warum sollte er den Zug nehmen, um den Mord an Schaber zu begehen?«

Peter Nachtigall pinnte einen Pappstreifen an die Stellwand und schrieb *Roland Keiser* darauf, auf einen anderen *Johannes Schaber*.

»Also, waren sie Freunde? Oder nur Kollegen? Wissen wir schon von einer dritten Person, die beide kannten? Außer dem Täter muss es jemanden geben, der als zweites Opfer vorgesehen ist – oder schon ermordet wurde.«

»Ich glaube wirklich, die Sportschule ist der Schlüssel. Das bedeutet, es gibt eine Menge von möglichen dritten Personen«, stöhnte Wiener auf. »Einer der Schüler.«

»Könnte sein. Entweder, weil seine Karriere verhindert wurde, oder er im Gegenteil heute sehr berühmt ist und unter seiner exponierten Position leidet. Einer, der glaubt, die Leute, die ihm zum Ruhm verholfen haben, sind schuld an seinem Unglück. Vielleicht kann er den Leistungsdruck nicht mehr ertragen, oder er findet keine Frau.«

»So einer, der ständig neue Ehen eingeht und sich nach kurzer Zeit wieder scheiden lässt? Da fällt mir spontan einer ein!«

»Mir auch. Der war aber nicht an der Potsdamer Sportschule. Außerdem krankt diese Theorie an den 20 Jahren Pause zwischen den Taten!«

Nachdenken sorgte für eine Pause im Brainstorming. Beide schauten nachdenklich vor sich hin.

»Zwei Opfer – aufgefunden in einer Position, die an eine Kreuzigung erinnert. Das bedeutet erstens, dass es dem Mörder wichtig ist, uns die Person exakt so finden zu lassen. Allerdings musste er einen hohen Aufwand betreiben, um diese Wirkung zu erzielen. Es muss ein schreckliches Verbrechen sein, für das die beiden Männer bezahlt haben. Michael, finde doch bitte morgen mal heraus, wofür man früher ans Kreuz geschlagen wurde.«

Wiener griff nach seinem Notizbuch und legte sich eine Liste an.

»Und wir müssen tiefer graben. War diese Drogengeschichte für Schaber wirklich eine Bedrohung? Gab es nicht doch noch andere Gründe für ihn, nach Brasilien auszureisen?«

Wiener schrieb eifrig mit.

»Ich verstehe nicht, warum der Täter die Nachrichten an uns handschriftlich verfasst hat. Ich hätte auf jeden Fall einen Computer benutzt«, erklärte der junge Mann dann. »Handschriften kann man analysieren und zuordnen. Einen Drucker zu identifizieren ist viel schwieriger. Und die Chance, zufällig auf ihn zu stoßen, ist gleich null. Erst wenn wir einen Verdächtigen haben, könnten wir bei ihm nach Datei und

Drucker suchen. Und wenn er wirklich schlau gewesen wäre, hätte er nicht einmal den eigenen benutzt. Er kann in einem Copyshop gewesen sein oder einen Freund gebeten haben.«

»Also ich würde wohl nachfragen, wenn man mich bittet, eine solch sonderbare Datei zu drucken. Ich wäre sofort misstrauisch«, behauptete Nachtigall.

»Wärst du nicht«, widersprach Wiener. »Der Kunde müsste nur eine originelle Erklärung anbieten. Zum Beispiel: Wir wollen eine Party feiern und werden daraus witzige Anstecker herstellen. Die Gäste müssen sich paarweise zusammenfinden. Eine Dracula-Party zum Beispiel. Vampire sind wieder in!«

»Du hast recht. Erst wenn man den Zettel in der Tasche eines Mordopfers entdeckt, wirkt er verdächtig.«

»Wenigstens wird uns die Handschrift helfen, den Täter zu überführen.«

»Weißt du, Michael, ich fürchte, das ist unserem Mörder völlig gleichgültig. Er will die Angelegenheit durchziehen und Schluss. Sollte man ihn am Ende erwischen, na gut. Und bis er all seine Opfer aufgespürt hat, wird er keinen Fehler machen, der uns die Arbeit erleichtert«, prophezeite Nachtigall düster.

»Ich denke, wir werden einen Auslöser finden. Etwas, das nach langer Zeit weitere Morde notwendig machte«, spann Wiener den Faden weiter.

»Ein neues Verbrechen?«

»Vielleicht viel profaner. Plötzliche Arbeitslosigkeit. Damals wegen Keiser, heute ist Schaber schuld.«

»Gut, wir checken, ob es unter den Schülern von gestern große Stars von heute gibt. Womöglich musste einer von ihnen tatsächlich überraschend den Verein verlassen. Oder es gibt eben doch einen Wettskandal!«

»Im Frauenfußball, dachte ich, ist das noch kein Thema. Aber ich kann mich irren. Immerhin sind die Frauen inzwischen echte Stars und man kann mit Wetten richtig Geld verdienen. Wäre natürlich ein schlechter Zeitpunkt für solch eine Entdeckung – im nächsten Sommer ist schließlich die WM.«

»Stell dir vor, Roland hätte vor 20 Jahren schon entdeckt, dass es skrupellose Typen gibt, die auf diese Weise reich werden wollen. Damals eine Option auf die Zukunft. Er will die Gruppe auffliegen lassen und bezahlt mit dem Leben. Heute ist es eine reale Chance, viel Profit zu machen, und Schaber bekommt etwas von den illegalen Machenschaften mit, will sich im Zuge der Reise nach Deutschland mit dem DFB in Verbindung setzen. Also muss er ausgeschaltet werden. Und die Kreuzigung soll andere potenzielle Mitwisser mundtot machen. Wobei die Sache nur Sinn hat, wenn sich noch jemand an Roland Keiser erinnern kann.«

»Das würde bedeuten, dass zumindest einige derjenigen, die verwickelt sind, aus der damaligen Clique stammen.«

Wettskandal stand auf dem nächsten Streifen, den Nachtigall anpinnte. »Angenommen, ich wollte erreichen, dass einige Mannschaften nicht zur WM anreisen – dann reicht es doch nicht, ihnen mit der Aufdeckung illegaler Absprachen zu drohen, oder? Es müsste schon mehr passieren?«, erkundigte er sich. »Wenn man überhaupt davon ausgehen will, es gibt einen Zusammenhang zwischen der WM und den Toten!«

»Mir ist schon klar, dass dir der Gedanke nicht gefällt. Auf der anderen Seite geht es bei diesen Spielmanipulationen um eine Menge Geld. Da schrecken manche nicht vor Mord zurück. Und von der Teilnahme abhalten könnte eine entschlossene Mannschaft nur wenig. Erinnerst du dich noch an den Überfall auf die Mannschaft von Togo? Die reisten zum Africa-Cup nach Angola, die Busse wurden von bewaffneten Männern kurz nach der Grenze gestoppt, das Feuer eröffnet. Drei Menschen starben, mehrere Fußballspieler wurden verletzt, darunter auch einige, die bei deutschen Vereinen unter Vertrag sind. Selbst das hat sie zunächst nicht abhalten können, spielen zu wollen. Ich glaube, die Mannschaft wurde vom Staatspräsidenten nach Togo zurückbeordert.«

»Das ist Fanatismus!«

»Vielleicht. Ich glaube, das Vertrauen in die deutsche Polizei ist zu groß, als dass die Länder um ihre Spieler fürchten würden. Selbstverständlich halten sie die Sicherheitslage für so perfekt wie nur möglich.«

»Die brasilianische Mannschaft ist der Favorit auf den Titel?«

»Pssssst! So etwas zu sagen, ist ketzerisch. Natürlich sind unsere Frauen Favoriten. Aber daneben sind die Brasilianerinnen ernstzunehmende Gegner. So lautet die korrekte Formulierung.«

»Johannes Schaber war ihr Delegationschef. Gehen wir davon aus, der Täter versuchte mit dem Mord die Mannschaft zu verschrecken, bedeutet das zweierlei: Es klappt nicht und weitere Opfer können andere Personen sein, die früher in Potsdam waren und heute für die Brasilianer arbeiten.«

»Ich glaube nicht, dass das noch für weitere zutrifft. Schaber dürfte der Einzige gewesen sein«, seufzte Wiener, notierte sich aber einen zusätzlichen Punkt auf seiner Liste.

Für wenige Minuten war es ganz still im Büro.

Die Hitze des Tages krallte sich an den Wänden fest und Nachtigall öffnete ein Fenster, um etwas Kühle in den kleinen stickigen Raum zu lassen. Doch draußen wehte kaum ein Luftzug. Die hochsommerliche Wärme hing wie eine Glocke über den Straßen der Stadt. »Alle Teams sind gefährdet? Michael, nicht auszudenken, wenn es mehrere Täter wären! Daran will ich gar nicht denken. Die Polizei kann niemanden vor einem unsichtbaren, gesichtslosen Feind schützen.«

Peter Nachtigall fuhr mit einem unguten Gefühl nach Hause.

Wie viele Opfer hatte der Täter im Visier? Stand das überhaupt schon fest oder ließ er sich treiben, überlegte, wen es auch noch treffen sollte und verlängerte wahllos seine Liste? Hatten die Morde wirklich mit der WM zu tun? Dann mussten sie die entsprechenden Stellen informieren – und welches waren überhaupt die entsprechenden Stellen?

Morgen, tröstete er sich, morgen würden sie die Namensliste von Helmut Hallow erhalten. Damit kämen sie ein gutes Stück voran. Hoffentlich konnten sie weitere Taten verhindern, das zweite Opfer rechtzeitig finden, eine vierte Gewalttat schon im Vorfeld unmöglich machen. Und irgendwo auf dieser Liste könnte sich auch der Mörder verbergen!

Conny stand mitten im Wohnzimmer.

Schon das war mehr als ungewöhnlich.

Noch überraschender war allerdings ohne Zweifel das wütende Fauchen Casanovas, der vehement gegen Connys eisernen Griff anstrampelte.

Völlig verblüfft blieb der Hauptkommissar in der Tür stehen und starrte die beiden Hauptakteure des häuslichen Dramas sprachlos an.

»Ahhh. Die Polizei!«, triumphierte Conny und drückte ihrem Mann energisch den Kater in den Arm. »Dies ist der Täter! Gut festhalten!«

Casanova funkelte den Hausherrn grünblitzend an, versuchte aber keine Befreiungsschläge mehr.

»Was hat er verbrochen?«

»Er ist kein Einzeltäter. Seine Komplizin sitzt in der Küche im Arrest. Es handelt sich hier um eine Entführung mit Tötungsabsicht.«

Nachtigall lachte schallend. »Eine Entführung? So so. Demnach handelt sich wohl um ein graubraunes Opfer?«

»Ganz gewiss. Der Mitternachtssnack unserer Mitbewohner hat sich allerdings aus der unmittelbaren Gefahrenzone entfernt und in vermeintliche Sicherheit gebracht.«

»Eine Fahndung?«

»Ja. Aber wir werden wohl ohne Unterstützung deiner Kollegen klarkommen müssen«, seufzte Conny und ließ sich auf allen vieren nieder, legte den Kopf schräg und forschte unter dem ersten Regalsegment nach der Maus.

»Was willst du tun, wenn du sie gefunden hast?«

»Handschuhe anziehen und zugreifen. Danach wieder auswildern.«

Casanova hatte sich inzwischen eine bequeme Position auf Nachtigalls Arm gesucht und beobachtete Conny aufmerksam. Er wusste sehr genau, wohin der Leckerbissen sich verkrochen hatte. Unter dem Regal jedenfalls war er nicht.

»Ich werde die dicken Gartenhandschuhe nehmen.« Conny schob sich zum nächsten Regalteil. »Ich will ganz sicher nicht riskieren, dass sie mich mit ihrem Biss verletzt.«

Nachtigall fühlte sich plötzlich unbehaglich. Ihm fiel das Gespräch ein, das er vor einigen Jahren mit einem Experten zur Vernichtung von Schadnagern geführt hatte. Der junge Mann hatte die gesundheitlichen Gefahren für den Menschen, die von Ratten und Mäusen ausgingen, in allen widerlichen Details geschildert. »Hanta-Virus! Diese Nager sind durchseucht. Du solltest aufhören und die Sache entweder Casanova und Domino überlassen oder einfach mit mir in der Küche ein Glas Wein trinken und die Terrassentür offen lassen. Wahrscheinlich flüchtet sich die Maus aus eigenem Antrieb schleunigst in den Garten. Und den beiden Jägern geben wir als Entschädigung für den entflohenen Mitternachtsimbiss einen Nachschlag Katzendinner. Was meinst du?«

Casanova drehte seine Ohren hellwach in alle Richtungen. Was geschah jetzt?

Nachtigall streckte seiner Frau die freie Hand entgegen und zog sie auf die Füße, dann öffnete er die Tür zum Garten sperrangelweit und trug den Kater in die Küche. Conny schloss die Wohnzimmertür.

Casanova reagierte gelassen.

Menschen eben. Hatten keine Ahnung von der Jagd. Er dagegen wusste genau, eine Maus mit durchbissener Achillessehne hatte nicht den Hauch einer Chance.

21

»Stell dir nur vor: dieses Glück! Kiri spielt im Training mit ›Turbine‹ und schießt auch noch ein Supertor! Sie hat mich vorhin angerufen, total high. Wenn ich sie richtig verstanden habe, was wegen ihrer Begeisterung gar nicht so einfach war, wurde sie zu einem offiziellen Probetraining eingeladen. Ist das nicht einfach wunderbar?«

Michael Wiener nickte genervt.

Kiri! Die junge Frau brachte so viel Unruhe in seine Beziehung zu Marnie, dass er ihr selbst ein Telefonat übelnahm. Seinen Feierabend hatte er sich schlicht anders vorgestellt und das Thema Frauenfußball schien ihn im Moment überallhin zu verfolgen!

»Du hörst ja gar nicht zu«, beschwerte sich Marnie und zog einen Flunsch.

»Ist nicht wahr«, log Wiener. »Ich höre jedes Wort. Kiri
hat prima gespielt«, versuchte er es aufs Geratewohl und lag
damit fast richtig. Jedenfalls schien es Marnie wieder zu ver-
söhnen, denn sie legte zärtlich ihre Arme um seinen Nacken.
»Stressiger Fall?«

»Ja. Heute waren zwei Kollegen aus Dresden da, die auch
einen Toten geborgen haben. Sieht so aus, als hätten unsere
beiden Fälle miteinander zu tun.«

»Ui, ein überregionaler Killer.« Marnie deutete zwei mör-
derische Hände an, die ihr die Luft abschnürten, und röchelte
leise. »Hast du nicht immer auf solch einen spektakulären
Fall gehofft?«

Wiener zuckte zusammen. Ihm wäre lieber gewesen, Marnie nähme die Angelegenheit ernster und witzelte nicht darüber. Damals, als ihre Freundin einem Mord zum Opfer fiel,
war sie tief getroffen gewesen. Vielleicht war ihre Reaktion
psychologisch verständlich, diente dazu, das Thema nicht
mehr so nah an sie heranzulassen, überlegte er.

Er zog sie enger an sich und küsste sie zärtlich.

»Komm – lass uns noch ein bisschen rausgehen«, forderte
Marnie ihn auf und schlüpfte schon in leichte Sportschuhe,
bevor er Widerspruch einlegen konnte. »Na los! Dir tut es auch
gut, wirst schon sehen. So als Ausgleich zu den Mordopfern.«

Ihr zuliebe und deshalb, weil sie vielleicht mit ihrem Argument recht hatte und es ihm nicht schaden konnte, aber auch
um des lieben Friedens willen stimmte er zu. »Wohin?«

»An die Spree. Hinterm Tierpark?«

Marnie, deren Bewegungsdrang erheblich ausgeprägter war
als Wieners, lief schon bald leichtfüßig neben ihm her.

Plapperte unbeschwert über Kiri und deren bevorstehende
märchenhafte Karriere bei ›Turbine‹.

Auch Michael Wieners Gedanken beschäftigten sich mit

Frauenfußball. Allerdings hielt er sich an einem Aspekt auf, über den er sich lieber nicht mit Marnie unterhalten wollte.

Sie liefen zügig durch den Wald.

Marnie hakte sich entspannt und glücklich bei ihm unter. »Weißt du, Michael, ich dachte, wir könnten mal wieder die alten Zeiten aufleben lassen«, verkündete sie gut gelaunt und lächelte verschmitzt.

»Welche alten Zeiten?«, fragte Michael konfus. Hatte Marnie etwa früher auch Fußball gespielt und würde nun unerwartet einen Ball aus der Tasche hexen?

»Ach, Michael«, seufzte die Freundin. »Sei doch nicht so begriffsstutzig!« Aus ihrer überdimensionierten Umhängetasche zog sie eine giftgrüne Fleecedecke.

»Oh, diese Zeiten!«, freute sich Michael Wiener und legte beide Arme um ihre Taille, sah ihr zärtlich in die Augen. »Die Phase der heimlichen Begegnungen im Schutze der hereinbrechenden Dunkelheit. Liebe auf der Flucht vor dem kontrollierenden, spionierenden Vater. Leider hatte ich ja damals noch kein Auto«, erinnerte er sich und küsste sie sanft.

»Tja – harte, entbehrungsreiche Zeit. Deine Vermieterin duldete keine Frauenbesuche und mein Vater keine fremden Männer in meinen vier Wänden. Aber Not macht ja bekanntlich erfinderisch«, giggelte sie selig.

»Und ohne all diese Erschwernisse hätten wir heute die vielen romantischen Erinnerungen nicht. Weißt du noch – als wir unsere Räder nicht mehr fanden? An diesem kleinen, verträumten See?«, kicherte Wiener und sie drückte ihm schwungvoll einen Kuss auf die Wange.

»Ich habe sogar was zum Anstoßen mit«, verriet Marnie und presste ihm die Lippen auf seine Nasenspitze.

Sie verließen den Weg, als sich einladend eine Wiese zwischen den Bäumen dehnte. Zur einen Seite wurde sie von einem Maisfeld begrenzt, ganz in der Nähe plätscherte Wasser. Wahrscheinlich die Spree, dachte Wiener abwesend und beobachtete das sanfte und beruhigende Wogen der hohen grünen Stängel.

Er spürte ihre kühlen Hände auf seiner warmen Haut, schloss die Augen, während sie an seinem Gürtel nestelte und den Knopf der Jeans aufwerkelte. Ein lautes Ratschen – der Reißverschluss funktionierte, ohne zu klemmen.

Marnies weiche Lippen umfassten seine linke Brustwarze, ihre spitze Zunge kostete und forderte. Lust wallte in ihm auf, trug ihn wie auf einer Welle. Als er begann, ihr die Kleider vom Oberkörper zu streifen, musste er die Augen nicht zu Hilfe nehmen. Seine Hände erfingerten den Verschluss ihres BHs und als er ihn ohne Mühe geöffnet hatte, schoben sich ihm ihre weichen Brüste entgegen. Flüchtig registrierte er, dass sie sich in seinen Händen praller und williger anfühlten als gewöhnlich – oder kam ihm das nur so vor? Es blieb ihm auch keine Zeit, darüber nachzudenken, denn Marnies Hände waren in der Zwischenzeit nicht untätig geblieben. Ihre eifrigen Finger hatten seine Jeans bis zu den Knien geschoben und er stöhnte laut, als sie dasselbe nun auch mit seinem Slip tat.

Ihr wildes Keuchen stachelte ihn weiter an, er zog ihr sanft ebenfalls den Slip aus, spürte ihre drängende Erwartung. Schwungvoll hob er sie in die Höhe und setzte sie auf seinen Unterleib, drang tief in sie ein, genoss ihren Schrei. Rhythmisch schob sie ihr Becken vor und zurück, nach links und rechts. Bog ihren Rücken weit nach hinten durch. Er fuhr über ihre Brüste, die sich seinen Fingern keck entgegenreckten. Marnies Keuchen steigerte sich noch.

Dann erfasste sie beide eine gewaltige Explosion, riss sie gemeinsam in einen Taumel.

Spätsommersex im Freien, dachte Michael Wiener, als er langsam wieder auftauchte, ist einfach nicht zu überbieten.

Sanft zog er Marnie neben sich und schloss sie fest in seine Arme. Wie hatte er das nur vergessen können!

Eine halbe Stunde später zauberte Marnie zwei Piccolofläschchen aus der Tasche, zwei Äpfel und belegte Brote.

»Ich wurde das Opfer einer liebeshungrigen, berechnenden Frau«, stöhnte Wiener theatralisch und warf sich auf den Rücken. »Mit Alkohol und Äpfeln bringen die Frauen das Verderben«, erklärte er mit Grabesstimme. »Besonders das Obst ist der direkte Weg zum Untergang. Das wissen wir spätestens seit Adam und Eva.«

»Was soll ich dazu sagen?«, gab Marnie schnippisch zurück. »Euer ganzes Wissen werft ihr hormongesteuert gern über Bord. Das macht es uns leicht.«

Versonnen lächelnd blinzelte Wiener in den Himmel.

Das Sommerblau war schon von der Dunkelheit überhaucht, begann hinter grauen Schlieren zu verschwimmen. Krähen zogen ihre Kreise. Ihr heiseres Geschrei störte die Idylle etwas.

»Todesvögel«, murmelte er.

»Waldpolizei«, korrigierte Marnie.

»Bin gleich wieder da«, verkündete sie und verschwand zwischen den Bäumen.

Warum brauchen so stattliche Vögel wie Krähen oder Raben ein derart durchdringendes Krächzen?, überlegte Wiener und seine Augen folgten den Tieren, die sich dunkel vor dem Himmel abzeichneten. Worin mochte der evolutionäre Vorteil bestehen? Im deutlichen Eindruck, den man mit einer solchen Stimme hinterließ? In unseren Breiten eher nicht, verfolgte er diesen Ansatz weiter, aber gab es nicht auch Krähenvögel in Geiergebieten? Da war eine furchteinflößende Stimme sicher von Vorteil, wenn man am Kadaver nicht leer ausgehen wollte.

»Michael.« Plötzlich stand Marnie hinter ihm und stieß ihn mit eiskalten, bebenden Fingern an. Ihre Stimme zitterte. »Michael, da hinten liegt jemand«, brachte sie mühsam heraus. »Ich glaube nicht, dass der noch lebt!«

»In der Jacke, die am Baum hing, steckte dieser Zettel hier.« Peddersen reichte Nachtigall ein gelbes Stück Papier. Der Hauptkommissar wusste schon, was darauf stand. Sie hatten ohne Zweifel das zweite Opfer gefunden.

Eine Chance, sie zu retten, war vom Täter nie vorgesehen gewesen. Kein Spiel um Zeit und Zahlen.

Die Auffindesituation belegte eindeutig, dass der Tod schon vor deutlich mehr als 24 Stunden eingetreten sein musste.

Die Frau war vollkommen unbekleidet.

Das grelle Scheinwerferlicht entriss ihr alle Geheimnisse, nahm ihr jede Würde.

Die Arme hatte der Täter zur Seite abgespreizt, um die Handgelenke wand sich ein orangefarbenes Kunststofftau. Peter Nachtigall wusste, dass es an je einem Baum endete und die Arme gestreckt hielt. Die Füße lagen ordentlich übereinander und waren über den Gelenken verschnürt.

»Es kommt ihm darauf an, dass wir sie in der von ihm arrangierten Position finden«, meinte Nachtigall. »Gekreuzigt.«

»Ich denke, sie liegt schon seit drei bis vier Tagen hier. Die grünliche Hautverfärbung entsteht bei Fäulnis und Verwesung. Diese Beulen und Aussackungen hier sind flüssigkeitsgefüllt – auch das eine Folge der Zersetzung. Es war hochsommerlich heiß in den letzten Tagen, da entstehen diese Veränderungen sehr schnell. Hier und da Spuren von Tierfraß – am ehesten von Füchsen und Schweinen. Vereinzelt haben auch Vögel in den Körper gehackt. Na ja – und die Fliegen hast du ja gesehen.« Dr. Pankratz arbeitete organisiert wie immer. Er sicherte Proben, sammelte Fliegen, Maden und Eier ein, versah die Probenbeutel und -röhrchen mit beschrifteten Aufklebern.

Peter Nachtigall schauderte beim Gedanken an die schwarze Formation, die sich brummend in die Luft erhoben hatte, als er mit der Spurensicherung eintraf.

»Weißt du, wie sie gestorben ist?«

»Hier ist eine Verletzung, siehst du? Linker Brustkorb. Stich ins Herz, vermute ich. Fundort ist auch Tatort.«

»Wir dachten, wir könnten sie retten«, murmelte Nachtigall deprimiert.

»Also weißt du, wer sie ist?«

»Nein, ihren Namen kenne ich nicht, so war das nicht gemeint. Auf diesem Zettel steht, du bist die Zweite – das erste und dritte Opfer haben wir schon gefunden.«

Aus der Miene des Rechtsmediziners sprach Besorgnis. »Peter, geht es dir gut?«

»Nein! Tut es nicht. Natürlich nicht. Wir hatten gehofft – doch dazu gab es keinen Anlass. Sie war schon tot.« Trostlosigkeit lag in seiner Stimme. »Was haben all diese Menschen getan, damit jemand sie so sehr hasst?«

»Du hast gesagt, beim dritten Opfer hat er auf dem Zettel ebenfalls weitere angekündigt. Du musst Nummer vier verhindern.«

»Wer sagt denn, dass ich nicht immer zu spät komme? Jedes Mal nur eine neue Leiche finde? Das ist vielleicht Teil eines perfiden Plans.«

»Dieser Pessimismus ist nicht berechtigt. Du hast drei Opfer, zwei in Cottbus, eines in Dresden. Es ist kein Täter, der wahllos mordet, oder einer, der auf ein körperliches Signal hin zuschlägt. Nein, er hat seine Opfer festgelegt, ebenso wie die Reihenfolge, in der sie sterben sollen. Er braucht Zeit, um dem nächsten aufzulauern. Du hast eine realistische Chance«, erklärte Dr. Pankratz eindringlich.

»Schau dir an, wie wenig Zeit zwischen den Aktionen des Täters liegt. Etwa alle 24 Stunden ein neues Opfer«, stöhnte Nachtigall. »Ich fürchte, er hat schon alle ausspioniert und schlägt jetzt nach Plan zu.«

»Wenn der Mörder die junge Frau an so einen Ort locke' konnt, muss er sich gut hier in dere Gegend heimisch fühle'. Und es spricht au dafür, dass er das Opfer gut g'kannt hat, sonst wär' sie wohl kaum mit ihm in d' Wald g'ange.« Michael Wiener hatte Marnie in der Obhut einer Beamtin abseits des Tatorts zurückgelassen. Zu seiner Überraschung war bei ihr der erste Schreck schnell überwunden und sie zeigte lebhaftes Interesse an dem Fall, was ihrem Freund nun gar nicht gefiel. Ihm schien, es sei ausreichend, wenn einer in der Familie sich mit Mord und Totschlag befasste.

»Ein Liebhaber? Ein guter Freund?«

»Eine Freundin?«, fragte Dr. Pankratz und zwinkerte Nachtigall zu. »Wäre ja nicht das erste Mal.«

»Oder es ware' zwei Täter. Des erscheint eh logisch. Johannes Schaber hing über der Elbmauer. Des is' für einen allein eine gewaltige Kraftanstrengung.«

»Schaber hing in der Elbe? Ich werde gleich morgen die Berichte aus Dresden anfordern – mal sehen, vielleicht gibt es noch unentdeckte Bezüge.«

»Seine Beine baumelten unterhalb der Wasserkante. So bis zum halben Oberschenkel. Und er sah ebenfalls gekreuzigt aus.«

»Auf jeden Fall wird es bei drei Opfern einfacher, eventuelle Gemeinsamkeiten zu ermitteln. Bei zweien ergeben sich zu viele Optionen«, meinte der Gerichtsmediziner aufmunternd.

Unverhofft entstand Unruhe in Tatortnähe.

Lautes Krachen von Zweigen und unterdrücktes Fluchen zeigten an, dass sich jemand näherte.

Alle Augen richteten sich erwartungsvoll auf die Stelle, an der in wenigen Sekunden der Verursacher dieses Lärms in das Licht der Scheinwerfer treten würde.

»Na, der Täter wird's kaum sein. Bei der Festbeleuchtung, die wir eingeschaltet haben, müsste er schon unbedingte Sehnsucht nach dem Knast haben«, flüsterte Wiener angespannt.

Mit einer letzten Verwünschung trat Dr. März zwischen den Bäumen hervor.

Gereizt zupfte er sich einige Waldreste von seinem Sommersakko und sah sich suchend nach seinen ermittelnden Beamten um. »Ah! Da sind Sie ja. Warum diese Mörder auch immer so unzugängliche Stellen wählen müssen«, polterte der Staatsanwalt unfreundlich und eilte auf die Gruppe zu.

Er warf einen flüchtigen Blick auf den Körper des Opfers und fragte barsch: »Derselbe Täter?«

»Sieht ganz danach aus. In diesem Fall hat er keine Holzlatte verwendet, um die Arme in der von ihm gewünschten Position zu fixieren – aber das brauchte er auch nicht. Die Seile haben diesen Zweck erfüllt. Auf den ersten Blick sehen diese Tauenden aus wie die, die der Täter beim Mord an Schaber verwendet hat«, fasste Nachtigall zusammen.

»Obduktion können Sie wann durchführen?«

»Gleich morgen«, antwortete Dr. Pankratz, in dessen Gesicht es heftig zuckte. Autoritäres Gehabe löste bei ihm immer einen kaum zu bändigenden Lachreiz aus.

»Gut. Hören Sie, Herr Nachtigall, wir stellen alle Leute zur Verfügung, die Sie benötigen. Wie Sie sich vorstellen können, ist man an anderer Stelle extrem beunruhigt über die Entwicklung. Man fürchtet um die Sicherheit der Teams bei der

WM. Schauen Sie, dass Sie den Fall fix abgeschlossen bekommen – die sächsischen Kollegen werden Sie selbstverständlich ebenfalls unterstützen.«

»Dr. März, wir hätten den Täter auch gern schon im Büro«, entfuhr es Peter Nachtigall unbedacht.

Der Angesprochene zog die Augenbrauen über der Nasenwurzel zusammen und eine tiefe, steile Falte entstand, die ihm etwas Satyrhaftes verlieh. »Ich verstehe, dass Sie durch die Erkrankung des Kollegen Skorubski belastet werden. Sollte sich das auf Ihre Arbeitsfähigkeit auswirken, ziehe ich Sie ab«, schnaufte der Staatsanwalt zornig. »Mann! Wir sehen uns morgen in meinem Büro, ich wünsche, auf dem Laufenden gehalten zu werden. Pressekonferenz um zwölf Uhr«, knurrte er und drehte sich nach einem letzten Blick auf die durch Verwesung entstellte Frauenleiche um und verschwand unter empörtem Zetern wieder in Richtung Weg.

»Du liebe Güte«, lachte der Rechtsmediziner befreit auf. »Ob er am Ende gar nicht weiß, wie lächerlich diese Auftritte sind?«

»Wahrscheinlich nicht. Es gibt keinen, der ihm das sagen möchte«, stellte Nachtigall lapidar fest.

»Die junge Frau ist meine erste Patientin gleich morgen früh. Braucht ihr sie noch – sonst würden wir sie jetzt einpacken.«

Der Hauptkommissar nickte. Trat einige Schritte zur Seite, um zwei Herren mit Leichensack und Zinksarg Platz zu machen. Dr. Pankratz überwachte das Bergen der Toten und gab knappe Anweisungen, bückte sich allerdings immer wieder pfeilschnell und fing ein Krabbeltier ein, das sich unter dem Körper versteckt gehalten hatte.

»Kommt dir das Gesicht von einem der Fotos her bekannt vor?«, wollte Nachtigall von Wiener wissen.

»Ha!«, antwortete der nur und schluckte schwer.

Dieses Gesicht hätten nicht einmal mehr die Eltern erkannt.

In der Gesäßtasche des Hauptkommissars brummte das Handy. Eine SMS.

Er öffnete die Mitteilung, las die wenigen Worte und schob das Mobiltelefon mit starrer Miene zurück. Warum nur war der Mensch oft so hilflos, wo er am dringendsten gebraucht wurde?, haderte er mit sich und seinem unruhig pochenden Gewissen.

»Das Gift ist drin. Sterben werde ich wohl nicht, fühlt sich aber so an. Keinen Besuch«, hatte Albrecht geschrieben. Und gerade jetzt blieb ihm so wenig Zeit, sich um den Freund zu kümmern!

»Es ist doch nicht zu glauben. Drei Opfer, das vierte wird vielleicht schon beobachtet und wir können noch nicht einmal eine gemeinschaftliche Vergewaltigung ausschließen! Es hat schon Fälle gegeben, in denen Männer und Frauen als gemischtes Team Frauen überfallen und sexuell missbraucht haben. Und gemordet«, knirschte Nachtigall zwischen den Zähnen.

»Karla Homolka und Paul Bernardo! Ja, das war ein echt gefährliches Pärchen!«, bestätigte Wiener und das hörte sich durchaus ein wenig nach Begeisterung an, entschied der Hauptkommissar und warf dem jungen Kollegen einen missbilligenden Blick zu.

»Die jungen Mädchen schöpften überhaupt keinen Verdacht, weil ja eine Frau mit dabei war. Arglos stiegen sie ins Auto. Es konnte niemand ahnen, dass beide auf ihre Kosten kommen wollten – und das war nicht das einzige Pärchen, bei dem dieser Trick funktioniert hat. Mütter warnen ihre Töchter immer nur vor fremden Männern. Ein fataler Irrtum, nur in Männern die Monster zu vermuten!«, schimpfte Nachtigall.

»Also ehrlich, ich glaub' ja eher an die Verbindung nach Potsdam. Wenn wir die Liste habe', könne' wir vielleicht den Täter scho einkreise'. Am End hats doch no mit der WM zu tun!«

Dr. Pankratz, der die Bergung der Leiche bis zum Schluss überwacht hatte, fuhr bei dieser Äußerung Wieners herum und sagte: »Nein! Das glaube ich nicht. Niemand kommt auf den Gedanken, wegen dieser Mordserie die WM abzusagen. Dann hätte die in Südafrika nie eröffnet werden dürfen.« Er hob kurz die Hand und war im Unterholz verschwunden.

Die Rückfahrt nach Dresden würde länger dauern. Ein Unfall, beide Spuren blockiert, die Polizei versuche schon, eine zu räumen, damit der Verkehr vorbeitröpfeln konnte, meldete die weibliche Stimme vom Verkehrsfunk fröhlich.

»So ein Mist!«, schimpfte Mangold.

Er beobachtete, wie Ankekatrin gleichmütig einen iPod aus der Tasche zog, einen Menüpunkt aufrief und sich die winzigen In-Ear-Phones in die Ohren schob. Sie zuckte mit den Schultern, lehnte sich zurück und schloss die Augen.

Aha, registrierte Mangold, sie will sich jetzt nicht unterhalten. Vielleicht war das der richtige Weg: Entspannung herbeiführen, wann es möglich ist, und nicht versuchen, sich bei definierten Gelegenheiten zu entspannen. Nachdenklich wanderte sein Blick über das entstresste Gesicht seiner Partnerin. Seine Gedanken kehrten zu Johannes Schaber zurück. So logisch all die Hinweise auf einen Zusammenhang mit dem Tod Keisers waren – es konnte auch anders gewesen sein, ganz ohne Sport. Seine Überlegungen schweiften ab. Glücksspiel. Jemand beobachtet, wie Schaber nach einer Glückssträhne jede Menge Geld einsteckt.

Er folgt ihm durch die Dunkelheit.

Lauert ihm auf, tritt unerwartet hervor und streckt ihn nieder, trifft ihn tödlich.

Nein! Schaber wurde erstochen!

Außerdem machte dann der Zettel in seiner Tasche keinen Sinn. Die Verbindung nach Cottbus. Nein, der Überfall schied aus.

Ein Besuch in einem Edelpuff? Schaber hat Sonderwünsche. Weigert sich, nach dem Service den entsprechenden Preis zu zahlen. Türmt aus dem Etablissement. Wird verfolgt, gestellt, zu Tode geprügelt, getreten.

Erstochen!, erinnerte ihn seine innere Stimme. Von vorn. Keine Abwehrspuren.

Nein, so richtig passte dieses Szenario auch nicht. Aber der Zettel konnte so durchaus zu erklären sein. Vielleicht auch die Connection nach Brandenburg. Beischlafdiebe trifft die volle Härte.

Dieser Roland Keiser konnte doch vor 20 Jahren in eine ähnliche Situation geraten sein. Ob Peter auch schon daran gedacht hatte, dass es ein vollkommen anders gelagertes Motiv geben konnte?

Gerade als er nach dem Mobiltelefon greifen wollte, brummte es und das Display verriet ihm den Namen des Anrufers: Nachtigall. Es gab eben doch unglaubliche Zufälle, so konnte er dem Freund gleich seine eigenen Überlegungen erklären.

Hajo Mangold beendete das Telefonat und versetzte seinem Lenkrad einen zornigen Schlag. »Also doch drei Opfer!«, quetschte er zwischen den Zähnen hervor. »Dreimal getötet – und damit durchgekommen. Er fühlt sich wie der gesandte Rächer persönlich. Unangreifbar und im Recht – denn offensichtlich hält eine fremde Macht schützend ihren Arm über ihn und sein Tun.«

»Das erhöht das Risiko für die weiteren potenziellen Opfer gewaltig«, bestätigte auch Kruse. »Er glaubt, wir können ihn nicht schnappen, egal wo er zuschlägt. Weder in Dresden noch in Cottbus hat die Polizei etwas in der Hand.«

»Wir können nicht einmal ausschließen, dass das nächste Opfer in Berlin auftaucht. Das ist auch ein Austragungsort.«

Mangold knurrte und zischte vor sich hin, während er in Gedanken kreativ ein Szenario nach dem anderen entwarf. Ankekatrin Kruse beobachtete besorgt, wie sich sein Gesicht verzerrte, wieder entspannte und sich erneut zu einer Grimasse verzog. Ein seltsamer Mann war der neue Kollege allemal – und wegen seines Alkoholproblems, von dem er sicher annahm, er verberge es ganz besonders geschickt, würde sie wohl mit ihm reden müssen. Vielleicht war das nur eine temporäre Erscheinung, eine Reaktion auf den beruflichen Wechsel, aber sie nahm sich vor, es im Auge zu behalten. Solange er nicht versuchen würde, bei ihr zu landen, würde das Teamwork schon klappen.

»Wie ich es auch drehe und wende«, unterbrach Mangold ihre Überlegungen, »bleibt es dabei: Cottbus ist der Dreh- und Angelpunkt dieser ganzen vertrackten Geschichte. Ob es nun mit der WM zu tun hat oder nicht.«

Eine Frau!, fluchte seine innere Stimme, nun passte ja gar nichts mehr zusammen. Gern hätte sie hart und schnell in Mangolds Oberschenkel geboxt. Doch eine innere Stimme hat keine Faust. Blieb nur dem Magen, sich ein wenig mehr zu verkrampfen.

»Wir stehen wieder ganz am Anfang.«

Michael Wiener beobachtete, wie Marnie ihre kalten Finger an die Kaffeetasse presste.

Sie gab sich sehr gefasst, hatte aber darauf bestanden, ihn ins Büro zu begleiten. Allein nach Hause zu fahren, war ihr zu unheimlich gewesen. Verständlich, dachte der junge Ermittler nachsichtig, für Marnie war es die erste Leiche – und dann gleich Hardcore. Nicht ›nur‹ ermordet, sondern durch Verwesung grotesk entstellt, Fliegen, Maden und Käfer … na ja. Sie würde es überwinden. Er kannte sie gut genug um zu wissen, dass sie keinen Wert darauf legte, dieses Erlebnis in absehbarer Zeit zu wiederholen. Immerhin hatte sie nun einen Eindruck davon, was ihn manchmal bis in seine Träume beschäftigte. Aufmunternd streichelte er leicht über ihren Oberarm und drückte flüchtig seine weichen Lippen an ihre Schläfe.

»Ich bleibe hier und warte auf dich«, flüsterte sie und kostete von dem heißen Getränk.

»Was haben wir?«, fragte Nachtigall wie üblich zu Beginn der Auswertung.

»Opfer weiblich, Ende 30 bis Anfang 40. Dr. Pankratz lässt sich bei der Schätzung von äußerlichen Erscheinungen nicht beirren. Er war ganz sicher«, gab Wiener bereitwillig Auskunft.

»Gibt es eine passende Vermisstenanzeige?«

»Nein. Ich hab' das gleich gegengecheckt. Bisher nichts, zumindest nicht bei uns.«

»Wenn wir die Namen haben, wird sich die eine oder andere Querverbindung schnell erweisen. Am Ende hat die Mordserie mit der WM nichts zu tun – ist nur das schreckliche Ergebnis eines Eifersuchtsdramas«, meinte Nachtigall betrübt. »Da werden Männer wie Frauen zu Tätern. Eine unerfüllte Jugendliebe.«

»Aber warum sollte unser Mörder damit so lange warten?«

22

»Ich hab' gestern noch mit Marnies Freundin g'sproche', dieser Fußballerin. Die meint auch, die WM als Zielscheibe scheide aus. Aber als Projektionsfläche wär' sie natürlich scho' gut geeignet«, erklärte Wiener gleich am nächsten Morgen. »Oder das eine hat mit dem anderen gar nichts zu tun.«

»Das hatten wir ja auch schon ins Kalkül gezogen: Jemand möchte sein Thema in das Bewusstsein möglichst vieler Menschen transportieren. Nun müssen wir nur noch herausfinden, was das sein kann.«

»Doping. Wer weiß von welchem Sportler, dass er gedopt hat oder noch dopt?«

»Das würde in unserem Fall heißen: Gibt es Hinweise darauf, dass im professionellen Fußball leistungssteigernde Mittel eingesetzt werden? Auch bei Frauen?«

»Ich habe schon mal im Internet recherchiert. Es gibt ein paar Sites, die sich mit dem Thema Doping im Fußball beschäftigen. Aber die Ärzte, die dort zu Wort kommen, halten sich bedeckt, wenngleich sie behaupten, der Fußball gebe sich nur sauber, sei es aber nicht. Auf einer Seite war von Kokain die Rede, wenig konkret. Fast, als würde sich keiner trauen.«

»Fußballmafia?«

Wiener zuckte kurz zusammen und räumte ein: »Vor ein paar Jahren hätte ich an der Stell' jetzt laut protestiert. Aber nach all den Enthüllungen bleibt mir der Widerspruch wirklich im Hals stecke'. Da wird so ein Haufen Geld verdient. Ich mag da nix mehr ausschließe'!«

»Damit wären wir beim zweiten Thema. Wettskandal. Wettschulden. Wettverluste. Hat jemand durch die drei Opfer

Geld in nennenswerter Höhe verloren? Vielleicht seine ganze Existenz verwettet und lebt heute von Hartz IV?«, suchte Nachtigall Motive.

»Dazu müssen wir rauskriegen, wer das weibliche Opfer ist. Wir brauchen einen Namen. Schließlich können wir nur Beziehungen aufdecken, wenn wir wissen, wie die Beteiligten heißen. Zwischen Keiser und Schaber haben wir zunächst auch keine Verbindung feststellen können.«

»Rache. Vielleicht braucht der Täter keine aktuellen Kontakte. Es hat etwas mit einer Schuld von vor 20 Jahren zu tun. Damals hat jemand Haus, Hof und Familie verloren – ein Dritter rächt sich jetzt dafür.«

»Guck mal in deine Mailbox – vielleicht hast du die Liste schon«, meinte Wiener hoffnungsvoll. »Wir stochern im Trüben.«

Peter Nachtigall tippte sein Passwort ein.

Während er darauf wartete, dass sein Computer die Site zum Einloggen ins Mailprogramm aufbaute, überlegte er weiter. »Der Täter hat alle drei Opfer aus nächster Nähe erstochen. Die Klinge ist tief eingedrungen und direkt ins Herz gerammt worden. Das bedeutet, dass aus Sicht der Opfer zunächst vom Täter keine Gefahr ausging.«

»Sie kannten sich.«

»Wäre denkbar. Es gibt keine Abwehrspuren – gut, bei Keiser können wir das natürlich nicht mit Sicherheit behaupten – aber bei einem so stattlichen Mann wie Schaber ist es zumindest überraschend. Sie wurden durch den Angriff überrumpelt.«

»Wenn ich nach so langer Zeit jemanden von damals treffe, vertraue ich dem blind?« Wiener war skeptisch. »Man hat sich aus den Augen verloren, weiß doch gar nichts über das Leben des anderen.«

»Du meinst, der Freund von damals könnte sich zum

Serientäter entwickelt haben? Logischerweise wäre Misstrauen angebracht. Aber denkst du in solch einer Situation über so etwas nach? Du wirst angesprochen, unerwartet. ›Du bist doch der Johannes, nicht wahr? Ach, weißt du noch? Wollen wir nicht zusammen ein paar Schritte spazieren gehen?‹ Ich glaube, nur den wenigsten ist in so einem Augenblick bewusst, dass der andere ihnen in Wahrheit völlig fremd ist.«

»Das meiste hat man sowieso vergessen. Wenn er überraschend das Messer zieht, fällt dir ein, dass der Typ schon damals sadistisch veranlagt war. Mann!«

Für mehrere Atemzüge war es vollkommen ruhig im Raum. Nur die Lebensgeräusche des Computers störten die Ruhe.

»Wenn er wenigstens ein besonderes Messer verwendet hätte«, setzte Wiener plötzlich enttäuscht hinzu. »Aber nein, er nimmt ein ganz normales Küchenmesser!«

»Hier ist eine Mail von Hajo. Der Dresdner Rechtsmediziner hat in der Stichwunde Erdanhaftungen gefunden«, las Nachtigall erstaunt vor.

»Erdanhaftungen?«

»Ja. Ganz ordinäre Gartenerde, steht hier.«

»Du meinst …?«

»Wenn es dasselbe Messer wäre – bei allen drei Taten –, hatte er es dann nach dem ersten Mord in seinem Garten gelagert, um es später bei den anderen Morden, die er damals schon geplant hatte, erneut zu verwenden? Vielleicht hat es irgendeine rituelle Bedeutung für ihn. Nach der ersten Tat hat er sowohl die Leiche als auch die Tatwaffe gut aufgehoben.«

»Und nun hat er beides wieder hervorgeholt!« Wiener schüttelte sich.

»Und er legt keine Bestrebungen an den Tag, unentdeckt zu bleiben. Entweder, weil er weiß, dass wir die Verbindung zu ihm nicht finden können oder weil er eben einfach so lange morden wird, wie es ihm möglich ist. Die anderen geplanten Opfer hätten in diesem Fall einfach Glück. Aber er rechnet, glaube ich wenigstens, mit unserer Inkompetenz.«

»Er geht davon aus, dass er alle Zeit haben wird, die er braucht.«

»Wäre Keiser in der Truhe geblieben, niemand hätte je einen Mordfall hinter seinem Verschwinden vermutet. Der Fall war abgeschlossen – also musste er uns mit der Nase darauf stoßen!«

»Mir wird ganz übel bei dem Gedanken, dass irgendein Spinner nur wegen der Aufmerksamkeit, die so ein Event wie die WM eben mit sich bringt, aus seinem Loch gekrochen ist.«

»Auch kranke Täter präsentieren gern ein Motiv.« Nachtigall sah auf seine Uhr. »Schon so spät. Such mal im Internet nach weiteren Argumenten gegen Frauenfußball, irgendwelche Skandale rund um die Mannschaften oder einzelne Spielerinnen. Ich muss los. Dr. Pankratz wartet nur ungern.«

Michael Wiener nickte enttäuscht.

So viel hatte sich seit Albrecht Skorubskis Krankschreibung für ihn nicht geändert.

Innendienst. Schreibtischwache.

Nicht einmal bei ›seiner‹ Leiche durfte er an der Obduktion teilnehmen.

Dr. Pankratz lauerte ungeduldig hinter dem Fenster.

Belustigt beobachtete er, wie der Hauptkommissar über das Klinikgelände näherkam. Langsam war nicht das passende Wort für diese Art Fortbewegung, grübelte der Rechtsmediziner, es sah eher so aus, als mache er nach jedem Vorwärtsschritt drei in die Gegenrichtung. Der medizinische Teil der Mordermittlungen lag dem Ermittler ganz offensichtlich nicht – er jagte lieber ohne Skalpell nach Motiven und Indizien.

Thorsten Pankratz wandte sich wieder dem Opfer zu, das auf einem Edelstahltisch wartete. Die Sonne schien durch eines der Fenster und in ihrem Licht blitzten und funkelten OP-Besteck und Asservierungsschalen fast wie der Schatz eines Piraten. Doch das Märchenhafte dieses Augenblicks fiel hier niemandem auf.

Nachdenklich wanderten die Augen des Rechtsmediziners über den Brustkorb des Opfers. Die Todesursache stand außer Zweifel: Ein Stich ins Herz wie bei Schaber und wahrscheinlich auch bei Keiser. Ungewöhnlich war, dass der Stoß offensichtlich kraftvoll direkt von vorn geführt worden war. Hatte der Täter einen Moment der Unaufmerksamkeit genutzt und überraschend zugestochen?

Der Gerichtsmediziner hatte noch ein anderes Erklärungsmodell.

»Guten Morgen!«, schmetterte er dem eben eingetretenen Ermittler fröhlich entgegen und reichte ihm Haube und Kittel. »Solange du nichts anfassen willst, kannst du heute auf die Handschuhe verzichten. Mundschutz? Sie ist nicht gerade frisch.«

»Guten Morgen.« Nachtigall verknotete schon ungeschickt die Bänder der Schürze.

»Ihre Jacke haben die Kollegen schon abgeholt. Seltsam, dass nichts weiter gefunden wurde. Es ist ja eher unwahrscheinlich, dass sie bis auf dieses eine Teil unbekleidet herumgelaufen ist, auch wenn die Temperaturen entsprechend waren.«

»Es wurde gestern noch einmal das gesamte Areal abgesucht. Kein T-Shirt, keine Tasche, keine Schuhe, keine Shorts, keine Unterwäsche.«

»Schaber war vollständig bekleidet, als man ihn fand, nicht wahr?«

»Ja. Ein Schuh fehlte, aber den vermuten die Kollegen in der Elbe.«

»Demnach entkleidet er sie nicht, um etwaige biologische Spuren zu verwischen. Hm. Er hat die Jacke nur benötigt, um den Zettel für euch zu deponieren.«

So hatte Nachtigall das noch gar nicht gesehen.

»Dazu war es aber nicht notwendig, ihr die Hose und den Slip auszuziehen.«

»Stimmt. Damit wollte er etwas anderes erreichen« Dr. Pankratz war ein Freund schlichter Statements. Der Hauptkommissar sah ein, dass er entweder warten oder nachfragen musste. Er entschied sich, zu warten.

Der Rechtsmediziner gab seinem Kollegen einen Wink und trat an den Tisch zurück.

»Alle Veränderungen, die du hier siehst, sind auf die Liegezeit bei fast tropischen Bedingungen zurückzuführen. Dieser Sommer ist rekordverdächtig warm. Tod durch Fremdeinwirkung. Ein tiefer Stich, wohl direkt ins Herz. Ich gehe davon aus, dass die Fesselungen nach Eintritt des Todes vorgenommen wurden, sie waren viel zu locker. Als echte Fesseln hätten sie nicht getaugt. Außerdem glaube ich nicht, dass sie sich nicht dagegen gewehrt hätte, zumindest als sie das Messer sah. Aber es sind keine Abschürfungen zu entdecken. Suizid scheidet damit definitiv aus, zumal ihr auch die Tatwaffe nicht gefunden habt.«

»Es gab mal einen Fall bei Conan Doyle, da fand sich auch keine Tatwaffe. Sehr geschickt gemacht von einem Selbstmörder, der einen anderen mit dem Mord belasten wollte«, mischte sich der zweite Obduzent ein, der auch heute anwesend war, und entblößte beim Lachen seine großen weißen Zähne.

Dr. Pankratz schmunzelte und meinte ironisch: »Wir behalten Ihren überaus weiterführenden Beitrag im Gedächtnis und werden gegebenenfalls darauf zurückkommen.« Er wandte sich wieder dem Ermittler zu. »Suizidanten, die sich einen tödlichen Stich ins Herz setzen wollen, ziehen üblicherweise ihre Oberbekleidung aus, um die Klinge nicht zu behindern. Aber ich kenne nicht einen Fall, bei dem sich eine Frau komplett entkleidet hätte, bevor sie sich erstach.«

»Roland Keisers Körper und der von Johannes Schaber waren auch arrangiert«, bestätigte Nachtigall. »Drei Morde – ein Täter.«

»Konntet ihr die Tote schon identifizieren?«, erkundigte sich der Rechtsmediziner.

»Nein, leider nicht. Keine Vermisstenmeldung passt. Michael ist dran – nur, wenn sie zum Beispiel genau jetzt ihren Jahresurlaub angetreten hat, kann es eine Weile dauern, bis ihr Verschwinden bemerkt wird.«

»Ja, es ist Urlaubszeit«, ließ sich der Kollege wieder vernehmen. »Drei Wochen Pauschalreise, im Voraus bezahlt. Scharme El-Scheich. Da fragt auch niemand nach, wenn sie nicht anreist.«

»Zwei Opfer in Cottbus, eines in Dresden. Ist mal was Neues, oder? Dein Täter mordet fremd.«

Nachtigall verzog angestrengt das Gesicht und hoffte, man könne das Ergebnis mit ein bisschen guten Willen als Schmunzeln interpretieren. »Dr. Teufel, dein Kollege in Dresden, hat in der Stichwunde bei Johannes Schaber Erdpartikel entdeckt.«

»Erdpartikel?« Eine Augenbraue sauste hoch und die makellose Glatze des Rechtsmediziners legte sich in dicke Falten.

»Ja. Laut erster Analyse: Gartenerde.«

»Das Messer hat also irgendwo in der Erde gelegen!«, schrie der zweite Obduzent auf. »Das ist tödlich für jede Klinge!«

Nachtigall beobachtete belustigt, wie Dr. Pankratz die Augen verdrehte.

»Na, dann wollen wir mal. Das Opfer ist etwa Mitte bis Ende 30. Diese kleine Verletzung hier – das ist die Einstichstelle. Von hier aus traf die Klinge höchstwahrscheinlich direkt ins Herz. Der Tod tritt nach einer solchen Begegnung ziemlich schnell ein.«

»Sie war nicht sofort tot?«

»Erinnerst du dich an den Toten im ›Energie‹-Stadion? Er wurde von hinten erstochen – aber die Wirkung ist die gleiche. Eine Herzbeuteltamponade. Ein paar Sekunden hat sie vielleicht noch gelebt. Sie stürzte zu Boden und hatte wahrscheinlich nicht einmal genug Zeit, um zu begreifen, dass sie nun sterben würde.«

Dr. Pankratz ließ Fotografien aus den unterschiedlichsten Blickwinkeln von den Knoten anfertigen. Im Anschluss schnitt er sie mit einem Skalpell so auf, dass die Verbindung der Tauenden vollständig erhalten blieb. Sollte sich bei der genaueren Untersuchung herausstellen, dass es sich dabei um eine besondere Knotentechnik handelte, läge ausreichend Vergleichsmaterial vor.

Nachtigalls Augen tasteten bedauernd über den Körper der Ermordeten.

Niemand sollte als Patient von Dr. Pankratz enden müssen, dachte er wehmütig.

»Siehst du, keine Abschürfungen, keine Male, keine Unterblutungen. Das bestätigt unsere These: Die Taue wurden erst nach Eintritt des Todes um die Gelenke geschlungen. Ich präpariere jetzt erst den Stichkanal. Die Kollegen in Dresden haben also Gartenerde darin gefunden, hm, lauter Überraschungen. Die Sache mit der Erde wirft ein neues Licht auf die Morde, nicht wahr?«, fragte Dr. Pankratz und arbeitete konzentriert weiter. Offensichtlich erwartete er keine Antwort.

»Kennst du zufällig die Blutgruppe von Johannes Schaber?«, fragte er beiläufig weiter.

Nachtigall schüttelte den Kopf.

Erst mehrere Atemzüge später realisierte er, was Dr. Pankratz damit andeuten wollte. »Das ist nicht dein Ernst!«, keuchte er dann.

»Warum nicht?« Der Rechtsmediziner warf dem Ermittler einen unschuldigen Blick zu.

»Das kann nicht sein! Das ist …« Nachtigall sucht nach der passenden Formulierung. »Ekel erregend!«

Dr. Pankratz tat erstaunt. »Findest du?«

Die Augen des zweiten Obduzenten zuckten zwischen den beiden Männern hin und her.

»Aber ja! Die Vorstellung, der Täter benutze immer dieselbe Klinge, ist schon unangenehm genug. Aber sich vorzustellen, das Blut des letzten Opfers klebte noch daran, als er erneut jemandem das Messer ins Herz … Nein! Das ist noch viel schlimmer«, erklärte er mit bebender Stimme.

Diesmal verzichtete Dr. Pankratz auf einen Kommentar.

Zwei Stunden später wusste ein inzwischen sehr bleicher Hauptkommissar, dass das Opfer etwa 35 Jahre alt war, keine Kinder geboren, sich vor vielen Jahren eine Fraktur am linken Unterschenkel zugezogen und seinen Blinddarm verloren hatte.

»Eine gesunde Frau, trainiert, sie hätte gute Chancen gehabt ziemlich alt zu werden. Keine Abwehrspuren. Sie kam wohl nicht mehr dazu, Widerstand zu leisten. Der Eintrittswinkel, schräg von unten nach oben, könnte bedeuten, dass der Täter kleiner als sein Opfer ist. Da war es vielleicht wichtig, das Überraschungsmoment auf seiner Seite zu haben – es wäre ein Problem geworden, hätte das Opfer ernsthaft Widerstand geleistet. Todeszeitpunkt liegt mehrere

Tage zurück. Mindestens drei, höchstens fünf. Es war sehr schwül und heiß – das erschwert die Beurteilung, aber wir werden die Tatzeit noch genauer festlegen können, durch die Beurteilung des Entwicklungsstandes der Maden und Käferlarven zum Beispiel, aber das weißt du ja.«

Nachtigall zog unglücklich die Schultern hoch.

Er konnte sich besser erinnern, als ihm lieb war.

Unterdessen fuhr Dr. Pankratz unbeirrt mit seiner Zusammenfassung fort: »Die Analyse des Mageninhalts und des Blutes reichen wir nach. Tatwaffe war ein Messer mit doppeltem Wellenschliff, etwa 25 Zentimeter lang. So etwas findest du in jedem normalen Haushalt.«

»In Dresden sind sie zum gleichen Ergebnis gekommen.«

»Na bitte. Und wir finden heraus, ob nicht nur Erde an diesem Messer klebt. Wenn er es nicht reinigt, sondern so, wie es ist, weiterverwendet, blutverschmiert und verkrustet, können wir das feststellen.« Er warf einen nachdenklichen Blick auf den Körper, der mit aufgebrochenem Brustkorb und dem typischen Y-Schnitt wie misshandelt schien. »Aber ich weiß schon jetzt, dass es so ist.«

Als sie sich voneinander verabschiedeten, hoffte Nachtigall inständig, der Rechtsmediziner möge dieses eine Mal mit seiner Prognose nicht recht behalten.

»Was glaubst du, warum hat er sie vollständig entkleidet?«, fragte er doch noch, obwohl er sicher war, die Antwort bereits zu kennen.

»Aus sexuellen Motiven. Erniedrigung. ›Seht euch das Flittchen an‹, soll das wohl heißen, würde ich meinen!«

Nachtigall atmete tief durch. »Dachte ich auch«, antwortete er resigniert und machte sich auf den Weg zu seinem Auto.

»So ein Mist!«, fluchte er und ärgerte sich beim nächsten Atemzug schon wieder darüber, überhaupt solch einen Gedanken zu haben, »dass Emile zurzeit nicht abkömmlich ist. Auch wenn es mir nicht gefällt, ich fürchte, ohne seine Hilfe wird es tatsächlich schwierig werden.«

Albrecht Skorubski saß bleich und übernächtigt am Tisch und schrieb.

»Na, deine Memoiren? Alle dramatischen Fakten aus dem Leben eines Cottbuser Hauptkommissars?«, begrüßte Nachtigall den verblüfften Freund.

»Nicht direkt. Aber wäre eine Idee. Jetzt, wo ich so viel Zeit habe.« Skorubski schob das Blatt rasch unter die aktuelle Ausgabe der Lausitzer Rundschau. Aber nicht schnell genug. Testament hatte da als Überschrift gestanden und Nachtigall fühlte sich plötzlich flau.

»Wenn du um die Zeit hier auftauchst, hast du eine neue Leiche!«

»Dir kann man eben nichts vormachen!«, gab der Kollege gutmütig zurück.

»Gelernt ist halt gelernt«, grinste Skorubski schief.

»Bei Michael klingt das aber anders: G'lernt isch halt g'lernt.«

Angst füllte den Raum, drang in jeden Winkel.

»Ich darf für ein paar Tage nach Hause. Zum nächsten Chemoblock muss ich wieder herkommen. Sieht so aus, als wäre man bei dieser Erkrankung mehr im eigenen als im Klinikbett.«

Nachtigall nickte bedächtig. Das hatte Conny ihm schon erklärt. »Für deine Frau ist es sicher schöner, dich zu Hause zu haben.«

»Ach – ich weiß nicht. Ich bin ein ziemlicher Nörgler, gerade dann, wenn es mir schlecht geht. Hier im Krankenhaus nimmt man sich vielleicht mehr zusammen. Außerdem hat sie weniger Arbeit mit mir, wenn ich hier liege.« Skorubski drückte tröstend Nachtigalls Unterarm. Verkehrte Welt, dachte der, eigentlich sollte ich ihm Halt geben!

»Lass uns von was anderem reden: Wie kommt ihr denn in dem neuen Fall voran?«

Dankbar wechselte Nachtigall das Thema.

Ein unbehagliches Gefühl blieb.

Er musste Albrecht unbedingt nach dem Foto fragen! Wenn nicht jetzt, wann dann?

23

»Hat die Nachfrage bei den Taxiunternehmen irgendetwas erbracht?«, fragte Hajo Mangold grantig und Ankekatrin schüttelte mürrisch den Kopf. Schlechte Laune konnte unglaublich ansteckend sein.

»Nein. Sieht so aus, als wäre er entweder abgeholt worden oder einfach zu Fuß gegangen. Wir wissen ja nicht einmal, ob er nicht nach wenigen Sekunden wieder aus der Gasse herausgekommen ist und einen völlig anderen Weg eingeschlagen hat. Das Personal hat gearbeitet, nicht aus dem Fenster gestarrt.«

»Eine so prominente Persönlichkeit verschwindet doch nicht einfach zwischen A und B.«

»Das Einzige, was wir mit Sicherheit wissen, ist, dass er in die Gasse eingebogen ist. Danach muss er wohl eine Tarnkappe aufgesetzt haben oder etwas in der Art jedenfalls.«

»Daran habe ich auch schon gedacht«, antwortete Mangold und Ankekatrin sah ihn konsterniert an. »Ich habe sogar Dr. Teufel extra deswegen angerufen und er war wie erwartet wenig begeistert. Er hat mir erklärt, hätten sich Spuren von Theaterkleber an Schabers Oberlippe und seinen Wangen befunden, wäre ihm das a) nicht entgangen und b) stünde es im Obduktionsbericht. Das war auch seine Antwort auf meine Frage nach etwaigen Hinweisen auf eine Perücke«, seufzte Mangold und seine junge Kollegin atmete erleichtert auf. So hatte er das gemeint.

Irgendwo musste sich Schaber mit seinem Mörder getroffen haben. Wenn sie erst rauskriegen würden, wohin er nach dem Essen gegangen war, würde sich der Rest wie von selbst lösen, war Mangold sich sicher. Bei seiner Mutter war er jedenfalls nicht. »Wir haben auch niemanden, der verdächtige Beobachtungen am Elbufer gemacht hat?«

»Nein. Das war vielleicht so eine Aktion wie bei Kishon. Blaumilch.« Sie sah ihm an, dass er die Geschichte nicht kannte. »Ein Mann stemmt die ganze Straße auf, an einem Knotenpunkt. Er trägt einen Arbeitsanzug und hat einen Presslufthammer dabei. Alle sind verärgert, jedoch hält ihn niemand auf, weil sie glauben, er arbeitet von Amts wegen. Tut er aber nicht.«

»Also auch eine Tarnkappe. Bei Täter und Opfer!«

»Ja, wenn Sie so wollen.«

»Wir haben demnach die Frage falsch gestellt. Es geht nicht um verdächtige Beobachtungen – sondern darum, ob jemand gesehen wurde, der dort gearbeitet hat.«

»Statten Sie die Streifen mit einem guten Foto von Schaber aus. Die Kollegen sollen einfach mal da nachfragen, wo es ihnen sinnvoll erscheint. Zum Beispiel in angesagten und weniger angesagten Clubs, bei stadtbekannten Strichern, auf dem Straßenstrich. Vielleicht gibt es bekannte Telefonnummern besonders begehrter Hostessen. Sie sollen alles abgrasen. Irgendwohin muss er gegangen sein«, wies er die Kollegin achselzuckend an.

Kruse sprang auf und machte sich diensteifrig an die Arbeit. Bestimmt würde sich durch die Aktivität auch ihre Stimmung wieder heben. Mit klappernden Absätzen stürmte sie über den Flur davon.

Mangold stützte den Kopf schwer in die Hände. Er hatte schreckliche Kopfschmerzen. Die kamen nicht vom Alkohol, sondern resultierten aus einem Streit mit Irmchen gestern Abend. Das Knoblauchbrot hatte nicht alles überdecken können und Irmchen war sauer. Ein Wort ergab das andere – zu guter Letzt musste Mangold im Wohnzimmer auf der Couch übernachten.

Nachdenklich streckte er seinen Arm aus und spreizte die Finger. Hier zitterte absolut nichts! Und mal ganz abgesehen davon: Er war Polizeibeamter und kein Chirurg, hatte Irmchen ihm erklärt. Die bräuchten ruhige Hände, Kommissare ruhiges Blut. Auch Stress sei kein Argument, welches seine Frau auch nur im Ansatz gelten lassen wolle. Alkohol während der Arbeit, das habe er versprochen, sei ab sofort tabu! Ob er denn vergessen habe, wohin das bei ihm führen könne? Und nun? Eine Fahne!

Heute Morgen war sie noch immer wütend gewesen.

Sie sagte kein Wort, bewegte sich eckig und sah ihn kein einziges Mal an. Hajo Mangold war sich keineswegs sicher, ob sie am Abend noch eine gemeinsame Wohnung haben würden. Schreckensbilder von einer resolut packenden Irma verdrängten alle Überlegungen zu ihrem aktuellen Fall.

Ohne das er es verhindern konnte, versank Mangold in einer Woge von Selbstmitleid.

Erst das Klingeln des Telefons rief ihn in die Realität zurück.

Hastig wischte er übers Gesicht, als könne man ihn durchs Telefon nicht nur hören, sondern auch sehen. Der Staatsanwalt.

»Herr Mangold, bitte kommen Sie doch sofort in mein Büro. Und bringen Sie die Akten zum Fall Schaber mit. Die Presse reagiert alarmiert – wir sollten eine Strategie vorweisen können, um die Journaille zu beruhigen!«

»Ich stelle alles zusammen und komme rüber«, versicherte er und legte eine Extraportion Enthusiasmus in seine Stimme. »Der Kollege aus Cottbus hat mich gestern Abend noch verständigt. Man hat dort das zweite Opfer inzwischen gefunden. Eine Frau. Die Identifizierung steht noch aus.«

Er legte auf, schob sich einen Kaugummi in die Backentasche, raffte die Akten zusammen und machte sich auf den Weg, nachdem er der Kollegin einen gelben Klebezettel an ihren Monitor geheftet hatte. Er wusste schon, was man von ihnen erwarten würde.

Aber wenn er heute wieder nach Cottbus fahren müsste, wäre das wohl kaum gut für sein Privatleben!

Der Schatten presst sich an die kühle raue Mauer und starrt auf die Fenster des Hauses gegenüber. Er hat alles sorgfältig geplant, weiß über jeden Schritt Bescheid. Lange hat er geschwankt, wo es geschehen soll, doch am Ende hat er sich für hier entschieden. Der Kinder wegen. Gern gesteht er sich das nicht ein. Die Kinder sollen nicht Zeuge sein. Sie können nichts dafür, so klein, wie sie sind. Der Schatten tastet in der großen Umhängetasche nach der Waffe, spürt die Kühle. Alles ist bereit, denkt er zufrieden. Auch du wirst sterben, wie die anderen. Und es wird ein weiteres Rätsel für die Polizei sein, freut er sich. Er weiß, dass sie noch keine Spur von ihm haben, nur im Trüben fischen. Aber ihm ist auch bewusst, dass sie ihm mit jedem Opfer näher kommen. Die Gestalt zieht ein Buch hervor und lässt sich auf die Eingangsstufen fallen. Sie wird hier in aller Ruhe sitzen bleiben, bis es so weit ist. Das Ende, weiß sie, ist nah.

Manuela war verunsichert und ratlos.

Sie hatte nicht solch heftige Schmerzen erwartet, eher befürchtet, sie könne die einsetzenden Wehen womöglich verpassen. Und jetzt das! Sie stöhnte. Die Hebamme massierte ihr die Lendenwirbelsäule.

»Ganz ruhig, Kleine. Das schaffen wir schon.«

Manuela hätte das gern geglaubt. Doch der Schmerz blockierte das Denken. Dunkel erinnerte sie sich, dass die matronenhafte Frau so etwas schon vor Stunden zu ihr gesagt hatte. Wie lang konnte das noch dauern? Von Zeit zu Zeit schob ihre Mutter den Kopf herein, um den Stand der Dinge zu erfragen.

Doch an dem änderte sich seit gefühlten Ewigkeiten nichts mehr.

Es war, als sei die Entbindung ins Stocken geraten. Panik erfasste sie. Sicher wäre es besser gewesen, sich gegen ihre Mutter durchzusetzen und im Krankenhaus zu entbinden. Nun war es zu spät. Die Hebamme tastete nach Manuelas Puls.

»Reg dich doch nicht so auf! Dein Kind lässt sich eben ein bisschen Zeit. Das macht nichts – oder hattest du heute noch einen anderen Termin?« Sie lachte unangenehm und der jungen Frau schlug eine Welle ihres schlechten Atems ins Gesicht. Sie zuckte unwillkürlich zurück.

»Sich schwängern lassen und bei so ein bisschen Zwiebelgeruch empfindlich reagieren! Hätteste dir einen Tag ohne Bratkartoffeln zu Mittag ausgesucht, Madamchen!«

Plötzlich schien etwas in Manuela nachzugeben.

»Aha. Die Fruchtblase wäre dann geplatzt. Nun wird's nicht mehr lange dauern«, triumphierte die Frau, die Manuela im Stillen ›das Grauen‹ nannte.

Als sie Stunden später wieder zu sich kam, lag sie in einem großen Bett, das sie noch nie gesehen hatte. Ein vorsichtiger Blick in die Runde verriet ihr, dass sie nicht zu Hause sein konnte.

Nur widerstrebend erlaubte sie der Erinnerung zurückzukehren. Hastig fuhren ihre Hände über den Bauch. Das Baby!

Wo war ihr Kind? Eng schlang sie die Arme um ihren Leib und begann sich hin und her zu wiegen.

Sie schluchzte hemmungslos.

Horrorgeschichten über Frauen, denen man das Baby gleich nach der Geburt entrissen hatte, stürmten auf sie ein, alles um sie herum begann sich wie in einem Strudel zu drehen, sie versuchte, sich an einen festen Punkt zu klammern, rutschte ab, verlor ihn und stürzte in unergründliche Schwärze.

»Um Himmels willen, Kindchen! Das ist ja traurig. Sag uns mal, wie der Vater heißt, damit wir ihn verständigen können. Damit solltest du jetzt nicht allein sein«, hörte sie von weit entfernt während des Tiefertaumelns und gleich darauf die Stimme ihrer Mutter, kalt und ohne jedes Gefühl: »Nun hat sie auch noch ein krankes Balg!«

Danach war alles ein schwarzes Nichts.

24

Kiri schwebte wie auf Wolken.

Marnie lachte leise. Sicher, sie hatte ihre sportliche Freundin schon manchmal völlig aus dem Häuschen erlebt, nach erfolgreichen Spielen, einem traumhaften Torschuss – aber derart durch den Wind war sie noch nie gewesen.

»Und dann kriege ich den Ball – weißt du, in dem Moment habe ich wirklich gar nichts mehr gedacht. Mir war klar, ich kann es schaffen. Und da habe ich eben alle Kraft in diesen Schuss gelegt! Drin! Ich stand da und konnte es nicht glauben. Drin!«, jubelte Kiri hemmungslos.

»Wow! Mensch, ich freue mich so für dich! Aber sag mal, ist es denn üblich, dass man bei ›Turbine‹ einfach Leute vom Spielfeldrand zum Mitspielen auffordert?«

»Nee! Natürlich nicht. Die wussten ja, wer ich bin. Wahrscheinlich erzählt meine Mutter während der Physiotherapie ständig nur von ihrer fußballbegabten Tochter. Peinlich. Und bestimmt haben die das gar nicht geglaubt. Das mit dem Talent, meine ich. Die haben mich womöglich nur gefragt, damit meine Mutter Ruhe gibt. Und dann war ich die Überraschung des Tages. Es war so supergeil!«, schwärmte die Fußballerin und warf einen raschen Seitenblick auf ihre Mutter.

Ein liebevoller Klaps auf den Hinterkopf brachte die Welt für Frau Schybulla wieder ins Lot.

»Da!«, zeterte Kiri. »Siehst du, wie man hier mit mir umgeht? Ich bin sicher, Kim Kulig hatte es leichter.«

»Kim? Oh nein, da bist du auf dem Holzweg. Wenn ich mich recht erinnere, hat sie sogar in einem Interview mal erzählt, dass sie eigentlich ihre Zukunft in der Musik finden wollte und sollte. Fußball hat sie nur aus Spaß nebenbei gespielt. Irgendwann hat sie gemerkt, dass ihr der Sport noch viel mehr lag als Musik. Na ja, dann musste sie das noch ihren Eltern erklären – und so leicht war das nicht, die beiden von der neuen Planung zu begeistern«, erklärte Kiris Mutter bestimmt.

»Wirklich? Und ich dachte, die neue Generation Spielerinnen hat diese Art von Kämpfen nicht mehr auszufechten«, staunte Marnie.

»Nur weil Frauenfußball inzwischen sehr erfolgreich gespielt wird, heißt das nicht, er wäre so akzeptiert wie die Männervariante«, setzte Frau Schybulla. »Vielleicht schafft die WM eine neue Begeisterung.«

»Na, jedenfalls … ich laufe von der linken Außenverteidigerposition ins Mittelfeld und da rollt mir doch, ich weiß gar nicht woher, der Ball direkt in den Lauf. Und ich, ohne zu zögern, mit voller Kraft drauf – und Tor!« Kiri war nicht zu bremsen. »Nächste Woche darf ich zum Probetraining antreten. Ich bin jetzt schon so unglaublich aufgeregt.«

»Das ist nicht zu überhören.« Die Mutter warf einen liebevollen Blick auf ihre ehrgeizige Tochter und wuschelte ihr durch die kurzen Haare. »Noch Kaffee?«

Die Freundinnen nickten dankbar.

»Meine Mutter wäre auch gern Fußballerin geworden. So eine Profikarriere ist aber nur eine Chance für die Superguten. Hartes Training, keine Freizeit, keine privaten Vergnügungen. Sie sah ihre Zukunft eher in Heirat und Familie. Also sattelte sie um, wurde Physiotherapeutin. Da verdient man natürlich viel, viel weniger als im Profisport, kann den Job aber bis zur Pensionierung ausüben. Geld fließt regelmäßig und stetig, nicht in Schüben und unberechenbar. Ich glaube, sie mag es gern risikoarm.«

»Ich kann mir schon vorstellen, dass es große Schwierigkeiten mit sich bringt, wenn man in dem Job versucht, Karriere und Familie unter einen Hut zu bringen. Stell dir vor, du fällst ständig wegen Schwangerschaft und Erziehungszeit aus. Wenn du dann den jahrelangen Trainingsrückstand aufgeholt und wieder in die Mannschaft gefunden hast, wirst du womöglich schon mit dem nächsten Kind schwanger.«

Kiri kicherte albern. »Bei mir stellt sich die Frage im Moment nicht. Ich bin solo. Und wie wir aus dem Studium wissen, steht dieser Zustand der Fortpflanzung unvereinbar gegenüber. Aber wie sieht es denn bei dir aus?« Neugierig studierte sie das Gesicht der Freundin.

»Nun ja …«

In diesem Augenblick kehrte Frau Schybulla mit dem Tablett aus der Küche zurück und enthob Marnie einer Antwort.

»War das nicht schrecklich gruselig, eine Leiche zu finden?«, fragte Kiris Mutter, während sie den Kaffee in hohe Becher füllte und das Milchkännchen kreisen ließ. »Ehrlich gesagt, würde mich so etwas bis in meine Träume verfolgen. Hoffentlich fasst die Polizei den Täter bald! Vor dem ist vielleicht niemand sicher.«

Wie recht sie damit haben sollte, konnte Frau Schybulla nicht ahnen.

Der Schatten hat sie längst im Visier.

25

Maximiliane hielt sich für alt genug.

Ihre Eltern hatten dazu bedauerlicherweise eine völlig andere Meinung. Typisch Eltern eben. Erkannten nicht, dass ihr Kind die Grenze zum Erwachsensein schon lange überschritten hatte.

»Bedenkenträger!«, zischte das Mädchen zornig vor sich in die laue Abendluft.

Alles war perfekt.

Es war genau der richtige Tag für einen romantischen Spaziergang, auf einer Bank sitzen im Mondschein, küssen, kuscheln – und vielleicht noch mehr. Für ihre Begriffe zog sich die ganze Angelegenheit schon viel zu lang auf diesem milden Niveau hin. Schmetterlinge im Bauch waren ja ganz nett, aber auf die Dauer reichten sie nicht. Heute war ihr letzter Termin bei Wladimir. Und ob sie ein neues Rezept bekäme, stand in den Sternen.

Beim letzten Mal hatte ihre Hausärztin richtig gezickt.

Bei jedem Schritt legte sie sich zurecht, wie es ablaufen würde. Wladimir war mit dem Ergebnis seiner Bemühungen sehr zufrieden. Schön. Sie nicht. Klar, die manuelle Therapie hatte geholfen – aber sonst? Im Privaten? Nichts! Dabei wusste sie genau, dass Wladi, wie sie ihn in Gedanken zärtlich nannte, seit der ersten Sitzung Feuer gefangen hatte. So etwas merkte man schließlich als Frau.

Vor einer Woche hatte sie beschlossen, sich anzusehen, wie er lebte, wenn er nicht in der Praxis war.

Das war nicht ganz korrekt, rügte sie sich nachsichtig, sie wollte sich seine Familie ansehen, wollte wissen, wie seine

Frau aussah, ob sie ihr, Maximiliane, würde das Wasser reichen können.

Um das herauszufinden galt es, sich besonders geschickt zu verhalten.

Sie druckte eine lange Liste von Fragen aus dem Internet aus, zog sich sehr erwachsen an und klingelte kurzerhand an seiner Haustür.

Sie führe im Rahmen ihres Studiums eine wichtige Umfrage durch, behauptete Maximiliane dreist, und müsse möglichst viele Familien zu unterschiedlichen Lebensaspekten befragen.

Schon als die Frau ihr öffnete, wusste sie, dass sie gewonnen hatte. Sie passte gar nicht zu Wladi, war überhaupt nicht sein Typ. Diese Frau konnte Wladi schon lang nichts mehr bedeuten. Wahrscheinlich war die Ehe nur aus Geschäftsgründen geschlossen worden, sie hatte Geld, er keines, zum Beispiel. Oder sie hatte ihn mit einer ungewollten Schwangerschaft in die Ehe gezwungen. Sex mit dieser Frau konnte kaum mehr Spaß machen als mit einer komatösen Gummipuppe – kein Vergleich zu dem, was er mit ihr erleben würde – das schied also auch aus. Und Liebe, davon war Maximiliane fest überzeugt, kam jedenfalls nicht in Betracht.

Diese fette, kleine Frau konnte auf gar keinen Fall seinem Geschmack entsprechen. Aus der Haustür quollen zwei Kinder hervor und tobten in den Garten hinaus. Allesamt Opfer des weiblichen Erbguts. Zu dick mit platten Mondgesichtern. Maximiliane war überzeugt, noch nie zuvor so hässliche und widerwärtige Kinder gesehen zu haben. Wahrscheinlich ist Wladi nicht der Vater, schoss es ihr beruhigend durch den Kopf. Wie hielt er es nur aus, mit diesen Wesen unter einem Dach leben zu müssen?

Ihre Hände strichen über ihren eigenen Körper.

Sie war gertenschlank.

Und erst ihr Gesicht. Klassisch schön nannte man Gesichtszüge wie die ihren.

Nun ja. Heute war der Tag der Tage.

Sofie, die Qualle an der Rezeption, fragte doch tatsächlich, ob sie sicher sei, dass sie jetzt einen Termin habe. Wenn die Verhältnisse endlich öffentlich wären, müsste die dumme Nuss eben umlernen. Jemand wie sie brauchte in Zukunft keinen Termin mehr.

»Wladimir erwartet mich in genau fünf Minuten«, ließ sie schnippisch auf den Schreibtisch der hirnlosen Molluske fallen und nahm geschmeidig Platz, schlug die Beine aufreizend übereinander, bis ihr Rock an die Schmerzgrenze verrutscht war.

»Der letzte Patient ist noch nicht raus. Du wirst dich also gedulden müssen.«

Du! Das musste natürlich auch ein Ende haben.

Wenn sie und Wladi erst einmal verheiratet waren, würde das ohnehin niemand mehr wagen.

Eine Viertelstunde verging.

»Möchtest du nicht lieber nach Hause gehen? Bestimmt hast du noch Hausaufgaben zu erledigen. Ich gebe dir einfach einen neuen Termin.«

»Der Patient ist vielleicht etwas schwierig. Ich warte noch ein paar Minuten«, schlug Maximiliane das Angebot kalt aus und streifte die dumme Meduse mit ihrem arrogantesten Blick.

Sofie verstand und trollte sich zurück hinter ihr Bestellbuch.

Doch eine weitere Viertelstunde später baute sie sich wieder vor dem Mädchen auf. »Du solltest jetzt besser gehen.

Ganz offensichtlich ist die Behandlung unerwartet problematisch und der Patient benötigt eine umfassende Beratung. Ich gebe dir einen neuen Termin.«

»Nein!«

Sofie holte tief Luft – und stapfte plötzlich los. Maximiliane, die gar nicht daran dachte, sitzen zu bleiben, während Sofie womöglich ihrem Chef gegenüber behauptete, Wladi habe für heute keine weiteren Termine mehr, sie, Maximiliane sei wieder gegangen, schob sich dicht an das ausladende Kreuz der Sprechstundenhilfe.

Sofie blieb vor der letzten Tür stehen und pochte. Zunächst zaghaft, dann energischer. Als auch auf ihr lautestes Klopfen keine Reaktion erfolgte, drückte sie mit grimmigem Gesicht die Klinke hinunter.

Maximiliane wurde von einem freundlichen Rettungssanitäter betreut.

Er erkundigte sich nach Dingen, die im Augenblick unwichtig waren. Vollkommen bedeutungslos.

Das Einzige von Bedeutung war – Wladimir. Und Wladimir lebte nicht mehr.

Er hatte auf der Massageliege gelegen. Auf dem Rücken, die Arme ruhten mit den Handgelenken auf der Lehne zweier Stühle, weit ausgebreitet zur Seite. Und das Blut! Unmengen von Blut! Es lief über den Rand der Liege und tropfte von dort in die Lache, die sich darunter auf dem Boden ausgebreitet hatte. Dieses Geräusch würde sie nie wieder loslassen. Bis an ihr Lebensende. Drip, drip, drip.

Und der Schrei. Gellend, sich überschlagend, nicht menschlich. Sofie, wollte sie sagen, halt die Klappe, hör auf zu schreien.

Das ging leider nicht. Es war nämlich gar nicht Sofie, die kreischte.

Die Qualle schlug ihr kräftig ins Gesicht, doch das nützte wohl nur im Fernsehen etwas.

Maximiliane jedenfalls hatte weitergekreischt, bis der Notarzt das schreckliche, schrille Geräusch ausgespritzt hatte.

Undeutlich merkte sie, dass sich jemand neben sie gesetzt hatte.

»Mein Name ist Peter Nachtigall. Ich bin von der Mordkommission. Kann ich dich mal was fragen?«

Tapfer nickte das Mädchen, das gerade die große Liebe seines Lebens verloren hatte.

»Wie heißt du?«

Du!, registrierte sie wie aus weiter Ferne. Schon wieder!

»Ihr Name ist Maximiliane Evert.«

War das Sofie, die da sprach? Maximiliane hörte nicht richtig, alles klang gedämpft, wie durch Watte. Es war eigenartig. Den gewaltigen Schmerz fühlte sie überall – und gleichzeitig kam es ihr vor, als spüre sie überhaupt nichts mehr.

»Sie hat einen Schock.« Das war die Stimme des Sanitäters, glaubte das Mädchen.

»Bringen Sie sie ins Klinikum?«

»Nein. Ich glaube, sie braucht jetzt eher verständnisvolle Eltern, vielleicht einen Psychologen. Wir haben ihr ein bisschen was zur Beruhigung gespritzt. War ja bestimmt ihre erste Leiche. Und dann gleich so ein Blutbad.«

Ich liebe ihn, wir wollten eine gemeinsame Zukunft beginnen, hätte sie ihnen gern entgegengeschleudert. Doch sie brachte nicht einen Ton heraus.

»Wir benötigen seine private Anschrift. Die Familie muss verständigt werden.«

Die Familie, dachte Maximiliane gehässig, diese hässliche, widerwärtige Familie. Alle würden die drei nun bedauern. Die, die ihm nichts bedeuteten. Und was war mit ihr?

Sofie war schon wieder zurück.

»Hier, ich habe Ihnen die Adresse aufgeschrieben. Er wohnt in Großräschen.«

Zu Maximiliane gewandt sagte sie: »Ich habe deine Eltern verständigt. Sie werden gleich hier sein.«

Toll, Qualle!, hätte sie gern gerufen, super!

Doch sie war stumm.

»Habt ihr irgendetwas für uns, das wie eine Nachricht aussieht? Einen kleinen Zettel zum Beispiel?«, erkundigte sich Nachtigall beim Team der Kriminaltechnik.

»Ja. Hier!« Peddersen hielt ihm einen kleinen transparenten Beutel entgegen, in den er einen grellgrünen Notizzettel geschoben hatte.

Der zum Tatort gerufene Arzt vom Dienst, der sich über den Leichnam gebeugt hatte, richtete sich auf. »Erstochen. Ich würde sagen, mitten ins Herz«, stellte er lapidar fest. »Exitus vor etwa ein bis zwei Stunden.«

»Danke«, antwortete Nachtigall mechanisch, den Blick fest auf die Mitteilung gerichtet.

Du bist der Vierte. Weitere werden folgen. Bis die Schuld gesühnt ist, stand dort, in derselben schnörkellosen Handschrift, wie auf den anderen.

»Es wird weitere Morde geben«, murmelte Nachtigall und spürte Hoffnungslosigkeit in sich aufsteigen. »Hier, sieh mal.«

Michael Wiener nahm das Tütchen mit spitzen Fingern und stöhnte leise auf. »Wieder eine Drohung.« Er räusperte sich. »Wladimir Kowalski, Heilpraktiker, Masseur, Physiotherapeut mit einer ansehnlichen Liste von Zusatzausbildungen. Aber klar, wenn sich eine so exklusive Praxis rechnen soll, braucht sie Patienten, die privat zahlen. Und die kommen nur, wenn du ihnen auch etwas Besonderes zu bieten hast.«

Sofie saß etwas ratlos hinter ihrem inzwischen akribisch aufgeräumten Schreibtisch.

Die angemeldeten Teilnehmer der Vortragsveranstaltung, die heute hätte stattfinden sollen, hatte sie informiert, die Referentin der Weight Watchers ebenfalls. Sie würde noch ein kleines Schild schreiben, um es für die spontanen Besucher an die Tür zu hängen.

Damit wäre alles erledigt. Ab jetzt war sie arbeitslos. Arbeitsamt, Bewerbungen – es war so viel zu tun.

Ihre Gedanken beschäftigten sich mit all dem, was sie gleich morgen in Angriff nehmen konnte. Das war allemal besser, als ihnen zu erlauben, um das zu kreisen, was wenige Zimmer weiter auf der Massageliege lag und ihr Arbeitgeber gewesen war.

Mechanisch griff sie nach einem Blatt Papier und einem Bleistift, schrieb in die rechte Ecke das morgige Datum und begann mit einer Aufstellung der Dinge, die nun zu erledigen waren.

Sie war so intensiv damit beschäftigt, dass sie heftig zusammenfuhr, als Nachtigall sie ansprach.

»Wie hieß denn der letzte Patient?«

»Keine Ahnung. Der Patient, der vor der Pause hier war, Klaus Müller, ist vom Fahrdienst abgeholt und nach Hause gebracht worden. Danach hat Herr Kowalski eine längere Kaffeepause eingeschoben, weil er noch etwas in der Stadt zu besorgen hatte.«

»Also war niemand angemeldet für den Nachmittag?«

»Doch. Aber erst später. Deshalb war ich auch überrascht, dass er jemanden mitgebracht hat. Ich dachte ja, er brauche die freie Zeit.«

»Wen hat er denn mitgebracht?«

»Das weiß ich nicht.«

Nachtigall hörte den unterdrückten Schluchzer und legte Sofie beruhigend die Hand auf die Schulter.

»Ich habe ihn nicht einmal gesehen! Zu der Zeit habe ich gerade die Wärmepackungen wieder ins Gerät geschichtet. Ich habe natürlich die Praxistür gehört, danach auch die Stimme von Herrn Kowalski. Er war ganz offensichtlich besonders gut gelaunt. Die beiden haben gelacht.«

»Aber es war ein Mann?«

»Ich glaube schon.«

Der Hauptkommissar runzelte die Stirn und fragte dann weiter: »Konnten Sie verstehen, worüber die beiden sich unterhalten haben?«

»Herr Kowalski machte einen Scherz über die guten alten Zeiten, die man eben leider nicht zurückholen könne. Das sagte er manchmal zu Patienten, die sich allzu sehr über die Erscheinungen des Alters grämten.«

»Das muss also nicht bedeuten, dass er die Person tatsächlich von früher her kannte.«

»Nein.« Sofie zögerte. »Mir kam es aber so vor, als betone er es anders als sonst. Allerdings kann es genauso gut sein, dass ich mir das jetzt im Nachhinein einbilde.«

»Diese Person war ungewöhnlich lang mit Ihrem Chef im Behandlungszimmer. Als Herr Kowalski auch nicht pünktlich zum Termin des nächsten Patienten erschien – was haben Sie da gedacht?«

»Muss ich diese Frage beantworten?«, quetschte Sofie mühsam hervor.

»Ich denke schon«, brummte Nachtigall begütigend.

Die Sprechstundenhilfe atmete tief durch und streckte sich unbewusst. »Da saß Maximiliane Evert. Sie ist entsetzlich pubertär und schwer verliebt in Herrn Kowalski. Ich habe mich sehr gefreut, dass sie warten musste.«

Nachtigall konnte gut nachvollziehen, was sie empfunden haben musste. Eine Szene, die er in seiner Sporteinrichtung erlebt hatte, fiel ihm ein. Damals hatte sich eine Endvierzigerin, turbogestylt und geschminkt wie zu einem Tanzstundenabschlussball, schrecklich darüber aufgeregt, dass man ihr einen anderen Physiotherapeuten zugewiesen hatte als sonst. Ihre schrille Stimme hallte durch die hohen Flure des Altbaus, sie zeterte laut und war kaum zu beruhigen. Damals hatte er auch daran gedacht, wie schwer es für manch einen der jungen Therapeuten sein musste, sich gegen solch klettige Frauen zur Wehr zu setzen. Er kämpfte gegen den Drang zu lächeln. In dieser Situation, schien ihm, wäre das unangemessen.

Stattdessen hakte er nach: »In der Regel hielt er die Termine ein?«

»Ja, pingelig sogar.« Sofie begann zu schniefen und fummelte ein zerknülltes Papiertaschentuch aus der Hosentasche. »'Tschuldigung. Er war immerhin seit drei Jahren mein Chef. So was verbindet.« Die feuchte Zellstoffkugel wurde energisch zurück in die Tasche geschoben. »Aber natürlich kam es gelegentlich vor, dass ein Patient unerwartet eine besondere Behandlung brauchte oder eine gründlichere Aufklärung notwendig war – in diesem Fall nahm Herr Kowalski sich auch die Zeit. Ein Heilpraktiker behandelt Menschen gern ganzheitlich.«

»Kam es Ihnen heute seltsam vor?«

»Schon. Ich hatte ja durch das Lachen und die Lockerheit, die ich bemerkt hatte, nicht den Eindruck, er habe einen Patienten getroffen und mitgebracht. Ich hielt es für ein privates Zusammentreffen. Und es ist in all den Jahren nie vorgekommen, dass Herr Kowalski seine Patienten wegen eines persönlichen Gesprächs hätte so lange warten lassen.«

»Warum haben Sie nicht nachgesehen?«

Sofie sah den Ermittler entgeistert an. »Das hätte jede Menge Ärger gegeben. Mein Chef wollte nicht von seiner Sprechstundenhilfe zur Ordnung gerufen werden!«

Schweigen.

»Aber ich wollte auch nicht, dass Maximiliane hier rumsaß und mich giftig anstarrte. Also schlug ich vor, sie könne nach Hause gehen und bekäme von mir einen neuen Termin. Doch diese pubertären Miststücke sind manchmal so unglaublich starrköpfig!«, brach es aus Sofie heraus. Erschrocken riss sie die Augen auf und schlug sich beide Hände vor den Mund, als könne sie die harten Worte wieder hinter die Lippen zurückstopfen.

Nachtigall nickte verständnisvoll. »Sie hat das östrogengelenkte Verhalten des Mädchens gestört.«

Sofie gab sich einen Ruck. Da es nun schon einmal angesprochen war, sah sie keinen Grund mehr, sich zurückzuhalten. »Gestört ist nicht das richtige Wort. Geekelt trifft es besser. Es widerte mich an. Du liebe Güte! Dieser Mann hatte eine Familie, eine Frau und zwei Kinder. Was erlauben sich diese hüftschwenkenden Küken eigentlich?«

»War Ihr Chef anfällig für so was?«

Nachtigall registrierte, dass Wieners Handy im Hintergrund klingelte – die Titelmelodie von ›Inspector Barnaby‹. Noch ein Opfer? Er merkte, wie ihm der Schweiß ausbrach, während die Sprechstundenhilfe ihre Antwort gründlich erwog. Wiener wurde blass.

»Ja«, sagte Sofie einfach.

Aus den Augenwinkeln bemerkte der Hauptkommissar, wie sein junger Kollege zur Seite trat und mit der freien Hand sein Notizbuch aus der Gesäßtasche fingerte. Vielleicht hatte der Anruf gar nichts mit dem Fall zu tun. Er konzentrierte sich wieder auf seine Zeugin.

»Seine Frau wusste davon?«

»Sicher nicht. Sie liebt ihn wirklich, vertraut ihm blind. Im letzten Sommer haben sie ein kleines Gartenfest gegeben. Glauben Sie mir: So verliebt habe ich eine Frau nach der Hochzeit noch nie ihren Mann angucken sehen.«

Nachdenklich fragte Nachtigall: »Wäre es denkbar, dass Ihr Chef sich aus der Pause eine Frau in die Praxis mitgebracht hat?«

»Als Dessert, meinen Sie? Nun, das wäre zumindest ungewöhnlich gewesen, was aber nicht bedeutet, dass es nicht vorkam. Selten. Normalerweise hätte die Frau beim Gehen an mir vorbeikommen müssen. Herr Kowalski legte aber keinen gesteigerten Wert darauf, mich von seinen Eskapaden wissen zu lassen. Außerdem dürfte ihm bewusst gewesen sein, dass Maximiliane hier wartete.«

Der Schatten beobachtet emotionslos, wie immer mehr Einsatzfahrzeuge vor der Praxis von Wladimir Kowalski vorfahren. Der Notarztwagen hält mit kreischenden Bremsen. So ein Blödsinn! Der Schatten weiß, dass Kowalski nicht zu retten ist.

Wenn er etwas tut, dann immer perfekt. Nicht nur was den Mord angeht – sondern auch die Inszenierung. Da kann ihm keiner das Wasser reichen.

Seine hellblauen Augen sehen aus wie Glas. Das Blaulicht spiegelt sich darin wie ein lodernder Triumph.

Sie werden merken, dass all ihre bisherigen Überlegungen falsch sind, denkt er kalt. Und in diesem Augenblick trifft er noch eine Entscheidung. Die nächsten beiden wird er leiden lassen, bis in ihnen alles Leben erloschen ist. Nach Wladimir Kowalski ist für die Ermittler alles anders, nichts stimmt mehr.

Das bringt alles ins Stocken.

Er könnte stolz darauf sein, sich freuen. Doch ein Schatten wie er empfindet gar nichts mehr.

Michael Wiener warf sich stöhnend auf den Beifahrersitz. »Dein Kollege Mangold hatte einen Verkehrsunfall auf dem Weg nach Cottbus. Auf der Autobahn. Sein Wagen wurde unter einen Lkw geschoben und fast vollständig zerquetscht. Er liegt im Thiem-Klinikum zur Beobachtung. Ankekatrin Kruse auf der Beifahrerseite hatte nicht so viel Glück. Sie wird gerade operiert.«

Nachtigall starrte den jungen Mann sekundenlang wortlos an.

Kopfschmerzen und ein heftiger Schwindel kamen und verebbten wieder.

Hätte ich meinen Verdacht mit Hajo besprechen sollen? Gleich, nicht auf einen anderen Zeitpunkt verschieben? Ist Alkohol bei diesem Unfall im Spiel gewesen?, ratterte es erbarmungslos hinter seiner Stirn.

Er legte kommentarlos den ersten Gang ein und manövrierte das Auto geschickt an den geparkten Einsatzfahrzeugen vorbei.

»Die Familie des Arztes wohnt in Großräschen«, krächzte Peter Nachtigall nach einer Weile heiser.

»Wenn du möchtest, kann ich allein hinfahren«, bot Wiener an, doch der Hauptkommissar schüttelte stumm den Kopf.

Nachtigall fuhr zügig durch die Innenstadt, bog an der Fachhochschule Lausitz rechts ab und folgte der Straße bis zur letzten Einmündung. Hier bog er erneut ab. Und stand. »Feierabendstau.«

Hinter Drebkau wurde der Verkehr flüssiger. Etwa eine Dreiviertelstunde brauchten sie, bis sie das Häuschen der Familie Kowalski erreicht hatten.

»Seestadt Großräschen! Seestadt?«

»Aber ja. Hier wird in wenigen Jahren einer der Tagebauseen bis an die Stadt reichen.«

»Der Ilse-See?« Wiener staunte.

Das Häuschen der Familie lag am Stadtrand. Dahinter erstreckten sich endlos Felder und Wiesen.

Der kleine Garten erstrahlte in einem Meer aus Farben, wie es nur der frühe Herbst mit sich brachte. In der Eiseskälte der kommenden Monate bliebe nur der eintönige Anblick einer geschlossenen Schneedecke. Hatte der Vater mit seinen Kindern im Winter immer einen Schneemann gebaut? Mitten auf dem Weg zum Haus hatte eines der Kinder sein Dreirad geparkt. Nachtigall fiel ein, dass er vergessen hatte, Sofie nach dem Alter der Kinder zu fragen – nun wurde ihm bewusst, dass sie noch sehr klein sein mussten. Das Unbehagen wuchs.

Wiener musterte den Hauptkommissar und war froh, keinen Chef zu haben, dem der Tod eines Menschen gleichgültig geworden war. Empathie, erklärte Nachtigall gern, öffne den Blick für die Seele des anderen und ermögliche es, den Ermittlungen neue Horizonte zu geben.

Diesmal allerdings steckten sie dennoch fest.

Nachtigall sah, wie ein Schatten hinter den Fenstern hin und her lief. Wahrscheinlich bereitete Frau Kowalski das Abendessen zu, freute sich auf einen ruhigen und entspannten Abend. Daraus würde nun der Auftakt für eine Katastrophe. Entschlossen drückte er auf die Klingel.

Fast unmittelbar nach dem ersten Ton des Türgongs riss ein Knirps die Haustür auf und kam zum Gartentor gerannt. Dort blieb er auf seiner Seite des Zauns stehen und musterte die Besucher eindringlich. Plötzlich, als habe er genug gesehen, machte er kehrt und lief zum Haus zurück.

»Mama! Mama! Da draußen stehen zwei Männer. Einer ist sooooooo dick!«, rief er dabei aufgeregt.

Schuldbewusst glitten die Hände des Hauptkommissars über die deutliche Wölbung unter dem schwarzen Hemd und er seufzte. Früher wäre dem Jungen eher die Größe als die Figur aufgefallen.

Eine kräftige, untersetzte Frau erschien in der Tür, nahm im Vorbeigehen den Jungen hoch. Setzte ihn auf der Hüfte ab. Kam zum Tor. Bevor Nachtigall etwas Erklärendes sagen konnte, meinte sie nicht unfreundlich, aber doch kategorisch: »Sie sind hier falsch. Der Vortrag der Weight Watchers zum Thema Ernährung, Gesundheit und Gewicht findet in der Praxis meines Mannes statt. In Cottbus. Hier ist nur seine Privatadresse. Sie müssen sich aber ziemlich beeilen, wenn Sie noch rechtzeitig da sein wollen.«

Nachtigall räusperte sich. »Ich suche nicht die Weight Watchers …«, begann er und wurde prompt unterbrochen.

»Sondern?«, fragte sie aggressiv zurück.

»Wir sind von der Kriminalpolizei Cottbus. Können wir bitte reinkommen?« Dabei fummelte er ungelenk seinen Dienstausweis aus der engen Gesäßtasche.

»Ja?« Ihre Stimme klang unsicher. Langsam setzte sie den Steppke ab. »Lauf schon mal rein. Deine Schwester soll das Sandmännchen einschalten.«

Sofort stürmte der Kleine johlend davon.

»Ist etwas passiert? Mein Mann hatte einen Unfall? Mit dem Auto?« Frau Kowalski öffnete zögernd die Gartenpforte und ließ die Männer ein.

Mit einer leichten Kopfbewegung signalisierte Nachtigall seinem Kollegen, er möchte nach den Kindern sehen. »Es tut mir leid, aber ich habe eine schreckliche Nachricht für Sie. Wir haben vor etwa zwei Stunden Ihren Mann in seiner Praxis tot aufgefunden.«

Langsam ging die Frau vor ihm den Kiesweg entlang, die Augen fest auf den Boden gerichtet.

Hatte sie ihn nicht verstanden?

»Es war kein Unfall. Ihr Mann wurde das Opfer eines Mordanschlags«, schob der Hauptkommissar nach.

Unter einem der Fenster stand eine Bank. Frau Kowalski steuerte darauf zu und sie setzten sich. Die Hand in ihrem Schoß zitterte leicht.

»Ermordet?« Sie fuhr zusammen, als schrecke sie vor ihrer eigenen Stimme zurück, wie ein nervöses Springpferd vor dem Wassergraben.

»Ja. Man hat ihn erstochen.«

Sie weinte nicht. »Ich habe ihn immer gewarnt. Diese Leute, die von Stimmen erzählen, die ihnen auftragen, die Geranien im Blumenkasten des Nachbarn mit Essig zu gießen oder behaupten, sie würden von einer fremden Macht kontrolliert und abgehört. Überall seien Mikrofone versteckt. Die sind manchmal auch gefährlich.«

»Solche Patienten hat ein Heilpraktiker auch?«

»Ja. Manche erhoffen sich von ihm eine wirksame Therapie, nachdem die Schulmedizin nicht richtig helfen konnte. Andere kommen zur Massage, weil sie durch den Stress, den die Stimmen verursachen, und all die Maßnahmen, die sie gegen die fremden Mächte ergreifen müssen, schrecklich verspannt sind.« Sie sprang auf und lief schnell ins Haus. Während Nachtigall noch überlegte, ob er ihr folgen solle, kehrte sie bereits zurück.

»Ich wollte nur nach den Kindern sehen. Alles in Ordnung. Sie sitzen mit Ihrem Kollegen auf der Couch und sehen einen Tierfilm.«

»Wir glauben nicht, dass einer seiner Patienten ihn getötet hat ...«

»Also hat nun doch ein eifersüchtiger Ehemann zugestochen!«, fiel sie dem Ermittler ins Wort. »Oder ein durchgeknallter Vater, der sich für die Defloration seiner Tochter rächen wollte! Aber er konnte die Finger nicht von ihnen lassen.« Ihre dunklen Augen waren hart und kalt.

»Sofie denkt immer, ich sei ein bisschen naiv. Aber Sie glauben gar nicht, wie dreist diese dummen Mädchen sind! Sie kommen her, klingeln mit den idiotischsten Begründungen an unserer Tür, nur um einen arroganten Blick auf die Familie zu werfen, die sie ab sofort zerstören möchten.«

»Sie haben es also gewusst?«

»Ja. Er konnte nicht widerstehen. Sie haben ihn hemmungslos angemacht – er brauchte ja nur zuzugreifen. Er ist mit jeder, die signalisierte, dass sie wollte, ins Bett gehüpft. Ohne einen Gedanken an seine Familie, ohne Schuldbewusstsein.« In ihrer Stimme schwang so viel Verachtung, dass sie beinahe männlich tief klang.

»Das hat Sie sehr verletzt.«

»Was denken Sie? Ich wollte noch ein paar Jahre durchhalten, der Kinder wegen. So ein Papa ist für kleine Kinder wichtig. Lange hätte ich es aber wohl nicht mehr ertragen.« Ein rasches Blitzen streifte den Hauptkommissar. »Aber das erübrigt sich ja jetzt ohnehin.«

Sie starrten schweigend auf den hellen Kies. Nach einer langen Pause nahm Nachtigall den Gesprächsfaden wieder auf. »Hat Ihr Mann je den Namen Roland Keiser erwähnt?«

Sie brauchte keine Zeit zum Überlegen. »Das war der Typ, der noch knapp vor der Wende abgehauen ist. Ja, von dem hat er manchmal gesprochen.«

»Also waren die beiden befreundet?«

»Nein, nicht wirklich. Sie sind sich mal bei irgendeinem Fest begegnet, wenn ich mich recht erinnere, bei einem gemeinsamen Bekannten. Später hörte Wladimir von der Flucht. Ich glaube, der Name ist nur deshalb haften geblieben. Er hat immer gesagt, es sei schon ein starkes Stück, es sogar mit Krücken in den Westen zu schaffen. Manchmal hat er den Namen bei Google eingeben, um zu sehen, ob es irgendwelche Einträge gibt.«

»Das Verschwinden hat ihn beschäftigt.«

»Muss wohl. Ich kannte den Mann ja nicht. Deshalb fand ich die Sache auch nicht spannend.«

»Kannte Ihr Mann einen Johannes Schaber?«

»Nicht, dass ich wüsste. Vielleicht checken Sie einfach mal seinen Mailaccount?«

Conny saß im Garten.

Nachtigall nahm die friedvolle Szene in sich auf und spürte fast so etwas wie Neid. Er war müde. Um ihn herum gab es im Moment nur Krankheit und Tod. Selbstmitleid drohte sich wie ein bösartiges Geschwür in seinem Inneren auszubreiten. Wenn er nicht dagegen ankämpfte, würde es sein Denken lähmen und diesem eiskalten Mörder in die Hände spielen.

Vorsichtig schob er sich auf einen der Gartenstühle.

Casanova, der den zweiten Stuhl okkupierte, öffnete für einen kurzen Moment ein Auge und auch das nur einen Spaltbreit. Als er bemerkte, dass keine Ruhestörung beabsichtigt war, schloss er es sofort wieder.

Conny schlief, wirkte entspannt und zufrieden.

Auf dem Tisch stand ein Glas Sekt, der anregend perlte, unter einem Schutzgitter wartete ein Teller mit belegten Broten – sicher vor dem Zugriff der ewig hungrigen Katzen. Als er sich ein wenig vorbeugte, erkannte er die dünnen, weißen Kabel über Connys Brust, die in In-Ear-phones endeten, auf dem Bauch lag das Buch, dessen Lektüre wohl nicht spannend genug war, um ein Einschlafen der Leserin zu verhindern. Und die Musik sperrte die Außenwelt komplett aus. Wie wunderbar musste es sein, sich so wegspülen zu lassen? Traumhaft!

Nachtigall, der schon von Berufs wegen an die Endlichkeit aller Dinge glaubte, seufzte leise und hoffte, seine Ehe mit Conny möge dieser Erfahrung trotzen. Wie schön wäre es, gemeinsam und bei bester Gesundheit uralt zu werden. Schuldbewusst dachte er an Sport.

Theorie und Praxis klafften eben mitunter weit auseinander und das Wissen um die Notwendigkeit sorgte nicht automatisch auch für eine Verhaltensänderung.

Und manche Berufe, dachte er trotzig, ließen sich mit Sport einfach nicht harmonisch verbinden. Fahrradkuriere und viele Postzusteller bewegten sich schon während des Jobs, bei ihm war das anders. Sabine, seine kleine Schwester, hatte ihn gerade erst mit den allerneuesten Erkenntnissen zu diesem Thema versorgt. Teufelin! Demnach galt: Drei bis vier Stunden Sport in der Woche waren Pflicht, wobei zwischen den einzelnen Terminen nicht mehr als 72 Stunden vergehen dürfen. Und wie sollte das bei ihm bitte aussehen?

Er konnte doch auf keinen Fall vom Tatort verschwinden mit der Begründung, er schaffe sonst sein Sportintervall nicht. Unwillkürlich musste er schmunzeln.

Dr. März bekäme dann wohl einen Herzinfarkt – das konnte er nicht riskieren.

Domino rekelte sich auf der Terrasse, sprang mit elegantem Schwung auf seinen Schoß und neigte den Kopf direkt vor der Brust ihres Herrchens nach unten, begann zu schnurren.

»Kein Zweifel, was du dir jetzt wünschst«, flüsterte der Ermittler der Katzendame zu und begann sie mit beiden Händen hinter den Ohren zu kraulen.

Auf der Liste, die Helmut Hallow geschickt hatte, stand der Name Wladimir Kowalski nicht. Das bedeutete wohl, dass der Zusammenhang mit der Sportschule in Potsdam nicht so eng war, wie gedacht. Hallow hatte Beziehungen und Freundschaften skizziert. Aus dem engsten persönlichen Umfeld von Roland Keiser waren noch zwei Namen offen. Ein Mann,

Franz Knöfel, und eine Frau, Patricia Klever. Hieß das, einer von den beiden kam als Täter infrage – oder bedeutete es eher, dass beide potenzielle Opfer waren? Wobei der Täter seine Opfer ja nicht ausschließlich im schulischen Bereich suchte. Trotzdem wollte er sie warnen, erreichte aber bei Patricia Klever nur den Anrufbeantworter und bei Franz Knöfel eine Ehefrau, die erzählte, ihr Mann sei mit seiner Schulklasse zur Studienfahrt in Südfrankreich.

Es musste eine dritte Person geben.

Während Nachtigall die immer ekstatischer schnurrende Katze streichelte, ließ er seinen Überlegungen grenzenlosen Spielraum. Kristallisationspunkt war nicht Roland Keiser. All die Opfer kannten vielmehr ein und dieselbe Person!

Und alle hatten eine Verbindung nach Cottbus.

Domino stupste sanft gegen seine Hände, die ihre Bewegungen eingestellt hatten.

Lächelnd nahm Nachtigall das Kosen wieder auf. Am Ende ging es doch um eine gescheiterte Liebesbeziehung. Nebenbuhler wurden getötet – vielleicht die beste Freundin, die dem Kontakt zum Täter schon vor 20 Jahren im Weg gestanden hatte. Gleich morgen würden sie die Freundinnen Roland Keisers noch einmal gründlich überprüfen.

Seine Laune verschlechterte sich sofort wieder, als er an das Gespräch mit Dr. März dachte. Der leitende Staatsanwalt war über die Schlagzeile in einem überregionalen Boulevardblatt verärgert gewesen. ›Frauen-WM in Gefahr – Killer kommt aus Cottbus‹, prangte die Überschrift da in riesigen roten Buchstaben auf der Titelseite. Dr. März hatte regelrecht geschäumt – und eine völlig neue Theorie entwickelt. Demnach sollten Freunde aus Potsdam Roland Keiser verschleppt und später getötet haben. Dass die anderen Spuren auch in die Lausitzmetropole wiesen, sei nur der Tatsache geschuldet, dass die Opfer hier lebten. Nicht aber notwendigerweise der Täter.

Nein, nein! Bestimmt wäre es jemandem aufgefallen, wenn ein junger Mann an zwei Krücken in einen Wagen gezerrt worden wäre. Es hätte schon damals Zeugen gegeben, überlegte Nachtigall selbstbewusst und konnte doch einen leisen Zweifel nicht unterdrücken.

Und Albrecht? Auf seine Frage hin hatte er angefangen zu lavieren. Er sei zufällig zu der Gruppe gestoßen und eingeladen worden. Er habe keinen von den jungen Leuten gekannt. Dabei wirkten alle sehr vertraut auf dem Schnappschuss. Welchen Grund sollte es für Albrecht geben, zu lügen?

26

Hajo Mangold lag bewegungslos im Krankenhausbett und starrte die Decke an.

Das gleiche Bild verfolgte ihn seit Stunden. Plötzlich hatte der Lkw vor ihnen die Spur gewechselt, sich unmittelbar vor Mangolds Wagen gesetzt. Hatte er sofort gebremst?

Natürlich hatte er gebremst. Das würde das Spezialteam Unfallermittlung schon herausfinden. Keine Schrecksekunde, keine verzögerte Notbremsung. Der hinter ihnen fahrende Kleintransporter hatte seinen Wagen voll erwischt.

Die Sekunden dehnten sich zu Ewigkeiten, während Mangolds Auto unter den Lkw geschoben wurde. Er erinnerte sich noch daran, dass er Ankekatrin »Raus!« zugebrüllt und versucht hatte, sie nach draußen zu stoßen. Was daraufhin mit der Beifahrerseite passierte, bemühte er sich, zu verdrängen. Mit mäßigem Erfolg.

Er musste sich auf etwas anderes konzentrieren. Peter war vorbeigekommen. Es gab ein weiteres Opfer. Eines, das nichts mit dem Sportinternat zu tun hatte. Sie hatten keinen Ansatz mehr.

Einen Atemzug lang drohte ihn das Gefühl der Hilflosigkeit zu übermannen. Dann hatte er sich im Griff. Es musste darum gehen, diese Morde mit aller Kraft aufzuklären – schon deshalb, weil dem möglichen Tod seiner Partnerin nicht auch noch ein ungelöster Fall folgen durfte.

Peter Nachtigall schreckte aus einem entsetzlichen Traum auf.

Er öffnete die Augen – und begegnete einem grünem Feuer. Casanova.

Die Vorderpfoten gegen die Matratze gestemmt, war der rot getigerte Kater jetzt Aug in Aug mit dem Hausherrn und hatte seine Nase dicht vor dem Gesicht seines Menschen in Stellung gebracht. Ob der Kater spüren konnte, dass er wach war? Konnten Katzen Albträume erschnuppern?

Hunde, das wusste er, konnten epileptische Anfälle frühzeitig wahrnehmen und ihre Bezugsperson in Sicherheit bringen, sogar Über- und Unterzuckerung stellten sie fest – aber Katzen? Vielleicht verrieten sie nichts von ihren wunderbaren Fähigkeiten, damit niemand auf die Idee kam, von ihnen zu erwarten, sie zum Nutzen für andere auf Abruf einzusetzen.

Sicher war das mit ihrer sprichwörtlichen Liebe zur Unabhängigkeit nicht vereinbar. Auf der anderen Seite hatte er vor einiger Zeit im Internet einen Artikel über einen Kater entdeckt, der den Tod von Patienten sicher vorhersagen konnte. Er lebte in einem Pflegeheim für Demenzkranke und saß am liebsten auf dem Fensterbrett – allein. Mitunter jedoch sprang er bei einem Menschen aufs Bett und kuschelte sich Trost spendend an ihn. In der Regel starb dieser Patient innerhalb von etwa vier Stunden. In 50 Fällen lag das Tier mit seiner Ahnung bereits richtig. Der Hauptkommissar öffnete ein Auge und betrachtete seinen Hausgenossen kritisch. Musste er sich jetzt Sorgen machen? Wusste Casanova mehr?

Nein, entschied Nachtigall nach einem unangenehmen Moment des Erschreckens, in diesem speziellen Fall hatte er einen ganz anderen Verdacht.

»Das letzte Mal, als du behauptet hast, du wolltest mir bei der Lösung meines Falls helfen, hast du dir nur eine Sonderportion erschlichen und danach selig auf dem Küchentisch geschlafen, während ich den Mörder ermittelt habe«, flüsterte er dem Kater zu. Entschlossen drehte sich der Hausherr auf den Rücken. Weg von der unergründlichen grünen Tiefe.

»Gib Ruhe oder ich hole die Polizei!«, murmelte Conny im Halbschlaf.

Nachtigall drückte seine Lippen sanft auf ihren Mund.

Ein rascher Blick zur Seite. Casanova war immer noch da.

Das Gespräch mit der Witwe Kowalskis ging dem Ermittler nicht aus dem Kopf, ihre Worte beschäftigten ihn. Jule, erinnerte er sich, hatte während der Pubertät für einen ihrer Sportlehrer geschwärmt. Leider war ihm selbst nie der muskulöse Körper von Herrn Singer aufgefallen, ebenso wenig wie seine unsagbar blauen Augen oder das niedliche Muttermal über der linken Braue, das aussah wie ein Stern und über das sich Jule mit ihrer Freundin stundenlang unterhalten konnte. Wenn nun sehr viele solcher Mädchen im Schwärmalter in einem Internat leben, führt das doch sicher zu Stress untereinander und mit den wenigen männlichen Zielobjekten, überlegte er. Aber das galt natürlich auch umgekehrt. Für die Männer gab es bestimmt nur eine kleine Gruppe interessanter Mädchen in der Fülle des Angebots. Lag hier das Motiv? Dann müsste doch wenigstens das weibliche Opfer auch dort gewesen sein. Warum vermisste niemand diese junge Frau? Übermorgen war ihr Gesicht in der Lausitzer Rundschau zu sehen, so lange würde es noch dauern, bis der Fotograf die Bildbearbeitung abgeschlossen hatte – vielleicht meldete sich ja eine Freundin, erkannten sie die Eltern. Wir sollten das Foto auch an eine Zeitung in Potsdam schicken, entschied er, darum wird Michael sich kümmern.

Seine Gedanken zogen weiter. Hajo. Er hatte geschworen, der Blutalkoholtest würde 0,0 Promille ergeben. Seiner Darstellung nach traf ihn überhaupt keine Schuld an dem schrecklichen Unfall. Das würde sich rasch klären, die Kollegen der Sondergruppe arbeiteten zügig und effizient.

Nachtigall spürte, wie sich sein Puls beschleunigte. Es war eine extrem unangenehme Situation gewesen, aber er war sich sicher, dass er richtig gehandelt hatte, allerdings etwas zu spät. Hajo hatte gar nicht versucht, sein Alkoholproblem in Abrede zu stellen. Ein ernstes Gespräch unter Männern, unter alten Freunden und unter Tränen. Er wusste nun endlich auch, warum Hajo Leipzig verlassen hatte. Ein einmaliger Ausrutscher, wurde der alte Kollege nicht müde zu versichern.

Im Klinikum sollte er nur für eine Nacht bleiben – zur Beobachtung. Er war mit ein paar Prellungen davongekommen.

›Super Schutzengel!‹, hatte der forsche junge Arzt gesagt. Nun, beendete Nachtigall den Gedankengang, sie würden den Fall abschließen und danach stünde für Hajo ein Entzug auf dem Terminplan. Irmchen wollte ihn mit aller Kraft unterstützen. Er seufzte tief und drehte sich zur Seite.

Casanovas Augen – eine glühende Eruption.

»Du hast gewonnen! Zeit zum Duschen!«

Kiri hatte frische Brötchen geholt und Kaffee aufgesetzt.

Zu einem gemeinsamen Frühstück ergab sich für die beiden Frauen nur selten Gelegenheit, umso mehr genossen sie den gemütlichen Start in den Tag. Kiri war aus reinem Entgegenkommen so früh aufgestanden, aber das behielt sie für sich. Doch als sie gesehen hatte, wie bestürzt ihre Mutter auf die Nachricht vom Tod Johannes Schabers in der Tagesschau reagierte, war sie der Meinung, ein bisschen Sonntag im Alltag tue Not. Ihre Mutter brauchte jemanden zum Reden.

»Weißt du, Kiri, es ist nicht leicht, Leute zu finden, die gute Teamchefs abgeben. Sie müssen den Spagat zwischen Nähe und Distanz beherrschen – das ist nicht leicht.« Plötzlich zog ein versonnenes Lächeln über Frau Schybullas Gesicht. »Alle waren hinter Roland her. Johannes sah nicht so unwiderstehlich piratig aus. Er hat das mit relativem Gleichmut ertragen.«

Kiri schmunzelte verschmitzt: »Aber dir hätte Johannes schon gefallen.«

»Ach, na ja. Ich war jung. Da ist man oft ein bisschen unkritisch. Der größte Unterschied zwischen Johannes und den anderen war wohl, dass er gut zuhören konnte. Meine Güte! Es kommt mir vor, als läge diese Zeit 100 Jahre zurück.«

»Weißt du, was aus ihm geworden ist?«

»Nein. Ich sattelte, wie du weißt, beruflich um, heiratete deinen Vater, du wurdest geboren. Nein, mich hat nur noch meine kleine Welt interessiert. Irgendjemand erzählte mir mal, er sei nach Brasilien gegangen«, missbilligend zog sie eine Augenbraue hoch. »Ich weiß nicht einmal mehr, wer das war.«

»Brasilien? Ein Traumziel von ihm?«

»Vielleicht. Früher schwärmte er eher von Kuba!«, sie lachte leise.

»Wünsche im Rahmen der politischen Möglichkeiten?«, feixte Kiri.

»Nun, was soll ich sagen? Sein Vater war aktives Mitglied der SED. Blieb also nicht viel Platz für Extrawünsche. Ich denke, die Wende kam für ihn gerade richtig. Einfach weg und alles hinter sich lassen.«

»Er muss sich in diesem neuen Leben einige Feinde gemacht haben. Schließlich wurde er ermordet.«

Frau Schybulla sah ihre Tochter nachdenklich an, dann sagte sie entschieden: »Nein, Kiri. Ich bin ziemlich sicher, der Mörder stammt aus seinem alten Leben!«

27

Peter Nachtigall überprüfte noch einmal die Anschrift.

Er hatte drei Namen übernommen, Michael kümmerte sich um die restlichen drei. Hajo würde später zu ihnen stoßen. Im Moment stellte er den Kontakt zu seinem Büro in Dresden her, um dort nach neuen Anhaltspunkten und Zeugen zu suchen. Unwillig zerknüllte Nachtigall den Notizzettel in seiner Hosentasche.

Manuela Winter, Albert-Schweitzer-Straße 7. Stimmte offensichtlich.

Er sah an den Wohnblocks hinauf. Sie hatten keine Ähnlichkeit mehr mit den grauen Plattenbauten, die er in Erinnerung hatte. Bunt und fröhlich wirkten diese Fassaden. Ganz offensichtlich hatte man sich Mühe gegeben, das Wohnumfeld angenehmer zu gestalten.

Mit dem Fahrstuhl erreichte er den achten Stock. Um in den neunten zu gelangen, musste er eine Etage zu Fuß erklimmen. Desillusioniert stellte er fest, dass sich im Treppenhaus nach der Renovierung der Wohnungen und der Außenfassade nur wenig verändert hatte. Gekritzel an den Wänden, ausgetretene Stufen, jede hatte eine andere Höhe, ein dünnes, wenig vertrauenerweckendes Geländer.

»Ja?«

Die Frau konnte kaum 60 sein und doch wirkte sie auf sonderbare Weise greisenhaft. Das graue Haar trug sie modisch kurz, das faltige, kleine Gesicht darunter wirkte zerfurcht, wie eine Kraterlandschaft, blass, gräulich und vertrocknet. Umso mehr überraschte ihn der muskulöse Körperbau und die festen Beine, die so gar nicht zu diesem Mumiengesicht passen wollten.

»Kriminalpolizei Cottbus, mein Name ist Peter Nachtigall. Ich hätte gern mit Ihrer Tochter Manuela gesprochen.«

Er sah tiefe Ratlosigkeit wie den Schatten einer Wolke durch die Faltentäler huschen.

»Manuela?«

»Ja, es wäre sehr wichtig. Wir ermitteln in einem Mordfall und …«

Sie fiel ihm harsch ins Wort: »Das ist unmöglich!«

Nachtigall blickte sie überrascht an.

»Manuela ist gestorben.«

Betroffenheit füllte ihn aus, blockierte sein Denken. Da störte er mit seinen Fragen eine Mutter, die wohl erst vor Kurzem ihre Tochter beerdigt hatte. Dieser Fall zerrte gewaltig an seinen Nerven.

»Mein Beileid«, würgte er mühsam hervor. Warum hatte Michael Wiener das nicht bemerkt, er kontrollierte doch sonst immer alles so penibel? Bestimmt war seine Konzentration auch dahin – immerhin war ja sogar seine Freundin in den Fall involviert. Er würde ihn später darauf ansprechen. Ganz in seine Überlegungen verstrickt hörte er Frau Winters Entgegnung kaum.

»Danke«, gab sie gleichgültig zurück. »Ist Ewigkeiten her.«

Der Hauptkommissar zögerte einen Atemzug lang, dann war seine Entscheidung gefallen. »Wie gesagt, wir ermitteln in einem Mordfall und ...«

Wieder bekam er keine Chance, seine Anwesenheit näher zu erklären.

»Zu spät. Der Mörder meiner Tochter lebt nicht mehr«, eröffnete sie ihm gallig.

»Oh«, entfuhr es dem Hauptkommissar. Was sollte er dazu auch sagen?

»Heute wohnen wir allein. Alles eine Frage der Gewöhnung.« Frau Winter machte eine einladende Handbewegung und Nachtigall trat ein. »Mein Mann hat früher in Jänschwalde gearbeitet, seit ein paar Monaten ist er in Frührente. Man lernt, mit der Ruhe umzugehen. Jetzt hat er wenigstens Zeit, an seinem Buch zu arbeiten. Melodram. Über ein Männerschicksal.«

Schweigend folgte der Hauptkommissar der Frau den schmalen Flur entlang, vorbei an der modern eingerichteten Küche in ein geräumiges Wohn-Esszimmer. Freundliche

Orangetöne herrschten hier vor, an der den Fenstern gegenüberliegenden Wand zog sich ein Regal entlang, das gar nicht
mehr alle Bücher des Paares aufnehmen konnte. Die über-
zähligen waren zu kleinen Stapeln gruppiert. Vielleicht warteten sie darauf, gelesen zu werden. Leise Musik erklang im
Hintergrund, der Raum duftete dezent nach Blumen.

»Ich habe noch drei Jahre und ein bisschen bis zur Rente.
Aber wahrscheinlich halte ich nicht bis zum Ende durch. In
der Altenpflege braucht man viel Kraft – und die nimmt im
Alter eben immer mehr ab.«

»Weil man die Patienten heben muss«, knarrte eine Stimme
aus einem dunkelgrünen hohen Ohrensessel, der mit Blick
zum Fenster aufgestellt war. »Das kann man dann eigentlich nicht mehr.«

Dieser Mann war das einzige Element, das nicht so recht
in den lebensfrohen Raum passen wollte. Grämliche Züge
wiesen ihn als notorischen Nörgler aus. Er trug, trotz der
sommerlichen Wärme, eine graue Wolljacke und lange gleich-
farbige Hosen, ein weißes Hemd und ein Halstuch. Das
schüttere Haar lag ordentlich über seine Glatze gekämmt.
Manuelas Vater wirkte wie eine der Figuren des amerikanischen Künstlers Duane Hanson. Hyperrealismus. Lebens-
echt, aber dennoch tot. Unbewegt starrte er zum Fenster raus
und Nachtigall beschlichen Zweifel, ob Herr Winter wirklich etwas gesagt hatte.

»Gustav Winter. Mein Mann. Er ist nicht sehr gesellig,
lassen Sie sich aber dadurch nicht abschrecken«, lachte sie
glockenhell. »Er arbeitet an seiner Karriere als grantelnder
Schriftsteller.«

Nachtigall war mehr als irritiert. Wenn seine Jule nicht
mehr, nein, daran mochte er gar nicht denken.

Seine Überlegungen kehrten zu Roland Keiser und dessen
angespanntem Verhältnis zu seinen Eltern zurück. Hatte es

zwischen Manuela und ihrer Mutter einen nicht überbrückbaren Zwist gegeben?

»Wie kann ich Ihnen nun helfen?« Mit einer einladenden Handbewegung deutete sie auf einen bequemen Sessel.

»Ist Ihnen der Name Roland Keiser geläufig?«

»Moment!« Frau Winter reckte abwehrend einen Arm in die Luft und schloss die Augen. »Ich hab's gleich! Ah – ich weiß: Das war der junge Trainer, der auf einmal verschwunden war. Ist aber schon lang her. Ganz Cottbus hat damals mitgefiebert. Ich glaube, man hat ihn nie gefunden und er meldete sich auch nicht. Republikflucht.«

»Wir haben seine Leiche gefunden!«

Es klatschte laut, als sie ihre kräftigen Finger gegen die Stirn schlug. »Aber klar! Stand ja in der Zeitung.« Sie musterte ihr Gegenüber neugierig. »Und?«

»Hat Manuela von ihm gesprochen? Vielleicht waren die beiden befreundet?«

»Wenn, dann nur locker bekannt. Meine Tochter hatte damals einen festen Freund, Andy, jede Menge Pläne für eine gemeinsame Zukunft. Die beiden waren ein schönes Paar. Ich glaube, ihre Freundin Silvia kannte diesen Roland näher.«

Sie schwieg abrupt. »Kriminalpolizei – dann wurde er bestimmt ermordet, wie?«, fragte sie mit lüsternem Unterton.

Nachtigall nickte angewidert.

Diese Frau hatte selbst einen Todesfall in der Familie! Wie konnte sie nur? Ewigkeiten her, hatte sie gesagt. Die Tochter eine verblasste Erinnerung, der Schmerz überwunden?

»Das ist schlimm für seine Eltern. Wie ist er denn gestorben?«

Der Hauptkommissar verspürte nur wenig Lust, ihren Durst nach sensationellen Informationen zu befriedigen. Daher beschränkte er sich auf ein unfreundliches: »Erstochen.«

»Ach herrje. Das klingt nach einem handfesten Streit unter Zechkumpanen!«

Auf diesen Trick fiel Nachtigall natürlich nicht herein. Von ihm würde sie keine Insiderinformationen bekommen.

Stattdessen fragte er: »Haben Sie damals an die Geschichte von der Republikflucht geglaubt?«

Überrascht beobachtete er, wie Frau Winter in ihrem Stuhl herumrutschte und nervös an ihrer Unterlippe zu kauen begann.

»Nein«, sagte sie endlich. »Eigentlich nicht.« Dabei zog sie den Kopf tief zwischen die Schultern, als erwarte sie, für diese Antwort bestraft zu werden.

»Nein?«

»Nein. Ich dachte, na, den hat wohl jemand über die Klinge springen lassen!« Erschrocken zuckte sie zusammen und schlug sich die Hände vor den Mund. »Ach je. Das war geschmacklos.«

28

»Aha. Ein neues Gesicht«, stellte Dr. Pankratz fest und reichte beiden Beamten die Hand.

»Hajo Mangold. Ein Kollege aus Dresden«, stellte Nachtigall vor und ärgerte sich, noch während er den Satz zu Ende brachte, über die gewählte Formulierung. Kollege. In Hajos Ohren klang das wahrscheinlich wie der linkische Versuch, sich von ihm zu distanzieren.

»Sieht aber nicht gut aus«, meinte Dr. Pankratz und betrachtete interessiert die Hämatome in Mangold Gesicht.

»Unfall auf der Autobahn. Leichte Blessuren, ein bisschen Kopfschmerz. Meine Kollegin ist noch in stationärer Behandlung.«

»Hoffentlich wird es bald wieder. So – dann wollen wir mal.« Der Gerichtsmediziner trat an einen der Edelstahltische und zog den Wagen mit den bereitgelegten Instrumenten und Behältnissen für die Organentnahme etwas näher heran, richtete die Lampe noch einmal neu aus.

»Du solltest der Sache ein Ende bereiten, Peter«, meinte er dabei vorwurfsvoll. »Es muss doch irgendeinen Anhaltspunkt geben.«

Das Geräusch, das Nachtigall daraufhin produzierte, klang wie ein lang gezogenes Pfff. »Mit diesem Opfer ändert sich alles. Wir glaubten eine Gemeinsamkeit entdeckt zu haben, aber mit Wladimir Kowalski ist das Makulatur«, erläuterte er leise.

»Hm. Schlecht. Du hast wieder eine Notiz gefunden?«

»Ja«, presste der Hauptkommissar unglücklich hervor.

»Und?«

»Weitere werden folgen. Bei den einzelnen Opfern gibt es nur eine, durch Wladimir Kowalski nun eher locker gewordene Verbindung zum Sport. Wir haben auch eine Gruppe ausgemacht, die wir für gefährdet halten, doch im Grunde wissen wir nicht einmal, ob wir in dieser Gruppe nicht auch den Täter suchen müssten. Auf der anderen Seite steht der Mörder aber auch außerhalb und seine sozialen Kontakte sind der Kristallisationspunkt!«

»In diesem Fall freue ich mich besonders, dass ich schon das Ergebnis der Analyse der Proben aus dem Stichkanal anbieten kann. Es war, wie wir vermutet hatten. Einige der winzigen Koagel stammten nicht vom Opfer selbst.«

Nachtigall würgte. »Tatsächlich?«, keuchte er leise, als er sich wieder unter Kontrolle hatte.

»Sie stammen von Johannes Schaber. Erdpartikel haben wir auch identifiziert.«

»Soll das heißen, er wischt wirklich nicht mal die Klinge ab?« Hajo Mangold räusperte sich.

»Ja. Das scheint ihm offensichtlich nicht wichtig zu sein. Und nüchtern betrachtet, ist es für das nächste Opfer tatsächlich ohne Belang. Er tötet mit nur einem Stich, egal ob mit sauberer oder schmutziger Klinge. Wir profitieren insofern, als dass wir nun genau sagen können, es handelt sich in allen Fällen um dieselbe Tatwaffe, demnach wohl auch um denselben Täter. Schließlich ist es extrem unwahrscheinlich, dass sich zwei Mörder eine blutverkrustete Klinge teilen«, erklärte der Rechtsmediziner gut gelaunt.

»Das ist widerlich«, beschwerte sich Nachtigall.

»Es muss sich um einen Menschen handeln, der so auf sein Ziel fixiert ist, dass alles andere keine Rolle spielt«, steuerte Mangold bei.

»Ich sehe das anders. Das Messer scheint eine rituelle Funktion zu haben. Möglich, dass er es nicht reinigt, damit sich am Ende das Blut all seiner Opfer darauf vereinigt. Die mystische Vorstellung, nun wisse ein Opfer vom anderen und könne sehen, dass alle für die Schuld bezahlen mussten«, widersprach Nachtigall.

»Liegt denn schon ein grafologisches Gutachten vor?«, erkundigte sich Dr. Pankratz.

»Nein. Das wird in Dresden erstellt. Ich habe nachgefragt und man hat mich wissen lassen, es werde daran gearbeitet, ich solle mich gedulden«, brach es unerwartet heftig aus Nachtigall heraus. »Hier sterben Menschen und ich weiß so gut wie gar nichts über denjenigen, der dafür verantwortlich ist.«

Irritiert von der heftigen Reaktion zuckte eine Augenbraue des Gerichtsmediziners bis unter die Haube, die er im Grunde wegen der Glatze gar nicht tragen musste.

»Das kann man so eigentlich nicht sagen. Du weißt schon eine ganze Menge. Es ergibt nur noch kein Bild.«

»Ach ja?« Mangold klang höhnisch und arrogant. Nachtigall warf dem Dresdner Kollegen einen bösen Blick zu, enthielt sich aber eines Kommentars. Das konnte er auch später noch erledigen, ohne Zeugen.

»Aber ja. Der Täter ist zwischen 1,70 und 1,75 Meter groß, kräftig. Er weiß genau, wo er den Stich platzieren muss, also verfügt er vielleicht über gute anatomische Kenntnisse. Offensichtlich kannte er alle seine Opfer, sie waren bereit, ihm zu folgen oder ihn in die Praxis mitzunehmen. Demzufolge löst er wohl weder Angst noch Besorgnis aus. Und alle Angriffe kamen für die Opfer überraschend«, begann der Rechtsmediziner mit der Aufzählung. »Der Täter ist jemand, dem man eine solche Tat nicht zutraut. In seinem sozialen Alltag agiert er wahrscheinlich völlig unauffällig. Er ist der freundliche und hilfsbereite Nachbar, Kollege, Freund. Für Roland Kaiser kann ich es natürlich nicht mit Gewissheit sagen, aber ich wette, auch er wurde von der Attacke völlig überrumpelt.«

»Immerhin kämpft er mit offenem Visier«, stellte Mangold fest. »Er greift direkt von vorn an.«

»Das ist zumindest ungewöhnlich«, bestätigte Dr. Pankratz und schenkte seine Aufmerksamkeit wieder dem Körper des getöteten Heilpraktikers.

»Es ist der Beleg dafür, dass er ein emotionales Motiv hat. Der Räuber würde wohl eher im Verborgenen auf seine Chance warten und das Messer in den Rücken seines Opfers stoßen. Dieser Täter jedoch möchte, dass sein Gesicht das Letzte ist, was der Sterbende zu sehen bekommt. Ich bin davon überzeugt, dass sie alle wussten, warum sie nun mit dem Tod bestraft würden.« Nachtigall warf einen raschen prüfenden Blick auf die vorbereiteten Instrumente der Gerichtsmediziner und fragte sich, warum er nicht Michael geschickt hatte, dem die Prozedur der Obduktion nicht abstoßend, sondern interessant erschien.

»Meinst du, der Mörder hat unmittelbar vor dem Angriff noch ›Für Inge!‹ geschrien?«, amüsierte sich Mangold über Nachtigalls Vision vom Tathergang. »Ziemlich theatralisch, findest du nicht auch?«

»Bleibt die Tatsache, dass durch den Mord an Wladimir Kowalski die Verbindung nach Potsdam abgerissen ist«, seufzte Nachtigall.

»Nun denn«, verkündete Dr. Pankratz, griff nach der Lampe und richtete deren Fokus neu aus. »Die äußere Inspektion der Leiche ergab einige oberflächliche Kratzwunden. Ein Zusammenhang mit der Tat ist ausgeschlossen, zum Teil sind sie schon gut verschorft.« Er sah kurz auf. »Ich tippe dabei auf Wunden beim Zurückschneiden einer Gartenhecke.« Er wies auf die Einstichwunde. »Frontal, links thorakal findet sich die Eintrittswunde einer Stichwaffe. Wundränder ausgefranst, ein Klinge mit Wellenschliff. Tatwaffe entspricht wahrscheinlich der, die bei den vorausgegangenen Opfern verwendet wurde.« Der Rechtsmediziner suchte in der Akte nach den Kürzeln für die vorigen Opfer.

Plötzlich konnte Peter Nachtigall das Gefühl nicht mehr abschütteln, Komparse in einem surrealen Geschehen zu sein. Alles schien ihm unwirklich, fremdgesteuert.

Dr. Pankratz, der sich wie ein hungriges Insekt über den toten Körper beugte, um den Stichkanal zu präparieren, der zweite Rechtsmediziner, der ihm dabei interessiert über die

Schulter schaute, Mangold, der selbstgefällig vor sich hin murmelte.

Wir tun genau das, was er will, dachte er missmutig, bewegen uns wie an Marionettenfäden. Unsere Schlussfolgerungen hat er schon für uns gedacht, wir sind Teil einer großen Inszenierung. Unbändige Wut wallte in ihm auf. Es musste doch möglich sein, diesem Puppenspieler das Spielkreuz aus der Hand zu schlagen!

29

Michael Wiener parkte den Wagen vor Patricia Klevers Haus. Gleichgültig wanderten seine Augen über die hässlich-graue Fassade des Plattenbaus. Hier war nicht einmal der Versuch unternommen worden, den Beton zu verbergen oder wenigstens aufzuhübschen. Wiener schüttelte sich.

Ein flüchtiger Blick in die Runde offenbarte einen unübersehbaren Wohnungsleerstand.

»Vielleicht wird ja hier freigezogen«, murmelte der junge Kommissar vor sich hin. »Ich würde es den Mietern gönnen, bald in schön renovierte Wohnungen zurückkehren zu können. Oder werden die Blocks auch abgerissen?« Auf sein drittes Klingeln öffnete noch immer niemand.

»Patricia ist nicht da«, verkündete eine Stimme direkt hinter ihm.

Wiener fuhr herum, wie von einem Skorpion gestochen. Er hatte nicht gehört, dass jemand gekommen war. Die Stimme, stellte er nun fest, gehörte zu einem Jungen, der ihn aus leuchtend grünen Augen unter einer blonden Lockenmähne kritisch musterte.

»Aha.« Mehr fiel dem überrumpelten Ermittler auf die Schnelle nicht ein.

Wiener dachte daran, wie der Junge in etwa zehn Jahren aussehen würde: durchtrainiert, groß und mit diesem interessanten Kontrast von Haar- und Augenfarbe. Der Mädchenschwarm schlechthin.

»Was willst du denn von ihr?«, erkundigte sich der Kleine und sein Blick wurde unergründlich.

»Ich bin von der Polizei.« Wiener zeigte ihm seinen Ausweis.

»Das habe ich mir schon gedacht«, informierte ihn der zukünftige Herzensbrecher altklug. »Du siehst aus wie die im Fernsehen.«

Das ließ Wiener lieber unkommentiert.

»Weißt du denn, wo ich Patricia finden kann? Ich habe ein paar wichtige Fragen an sie.«

»Nö. Keine Ahnung, wo sie ist. Sie ist schon länger nicht zu Hause. Vielleicht macht sie Urlaub.«

»Hm. Das ist ja schade für mich. Hat sie nicht irgendeine Freundin hier im Block? Jemanden, mit dem sie ins Kino geht zum Beispiel?«, warf Wiener einen Köder aus.

Der Junge staunte: »Ist es denn so wichtig, was du Patricia fragen musst?«

»Unglaublich wichtig«, bestätigte der Ermittler.

Der Kleine zögerte noch immer.

»Du brauchst dir keine Sorgen zu machen. Ich bin nicht

gekommen, um sie zu verhaften.« Vielleicht hilft ja einschmeicheln, dachte Wiener. »Ich brauche nur ein paar Informationen über einen Bekannten von ihr.«

Das Kind knabberte an der Unterlippe, während es das in einer Antwort enthaltene Ärgerpotenzial gründlich abwog und versuchte abzuschätzen, ob sein Verhalten die Nachbarin zu einer Beschwerde bei seiner Mutter veranlassen könnte. »Na gut«, antwortete es dann und machte kehrt.

»Wie – na gut?«

»Na, mitkommen musst du schon selbst.«

Wiener folgte ihm neugierig in einen der anderen Hauseingänge, stieg mit ihm eine schmale Treppe hoch, deren Stufen keinen Schrittrhythmus zuließen, und stand unversehens auf einem Treppenabsatz, von dem aus zwei Türen in Wohnungen abzweigten.

»Warte hier. Ich sag erst Bescheid«, verlangte der Lockenkopf und verschwand hinter der linken Tür.

Michael Wiener sah sich nach Webcams um, während er verlassen im Flur herumstand. Was, wenn der Kerl sich nur einen Scherz erlaubte und gar nicht vorhatte, wiederzukommen? Vielleicht war das Ganze ein großer Spaß und der Kleine saß inzwischen längst hinter einem Glas Saft und einem Stück Kuchen. Es wäre ziemlich peinlich, sich auf einem Video auf Youtube zu finden, abgestellt und ausgetrickst von einem Knirps.

Unerwartet heftig wurde die Wohnungstür wieder aufgerissen. »Sie sind von der Polizei?«

Die junge Frau war unverkennbar die Mutter des Jungen. Die goldene Löwenmähne war Familienerbe.

»Gott sei Dank. Endlich kümmert sich mal jemand darum.«

»Worum?«, fragte Wiener verblüfft.

»Na, um Patricias Verschwinden. Ich habe sie als vermisst melden wollen – Abgängigkeitsanzeige heißt das wohl – aber der Beamte meinte, er nähme jetzt zwar alles auf, aber für eine Suche sei es noch zu früh, ich solle lieber warten, wahrscheinlich käme sie von ganz allein zurück!«, empörte sie sich lautstark.

»Wiener, Kriminalpolizei Cottbus«, stellte Wiener sich vor und die junge Frau lachte.

»Oh, tut mir leid! Da überfalle ich Sie im Treppenhaus und verschweige geschickt meinen Namen. Ilona Wanka.« Sie bat den Ermittler hinein und führte ihn an der Küche vorbei ins Wohnzimmer. »Sehen Sie das?«, fragte sie, als sie an der Küchentür vorbeikamen. »Das ist alles Miriams Futter. Patricia lässt es aus dem Ausland schicken, Miriam hat eine seltene Nahrungsmittelunverträglichkeit. Und nun verstopft es seit Tagen die Hälfte meiner Küche. Patricia würde nie vergessen, es abzuholen.«

»Hundefutter?«

»Ja. Miriam ist ihre Setterhündin. Ein bildschönes Tier.«

»Und Miriam ist ebenfalls verschwunden?«

»Natürlich! Patricia geht nirgendwo ohne Miriam hin. Sie liebt die Hündin viel zu sehr.«

In Wieners Kopf rutschten ein paar Puzzleteile ins Gesamtbild.

Ilona Wanka nötigte Wiener in einen Sessel und schenkte ihm Mineralwasser in ein hohes Glas. Dankbar nahm er einen großen Schluck.

»Seit wann vermissen Sie Ihre Freundin?«

»Vor fünf Tagen haben wir miteinander telefoniert. Dabei haben wir uns für den kommenden Tag verabredet, aber Patricia kam nicht. Wir wollten uns auf dem Altmarkt treffen, schön essen gehen und mit einem Glas Sekt auf unsere Geburtstage anstoßen. Es ist nicht Patricias Art, nicht abzusagen. Sonst ruft sie sogar an, wenn sie sich um wenige Minuten verspätet. Und nun kein Anruf, keine Mail, niemand zu Hause. Nein! Da stimmt etwas nicht.«

»Vielleicht gab es berufliche oder persönliche Turbulenzen?«

»Aber nein! Patricia ist Sportredakteurin beim rbb. Es ging ihr gut, sie war nicht in irgendwelche Krisen verstrickt. Und sie hat sich auf unser Treffen gefreut. Sie werden sie doch jetzt suchen, nicht wahr?« Ilona Wanka war auf die Kante ihres Sessels gerutscht und streckte Wiener fast flehend ihre Hände entgegen.

Der junge Ermittler gab sich einen Ruck, zückte sein Notizbuch und sah die junge Frau aufmunternd an. »Gut, dann brauche ich eine möglichst exakte Beschreibung Ihrer Freundin. Haben Sie vielleicht auch ein aktuelles Foto?«

30

Manuela starrte verloren in das Gesicht ihres Babys. Schimmerte es blau oder bildete sie sich das nur ein? Es war ein Mädchen, wunschgemäß.

Manuela schloss die Augen. Versuchte, das Unfassbare zu vergessen. Ihr kleines Mädchen würde nie Fußball spielen. Sie würde nicht einmal laufen können. Wohl kaum die ersten sechs Monate überleben. Herzfehler. Aber das war nicht alles.

Die junge Mutter riss die Augen wieder auf und konnte

den Blick nicht von der Gestalt in dem winzigen Bettchen lösen. Verformt sah der Körper ihrer Süßen aus. Deformiert. Das war eindeutig nicht die Behinderung, die Mark durchs Leben begleitete.

Nein. Das hier war etwas völlig anderes.

Atmete die Kleine noch?

Manuela musste ganz genau hinsehen. Der Brustkorb hob und senkte sich beinahe unmerklich.

»Haben Sie während der Schwangerschaft irgendwelche Medikamente eingenommen?«, hämmerte die Frage der Ärztin hartnäckig durch ihre Gedanken. »Haben Sie Medikamente genommen?«

Zusammen mit der Frage erschien immer auch ein Bild aus ihrer Erinnerung. Ihre Hand und darin die Pillen von Andy. Vitamine.

Hatte er jedenfalls gesagt. Stimmte das?

Manuela kämpfte ein wildes, hemmungsloses Schluchzen nieder, das die Kleine nur geweckt hätte.

»Es tut uns leid. Viel können wir für Sie und Ihre Tochter nicht tun. Machen Sie sich mit dem Gedanken vertraut, nur wenig gemeinsame Zeit zu haben«, hatte die Ärztin erklärt.

Tränen stürzten über Manuelas Wangen.

Sie schenkte ihnen längst keine Bedeutung mehr. Es war Teil ihrer neuen Normalität, dass sie auf die Bettdecke tropften. Meine wunderbare Tochter ist behindert!, schrie ihre Seele.

Ihre Finger streichelten zärtlich über die winzigen Fäuste des Babys ohne Zukunft.

Als habe die Kleine die Berührung genossen, öffnete sie die Hände, entspannte sich und schmatzte wohlig. Manuela spürte eine tiefe, alles verschlingende Hoffnungslosigkeit. Mark steckte seinen Kopf zur Tür herein.

»Du sollst nicht immer weinen!«, ermahnte er die große Schwester und gab ihr einen Kuss auf die Wange.

»Ach Mark!«

»Darf ich?«, fragte der Bruder und sah seine Nichte verliebt an.

»Ja. Aber nicht aufwecken!«

Sehr, sehr vorsichtig hauchte der sonst so ungelenke Junge dem Baby einen Kuss auf die winzige Nasenspitze. »Sie ist so winzig. Kaum zu glauben, dass alle Menschen so klein geboren werden!«

»Die meisten werden gesund geboren«, flüsterte die Schwester bitter.

»Meinst du nicht, es schadet der Kleinen, wenn die Mama immer nur traurig ist? So was überträgt sich doch«, meinte Mark besorgt.

»Mark, nun begreif doch! Sie wird nie ein normales Leben führen können. Jeden Tag ihres Daseins ist sie ein Pflegefall.«

»Das weiß ich. Aber wir können das schaffen, Manuela. Wir wechseln uns einfach ab. Du wirst sehen, wir schaffen das, wir müssen es nur wollen. Du kannst dich voll auf mich verlassen.«

»Ich habe mir eine Tochter gewünscht, mit der ich etwas unternehmen kann, die Fußball spielen wird, mit der ich Abenteuer erleben kann.« Manuela warf sich ins Kissen und überließ sich ihrer Verzweiflung.

Mark sah hilflos vom Baby zur Mutter.

Er setzte sich auf die Bettkante und wartete. Irgendwann würde seine Schwester sich beruhigen.

»Sie kann doch nichts dafür, dass sie all das nicht tun kann. Sie wünscht sich nur, bei ihrer Mama zu sein. Ach komm schon, Manuela. Findest du es wirklich so unerträglich, einen behinderten Bruder zu haben? Mit mir konntest du all das auch nie.«

Manuela schälte ihr rotes, aufgedunsenes Gesicht aus dem

Kissen und blitzte ihren Bruder zornig an. »Du Idiot! Sie ist nicht wie du. Sie ist sterbenskrank.«

»Pssst!«, warnte Mark.

Seine Nichte schlug die Augen auf und ein ungesteuertes Lächeln flog über ihr Gesichtchen. Der Onkel fühlte sich beschenkt.

In diesem Moment beschloss Mark, den beiden Frauen, die er im Leben am meisten liebte, einen Gefallen zu tun.

Als etwas später ihre Mutter ans Bett trat, starrte Manuela auf das Muster ihres Bettbezugs und schwieg.

»Ich habe mit der Ärztin gesprochen. Ihr könnt nächste Woche nach Hause. Bis dahin wird alles vorbereitet sein. Hast du den Namen für deine Tochter ausgesucht? Den Vater brauchen wir wohl nicht um sein Einverständnis zu bitten«, schloss sie verletzend.

»Papillon.«

»Wie?«

»Papillon.«

»Das ist kein Name! Papillon Winter – das klingt albern«, entgegnete die Mutter giftig.

»Sie ist mein Kind! Meins! Und ich suche ihren Namen aus – du redest mir nicht rein.«

»Reg dich doch nicht gleich so auf. Nenn sie, wie du willst. Aber ich bin nicht sicher, dass das Standesamt den Namen auch schön findet. Was bedeutet er überhaupt?«

»Schmetterling.«

»Schmetterling Winter?«, höhnte die Mutter.

Sie schwiegen sich an.

»Ich habe bei ein paar anderen aus Potsdam nachgefragt. Natürlich habt ihr Tabletten bekommen!«

Manuela zuckte zusammen wie unter einem Peitschenhieb. »Vitamine!«

»Guck dir deine Tochter an. Sieh hin! Welches Vitamin, glaubst du, macht aus einem gesunden Embryo so etwas?«, fuhr ihre Mutter sie scharf an.

»Es waren Vitamine«, beharrte die Tochter halsstarrig.

Andy hatte doch von ihrer Schwangerschaft gewusst. Schmerzhaft deutlich war die Erinnerung an diesen letzten Tag ihrer Liebe. Der Schlag brannte wie frisch auf ihrer Wange. Sie wagte kaum, das Unvorstellbare zu denken. War Andy fähig, ihr etwas zu geben, das dem gemeinsamen ungeborenen Kind schadete? Nein!, wehrte sich ein Teil ihres Denkens, nein, nicht Andy, das passte nicht zu ihm. Der andere Teil jedoch fragte sich, ob er nicht genau das getan hatte, bewusst, um das Ungeborene so zu schädigen, dass es nicht lebensfähig sein würde. So ergab sich auch für ihn keinerlei weitere Verpflichtung.

»Hast du noch ein paar von den ›Vitaminen‹? Ich könnte mal unseren Apotheker fragen, was da wirklich drin ist.«

Manuela hörte es kaum.

Hatte Andy versucht, Papillon zu töten?

»Ein gesunder Mann, der noch viele Jahre vor sich hatte. Verdammt!« Hajo Mangold spürte den leichten Druck der kleinen Flasche in seiner Innentasche und versuchte den Gedanken daran durch Aggressivität zu verdrängen.

»Auch er wurde überrascht. Wir suchen einen kräftigen Mörder, den niemand fürchtet!«, schimpfte Nachtigall. »Einen Gerüstbauer? Die brauchen viele Muskeln. Das weiß man und empfindet es als natürlich, nicht als bedrohlich. Oder ein Stahlarbeiter?«

»Klar«, seufzte Mangold, »oder Gewichtheber. Wie dieser Schneider. Du weißt schon, der, dessen Frau gestorben war. Bei denen gehören Muskeln auch zum Berufsbild. In Cottbus habt ihr doch jede Menge Sporteinrichtungen – meinst du, wir sollten da mal nachfragen? Zum Beispiel bei den Boxern?«

»Anatomische Kenntnisse hat er wohl auch. Ein Stich, genau richtig platziert. Mitten ins Herz, mit nur einem Versuch. Wenn wir wenigstens wüssten, warum er sie kreuzigt.«

»Schuld. Auf den Zetteln steht, bis die Schuld getilgt ist«, erinnerte Mangold den Cottbuser Kollegen.

»Ja, das ist aber auch schon alles, was wir zu diesem Thema wissen. Welche Schuld? Verrat, Aufwiegelei, Widerstand, Revolution, Nichtbezahlen von Steuergeldern – das sind die Motive, aus denen man an Kreuz geschlagen wurde. Jesus zum Beispiel wegen Hochverrats, weil er sich zum König der Juden erklärt hatte.«

»So etwas habe ich in den letzten Jahren aber nicht gehört. Das kann nicht der Grund sein«, gab Mangold in lockerem Plauderton zurück. Nachtigall begann, sich über die Kommentare des anderen zu ärgern.

»Nach einem Aufstand gegen Herodes wurden alle Revolutionäre, derer man habhaft werden konnte, ans Kreuz geschlagen. Da die Römer die Kreuze bevorzugt so aufstellten, dass man sie von weither sehen konnte, muss der Anblick schrecklich gewesen sein – abgesehen vom Jammern und Stöhnen der Opfer. Hast du gewusst, dass es bis zu drei Tage dauern konnte, bis man endlich starb?«

»Drei Tage?«, fragte Mangold merklich kleinlauter.

»Wenn man es beschleunigen wollte, brach man den Gekreuzigten die Beine«, erklärte Nachtigall und zog die Schultern hoch. »Aber das ist es ja nicht, was unser Mörder vorhat. Sie sollen nicht leiden. Die Kreuzigungsszene ist nur für die Nachwelt.«

»Verrat wäre als Motiv denkbar. Diese Drogengeschichte. Was, wenn noch mehr in die Sache verstrickt waren?«

»Wir wissen bisher nur von Keiser und Schaber.«

»Und der Zulieferer? Außerdem können wir, nur weil wir es nicht wissen, auf keinen Fall einfach weitere Betroffene ausschließen!«, murrte Mangold und feixte dann: »Für Ehebruch wurde man gesteinigt. Ein sexuelles Motiv können wir also streichen.«

»Vielleicht. Aber gilt das nicht nur für Frauen?«, gab Nachtigall nachdenklich zurück. »Was aber, wenn er die Kreuzigung wählt, weil eine Steinigung schlechter darzustellen ist?«

Sie drehten sich im Kreis.

Schweigend trabten sie nebeneinander her zum Auto.

»Bist du dir da sicher – mit der Steuerhinterziehung? Dafür wurde man auch ans Kreuz geschlagen?« Das Thema schien Mangold keine Ruhe zu lassen.

Als sie das Büro erreicht hatten, tippte Michael Wiener eifrig auf seiner Tastatur.

»Ich glaub, ich hab den Name' vo' unsere' unbekannte' Tote' ausfindig g'macht«, begrüßte er die Kollegen. »Ich such' nur noch nach der Abgängigkeitsanzeige. Es war nämlich so ...«, und schon sprudelte die ganze Geschichte aus ihm heraus.

»Also wieder eine Verbindung nach Potsdam.« Damit trat Nachtigall an das Flipchart und zeichnete in die Mitte des Papiers ein Haus. »Das ist das Internat. Roland Keiser und Johannes Schaber haben eine Verbindung zu dieser Schule. Natürlich auch ihre Freundinnen, locker bekannt oder mehr: Manuela Winter, Patricia Klever ...« Er schrieb die Namen an den Rand und zog dicke Pfeile in Richtung Internat. »Wir wissen, dass es Beziehungen zwischen Roland Keiser und Johannes Schaber gab. Manuela Winter hatte eine lockere zu Keiser und keine zu Schaber. Patricia Klever war nach Aussage Ronny Zobels mit Keiser intim befreundet – aber auch mit Schaber? Und angenommen, die Tote aus dem Wald ist tatsächlich Patricia Klever – was hat das dann zu bedeuten?«

»Vielleicht ging es um ein Geheimnis«, mutmaßte Wiener. »Alle wussten darüber Bescheid, einer trug den Schaden davon. Und der rächt sich jetzt.«

»Hat Helmut Hallow in der Zusammenstellung erwähnt, es sei im relevanten Zeitraum gegen jemanden ein disziplinarisches Strafverfahren eingeleitet worden? Musste jemand die Schule gar verlassen oder wurde inhaftiert?«, fasste Nachtigall nach.

»Nei-ein«, räumte Wiener widerstrebend ein. Verschwörungstheorien lösten bei ihm immer einen besonderen Kitzel aus und er beschloss, noch einmal gründlich bei Hallow nachzufragen.

Mangolds Handy vibrierte auf dem Tisch.

Hastig griff er danach, entschuldigte sich und lief eilig auf den Flur hinaus.

»Peter, weißt du, dass dein Freund ein Alkoholproblem hat?«, flüsterte Michael Wiener aufgeregt, kaum dass sich die Tür geschlossen hatte. »Man kann es riechen!«

»Ja. Und ich habe schon mit ihm darüber gesprochen. Wir werden diesen Fall abschließen und danach macht er eine Therapie.«

»Hast du das schriftlich?«

»Michael!«

»Ich kenne solche Typen. In dem Moment, in dem sie dir das Versprechen geben, meinen sie es noch ernst. Dann drehen sie um und haben es vergessen. Und was ist mit dem Unfall? War er da auch betrunken?«

»Die Analyseergebnisse stehen noch aus. Er sagt nein.«

Wiener schwieg verstockt.

»Wir dürfen nicht vorschnell urteilen. Es gibt sicher eine Untersuchung des Vorfalls.«

Nachtigall atmete tief durch und nahm den Faden der Ermittlungen wieder auf. »Wladimir Kowalski war nicht in Potsdam. Wir wissen nichts über eventuelle Beziehungen zu Personen von Hallows Liste oder zu den anderen Opfern. Oder bist du doch auf irgendeine Verbindung gestoßen?«

»Nein, bisher nicht. Aber auf der anderen Seite war er eben nicht nur Heilpraktiker. Er hat die unterschiedlichsten Massagetechniken angeboten, manuelle Therapie, Wärmebehandlung.«

»Du vermutest in dem Bereich eine Verbindung zum Sport. Ist das nicht ein bisschen weit hergeholt?«

»Nein, eigentlich nicht.« Wiener zuckte mit den Schultern. »Wenn wir davon ausgehen, der rote Faden in diesem Fall sei der Sport, liegt unser Ansatzpunkt hier.«

»Dienstleistung bei Verletzung?« Nachtigall überdachte diesen Einwand. »Gut. Vielleicht hast du recht. Ruf die Sprechstundenhilfe von Kowalski an und lass dir die Patientendatei schicken.«

Hajo Mangold kehrte mit neuem Schwung ins Büro zurück und Nachtigall ärgerte sich über sich selbst, als er sich dabei ertappte, wie er versuchte, Alkohol zu erschnuppern. Aber – bildete er sich das ein oder lag da ein leichter Hauch von Obstbrand in der Luft?

»Ankekatrin Kruse liegt auf der Normalstation. Und mein Alkoholspiegel wurde mit 0,07 Promille festgestellt.« Etwas zerknirscht fügte er nach einer Pause an: »Das war nun wirklich eine komplette Eselei! Ich habe sie retten wollen – und nun behauptet sie, der Unfall sei passiert, weil sie sich gegen meine Hand auf ihrem Oberschenkel zur Wehr gesetzt habe! Wie soll ich das Irmchen erklären?«

»Wenigstens ist der Vorwurf der Alkoholfahrt vom Tisch.«

»Da ist nichts dran. Das könnt ihr nun glauben oder eben nicht.«

Michael Wiener machte Nachtigall hinter Mangolds Rücken ein Zeichen und verschwand leise aus dem Büro.

»Es wird ein Disziplinarverfahren geben. Und – bisher bin ich nicht suspendiert. Lass uns das Thema wechseln!« Er atmete einmal tief durch und fuhr ruhiger fort: »Wir haben inzwischen einen Zeugen, der Schaber in der Gasse gesehen hat. Er gab zu Protokoll, der Mann sei ihm aufgefallen, weil er kurz zuvor sein Foto in der Zeitung gesehen hatte. Offenbar stand Schaber unter einer schwachen Straßenlaterne, sein Gesprächspartner leider nicht. Der Zeuge ist sich aber sicher, dass es einen gegeben haben muss, er hörte, wie gelacht wurde.«

»War der Begleiter ein Mann oder eine Frau?«

»Bedauerlicherweise konnte der Zeuge dazu keine Angaben machen«, seufzte Mangold. »Er meint aber, sich erinnern zu können, dass Schaber von den alten Zeiten sprach. Ihm kam es so vor, als habe er zufällig jemanden getroffen, den er von früher kannte. Weil er nicht lauschen wollte, schloss der Mann das Fenster leise und kehrte wieder zum Fernsehprogramm zurück. Manchmal kann gute Erziehung ein echtes Hindernis für gute Polizeiarbeit sein.«

»Der Zeuge konnte ja nicht wissen, dass seine Beobachtung zu spannenderen Ereignissen gehörte, als er sie je im Fernsehen zu Gesicht bekommen würde. Sonst hätte er sicher gut zugehört«, grunzte Nachtigall gereizt. »Allerdings ergibt sich eine Parallele durch die aufgeschnappten Worte zu Kowalski. Der hat sich mit seiner Begleitung ebenfalls über alte Zeiten unterhalten – und gelacht wurde auch.«

»Versuchen wir es noch einmal.« Peter Nachtigall schlug die Seite auf dem Flipchart um. »Was kommt dabei raus, wenn wir eines der Opfer ins Zentrum rücken und nicht das Internat?« In der Mitte des Blattes entstand ein Oval. Nachtigall schrieb Roland Keiser hinein.

»Er kannte Schaber, war mit Patricia Klever verbandelt und locker mit Manuela Winter bekannt – aber nicht mit Wladimir Kowalski. Dem ist er nur ein einziges Mal begegnet. Oder wir wissen es bloß noch nicht«, fasste Mangold zusammen.

»Die beiden jungen Frauen kannten sich vom Sport, was aber nicht bedeuten muss, dass sie auch befreundet waren. Vielleicht eher Konkurrentinnen.«

»Sabine Wernke kannte alle – und sie lebt«, gab der Dresdner Ermittler zu bedenken.

»Aber es muss ein Motiv aus der Vergangenheit geben. Schaber war seit 20 Jahren nicht mehr hier«, insistierte Nachtigall und sehnte sich mehr denn je nach Albrecht Skorubski und dessen manchmal völlig neuem Blickwinkel.

30 Minuten später wurde die Tür zum Büro aufgerissen.

Schon am Strahlen in Wieners Augen war zu erkennen, dass er ein Stück weitergekommen sein musste, während die beiden Kollegen sich festgebissen hatten.

»Ich hab was«, verkündete er sofort. »Ich hab Dr. Pankratz das Foto von Patricia Klever gezeigt. Und er meint, er könne sie zwar dadurch nicht abschließend identifizieren, aber eine deutliche Ähnlichkeit bestünde sehr wohl. Also habe ich den Hausmeister informiert und ein Team des Erkennungsdienstes losgeschickt, denen der Hauswart aufschließen wird. Sie werden eine Probe Vergleichs-DNA sicherstellen und an die Rechtsmedizin weitergeben. Dann ist es amtlich. Aber das ist noch nicht alles! Ich hab die Sprechstundenhilfe von Kowalski angerufen, Sofie Meyer. Es gibt eine Patientenakte Patricia Klever im Aktenschrank der Praxis.«

»Reicht die so lange zurück? Oder haben die beiden sich erst kürzlich kennengelernt?«

»Das klär ich glei' selber! Ich fahr schnell 'nüber und hol mir die Kischte mit den Akten ab. Dann könne' wir die in Ruhe durchsehe'«, fiel der junge Mann unversehens wieder ins Badische.

Nachdem die Tür ins Schloss gefallen war, kritisierte Nachtigall stirnrunzelnd: »Schaber passt nicht rein. Er kannte Keiser, aber Kowalski eher nicht.« Er trat einen Schritt zurück, ließ die Pfeile und Ovale auf sich wirken. Doch es war zwecklos. Sie machten keinerlei Anstalten, sich in einer sinnstiftenden Aktion zu einem logischen Ganzen zu gruppieren. Rasch warf er einen Blick zu seinem Dresdner Kollegen hinüber. Doch dessen angestrengt ratlose Miene enthüllte, dass es ihm ebenso wenig gelang, Ordnung in ihre Schlussfolgerungen zu bringen.

»Es passt noch nicht.«

»Nein, irgendetwas fehlt. Wir haben noch nicht den richtigen Namen fürs Zentrum gefunden. Wir haben etwas übersehen«, bestätigte Nachtigall gallig.

Es klopfte. Nur einmal, laut, fordernd und unfreundlich. Bevor noch einer der beiden Ermittler ›Herein!‹ rufen konnte, wurde die Tür energisch aufgestoßen. Dr. März.

»Aha. Bei der Arbeit. Immerhin«, begrüßte er die beiden Ermittler und die Temperatur fiel trotz der sommerlichen Temperaturen draußen auf gefühlte Minusgrade. »Ich vermisse Herrn Wiener. Oder löst er den Fall allein, während Sie hier Löcher ins Papier starren?«

Nachtigall registrierte die verkrampfte Körperhaltung des Staatsanwalts. Ein Bündel unterdrückter Wut. Er konnte sich nicht vorstellen, dass ihre Arbeit alleiniger Auslöser dafür sein sollte. Der Ermittler bemühte sich um einen sachlichen Tonfall für seine Antwort. »Herr Wiener holt die Patientenkartei aus der Praxis Kowalski«, erklärte er und bemerkte, dass eine gewisse Gereiztheit doch noch zu hören war. »Wir suchen nach dem Bindeglied.«

»Aber – tun Sie das nicht schon seit Tagen? Ein Mordopfer nach dem anderen, und die Mordkommission sieht tatenlos zu! Und wer steht im Fokus der Medien? Sie etwa? Nein. Mich ruft man an. Sie machen sich keine Vorstellung von dem, was sich in meinem Büro abspielt. Man ist an höchster Stelle besorgt, was den Fahndungserfolg angeht! Das ist mehr als peinlich, meine Herren!«

»Wir vermuten eine Verbindung zum Sport. Dem Frauenfußball speziell. Aber das jüngste Opfer passt nicht«, erklärte Mangold.

»Passt nicht?«, polterte Dr. März los, der bisher wenigstens noch seine Lautstärke unter Kontrolle gehabt hatte. »Passt nicht? Wissen Sie, was mir nicht passt? Vier Mordopfer, von denen eines noch nicht einmal identifiziert werden konnte. Wir arbeiten an diesem Fall länderübergreifend – und das Ergebnis ist gleich null. Ich musste heute Morgen schon der Presse Rede und Antwort stehen. Von Unfähigkeit ist da gesprochen worden. Wenn die auch noch Wind von den Übergriffen des Kollegen Mangold bekommen, wird zur Hetzjagd geblasen. Lang decke ich diese Ermittlergruppe nicht mehr! Besser für uns alle, Sie können den Täter schnellstmöglich präsentieren.«

Dr. März wandte sich dem Flipchart zu. »Ist das alles, was Ihnen einfällt?«, erkundigte er sich sarkastisch.

»Wir suchen nach Verbindungen.«

»Verbindungen, aha.« Die Stimme des Staatsanwalts klang heiser. »Da läuft ein Psychopath durch unsere Straßen und Sie suchen noch immer nach Verbindungen? Soll das bedeuten, es gäbe in diesem Fall zwischen Opfer und Täter keine Beziehung? Haben Sie die Zettel vergessen? Nein, Herr Nachtigall, Sie sollten sich wirklich sputen.«

»Vielleicht ist es gar kein Psychopath.« Michael Wiener war von allen unbemerkt eingetreten.

Der Staatsanwalt wirbelte herum. »Wie bitte?«

»Es könnt' ja sei', dass er einen echte' Grund hat. Sie verstehe' schon, kein g'fühltes, sondern ein wahres Motiv. Ebe' eins mit Subschtanz.«

Sprachlos fixierte Dr. März den Kommissar. Dann fand er seine Worte wieder »Wollen Sie damit andeuten, Sie hätten selbst das noch nicht ausreichend überprüft?«

»Nun«, meldete sich Nachtigall zu Wort, »das Problem besteht darin, herauszufinden, was den Mord an Keiser mit den aktuellen Fällen verbindet. Eine kollektive Vergewaltigung zum Beispiel. Wir sind nicht untätig!«

»Sehr schade, dass Herr Couvier zurzeit an einen anderen Auftrag gebunden ist«, schnitt Dr. März ihm das Wort ab. »Da müssen Sie selbst kombinieren – und das scheint ungeahnte Schwierigkeiten zu bereiten. Wenn Sie nicht wollen …« Der Rest blieb ungesagt als Drohung im Raum hängen. Zur Überraschung aller schloss Dr. März die Tür leise hinter sich. Nur seine lauten Schritte verrieten seine Wut.

»Puh! 180 Grad Celsius wären ein Kälteschock für ihn«, feixte Wiener.

»Schluss für heute. Ich habe Conny versprochen, heute wirklich mal Pause zu machen.«

»Pause?« Michael Wiener konnte es kaum glauben.

»Na ja«, druckste Nachtigall herum, »Conny wollte es so gern. Also habe ich ihr zum Geburtstag einen Tanzkurs geschenkt. Lateinamerikanische Tänze.«

»Viel Spaß! Rumba, Samba, Cha-Cha-Cha?«

»Ja, wirklich. Sie tanzt richtig toll – und ich werde es noch lernen.«

Wiener staunte. Er konnte sich den schweren, großen Hauptkommissar nur mit Mühe als Hüften schwenkenden, heißblütigen Latin Dancer vorstellen.

»Wo tanzt ihr denn? Breitscheidstraße?«

Nachtigall nickte.

»Da waren Marnie und ich auch. Aber das ist ja schon wieder zwei Jahre her«, stellte Wiener mit leisem Erstaunen fest.

»Bevor ich gehe, noch schnell: Ich war heute bei der Adresse von Manuela Winter. Das Mädchen ist schon vor Jahren gestorben. Angeblich ermordet. Der Täter wurde nach Angaben der Mutter nie gefasst und ist wohl inzwischen ebenfalls verstorben. Mir lässt das keine Ruhe. Michael, könntest du morgen nach Informationen dazu suchen?«

Nachtigall begleitete Hajo Mangold bis zum Ausgang. »Wie kommst du denn jetzt nach Dresden zurück?‹

»Gar nicht. Ich bleibe, bis der Fall gelöst ist. Über mein Mobiltelefon kannst du mich jederzeit erreichen.«

»Und wo wohnst du?«, erkundigte sich Nachtigall.

Doch Mangold hatte sich bereits umgedreht und verschwand in der nächsten Gasse.

Besorgt sah Nachtigall ihm nach.

Der Schatten hat lange gewartet.

Wenn er aber die Chance jetzt nicht nutzt, kommt womöglich keine zweite mehr.

Die Mutter ist unterwegs, er hat sie mit dem Auto davonfahren sehen.

Schnell rekapituliert er seinen Plan. Es wird funktionieren.

Er hat jeden ihrer Schritte überwacht. Er weiß, wie sie tickt, wie sie reagieren wird.

Entschlossen überquert er die Straße und bewegt sich dabei selbstverständlich und zielstrebig. Niemand wird sich später an eine verdächtige Person erinnern können, die am späten Nachmittag diesen Weg genommen hat. Der Schatten drückt ohne jedes Zögern auf den Klingelknopf.

Fast sofort ertönt ein Summer, die Tür springt auf. Sie hat nicht einmal gefragt, wer da hereingelassen werden möchte. Erwartet sie jemanden?

Das ist nicht günstig, aber nun auch nicht mehr zu ändern. Er weiß natürlich, dass sie im zweiten Obergeschoss wohnt. Ohne Hast erklimmt er die Treppen. Als er endlich ihre Wohnung erreicht, erwartet ihn wieder eine Überraschung. Die Tür steht offen!

Mit der rechten Hand schubst er sie leicht an, sie schwingt geräuschlos auf. Musik klingt in den Hausflur. Rasch tritt er ein und schiebt die Tür hinter sich zu.

Wen auch immer sie erwartet hat, denkt der Schatten zufrieden und mit Vorfreude, jetzt trifft sie ihren Henker.

Als Kiri aus der Küche ins Wohnzimmer kommt, bleibt ihr nicht einmal genug Zeit, zu erschrecken.

Dunkelheit.

Peter Nachtigall schwitzte.

Das ärgerte ihn gewaltig und er schwitzte noch mehr.

Als er vor Jahren Cha-Cha-Cha getanzt hatte, war das ohne Schweiß und Kurzatmigkeit gegangen.

»Ach, mein geliebter Hauptkommissar«, riet ihm Conny, »entspanne dich. Es ist das erste Mal. Mit jeder Stunde wird es besser. Dir ist nur so heiß, weil du krampfhaft versuchst, keinen Fehler zu machen.« Schalk funkelte in ihren Augen.

»Das sind für einen bodenständigen Beamten ziemlich ungewöhnliche Schrittfolgen. Viel komplizierter, als nur geradeaus zu gehen.«

»Aber das weiß ich doch. Deshalb habe ich uns vorhin bei unserem sympathischen Tanzlehrer eine Übungs-CD gekauft. Mit der Zeit lernst du es schon. Gar nicht lang, und es ist deine Lieblingsbeschäftigung«, kicherte Conny liebevoll. »Es ist nur Spaß – keine Schrittfolgenermittlung.« Sie schmiegte sich etwas enger an seinen Brustkorb und flüsterte: »Übrigens – wir sind hoffnungslos aus dem Takt.«

Der Schatten wartet. Er hat seine Beute sicher verschnürt, wie eine Spinne ihren Futtervorrat im Kokon. Ein Entkommen ist ausgeschlossen.

Sicher wird es gleich klingeln. Der Tisch ist für zwei gedeckt.

Tja – die finstere Gestalt grinst zufrieden, aus dem gemütlichen Kaffeeklatsch mit Freundin wird wohl nichts werden! Der Schatten beschließt, die Zeit zu nutzen.

Er überprüft die Fesseln und den Sitz des Knebels. Sie bekommt ausreichend Luft, stellt er fest. Das muss auch so sein. Eine tote Tochter nutzt ihm nichts. Jetzt fehlt bloß noch die Mutter!

Manuela verstand die Welt nicht mehr. Aber im Grunde war das ohnehin gleichgültig. Es ging schon längst nicht mehr ums Begreifen, nur noch um das Akzeptieren.

Ihre Mutter hatte Andy zur Rede gestellt. Er sollte, wenn er schon partout nicht heiraten wollte, wenigstens die finanzielle Verantwortung für die Kleine übernehmen, die er während der Schwangerschaft vergiftet hatte.

»Dein Papa«, flüsterte Manuela Papillon ins Ohr. »Verantwortung mochte er noch nie.«

Eigentlich hätte sie ihn hassen müssen, doch ihr fehlte die Energie für große Gefühle.

Dass er nicht bezahlen wollte, war eine Sache, eine völlig andere war, was er noch über sie, Manuela, gesagt hatte.

»Dein Andy hat behauptet, er habe dir nur die üblichen Vitamine gegeben. Alle hätten die bekommen. Und wenn eine Hure wie du von irgendeinem ihrer geilen Böcke geschwängert würde, sei es nicht so unvorstellbar, dass dabei

ein behindertes Kind herauskäme. Mit ihm wäre dir das nicht passiert.«

Sie hatte das Gesicht ihrer Mutter beobachtet, während sie ihr das erzählte. Zuerst blass, dann, als sie bei Hure angekommen war, krebsrot. Manuela selbst beeindruckten die harten Worte nicht mehr. Sie schienen wie Regentropfen an einem Allwettermantel abzuperlen. Es war, als könne niemand sie noch mit den Spitzen der beleidigenden Worte erreichen.

Nicht, weil es nicht weh tat, sondern weil sie schon tot war.

Und was scherte es eine Leiche, wenn die Lebenden lästerten.

»Wie konntest du nur so dumm sein und diese Pillen schlucken! Du wusstest doch von deiner Schwangerschaft!«, fluchte ihre Mutter beinahe bei jedem Besuch in ihrem Zimmer.

Wie sollte sie ihr das erklären?

Dieses Schwanken zwischen Hoffnung und Gewissheit, die immer neu aufkeimende Vorfreude auf eine glückliche Zukunft zu dritt. Manuela war viel zu müde für alle Versuche, ihrer Mutter begreiflich zu machen, was vor wenigen Monaten in ihr vorgegangen war.

Vor wenigen Monaten!

Manuela kam es vor wie eine Ewigkeit.

Vor wenigen Monaten!, echoten ihre Gedanken, verfingen sich in den drei Worten und quälten sie damit. Zärtlich strich sie mit den Lippen über Papillons weiche warme Stirn.

Keine Zukunft. Für sie beide nicht. Tränen. Schon wieder. Bittere Tränen. Ihre bebenden Lippen fanden Papillons Mund. Schlossen sich auch um ihre Nase. Sperrten das Leben aus.

Wenige Stunden später war Papillon in ihren Armen schon steif.

31

»Gute' Morge'!«

»Morgen, Michael. Ich soll dich von Albrecht grüßen.«

»Danke. Wie geht es ihm denn?«

»Er ist zu Hause. Aber die Chemotherapie wirkt eben. Das bedeutet Übelkeit, Schwäche – na ja. Er klang nicht gerade dynamisch.«

»Aber man darf ihn anrufen! Das ist doch schon ein Fortschritt. Heute Abend werde ich mich bei ihm melden«, freute sich Wiener und suchte auf seinem Schreibtisch nach seinem Notizbuch. »Sag mal, kann es sein, dass du die Winters falsch verstanden hast? Ich habe mal alles überprüft – und dabei auch das Datum der Beerdigung ihrer Tochter Manuela gefunden. Die war erst vor sechs Wochen.«

»Hm«, überrascht ruckten Nachtigalls Augenbrauen hoch. »Ich dachte, sie sei schon vor Jahren gestorben – die Mutter hat gesagt, es sei schon Ewigkeiten her.«

»Da ist noch was ...«, begann Wiener, wurde aber vom Klingeln seines Telefons unterbrochen.

»Michael! Stell dir vor, Kiri ist überfallen worden! In ihrer eigenen Wohnung«, rief Marnie aufgeregt in den Hörer.

»Ist sie verletzt?«, fragte Wiener erschrocken.

»Ja, auch. Ich bin hier bei ihr. Könntest du nicht mal herkommen? Wir machen uns Sorgen um Frau Schybulla.«

Wiener hatte den Lautsprecher eingeschaltet und Nachtigall gab ihm durch ein Zeichen zu verstehen, dass sie vorbeifahren würden.

»Wir sind schon fast auf dem Weg. Aber warum seid ihr um Kiris Mutter besorgt?«

»Weil der Typ gesagt hat, jetzt wolle er sich die Mutter holen. Er dachte doch, Kiri sei ohne Bewusstsein. Und jetzt können wir sie nicht erreichen – es geht immer nur die Mailbox ran.« Schiere Panik ließ Marnies Stimme trudeln.

»Und Kiri?«

»Bekam einen schweren Schlag über den Kopf. Als sie zu sich kam, war sie gefesselt und geknebelt. Eingesperrt. Aber offenbar hat der Typ ihre Fähigkeiten unterschätzt.«

Die junge Fußballerin zitterte. Der grüne Wohnzimmersessel bebte mit. Kiris Zähne schlugen laut gegen den Rand der Teetasse, die sie mit beiden Händen umklammerte und vorsichtig zum Mund führte.

»So etwas ist mir noch nie passiert!«, beteuerte sie zum wiederholten Mal. »Noch nie!«

»Die Tür stand offen? Warum?«

»Ein dummer Fehler, ich weiß. Aber ich dachte, es sei Marnie. Ich habe nur den Summer gedrückt und gut.«

»Und ich kam etwas später – und als niemand auf mein Klingeln reagierte, dachte ich, Kiri sei irgendetwas dazwischengekommen, und so bin ich nach Hause gefahren.« Marnie legte ihre Arme um die Schultern der Freundin.

»Als ich etwa eine halbe Stunde später einen zweiten Versuch unternommen habe, hatte sich Kiri gerade so weit von ihren Fesseln befreit, dass sie mich 'reinlassen konnte.«

»Wie sah der Kerl denn aus?«, erkundigte sich Wiener behutsam und erntete einen wütenden Blick.

»Woher soll ich denn das wissen?«, brauste Kiri auf. »Der trug eine Sturmhaube! Das Gesicht war gar nicht zu sehen.«

»Wie groß war er ungefähr?«

»Normal.«

»Und die Statur?«

»Normal.«

»Kiri!«, wies Marnie ihre Freundin sanft zurecht.

Die junge Frau verdrehte genervt die Augen, tastete vorsichtig nach der geklammerten Wunde an ihrem Hinterkopf. »Was soll ich denn sagen? Eine ganz in Schwarz gekleidete Gestalt steht plötzlich im Raum und schlägt mir irgendetwas über den Kopf. Danach war alles dunkel. Ich hatte kaum Zeit, überhaupt etwas zu bemerken.«

»Und Ihre Mutter?«

»Na ja – ich erzählte ihr, dass Marnie zum Arzt musste und deshalb erst am späten Nachmittag auf einen Kaffee käme. Deshalb ist sie früher gefahren als üblich.«

»Arzt?«, überrascht schaute Wiener seine Freundin an. Ein mulmiges Gefühl breitete sich schlagartig in seiner Magengrube aus. Warum weiß er nichts davon? Trifft sich Marnie vielleicht mit einem anderen? So kurz nach der Verlobung, die Marnie doch so wichtig gewesen war.

»Wo könnte Ihre Mutter sich im Moment aufhalten?«, fragte Nachtigall, der von den emotionalen Nöten seines Kollegen nichts bemerkte. »Vielleicht ist das Handy kaputt. Wäre es vielleicht möglich, sie über Festnetz zu erreichen?«

»Sie hat zwei Tage frei. Die wollte sie nutzen, um in Potsdam eine Wohnung zu suchen. Angeblich wird ihr die ständige Pendelei langsam zu anstrengend.« Ein flüchtiges Lächeln zupfte an Kiris Mundwinkeln. »Aber ich glaube, sie hat einen Mann kennengelernt. Ich brauche niemanden mehr, der 24 Stunden am Tag hinter mir herschleicht.« Sie lachte unsicher. »Eigentlich kann ich ganz gut auf mich allein aufpassen«, ergänzte sie kleinlaut.

»Normalerweise kann man Ihre Mutter übers Handy gut erreichen?«, bohrte Nachtigall unnachgiebig weiter. »Sie schaltet es nicht einfach auf lautlos und vergisst es dann in der Tasche?«

»Niemals! Sie ist für ihre Fußballerinnen Tag und Nacht erreichbar.«

»Fußballerinnen?« Alarmiert ruckte die linke Augenbraue des Ermittlers hoch.

»Natürlich. Sie ist Physiotherapeutin bei ›Turbine Potsdam‹!«, stellte Kiri verärgert, ja fast beleidigt klar, als sei das eine Tatsache, die jedem geläufig sein müsste.

»Gibt es eine Verbindung zur Sportschule in Potsdam?«

»Klar. Früher schon.«

»Wissen Sie, ob Ihre Mutter Roland Keiser oder Johannes Schaber kannte?«

»Kennen ist wohl zu viel gesagt. ›Flüchtige Bekanntschaft‹ trifft es eher.«

Der Hauptkommissar zog Wiener am Arm in die benachbarte Küche. »Warum hatten wir Frau Schybulla nicht auf der Liste?«, zischte er.

»Wahrscheinlich, weil wir den Namen nicht gesehen haben – bestimmt hieß sie vor ihrer Ehe anders. Und wenn sie die anderen tatsächlich nur en passant kannte, hatte Hallow sie auch sicher nicht markiert. Außerdem wies er von Anfang an darauf hin, dass Schulleiter auch nicht alles wissen können.«

»Stell dir eine Sekunde lang vor, Frau Schybulla wäre der Kern, um den hier alles kreist.« Zufrieden beobachtete er, wie Wiener blass wurde. Der Tadel wurde verstanden.

»Du meinst, dann wäre sie jetzt eventuell in der Hand des Mörders?«, hauchte der Kollege entsetzt. »Damit hätte er seine Vorgehensweise geändert. Bisher hat er noch niemanden verschleppt!«

»Überredet aber vielleicht. Wir versuchen, das Handy orten zu lassen. Kümmere dich bitte darum. Und, ach ja, der Hund von Patricia Klever ist auch noch nicht gefunden worden!«, erinnerte ihn Nachtigall. Grübelnd setzte er hinzu: »Irgendetwas an diesem Fall ist anders als bei den vorherigen Opfern.«

»Kiri!«, schlug Wiener vor.

»Nein, das glaube ich nicht. Kowalski hatte doch auch Kinder.«

»Schon. Aber nicht im fußballfähigen Alter.«

Der Schatten ist verärgert. Er hat alles so gut geplant und nun ist das Haus voller Polizei. Irgendetwas ist nicht so verlaufen, wie er es vorgesehen hat. Ob die Kleine es wider Erwarten geschafft hat, sich zu befreien? Oder hat diese lästige Freundin etwa einen eigenen Schlüssel und konnte das Mädchen losbinden? Nein, den Gedanken verwirft er sofort. Er hat ja gesehen, wie sie jedes Mal klingeln musste, um hereinzukommen. Zornig rammt er die Fäuste in die Hosentaschen.

Wenn die rechtzeitig verschwinden, ist noch nicht alles verloren, überlegt er, und er kann sein Finale doch noch wie geplant stattfinden lassen. Zwei Stunden kann er ihnen noch geben, aber dann braucht er freie Bahn. Er muss ja nun auch die Tochter wieder einfangen!

Langsam schiebt er sich in den Hauseingang auf der gegenüberliegenden Straße zurück, um alles im Auge behalten zu können. Der Schatten zieht sich in den Schatten zurück.

Der Gedanke gefällt ihm. Es ist wie heimkommen.

Peter Nachtigall saß hinter seinem Schreibtisch und grübelte.

Olga Schybulla.

Vor vielen Jahren hieß sie Sauer. Deshalb hatte Michael Wiener auch keine Verbindung zu Kiri und ihrer Mutter herstellen können. Nach den Hinweisen auf der Liste des ehemaligen Schulleiters hatten sie die Beziehungen zu den anderen Opfern rekonstruiert.

Der Hauptkommissar starrte auf den Zettel vor sich auf dem Tisch. Alles passte zusammen.

Olga Schybulla als Zentrum war mit allen anderen bekannt gewesen, selbst mit Wladimir Kowalski.

Dennoch wusste Nachtigall intuitiv, dass etwas an seinem Diagramm nicht stimmte.

Olga Schybulla stand im Oval, die anderen Namen zielten mit Pfeilen auf sie – aber das war nicht die Lösung. In seinen Augen war sie Opfer, nicht Täter. Der blieb weiter im Dunkel.

Michael Wiener zuckte erschrocken zusammen, als Nachtigall mit einem Mal hinter ihm stand und ihm seine Pranke auf die Schulter legte. »Schon jemanden gefunden?«

»Nein. Aber Dr. Pankratz hat die Identität bestätigt. Es handelt sich eindeutig um Patricia Klever. Und gerade ist eine Nachricht reingekommen. Eine Streife hat ihr Auto entdeckt. Auf dem Parkplatz eines Einkaufszentrums. Miriam war geschwächt und dehydriert, wird aber wohl überleben.«

»Miriam? Wer zum Teufel ist das? Den Namen höre ich zum ersten Mal – noch ein Opfer?«

»Nein, nein. Miriam ist die Hündin von Patricia Klever. Die Techniker sind schon dran und versuchen, Spuren zu sichern. Wird aber schwierig, weil der Hund überall gesessen und an allen möglichen Stellen geleckt hat.«

»Meinst du, der Täter hat das Auto dort abgestellt?«, fragte Nachtigall überrascht.

»Ja. Wir haben erfahren, dass Hündin und Frauchen unzertrennlich waren. Also wurde der Wagen nach der Tat auf dem Parkplatz abgestellt.«

»Würdest du zu einem Hund ins Auto steigen, wenn das Blut seines geliebten Frauchens noch an deinen Fingern klebt?« Die Erinnerung an Flohs Angriff in der Kleingartenanlage war Nachtigall noch sehr präsent.

»So habe ich das noch gar nicht gesehen«, gab Wiener zu. »Klingt nicht wahrscheinlich.« Der junge Mann wandte sich wieder den Patientenakten zu. »Zwei sind verstorben, die habe ich noch gar nicht gesucht, unter den anderen Namen finden sich mehrere Personen, da muss ich die Geburtsdaten noch gegenchecken. Zwei Sabine Wernkes habe ich gefunden, die beide nichts mit unserer Sabine Wernke zu tun haben.« Er verzog leicht gequält die Lippen.

Nachtigall kehrte mürrisch zu seinem Schreibtisch zurück. Trommelte mit den Fingern auf die Tischplatte. Eins, zwei, eins, zwei, drei, eins, zwei, eins, zwei, drei, eins, zwei.

»Na, der Cha-Cha-Cha ist dir wohl schon ins Blut übergegangen! Tja, diese lateinamerikanischen Rhythmen bringen Männer jeden Alters in Wallung«, rief Wiener laut und kicherte, als das Trommeln schlagartig beendet wurde. »Wo ist unsere Dresdenconnection heute eigentlich?«

»Er hat mich heute Morgen von der Autobahn angerufen. Man hat ihn in Dresden einbestellt. Er wird sich wohl rechtfertigen müssen. Obwohl – eine Rechtfertigung kann es in dem Fall ja nicht geben. Er wird also eher eine Beichte ablegen«, antwortete der Hauptkommissar unbehaglich.

Dann sprang er auf und verabschiedete sich mit: »Ich muss noch mal los!«, von seinem verblüfften Kollegen.

»Das ist gut!«, begrüßte Frau Skorubski den unerwarteten Besucher. »Das lenkt ihn ein bisschen von den Beschwerden ab.«

Albrecht lehnte in einem Sessel, die Füße auf einem Schemel, und machte einen hinfälligen Eindruck. Sein Händedruck war schwach, die Augen ohne Glanz.

»Sackgasse?«, flüsterte der Patient und versuchte ein Lächeln, das ihm aber zu einer Grimasse geriet.

»Sieht so aus. Und nun ist auch noch eine Frau verschwunden. Vielleicht ist sie in der Hand des Mörders. Wenn wir den Kerl nicht schnell zu fassen kriegen, wird sie möglicherweise sterben.«

Du Esel, haderte er mit sich, als er sah, dass Albrecht noch blasser wurde, musstest du es so ausdrücken? Er schämte sich dafür, den Freund mit dem Fall belastet zu haben. Doch für einen geordneten Rückzug war es längst zu spät.

»Wer?«, wollte Albrecht wissen.

»Olga Schybulla. Früher hieß sie Sauer.«

»Und?« Skorubski ließ offen, ob ihm der Name bekannt vorkam.

»Ihre Tochter wurde in ihrer Wohnung überfallen, die Mutter ist nicht zu erreichen. Wir können nicht ausschließen, dass der Kerl sie entführt hat. Sie kannte alle bisherigen Opfer und arbeitet als Physiotherapeutin bei ›Turbine Potsdam‹.«

»Aha.«

»Ich dachte, vielleicht kannst du dich an sie erinnern.« Nachtigall gab ihm ein Foto, das Kiri ihm für die Fahndung überlassen hatte.

»Ist sie das?« Skorubski betrachtete das Gesicht lange und legte die Stirn in Falten. »Olga Sauer, sagst du. Olga Sauer.« Er sprach den Namen vor sich hin. »Das Gesicht kommt mir bekannt vor.« Er schwieg für einen Moment, als müsse er seine Kräfte sammeln. »Du fragst wegen des Fotos von der Grillparty. Weil du glaubst, wenn ich die anderen kannte, kenne ich vielleicht auch Olga. Vielleicht habe ich etwas mit den Morden zu tun? Als Hintermann, nicht an vorderster Front. Du denkst, ich verschweige dir etwas.« Als Nachtigall widersprechen wollte, schnitt Skorubski ihm mit einer lahmen Bewegung das Wort ab. »Lass gut sein! Du hast ja recht. Ich verschweige dir etwas. Zuerst – ich kannte die Leute nicht, nicht einen von ihnen. Damals war ich – aus heutiger Sicht – ein junger Mann. Aber ich fühlte mich schrecklich alt. Fast 30, der Gedanke war unerträglich. Also suchte ich den Kontakt zu Jüngeren, glaubte, ich könne mir selbst beweisen, wie wenig diese 30er-Schallgrenze in Wahrheit bedeutete. Irgendwo lernte ich einen Jan kennen, der immer irgendetwas vorhatte. Der war mit Gott und der Welt befreundet. Eines Abends nahm er mich zu dieser ominösen Grillparty mit. Ich dachte, ich könnte die Zeit anhalten. Das Altern stoppen, vielleicht für immer ein bisschen pubertär bleiben. Heute weiß ich, dass es schiere Angst vor dem wirklichen Leben und all dem war, was die Zukunft noch bringen würde.« Er seufzte schwer. »Wie zum Beispiel Krebs. Aber ich merkte gleich, dass mir diese zusammengewürfelte Truppe nicht helfen konnte. Im Gegenteil. Neben all diesen fröhlichen Jugendlichen kam ich mir erst recht alt vor. Ich hatte die ganze Episode längst vergessen – bis du mir das Foto unter die Nase gehalten hast. Nie hätte ich geahnt, dass es überhaupt eines gibt. Und dann auch noch mit meinem Gesicht drauf!«

»Warum hast du mir das nicht gleich erzählt?«, murrte Nachtigall. »Zu wenig Vertrauen?«

»Quatsch! Es war mir peinlich! Und abgesehen davon hätte dir mehr Vertrauen in mich auch nicht geschadet.«

Frau Skorubski kehrte mit einem Tablett aus der Küche zurück.

Geschäftig arrangierte sie Teetassen und Kanne auf dem Tisch und stellte ein paar Kekse in die Reichweite der Männer. Nachtigall hatte rasch das Thema gewechselt, um Albrechts Frau nicht zu beunruhigen. Sie diskutierten die langfristigen Konsequenzen aus den Ergebnissen der Fußball-WM in Südafrika für den DFB und die noch offenen Fragen in Bezug auf die Frauen-WM im Sommer. Baustellen überall, meinte Skorubski, der sich noch immer nicht beruhigen konnte, wenn er an die Wettskandale der letzten Zeit dachte.

»Olga Sauer!«, rief der Patient plötzlich aus und hätte um ein Haar seinen Tee verschüttet. »Klar, jetzt fällt es mir wieder ein. Die war eine Aussteigerin! Wollte nicht mehr Fußballerin werden. Einige haben ihr das ziemlich übel genommen. Und nach der Wende geriet sie unter Verdacht, bei der Stasi unterschrieben zu haben. Das war aber nicht zu beweisen. Und ehrlich gesagt, ich habe nie geglaubt, dass da was dran war.«

Nachtigall begegnete dem zornig-enttäuschten Blick von Frau Skorubski. Beschämt sah er auf seine Schuhspitzen hinunter. Keine 30 Minuten später saß er schon wieder hinter seinem Schreibtisch und brütete über der Namensliste von Helmut Hallow.

Der Schatten hat den weißen Kleinwagen schnell gefunden.

Schließlich weiß ich ja um das Geheimnis der Frau Schybulla, denkt er zufrieden und grinst, das ist mehr, als ihre Tochter von sich behaupten kann. Auf der Autobahn hält er ausreichend Abstand.

Es ist nicht notwendig, das Risiko einzugehen, aufzufallen. Er weiß genau, wohin sie fährt.

Der Schatten zieht die Stirn in Falten. Durch die Einmischung der Polizei ist nun alles etwas komplizierter geworden, sein ursprünglicher Plan Makulatur. Das ist zwar schade, aber keine Katastrophe. Er wird ein bisschen umdisponieren müssen. Längst hat er einen neuen Plan.

Er öffnet das Fenster auf der Fahrerseite und schleudert mit einer blitzschnellen Bewegung die Sturmhaube hinaus, sieht im Rückspiegel, wie sie von den Rädern der nachfolgenden Autos in den Grünstreifen geschleudert wird. Prima, denkt er und lacht entspannt.

Sie verlassen die Autobahn, Ausfahrt Cottbus Süd. Frau Schybulla fährt Richtung Innenstadt.

Sie stellt ihren Wagen auf dem Parkplatz hinter der Oberkirche ab, steigt aus und will die Straße überqueren. Der Schatten läßt die Scheibe in die Tür gleiten.

»Olga? Olga Sauer? Was für ein Zufall! Nach so vielen Jahren gleich erkannt! Wohnst du auch noch in Cottbus?«

Mark stand im Flur und hörte der Stimme seiner Mutter zu, die in der Küche hantierte und vor sich hin schimpfte. Offensichtlich rekapitulierte sie einen Dialog, den sie mit Andy geführt hatte.

Wie konnte Andy nur solche Dinge über Manuela verbreiten? Das stimmte doch alles nicht.

Mark schob sich nah an den Türrahmen und beobachtete seine Mutter heimlich. Ihre Bewegungen wirkten fahrig. Sie war ganz offensichtlich wütend.

Mark schmunzelte wider Willen. Erzürnt, nannte sein Vater diesen Zustand seiner Frau, ein Wort, das außer ihm nur wenige Leute verwendeten. Sie drehte sich zum Herd um und stellte eine Pfanne auf die Platte. Mark zuckte zusammen.

So traurig hatte er seine Mutter erst selten gesehen. Es musste doch einen Weg geben, die Dinge wieder ins Lot zu bringen! Vielleicht lag das Problem darin, dass Andy mit Frauen kein vernünftiges Gespräch führen konnte. Mark wusste aus eigener Erfahrung, wie schwer es manchmal sein konnte, sich mit seiner Mutter zu unterhalten. Er dachte an den Nachmittag in der Eisdiele zurück. Andy war richtig nett gewesen, ein echter Kumpel.

Marks Entschluss war gefasst.

Von Mann zu Mann würden sie sicher eine Lösung finden für Manuela und Papillon und alle anderen auch.

Zwei Stunden später kehrte er zurück. Enttäuscht. Verletzt.

Aus der Küche waren Stimmen zu hören. Seine Mutter sprach mit seinem Vater über eine Beerdigung. Mark zögerte, war ratlos. Wussten sie es etwa schon? Das war doch nicht möglich! Langsam beruhigten sich seine wirbelnden Gedanken, er begriff, dass Papillon gestorben war.

Unendliche Traurigkeit erfüllte ihn, wie eine Schwärze ohne Boden.

Leise trat er in die Küche.

»Grundgütiger!«, schrie seine Mutter erschrocken auf. »Was ist denn mit dir passiert?«

Mit drei Schritten war sie bei ihm, drückte ihn fest an ihren wogenden Busen, nahm ihm beinahe die Luft zum Atmen. Sie zerrte ihn an den Tisch, drückte ihn auf einen Stuhl und stellte eine Tasse Tee vor ihn hin. Mark beobachtete, wie sie einen Löffel des kostbaren Langnese-Honigs einrührte. Als er aufsah, war sein Vater verschwunden.

»Was ist passiert?«, fragte sie fordernd. Ihre Stimme war ruhig und mitfühlend, die Hand auf Marks Unterarm fühlte sich warm, weich und ein wenig feucht an. Mark probierte einen Schluck von dem beruhigenden, süßen Getränk, spürte, wie die Hitze durch die Kehle brannte und sich in seinem Magen ausbreitete.

Und dann erzählte er ihr alles. Von seinem Treffen mit Andy. Davon, dass er an Krücken gehen musste, aber dennoch mutig genug war, ihn, Mark, zu verhöhnen. Ihm ins Gesicht zu sagen, Manuela sei ein Stück Dreck und er froh sei, wenn sie und ihre Tochter verrecken würden. Davon, wie er sich über Andy zu ärgern begann, immer mehr, von seiner Enttäuschung, weil das nicht der Andy war, den er kannte. Er beschrieb auch die Wut.

Wie eine weiß glühende Sonne, die in ihm aufging und die Führung übernahm, die seine Hand direkt auf das Herz des anderen zielen ließ und sie dann zu einem kräftigen Stoß führte. Die Hand, die die ganze Zeit über das Messer umklammert hatte, das Andy nicht sehen konnte, weil Mark es unter der Jacke versteckt hatte.

Als er mit seiner Erzählung fertig war, goss seine Mutter ihm noch eine Tasse Tee mit Honig ein.

»Wo liegt Andy denn jetzt?«, erkundigte sie sich eher beiläufig, so als frage sie nach seinem Schal.

»Auf den Wiesen in Sachsendorf.«

»Mark, du musst jetzt genau nachdenken. Hat euch jemand gesehen?« Die Beiläufigkeit war einer großen Eindringlichkeit gewichen.

»Nein!« Der Junge war sich in diesem Punkt völlig sicher.

»Wo genau liegt er?«

Mark fühlte sich mit einem Mal wie in Watte gepackt.

Er war unglaublich müde, gähnte, konnte kaum mehr einen zusammenhängenden Gedanken fassen. Selbst die Schmerzen, die oft unerträglich waren, schienen sich der Erschöpfung ergeben zu haben. Marks Zunge, schwer und unbeweglich, kämpfte mühsam mit den Worten, die Konsonanten verweigerten sich an manchen Stellen, die Vokale bekamen einen ungewohnten Klang.

Schlafen!

Am nächsten Morgen durfte Mark im Bett bleiben.

Er habe eine fiebrige Erkältung, behauptete seine Mutter und obwohl er nicht glaubte, er habe Fieber, blieb er gern liegen.

»Du wirst über diesen dummen Traum mit niemandem sprechen, Mark. Hörst du? Mit keiner Person! Nur mit mir.

Wenn du es jemandem erzählst, holt man dich ab und sperrt dich in die Anstalt. Dann sehen wir alle uns nie mehr wieder.«
Die Anstalt! Von diesem schrecklichen Ort hatte er schon viel gehört. Schauerliche Dinge geschahen dort, man wurde im Dunklen eingeschlossen, bekam über Tage nichts zu essen, musste nackt durch den Regen laufen, Schläge erdulden!
Oh, nein! Mark würde niemandem von seinem sonderbaren Traum erzählen.

32

Nachtigall formte einen kompakten Ball aus Papier mit dem x-ten Diagramm und versenkte es mit einem gut gezielten Wurf im Mülleimer neben all den anderen.

Es musste noch jemanden geben, der alle Opfer kannte. Der ihnen schon vor 20 Jahren vertraut war. Sie hatten jetzt bereits zwei Zeugenaussagen, die Gesprächsfetzen aufgeschnappt hatten, die sich um die Vergangenheit drehten.

»Suchst du noch?«, rief er Wiener zu, der in den Patientenakten nach einer Verbindung fahndete.

Ein Grunzen aus seiner Richtung schien zu bedeuten, er forsche – allerdings noch immer erfolglos.

Hajo Mangold war auch wieder zu ihnen gestoßen.

Das Gespräch mit seinem Vorgesetzten musste sehr unerfreulich verlaufen sein. Er war einsilbig und wortkarg, seit er aus Dresden zurückgekommen war. Nachtigall scheute sich, in ihn zu dringen. Wenn er ihm etwas zu erzählen hatte, würde er es von allein tun müssen, ausfragen war für ihn nur eine dienstliche Taktik, die im Privaten nichts zu suchen hatte.

Mangold stand am Flipchart und starrte auf das Gewirr von Pfeilen und dicken Strichen.

Blass wirkt er, dachte Nachtigall, krank. Er registrierte, dass die Hände des anderen zitterten.

Ausgerechnet dann, wenn alles hängt und wir wirklich einen Psychologen dringend brauchen könnten, ist Emile woanders eingesetzt!, fluchte seine innere Stimme aufgebracht.

»Was ist mit der Ortung des Handys? Hat das denn nun endlich geklappt?«, fragte er gereizter als notwendig.

»Ja. Es war in Bewegung zwischen Potsdam und Cottbus. Nun ist es stationär. Der Anbieter geht davon aus, dass es ausgeschaltet ist.«

»Wo?« Nachtigalls Magen rebellierte. Sollte das bedeuten, sie würden wieder zu spät kommen, ein weiteres Opfer finden – mit abgeschaltetem Handy in der Hosentasche?

»Auf dem Parkplatz hinter der Oberkirche. Die Kollegen sind schon unterwegs.« Wieners Kopf erschien in der Tür zu Nachtigalls Büro. »Guck nicht so entgeistert! Bestimmt hat sie den Wagen geparkt und das Telefon im Handschuhfach gelassen.«

»Die Streife steht noch vor dem Haus, in dem die Tochter wohnt?«

»Ja. Alles ruhig«, bestätigte Wiener, dem nicht wohl bei dem Gedanken war, dass seine Marnie ihren Dickkopf durchgesetzt hatte und bei der Freundin geblieben war.

»Diese Manuela Winter wäre ein guter Kristallisationspunkt gewesen. Sie kannte die anderen aus Potsdam – mehr oder weniger gut. Aber sie ist ja vor einiger Zeit verstorben.« Nachtigall griff seufzend nach einem neuen Papier. »Ihr Mörder angeblich auch. Mir kommt das nach wie vor seltsam vor.«

»Zumal es keine Akte zu einem Mordfall Manuela Winter gibt!«, ergänzte Wiener.

Nachtigall begann erneut die Namen der Opfer zu notieren. »Angenommen, der Mord wurde nicht als Mordfall entdeckt. Einer aus der damaligen Clique tötete Manuela – dann wäre es doch denkbar, dass der Tod des Täters ein Racheakt war.«

»Suizid!«, rief Wiener. »Das kannst du nicht ausschließen! Ich frage mich nur, wie die Mutter behaupten kann der Mörder ihrer Tochter sei tot, wenn es noch nicht einmal einen Mordfall gegeben hat.«

Mangold schimpfte: »Das ergibt doch alles keinen Sinn. Und jetzt auch noch eine Mutter, die sich nur einredet, ihre Tochter sei ermordet worden. Kennt man ja! Vielleicht hat sie irgendwelche Schuldgefühle und nun tischlert sie sich eine für sie selbst erträglichere Geschichte zusammen, die mit der Wahrheit nur wenig zu tun hat. Hier passt gar nichts mehr zusammen Roland Keiser war das erste Opfer – und der ist vor 20 Jahren gestorben, Manuela Winter aber erst vor ein paar Wochen!«

»Ha! Es gibt eine Patientenakte bei Kowalski. Manuela Winter«, triumphierte Wiener.

»Unsere Manuela Winter?«

»Ich check das gerade.«

»Warum erzählt dir die Mutter, ihre Tochter sei schon vor vielen Jahren gestorben, wenn es erst wenige Wochen her ist? So was verwechselt man doch nicht«, brummte Mangold.

»Ach so! Das wollte ich dir ja schon längst erzählen: Manuelas Bruder ist auch tot. Und der Junge starb schon vor zehn Jahren. Unfall. Beim Wandern. Er starb noch an der Unfallstelle«, rief Wiener aus dem Nebenzimmer.

»Beide Kinder tot. Wie entsetzlich für die Eltern«, meinte Nachtigall empathisch.

»Wenn Manuelas Mörder auch tot ist, kommt doch wohl eher Schaber als Täter infrage«, mischte sich Mangold wieder in die Diskussion ein. »Der Mord an ihm fand nach Manuelas Tod statt.«

»Der an Patricia Klever auch«, wandte Nachtigall ein. »Sowie der an Wladimir Kowalski. Und nun halten wir Frau Schybulla für gefährdet. Das passt nicht!«

»So, ich hab's. Also ich glaub scho', es isch unsere Manuela Winter. Geburtsdatum, Adresse, alles stimmt.« Michael Wiener kam mit einer Akte unter dem Arm aus dem Nachbarbüro.

»Diagnose?«

»Depression. Katatonie. Im Behandlungsbericht steht, Kowalski habe zwar durch manuelle Therapie ihre Verspannungen etwas lösen können, aber wegen der Schwere der Grunderkrankung sei die Behandlung schwierig, die Patientin nicht kooperativ. Was der hier alles auflistet! Mann! Klingt, als habe sich Manuela Winter in einem schlechtem Zustand befunden.«

»Depression!« Nachtigall schob seinen Stuhl zurück, trat ans Fenster und sah auf die Straße hinaus. Volkskrankheit. Ursachen gab es unzählige. Manchmal bedurfte es keines äußeren Anlasses, aber meist gab es einen Auslöser. Was mochte es im Fall von Manuela gewesen sein? Katatonie, das bedeutete, dass sie auf Reize nicht mehr reagierte, das gesamte Leben rauschte vorbei.

»Steht etwas zur Todesursache in der Akte?«, erkundigte er sich und dachte an den Mordvorwurf. Ein unklarer Sturz?

»Nein. Gar nichts. Vielleicht wusste Kowalski gar nicht, dass er diese Patientin nie mehr wiedersehen würde.«

»Trotzdem bleibt es unverständlich, wie sich die Mutter beim Todesdatum so irren konnte«, insistierte Mangold. Er trat neben Nachtigall, der inzwischen am Flipchart stand, und griff nach dem Filzstift. »Angenommen, Manuela Winter – nein –«, verwarf er seinen Ansatz sofort wieder. »Ist ja Quatsch. Sie hatte ja einen festen Freund damals, nicht wahr? Die Mutter hat dir das doch erzählt.«

»Eltern kennen nie die Wahrheit über ihre pubertären Kinder«, stellte Nachtigall klar. »Alles, was sie uns erzählt hat, kann falsch gewesen sein.«

»Ach komm! Glaubst du das wirklich?«

Peter Nachtigall starrte auf das Flipchart. Seine Augen wanderten von einem Namen zum anderen und wieder zurück. Dann schlug er sich kraftvoll die Hand gegen die Stirn. »Oh, ich Idiot! Die ganze Zeit hätte ich es schon sehen müssen! Wie kann man nur so vernagelt sein. Los, komm, wir gehen jemanden besuchen!«

Ratlos hastete Mangold ihm über den langen Gang nach und fragte sich, was dem Kollegen eigentlich so plötzlich aufgefallen war.

Ronny Zobel war wenig erfreut und machte aus seinem Herzen keine Mördergrube. Er saß in seinem ausgeräumten Wohnzimmer auf einer Bücherkiste und signalisierte schlechte Laune. »Roland? Das habe ich Ihnen doch schon erzählt. Nein, er war kein Kind von Traurigkeit, wirklich nicht. Die Weiber haben sich ihm angeboten wie Freibier und er hat zugegriffen. Ein Spiel – von beiden Seiten. Harmlos.«

»Das stimmt nicht, Herr Zobel. Einmal war es ernst, nicht wahr?«

»Nein! Nie.«

»Sie wissen ganz genau, dass eines der Mädchen die Beziehung zu ihm für die große Liebe hielt. Sie glaubte, er liebe sie auch und wolle den Rest seines Lebens mit ihr verbringen.«

Ach, dachte Mangold, das ist Peter eingefallen. Wer viele sexuellen Beziehungen unterhält, macht womöglich einige der Partnerinnen unglücklich.

Zobel lachte kehlig. »Ach was! Am Ende haben sie ihm alle verziehen. Der Roland hatte doch schon die nächste Frau im Arm, wenn er die andere abservierte.« Er zog eine bockige Miene.

»Wir wissen, dass ein Mädchen die Trennung von ihm sehr schwer genommen hat«, versuchte Nachtigall einen erneuten Vorstoß.

»Das mag ja sein«, räumte Zobel vorsichtig ein. »Aber sicher nicht lange. Ich kann mich erinnern, dass eine einmal versucht hat, Roland zu erpressen. Hat behauptet, sie sei von ihm schwanger! Aber da war sie bei Roland an der falschen Adresse. Der hat Schluss gemacht und ihr auf den Kopf zugesagt, sie solle sich einen andern Dummen suchen, dem sie das Wechselbalg unterjubeln könne. Roland hat sich nicht kirre machen lassen.«

»Wie hieß denn das Mädchen?«

»Patricia, Silvia, Brigitta?«, feixte Zobel anzüglich.

»Manuela?«, schlug Mangold vor.

»Möglich. Christa, Christina, Sofia – wer weiß?«

»Sie glauben nicht, dass die Geschichte mit der Schwangerschaft gestimmt haben könnte?«, wollte Nachtigall wissen.

»Woher soll ich das denn wissen? Roland hat gesagt, er sei nie und nimmer der Erzeuger. Ich denke, Roland hat gut aufgepasst beim Sex. Sonst wären ja ständig angehende Sportasse wegen Schwangerschaft ausgefallen.« Er lachte ordinär.

»Im Kreis um Roland gab es auch einen Andreas?«

»Nein, das glaube ich nicht. Aber das sollten Sie besser jemand anderen fragen.«

Bevor sie gingen, erkundigte sich Nachtigall noch: »Und bei Ihnen? Wie geht es nun weiter?«

»Meine Frau zieht wieder ein. Zwei getrennte Haushalte unter einem Dach, jeder nach seiner Fasson. Krissie behauptet, damit käme sie besser klar als mit einer Scheidung. Ach, und der Hund ist wieder da! Ein Nachbar hatte ihn versehentlich in seiner Garage eingesperrt. Insgesamt läuft alles besser. Und wenn meine beiden Frauen erst hier sind, wer weiß, vielleicht werden wir doch einen gemeinsamen Weg finden.«

Nachtigall wusste, dass Zobel sich verzweifelt in die eigene Tasche log. Er klopfte ihm aufmunternd auf die Schulter, wünschte ihm Glück. Hier konnte er nichts tun.

Von unterwegs rief er Kiri an. »Alles klar?«

»Ja, ja. Wir sind noch allein. Sind Sie sicher, dass er zurückkommt? Vielleicht weiß er längst, dass ich nicht mehr gefesselt in der Badewanne liege.«

»Ich fürchte, das würde ihn jetzt auch nicht mehr aufhalten. Lassen Sie keinen Fremden rein. Denken Sie daran, dem Beamten ein Zeichen zu geben, falls irgendetwas nicht stimmt«, mahnte der Cottbuser Hauptkommissar eindringlich.

»Ja, schon klar. Das haben wir verstanden. Es ist nur alles so unwirklich.«

»Kiri, wenn Ihnen die Angelegenheit unwirklich vorkommt, fassen Sie einfach an die lange Naht an Ihrem Hinterkopf«, riet Nachtigall und die junge Frau legte seufzend auf.

Michael Wiener erwartete die Kollegen bereits.

»Ich hab no mol alles nachrecherchiert! Der Bruder von Manuela isch bei einem Wanderunfall ums Lebe' komme'.

In de Berge'. Angeblich isch er z' nah an den Abgrund trete und abg'rutscht. Es hat'au ein Baby g'gebe. Manuela hatte eine kloine Tochter. Die ist leider kurz nach d' Geburt an ihrem Herzfehler verstorbe'. Die Familie hats ganz schön arg gebeutelt.«

»Also doch! Manuela Winter war die junge Frau, die behauptete, schwanger zu sein. Das ist die Verbindung! Schick bitte sofort eine Streife zu den Winters. Sie sollen beide ins Präsidium kommen!«

»Welche Verbindung?« Mangold hatte das Gefühl, an einem entscheidenden Punkt der Ermittlungen abgehängt worden zu sein. »Manuela Winter ist tot. Sie kann die Morde nicht begangen haben. Außerdem hatte sie einen festen Freund – der wird wohl am ehesten der Vater des Kindes gewesen sein. Es gab keinen Andreas in der Gruppe, also stammte der Freund wohl aus einem anderen Kontext. Er hatte womöglich mit Sport gar nichts zu tun! Sie war nicht das Mädchen, das ihm eine Schwangerschaft ›unterschieben‹ wollte.«

»Ich glaube doch. Roland Keiser!« Nachtigall schrieb den Namen auf und zog einen Kreis um ›and‹.

Mangold verstand noch immer nicht.

»Roland war Andy! Der Freund von Manuela. Wenn du Roland heißt und suchst nach einem coolen Kürzel, was wirst du nehmen, Ro? Das war mal ein Autoname. Andy klang modern, amerikanisch.«

»Und dann wurde Manuela schwanger – von Roland Keiser.«

»Genau. Ich denke mir das so: Roland Keiser starb sofort. Er war nicht bereit, die Verantwortung für das Baby zu übernehmen, ließ die Mutter mit der behinderten Tochter im Stich. Dafür musste er bezahlen.«

»Und all die anderen Opfer?«

»Mussten sterben, weil sie Manuela nicht geholfen haben. Ich wette mit dir, wir werden herausfinden, dass Manuela mit den anderen befreundet war«, erklärte Nachtigall aufgeregt. »Leider ist der wahre Mörder nicht zu Hause. Er jagt Frau Schybulla. Aber mit ein bisschen Glück kriegen wir jetzt raus, wen wir suchen müssen.«

»Warum jetzt?«

»Da kann ich nur spekulieren. Aber ich glaube, wir waren schon ziemlich früh auf der richtigen Spur. Wenn wir uns die Opfer unter dem Blickwinkel Manuela ansehen, ergibt sich deutlich ein Motiv aus dem Frauenfußball. Dieser Hype um all die tollen Frauen in diesem Sport, ihre Fairness, ihr von Freundschaft geprägter Umgang miteinander – all das muss die Familie getroffen haben wie giftige Pfeile. Ich glaube, deshalb wurden sie auch gekreuzigt – für den Verrat an Manuela.«

»Heuchelei als Motiv?« Mangold blieb skeptisch.

»Ja, genau. Und keines der Opfer schöpfte Verdacht. Die Eltern einer alten Freundin, von denen ging doch keine Gefahr aus. Michael, wissen wir eigentlich, wo Frau Winter arbeitet?«

»Nein. Aber ich schau zu, dass ich's rausbring.«

Wieners Handy dudelte.

»Peter, bei den Winters öffnet niemand. Durchsuchungsbeschluss?«

»Das dauert zu lang. Schließlich könnte einer von ihnen schwer verletzt in der Wohnung liegen. Gefahr im Verzug. Sie sollen reingehen!«

Während Wiener noch mit den Kollegen sprach, wählte Nachtigall Kiris Nummer.

Marnie meldete sich.

»Alles ruhig?«

»Ja. Und gerade ist Frau Schybulla nach Hause gekommen! Wir haben dem Beamten draußen Bescheid gesagt. Der Akku von ihrem Handy muss kaputt sein und sie hat es noch nicht einmal bemerkt!«

»Marnie, wir glauben, wir kennen den Täter. Es könnten die Eltern einer ehemaligen Freundin von Frau Schybulla sein. Lasst also besser niemanden rein. Ihr seid noch immer in großer Gefahr«, mahnte er und erfuhr zu seinem Entsetzen: »Zu spät. Frau Schybulla hat eine Bekannte zum Tee mitgebracht.«

»Zur Wohnung von Kiri! Die Mutter ist nicht allein nach Hause gekommen!«

Das Funkgerät knackte. »Wir sind jetzt drin. Hier in der Küche sitzt ein Mann. Wahrscheinlich der Mieter der Wohnung, Herr Gustav Winter. Er spricht nicht. Wir glauben, er hat vielleicht was eingenommen.«

»Notarzt?«, fragte Nachtigall knapp.

»Schon verständigt.«

»Gib Gas, Michael!«

»Was glaubsch du wohl – Marnie ist bei dene!«

Was wohl heißen sollte, er war zu allem entschlossen und bereit, den Geschwindigkeitsrekord zu brechen.

Marnie versuchte, die anderen auf die drohende Gefahr aufmerksam zu machen.

Schnell musste sie einsehen, dass sie ohne Worte nichts erreichen konnte. Mit einem Mal schien Kiri zu begreifen, dass sie die Wohnung verlassen mussten – gut, dachte Marnie, das war immerhin besser als keine Reaktion. Sicher war Michael schon auf dem Weg hierher, redete ihre innere Stimme beruhigend auf sie ein.

»Mama, denkst du dran, dass wir gleich den Termin mit

Frau Schramm haben?« Kiri probierte eine neue Taktik. »Sie will noch ein paar Fitnesstests mit mir durchführen. Für ›Turbine‹.«

»Heute? Ich dachte, der sei erst morgen, hm. Na ja. Bis wir losmüssen, bleibt noch genug Zeit für eine gemütliche Tasse Tee«, gab die Mutter ungehalten zurück.

»Zu spät Kommen macht sicher keinen guten Eindruck!«, legte Kiri nach.

»Kiri! Dein Verhalten ist indiskutabel! Das muss an deiner Verletzung nach diesem Sturz liegen!«

Marnie dachte schuldbewusst, es wäre doch besser gewesen, Frau Schybulla die Wahrheit über den Überfall zu erzählen.

Die Augen des unerwarteten Gastes wanderten interessiert von einem Gesicht zum anderen. »Ich komme einfach ein andermal vorbei. Mir scheint, heute passt es euch nicht so recht.«

Frau Schybulla warf ihrer Tochter einen zornigen Blick zu und kommentierte deren Verhalten mit einem einzigen Wort: »Fußballfieber!«

Marnie begriff, dass sie etwas unternehmen musste.

Von den anderen unbemerkt, schob sie ihr Handy in den Handteller.

Wieners Mobiltelefon spielte den Titelsong eines Horrorfilms.

»Marnie! Mach, dass du aus der Wohnung verschwindest!«

Keine Antwort. »Werdet ihr bedroht?«

Keine Antwort.

Stimmengewirr im Hintergrund.

»Marnie!«, rief Wiener hysterisch.

»Pssssst! Sei mal still!«, zischte Nachtigall.

Die Freisprechanlage gab sich redlich Mühe, aus den Geräuschen Worte zu generieren, die zu unterscheiden waren.

»Jetzt lasst uns einfach gemütlich einen Tee trinken! Grüner Tee, Apfeltee, Orange-Ingwer, Brombeere?«

Kiri murmelte etwas Unverständliches. Es klang ausgesprochen schlecht gelaunt.

»Kiri spielt nämlich auch Fußball!« Diese stolzen Worte waren eindeutig an den Gast gerichtet. »Manchmal nimmt sie den Sport ein wenig zu wichtig. Also, welchen Tee soll ich nehmen?«

Schnell wurde man sich einig. Orange-Ingwer.

»Lass mal, ich setz schnell das Wasser auf«, erbot sich Kiri, deren eilige Schritte im Hintergrund zu hören waren.

»Frauenfußball. Ist ja der reinste Modesport im Moment.«

»Das ist Frau Winter!«, hauchte Nachtigall. »Eindeutig!«

»Kein Wunder. Die Mädels haben doch bei der EM einfach fantastisch gespielt. Die U20-WM gewonnen, den Pokal geholt. Und sie sehen auch gut aus.« Kiri war wieder aus der Küche zurück.

»Wenn der Erfolg passt, haben auch immer mehr junge Mädchen Lust auf diesen Sport. Bisher haftete dem Fußball ja immer Bierdunst und Gewaltbereitschaft an – damit ist es vorbei, seit die Frauen gezeigt haben, dass es auch anders geht. Alkoholisierte, prügelnde und randalierende Fans müssen nicht sein«, war Frau Schybulla zu hören.

»Ach ja? Damals, als Steffi Graf noch erfolgreich Tennis gespielt hat, war das auch so. Auf einmal wollten alle kleinen Mädchen weiße Röckchen tragen und ein Racket zum Geburtstag bekommen. Aber es ist eben wie in jedem Sport – der Alltag sieht ganz anders aus, als man sich das vorstellt. Der Ruhm stellt sich nicht über Nacht ein.«

Frau Winter sprach leise, war kaum zu verstehen.

»Wenn es jetzt ihr erster Mord wäre – aber das ist es ja nicht. Sie weiß genau, was sie tut. Mit den anderen Morden ist sie ungeschoren davongekommen – warum sollte das diesmal anders sein. Diese Frau ist sehr gefährlich«, ließ sich Mangold aus dem Fond vernehmen.

»Sie hat ohnehin nichts mehr zu verlieren. Ich glaube, sie will noch so viele in den Tod mitnehmen wie möglich«, stellte Nachtigall nüchtern fest.

»Und Marnie?«, keuchte Wiener entgeistert.

Dann trat er das Gaspedal bis zum Anschlag durch.

»Es ist doch schön, wenn junge Leute Spaß am Sport entwickeln. Gerade heute, wo so viele nur noch am Computer spielen und sich kaum noch bewegen«, widersprach Frau Schybulla.

Geschirrgeklapper bewies, dass der Tisch gedeckt wurde.

»Es geht doch nicht um Spaß«, behauptete Frau Winter entschieden. »Es geht um Leistung. Damals wie heute.«

»Aber das gehört doch zusammen!«

Wiener zuckte zusammen. Das war Marnie!

»Wenn ich professionell Sport treibe, möchte ich doch auch so gut wie nur möglich darin sein. Sonst würde es ja reichen, mich nur fit zu halten.«

Entsetzt registrierten die drei Ermittler im Auto, dass Marnie versuchte, die Diskussion anzuheizen. Typisch, dachte Nachtigall, sie ist ja mit einem Kriminalkommissar verbandelt, das färbt ab. Aber eine gute Idee war das nicht! Gar nicht. Das sah auch Michael Wiener so.

Der Wagen schlingerte um die nächste Kurve, hätte um ein Haar eine Fußgängerin vom Bürgersteig gepflückt und sauste in halsbrecherischem Tempo weiter.

Nachtigall versuchte, über Funk die Streife vor dem Wohnhaus der Schybullas zu erreichen.

»Wir stehen da nicht mehr!«

»Wieso nicht?«, brauste der Cottbuser Hauptkommissar auf.

»Na, die vermisste Person ist doch aufgetaucht. Und sie hat sogar Besuch mitgebracht. Auch die Sache mit dem Handy hatte sich geklärt – der Akku war leer gewesen, deshalb war sie nicht erreichbar. Was sollten wir da noch? Die Leitstelle hat uns zu einem Überfall auf ein Bekleidungsgeschäft in der Sprem geschickt.«

»Aha. Und dort sind Sie jetzt noch immer?«

»Ja. Und den jungen Kerl haben wir geschnappt«, triumphierte der Kollege.

Nachtigall gratulierte freundlich – im Endeffekt konnte der Beamte nichts dafür, dass man ihn zu einem anderen Einsatz geschickt hatte – und rief zornig die Einsatzzentrale an.

»Die Gefahr geht vom Zuschauer aus«, belehrte Frau Winter die junge Frau. »Sobald Publikum im Spiel ist, kommen auch die Medien. Dann setzt ein unwiderstehlicher Sog ein – die Sportlerinnen tun alles, um ins Blitzlicht strahlen zu dürfen! Wirklich alles! Und es gibt einige, die genau das wissen und für sich ausnutzen!«

Das Pfeifen des Teekessels in der Küche führte zu einer kurzen Unterbrechung. Jemand lief hastig weg.

Die Ampel vor ihnen schaltete auf rot.

Sie fuhren ohne Sondersignal, nur das Blaulicht auf dem Dach.

Mangolds Finger verkrampften sich in der Nackenstütze, Nachtigall presste sich tief in seinen Sitz und stemmte die Arme gegen das Armaturenbrett.

Wiener bretterte erbarmungslos weiter.

Raste ungebremst in die Kreuzung.

»Vorsicht!«, brüllte Mangold – doch der Fahrer des grünen Audis hatte sie noch rechtzeitig bemerkt und eine Notbremsung hingelegt.

»Klar!« Frau Schybullas herzliches Lachen war aus der Freisprechanlage zu hören. »Mit der Öffentlichkeit steigt auch der Erfolgsdruck.«

»Eben«, bestätigte Frau Winter kalt. »Und dann ist es vorbei mit dem freundlichen Umgang. Spätestens ab diesem Punkt wird gemobbt und gedopt!«

»So schlimm ist es nun auch wieder nicht. Die Mädchen sind ja letztlich ein Team. Silvia Neid, die Bundestrainerin, hat sich auch mit ihrer Forderung nach einer langen gemeinsamen Trainingszeit vor der WM durchgesetzt. Das ist wichtig, wenn man echten Zusammenhalt formen möchte. Aber natürlich will jede so gut wie möglich sein – durch Leistung auffallen, vielleicht als Stammspielerin in der Nationalelf spielen«, banalisierte Frau Schybulla arglos den Vorwurf.

»Und Männer nutzen diese Situation schamlos aus. Sexueller Missbrauch ist ganz normaler Alltag. Früher waren es angebliche Regisseure oder Angestellte beim Film, die die Mädchen ködern konnten – heute sind es Trainer und Talentscouts! ›Eine wie dich bring ich groß raus beim Fußball! Ich mach dich berühmt, dein Talent ist unübersehbar!‹ Und kaum haben sie ein Mädchen im Bett, schon baggern sie das nächste an!«

»Aber nein! Es kommt schon gelegentlich zu Liebeleien, aber das ist doch normal in diesem Alter«, wehrte Frau Schybulla ab.

Marnie bemerkte, wie Kiris Hand, mit der sie den Tee einschenkte, zitterte. War an den Vorwürfen was dran? Nach dem Trainingslager war Kiri so sonderbar abweisend gewesen, schweigsam. Sie hatte das für einfachen Liebeskummer gehalten, aber nun? Quatsch, rief sie sich zur Räson, du siehst schon überall Gespenster!

»Meine Manuela war nur ein Opfer eurer skrupellosen Machenschaften! Sie dachte, du wärst ihre beste Freundin. Ha! Als sie Hilfe brauchte, hattest du keine Zeit für sie. Olga, die manchmal bei uns übernachtet hat, Olga, die schon so vernünftig war! Als Manuela dich gebraucht hat, wo warst du da? Ihr habt sie diesem Schwein Keiser überlassen! Diesem Widerling, der behauptet hatte, er könne aus ihr einen Star machen! Geschwängert hat sie der Kerl! Und meine Manuela hielt es bis zum Schluss für die große Liebe.«

»Shit! Hoffentlich kommen wir nicht zu spät!«, fluchte Nachtigall.

Die Stimmung war endgültig gekippt.

»Dann stimmten die Gerüchte damals doch?« Olga Schybullas Stimme klang ehrlich erstaunt.

»Als ob du das nicht gewusst hättest! Heuchlerin! Lügnerin! Oh, ja. Meine Tochter war schwanger. Sie wollte das Kind unbedingt – und träumte von einer rosaroten Zukunft an Rolands Seite. Doch das Baby wurde krank geboren. Krank durch die Pillen, die Roland Keiser meiner Tochter verpasst hat! Leider hatte Manuela ihm das Märchen von den Vitaminen zur Leistungssteigerung kritiklos geglaubt. Manuelas Tochter starb wenige Wochen nach der Geburt.«

»Wie traurig. Sie glauben, es waren keine Vitamine?«

»Tu doch nicht so, Olgaschätzchen! Hormone natürlich und anderer Drogenscheiß! Das hat sie von ihrem Andy bekommen! Einen tödlich-giftigen Cocktail.«

»Das glaube ich nicht einen Moment lang.«

»Unser Schmetterling hatte einen angeborenen Herzfehler. Als er auf die Welt kam, war sein Tod nur eine Zeitfrage. Sein Skelettapparat war geschädigt und das kleine Hirnchen nicht voll funktionsfähig. So was schafft nur das zusammengepanschte Zeug aus einem Sportlabor, das ist mal sicher! Wissenschaftler entblöden sich nicht, an irgendwelchen Mittelchen zu arbeiten, die die Leistungen der Sportasse verbessern – und genau die, die der ganzen Welt zeigen sollen, wie gut die Sportnation ist, werden gnadenlos als Versuchskaninchen missbraucht.«

»Aber nein«, protestierte Frau Schybulla. »Und an Schwangeren wird sowieso nichts getestet.«

»Roland wusste von der Schwangerschaft – und er hat sie geschlagen, als sie ihm davon erzählte. Weder von ihr noch dem Kind wollte er etwas wissen. Und meine Manuela, das Schaf, hat ihn nicht verraten. Vater unbekannt. Niemand hat meiner Tochter geholfen, mit all dem fertigzuwerden. Nicht wahr, Olga?«

Geräusche aus dem Lautsprecher deuteten auf ein Handgemenge hin.

Plötzlich war Kiris Stimme zu hören, fest und klar. »Lassen Sie sofort meine Freundin los! Sie hat mit der ganzen Geschichte nichts zu tun. Sie spielt keinen Fußball, treibt ohnehin zu wenig Sport. Außerdem ist sie schwanger!«

Michael Wiener verriss das Lenkrad und steuerte direkt in den Gegenverkehr. Ein Hupkonzert.

Quietschende Bremsen.

»Michael! Pass auf!« Blitzschnell warf sich Nachtigall über den Kollegen und lenkte den Wagen aus der Gefahrenzone, schleuderte in eine Seitenstraße, brachte ihn zum Stillstand.

»Rutsch rüber«, forderte er herrisch.

338

»Mir ist schlecht«, beschwerte sich Mangold und ließ sein Fenster runter.

»Das ist doch das Handy deiner Freundin?«, fragte Frau Winter scheinheilig freundlich. »Sieh mal, es ist eingeschaltet. Das hört doch einer mit.«

Ein grässliches Knirschen.

Dann Stille.

Wiener schlug die Hände vors Gesicht.

Nachtigall parkte den Wagen in einer Querstraße.

An der Ecke entdeckte er die Kollegen, die er zur Verstärkung angefordert hatte. Auf ein Zeichen von ihm verteilten sie sich im Hausflur und vor dem Eingang.

Michael Wieners Hände zitterten unkontrolliert. Er war kaum in der Lage, die Waffe zu halten.

Hajo Mangold, grün und blass im Gesicht, erweckte ebenfalls einen eher desolaten Eindruck.

»Ihr beide bleibt hier draußen. Ich gehe allein rein.«

»Peter, bitte! Das ist nur der Schock. Ich hab's gleich wieder im Griff«, beteuerte Wiener.

»So?« Ein kurzer Moment der Überlegung und die Entscheidung war gefallen. »Hajo, du bist mein Kontaktmann zu den Kollegen draußen. Den jungen Mann hier nehme ich mit. So weiß ich wenigstens, was er tut und muss keinen Alleingang befürchten.«

Dankbar atmete Wiener auf.

Nebeneinander pirschten sie sich durchs Treppenhaus voran, was bedauerlicherweise von den anderen Mietern nicht unbemerkt blieb. Mehrfach wurden Wohnungstüren aufgerissen, mussten neugierige und besorgte Bewohner beruhigt werden.

Dann standen sie endlich vor Kiris Wohnung. Die Tür war nur angelehnt. Geräuschlos ließ sie sich aufdrücken. Kluges Mädchen, lobte Nachtigall in Gedanken. Deshalb also wollte sie sich selbst um das Teewasser kümmern.

Der Hauptkommissar betrat langsam den Flur, prüfte bei jedem Schritt, ob der Boden etwa knarzte. Wiener wollte sich an ihm vorbeidrücken, wurde jedoch vom rücksichtslos ausfahrenden Ellbogen des Hauptkommissars aufgehalten. Der junge Mann griff sich an die Stirn, die nach dem unerwarteten Zusammenprall schmerzte, und ertastete eine pflaumenweiche Stelle. Sein Kopf fühlte sich an, als sei er gegen eine Wand gelaufen.

»Kiri, deine Mutter war eine Vertraute meiner Tochter. Sie sprach mit ihr über das Problem. Doch was tat ihre beste Freundin Olga? Sie schlug sich auf Rolands Seite! Ja, tatsächlich! Sie hatte sogar die Stirn zu sagen, wer Sex habe, der müsse eben auch Vorsorge treffen, dann würde er auch nicht schwanger. Sehr nett, Olga. Wirklich ganz besonders einfühlsam. Manuela stand ganz allein da.«

»Ach, Quatsch! Ihre Tochter wird ja wohl noch andere Freundinnen gehabt haben!«, erwiderte Kiri schneidend.

»Wenn du in einer Spitzengruppe im Sport spielst, sind da neben dir nur Einzelkämpferinnen. Jede nur für sich. Patricia war eine andere Freundin. Die witterte jedoch mit einem Mal Morgenluft und machte sich an Andy ran, als klar war, dass die Beziehung zwischen den beiden beendet war. Die krallte sich Roland ohne jeden Skrupel, wollte selbst groß rauskommen. Der Leistungssport verdirbt den Charakter!«, spie Frau Winter aus.

»Roland Keiser ist tot! Was soll das Ganze noch?«

»Ihr könnt es doch nicht lassen. Solche Rolands stehen an jeder Ecke! Nennen sich Trainer, Betreuer, Masseure, Heilpraktiker. Wollen alle nur den schnellen Sex ohne Verpflichtung. Mit diesem WM-Theater verführt ihr gutgläubige Mädchen. Schafe, wie meine Manuela, die an das Gute im Sport und die Fairness im Team glauben.«

»Sie haben keine Ahnung!«, widersprach Kiri mutig. »Einzelkämpfer sind im Fußball eher im Weg – nur das Team zählt. Haben Sie die Männer-WM verfolgt? Nein? Schade! Dann wäre Ihnen nämlich genau das aufgefallen. Selbst der Trainer ist im Team. Alle wollten, dass der Stab um Löw verlängert. Selbst die Leute auf der Straße haben sich das gewünscht. Man konnte den Eindruck gewinnen, ganz Deutschland wurde zu einem Team. Ihr Bild ist völlig falsch!«

»Du weißt nicht, wovon du redest, du Göre! Keine Ahnung vom Leben. Wahrscheinlich merkt eine wie du nicht mal, wie sie manipuliert und benutzt wird!«, schoss Frau Winter zurück.

Nachtigall trat ins Wohnzimmer und polterte die verblüffte Frau an: »Geben Sie auf, Frau Winter!«

Genau das lag nicht in der Absicht dieser entschlossenen Frau. Bevor sie jemand davon abhalten konnte, war sie behände um den Tisch gesprungen, hatte Kiri umgerissen und holte zu einem kraftvollen Stoß mit dem Messer aus.

»Nein!«, kreischte Frau Schybulla auf, die ebenfalls zu Boden geschleudert worden war und beide Hände gegen eine blutende Halswunde presste.

»Nein!« Marnie schluchzte auf.

Zu spät. Nachdem Frau Winter das Messer in Kiris Brust gestoßen hatte, wurde sie sehr ruhig.

Rappelte sich auf. Sah mit tränenumflortem Blick in die Gesichter der anderen.

Stand einfach da, mit baumelnden Armen und leerem Gesichtsausdruck.

Im Rückblick schien es Nachtigall, als sei alles zeitgleich geschehen. Er sah sich kaum in der Lage, eine logische Schilderung der Abläufe zu geben.

Er war losgespurtet, um sich Frau Winter entgegenzuwerfen, war aber den Bruchteil einer Sekunde zu langsam und konnte so den Angriff nicht abblocken. Wiener rannte durchs Zimmer, um seine Marnie zu retten. Gleichzeitig war Kiris Mutter schreiend aufgesprungen und stürzte sich auf die Mörderin, die sie allerdings ohne Mühe abwehrte. Wiener forderte einen Krankenwagen an. Kiri lag reglos am Boden. Nachtigall kniete neben dem Mädchen und tastete nach dem Puls.

Einige Kollegen drängten aus dem Treppenhaus in die Wohnung nach.

Frau Winter gelang es, sich ruckartig zu bücken, als man versuchte, ihr Handschellen anzulegen. Ihre Finger umkrampften noch immer den Griff des langen Messers.

Ehe es jemand verhindern konnte, rammte sie sich die Klinge tief in die eigene Brust und brach zusammen. Nachbarn kümmerten sich um die verzweifelte Mutter, die apathisch die Bemühungen des Sanitäters um die tiefe, heftig blutende Wunde an ihrem Hals über sich ergehen ließ, kochten frischen Tee, redeten beruhigend auf sie ein, während Kiri abtransportiert wurde. Ein einziges Chaos.

Der hat mir gerade noch gefehlt, schoss es Nachtigall durch den Kopf, als er in diesem Tumult unerwartet Dr. März entdeckte.

»Na, immerhin! Sie haben die beiden letzten Morde verhindert!«, kommentierte der Staatsanwalt bissig. »Es hätte also noch schlimmer kommen können. Kaum zu glauben!«

Gemeinsam sahen sie den Sanitätern nach, die Frau Winter in die Klinik brachten.

Der markerschütternde Schrei der Mörderin, der nichts Menschliches mehr an sich hatte, hallte durch den Hausflur.

Sie wusste, dass der letzte Mordanschlag gescheitert war. Dieser wilde Laut, eine Mischung aus Hass, Wut, Verzweiflung und Enttäuschung, würde Nachtigall bis in seine Träume verfolgen.

33

Gustav Winter umklammerte eine Tasse Tee und beobachtete schweigsam die Wellen, die beim Pusten über die rötliche Oberfläche entstanden. Früchtetee.

Er konnte schon den Geruch nicht ausstehen. Nun gut. Das spielte keine Rolle mehr.

Unbeteiligt starrte er den schwarzen kleinen Kasten an. Ein rotes Licht blinkte.

Hauptkommissar Peter Nachtigall saß ihm gegenüber, daneben ein Ermittler aus Dresden, dessen Namen er nicht verstanden hatte. Auch das war im Grunde völlig belanglos.

»Herr Winter«, begann der Hauptkommissar leise, »es tut mir leid.«

Winter hob kurz den Blick von der Flüssigkeit, senkte ihn aber sofort wieder. Was sollte er dazu sagen? Welchen Sinn hätte es auch gehabt, seine Frau zu retten?

»Ein Überleben war von ihr nicht vorgesehen«, antwortete er in die Tasse. »Sie wollte es so.«

»Warum?«

»Wegen des Kindes«, rang Winter sich noch ab, bevor er zu weinen begann. Die Tränen tropften in den Tee. Er stellte die Tasse auf dem Tisch ab. Mangold schob dem Zeugen eine Packung Taschentücher zu. Winter griff dankbar danach.

»Unsere ganze Familie – ein Opfer des Frauenfußballs! Die Berichte über die EM waren schon eine mittlere Katastrophe. Aber wenn nach der EM einfach Ruhe eingekehrt wäre, es nicht so ein Theater um die Frauen-WM gegeben hätte – nichts von all dem hätte passieren müssen. Aber sie konnte diese Heuchelei nicht mehr ertragen! Dieses Schöngerede. Wir kennen die Kehrseite der Medaille, schrie sie dann den Moderator an – wir haben das Blutgeld für euren Triumph bezahlt!«

Das Schweigen wurde dick wie Eintopf.

Nachtigall war geduldig. Dieser Mann wollte seine Geschichte erzählen, keine Frage, er wusste nur noch nicht, wie er beginnen sollte. Sie würden einfach abwarten.

Winter räusperte sich, verknotete seine Finger, löste sie wieder, hustete leise. Rutschte auf dem Stuhl nach links, nach rechts, schob das feuchte Taschentuch in die Hosentasche, zögerte, holte tief Luft, atmete geräuschvoll aus.

»Meine Tochter wurde in der Schule angesprochen. Früher gab es noch Leute, die im Schulsport Kinder beobachteten, um Talente zu entdecken. Fußball war damals noch kein Mädchensport – er sollte es aber werden. Manuela war vom Fleck weg begeistert. Warum sollten wir ihr Steine in den Weg legen? Mark, der jüngere Bruder von Manuela, war behindert, würde nie eine Sportskanone werden. Vielleicht sah meine Frau ja eine Art Entschädigung darin, dass unsere

Tochter entdeckt worden war. Selbst als sie nach Potsdam wechselte, waren wir einverstanden.«

Der kleine graue Mann seufzte tief. »Alles kam anders als geplant. Keine Karriere, dafür Schwangerschaft und die Geburt eines todkranken Babys. Der saubere Herr Vater lehnte jede Übernahme von Verantwortung ab. Ein feines Früchtchen.« Er griff nach den Taschentüchern, friemelte umständlich eines heraus und wischte sich die Tränen von der Wange. In seinen Bartstoppeln blieben einige weiße Fusseln hängen.

»Papillon nannte meine Tochter die Kleine. Das ist Französisch und heißt Schmetterling.« Er griff nach der Tasse und trank hastig ein paar Schlucke Tee nacheinander. Er schüttelte sich. Lauwarm mochte er Früchtetee noch weniger. »Lange Zeit hoffte Manuela, dieser Kerl käme noch zur Besinnung. Sie träumte von der glücklichen Familie. Aber der Typ weigerte sich. Roland Keiser – er selbst nannte sich Andy, kam ihm wohl cool vor.« Die Augen Winters wirkten leer. Jeder Glanz war daraus verschwunden.

»Der hat nicht nur Manuela sitzen lassen, sondern uns alle. Die Kleine hatte keine Chance, der Herzfehler war damals noch nicht operabel. Heutzutage kann man solche Eingriffe sogar noch vor der Geburt durchführen, im Mutterleib. Aber damals … Nach wenigen Wochen starb sie.«

Er stockte. Dann löste sich ein verzweifelter Schrei aus dem schmächtigen Körper. »Durch die Hand der eigenen Mutter!« Peter Nachtigall schluckte schwer.

Wie verloren musste sich dieser Mann jetzt vorkommen.

»Niemand hat je davon erfahren. Doch das war erst der Anfang. Unser Sohn, damals selbst noch ein Kind, glaubte, er könne mit Roland im Gespräch alles klären. Wie Kinder eben manchmal so sind. Überschätzen sich gern. Und Mark liebte seine Schwester abgöttisch. Er wollte es für sie richten. Ihr Traum sollte sich erfüllen. Sobald Roland verstanden hatte, dass er Manuela heiraten musste, wäre das Problem gelöst! Mark steckte ein Messer ein. Warum, konnte er später nie erklären, oder er wollte es nicht. Das Gespräch unter Männern verlief nicht so wie geplant. Roland verhöhnte Mark. Vielleicht wusste er nichts von seiner Veranlagung zum Jähzorn. Wie dem auch sein, Roland ging zu jener Zeit an zwei Krücken. Mark hatte leichtes Spiel. Er stieß ihm das Messer in die Brust.« Winter barg das Gesicht in beiden Händen. »Meine beiden Kinder waren zu Mördern geworden. Am selben Tag.«

Nach einer langen Pause fuhr er fort. Hastig, als fürchte er, man könne ihn daran hindern, sich all das Entsetzliche endlich von der Seele zu reden. »Meine Frau sah das anders. Das Schwein hatte bekommen, was es verdient hatte. Sie nahm dem Jungen das blutverschmierte Messer ab, schob es in den Blumenkasten auf dem Balkon, schickte Mark ins Bett und zog los, die Leiche zu bergen. Sie packte ihn in einen Pappkarton mit Holzrahmen. Den hatten wir im Keller. Verwandte aus dem Westen hatten uns darin einen Fernseher geschickt. Auf einer Paketkarre schob sie den Karton vors Haus und ein Nachbar half ihr ahnungslos, das schwere Ding in die Wohnung zu bringen. Der bekam ein paar Tage später ein Päckchen Westkaffee, angeblich aus dem Paket der Verwandtschaft, und hat die Sache sicher sofort vergessen. So fand Roland Keiser seine vorletzte Ruhestätte in unserer Tiefkühltruhe.«

Gustav Winter lachte hysterisch, schrill. »Freunde von uns hatten früher eine Kneipe. Als sie ihren Ausreiseantrag stellten, bekamen wir die Truhe. Ich war gar nicht so begeistert von dem Riesending. Und in die Küche passte es auch nicht. Also stand es im Keller.« Als er sich beruhigt hatte, schob er nach: »Klappe zu, Affe tot! Alles gut!«

»Aber so war es nicht«, half Nachtigall weiter.

»Nein!« Winter bemühte sich, das Gelächter und Gekicher unter Kontrolle zu halten. Er konzentrierte sich wieder auf die Bewegungen an der Oberfläche des Tees. Ölige Flecken schwammen aufeinander zu, stießen zusammen, trennten sich. »Wahrscheinlich gibt es in der Familie meiner Frau eine erbliche geistige Schwäche. Manuela jedenfalls wurde schwer krank. Depression. Sie lag im Bett, sprach nicht, aß nicht, ging nicht einmal mehr zur Toilette. Ein Pflegefall.«

Unerwartet laut und heftig stieß er dann hervor: »Und alles nur wegen des scheiß Fußballs!«

»Und Mark?«

»Mark war nie mehr fröhlich. Er hockte oft über Stunden an Manuelas Bett, redete auf sie ein und bekam nicht eine Reaktion. Den Mord an Roland erwähnte er nie. Aber in seinen Träumen beschäftigte ihn ihn.«

»Mark ist vor ein paar Jahren gestorben.«

»Beim Wandern. Er trat zu nah an einen Abgrund, um hinuntersehen zu können. Meine Frau hechtete noch los, erwischte ihn aber nicht mehr. Tragisch!«

»Und Ihre Tochter?«

»Manuela?« Winters Augen wurden rund.

Nachtigall bemerkte sein Zögern. »Wie starb Manuela?«, bohrte er erbarmungslos nach.

Winter wand sich auf dem Stuhl, als sei die Sitzfläche plötzlich unerträglich heiß.

»Na los, Mann! Jetzt kann es ja kaum noch schlimmer kommen!«, polterte Mangold unfreundlich.

Das war ein Irrtum, wie Nachtigall nur zu genau wusste. Alles konnte seiner Erfahrung nach schlimmer werden. Er ahnte auch schon den Grund für Winters Reaktion.

»Nun, wenn Sie möchten, erzähle ich Ihnen, was passiert ist«, bot er an und der fahle Mann nickte müde.

»Unverhofft flimmerten die neuen Idole der Mädchen über den Bildschirm. Frauenfußball! Für Ihre Frau waren das nur neue böse Seelenfänger. Verführer. Und besonders schlimm kam ihr vor, dass die, die es am besten wissen mussten, am drängendsten dafür warben. Sie beide setzten sich zusammen und zogen Bilanz. Der Frauenfußball war für all das Leid der vergangenen Jahre verantwortlich. Offiziell kein Wort über die finstere Seite der Medaille – nur Ruhm und Erfolg. Es musste etwas geschehen. Das widerliche Gesicht des Sports sollte sichtbar werden.«

Winter schien zu schrumpfen. Seine faltigen Finger schoben sich zwischen die übergeschlagenen Oberschenkel, als müsse er sie dort einfangen.

»Sie fassten einen weitreichenden Entschluss. Alle die, von denen Manuela im Stich gelassen wurde, mussten sterben. Natürlich würde die Polizei irgendwann den Zusammenhang erkennen, die Medien wären am grausamen Schicksal der Winters interessiert. Was wäre passiert, wenn wir es nicht rausgekriegt hätten?«

Winters blasse Finger tasteten sich zur Gesäßtasche und zogen zitternd einen Briefumschlag hervor. »Sie hat alles aufgeschrieben«, hauchte er. »Sie wollte ein Zeichen setzen.«

»Aha.«

Nachtigall nahm den Brief und legte ihn ungeöffnet auf den Tisch.

Mangold schüttelte verständnislos den Kopf. Ihm schien es klüger, das Geständnis sofort zu lesen und das Verhör zu beenden. Er wollte zu Irmchen und sah keinen Sinn darin, hier seine Zeit zu verplempern.

Doch der Cottbuser Kollege wählte eine andere Taktik.

Er fixierte die leblosen Augen Winters. »Sie hatten auch eine Aufgabe. Während Ihre Frau zur Arbeit ging, betraten Sie das Zimmer Ihrer Tochter. Erst standen Sie eine Weile an ihrem Bett – haben Sie ihr damals erklärt, was nun geschehen sollte? – dann drückten Sie ihr einen Kuss auf die Stirn und legten ein Kopfkissen auf Manuelas Gesicht. Danach verließen Sie zügig die Wohnung, um ein Alibi zu haben, falls unangenehme Fragen gestellt würden. Manuela starb so einsam, wie sie gelebt hat.«

Winter heulte auf: »Sie hat sich nicht einmal gewehrt. Als ich mit meiner Frau nach Hause kam, lag sie friedlich unter dem weißen Ding. Offensichtlich gab es keinen Versuch ihrerseits, das Kissen fortzustoßen. Sie hat einfach nur da gelegen und auf den Tod gewartet.«

»Sie haben Ihre Tochter ermordet! Ihnen war bewusst, dass sie zu krank war, um sich zu wehren!«, brüllte Mangold cholerisch.

»Was wissen Sie denn schon! Die letzten Jahre waren die Hölle! Für uns alle! Unsere Wohnung wurde geführt wie eine Pflegeeinrichtung. Urlaub war praktisch nicht mehr möglich. Wenn ich nach der Arbeit zu Hause war, musste ich ständig Rücksicht nehmen. Kein lautes Wort, keine Freunde zum Bier, kein Gejohle bei der Sportschau. Es war die Entscheidung meiner Frau, dem ein Ende zu setzen.«

»Sie hätten sich um einen Platz in einem Pflegeheim bemühen können!« Entrüstet ließ Nachtigall seine schwere Faust auf den Tisch krachen. Tee schwappte rot wie Blut auf die Arbeitsfläche, ein paar Stifte kollerten zu Boden.

»Ach ja? Das meinen Sie?«, höhnte Winter. »Sie haben gar keine Ahnung!«

Und plötzlich lichtete sich der Nebel über dem Fall. Nachtigall sah klar.

Frau Winter! Sie hatte es ihm – vielleicht aus Versehen – erzählt! Unbezähmbare Wut schäumte in ihm auf. »Sie durfte nicht! Es ging darum, Manuela von jeder Möglichkeit zum Gespräch fernzuhalten! Es gab nie eine Therapie.«

»Wie denn auch?«, antwortete Winter lapidar. »Damit sie rumerzählt, dass sie ihr eigenes Baby umgebracht hat? Dass ihr Bruder den Roland Keiser in den Tod geschickt hat, von dem alle glaubten, er sei in den Westen abgehauen? So war es die beste Lösung. Sie war bei uns. Und es fehlte ihr ja an nichts«, behauptete der Vater kalt. »Wenn jemand diese Sache in den falschen Hals gekriegt hätte, wären wir womöglich noch dafür ins Gefängnis gewandert. Nee! Danke schön. So weit muss die Liebe der Eltern nun wirklich nicht gehen.«

Betretene Blicke. Betroffene Wortlosigkeit.

»Sie haben Ihre Tochter gehasst!«, stellte Nachtigall kühl fest.

Winter hielt den Kopf gesenkt. Wich den Augen des Ermittlers aus, als habe er Angst, der Hauptkommissar könne dann direkt in sein Inneres sehen und dort den fürchterlichen wahren Kern entdecken.

Langsam nickte er.

»Ihr Sohn hat Roland Keiser erstochen. Das war die erste schwarze Perle auf einer Kette von Fehlentscheidungen!«

Mangold warf Nachtigall einen ratlosen Blick zu, wagte aber nicht zu fragen, wie er das gemeint hatte.

»Der Junge wollte das nicht. Er neigte zu Jähzorn. Und als Roland ihn nur auslachte, tja, da hat er eben zugestochen«, erzählte Winter mit falschem Zungenschlag. Er hatte keinerlei schauspielerisches Talent.

»Sie lügen sich in die eigene Tasche! Und mir versuchen Sie die ganze Zeit den betroffenen Vater vorzuspielen. Damit ist jetzt Schluss. Legen Sie die Karten offen auf den Tisch! Mark hat das Messer nicht von sich aus eingesteckt. Wozu auch? Er hätte mit Sicherheit nie angenommen, er könnte etwas gegen Roland Keiser ausrichten, er wollte reden. Aber Sie haben ihn angestiftet! Ihm gezeigt, wohin er stechen musste. Haben Sie an einem Strohsack geübt?«

Winter zögerte. Dann sagte er mit gehässiger Stimme: »Alles wissen Sie auch nicht! Ha! Der Junge konnte eine gehörige Kraft entwickeln, wenn er nur motiviert genug war.«

»Sie haben Ihren Sohn zum vereinbarten Treffpunkt gefahren. Mark kam sich wahrscheinlich sehr erwachsen vor. Keiser, an den beiden Krücken wehrlos, ging nicht davon aus, dass ihm von einem Kind irgendeine Gefahr drohen könnte.«

Winter grinste süffisant. »So in der Art.«

»Der Job wurde perfekt erledigt!«, polterte der Cottbuser Hauptkommissar.

Das Grinsen im Gesicht seines Gegenübers blieb unverändert. »Stimmt genau. Und ich will Ihnen mal was sagen, Sie superschlauer Polizist: Mein Sohn war stolz auf sich. Er war froh, auch einmal etwas für uns tun zu können. Und das war in Ordnung so!«

»In Ordnung? In Ordnung so?« Nachtigalls Stimme bebte vor unterdrückter Wut.

»Ja, seit seiner Geburt war er ein Problemkind. Nachts wimmerte und jammerte er vor Schmerzen, tagsüber flennte er. Eine einzige Zumutung. Ständig diese Arztbesuche. Wir wurden regelrecht examiniert, dem Kind Löcher in den Bauch gefragt. Sind deine Eltern gut zu dir? Darfst du essen, was du magst? Trösten sie dich, wenn du weinst? Und die Tabletten vergessen sie nicht? Unglaublich! Und nun kam seine Chance auf Wiedergutmachung.«

»Sie haben ein Kind zu einem Mord genötigt. Einen Zwölfjährigen.« Nachtigall war fassungslos. »Und Sie halten das für eine zu rechtfertigende Form von Wiedergutmachung?«

»Jetzt hören Sie aber auf mit der Dramatik! Es sollte nur einfach alles wieder ins Lot kommen. Wäre dieser Roland erst verschwunden, wäre es Manuela gelungen, sich von ihm zu lösen. Sie hätte schnell eine neue Beziehung eingehen, einen Mann mit Geld finden können, wenn sie nur Karriere im Fußball machte.«

»Mit einem behinderten Kind ist das nicht so einfach. Also ließen Sie zu, dass Manuela ihre Tochter tötete.«

Winter lachte amüsiert. »Sie trauen mir zu viel zu. Das hat meine Frau arrangiert.«

Um die heranrollende Übelkeit zu überspielen, suchte Nachtigall in der Handakte nach dem ärztlichen Gutachten. »Papillon Winter litt an einem angeborenen Herzfehler. Die Ärzte sahen die Zukunft der Kleinen nicht rosig, hofften aber auf eine neue Operationsmethode, die dem Kind hätte helfen können. Daneben hatte die Kleine einen hypoxischen Hirnschaden erlitten. Der Gutachter machte dafür die völlig insuffiziente Geburtsbegleitung durch die Hebamme verantwortlich. Sie hatte viel zu lang gewartet, bevor sie die Rettung alarmierte. Die Hausgeburt war die Idee Ihrer Frau, nicht wahr?«

»Es musste ja nicht gleich ganz Cottbus von dem Wechselbalg erfahren.«

»Also verführte sie die depressive Mutter, das ohnehin chancenlose Kind zu töten, ihm weitere Leiden zu ersparen. Damit war auch die eigene Schuld am Geschehen getilgt.«

»Sie verstehen es immer noch nicht.« Winter schüttelte den Kopf. »Roland war weg, das Kind begraben. Nun hätte sie eigentlich ihr Leben wieder aufnehmen können. Die Bahn war frei. Alles auf Anfang sozusagen.«

Hajo Mangold wurde von einem heftigen Hustenanfall geschüttelt.

Peter Nachtigall starrte Winter aus brennenden Augen an. »Das hat aber nicht geklappt, Herr Winter. War es nicht so? Mark konnte den Mord nicht vergessen. Er bekam Albträume«, führte er den Zeugen weiter.

»Es wurde schlimmer als je zuvor«, regte sich der Vater auf. »Er konnte nicht mehr zur Schule gehen. Er redete. Und Manuela reagierte auf nichts mehr. Lag im Bett und stierte die Decke an. Ohne ein Wort. Wir mussten uns in der Pflege der Kinder abwechseln. Ging ja, wir hatten beide Schichtdienst. Aber mit der Zeit wurde der Zustand unzumutbar!«

»Sie rechneten.«

»Klar. Man lebt nicht ewig. So konnte es jedenfalls nicht weitergehen. Meine Frau fing auch schon an, dummes Zeug zu reden! Und für das, was Männern Spaß macht«, er zwinkerte den beiden Ermittlern verschwörerisch zu, was Nachtigall anekelte, »hatte meine Frau weder Lust noch Zeit. Ich suchte mir das anderswo. Zu Hause war alles abstoßend.«

»Sie sehen gern fern.«

Wieder warf Mangold dem Kollegen einen sonderbaren Blick zu. Was sollte das denn nun?

»Sicher. Aber immer nur leise!«

»Und da kam Ihnen die zündende Idee. Zum Schein gingen Sie auf die Pläne Ihrer Frau ein, bestärkten Sie in ihrem Hass, trieben sie an. Je schneller alles erledigt war, desto besser. Ihre Frau würde die Morde begehen, Sie wären lediglich beim Arrangieren der Leichen behilflich. Zum finalen Arrangement gehörten auch die Tabletten, die wir neben Ihrer Teetasse gefunden haben. Alles war bestens vorbereitet. Ihre Frau würde Olga töten und sich dann selbst richten, während Sie zu Hause sterben sollten – doch hier wandelten Sie das Szenario leicht ab. Die Polizei würde Sie und die Tabletten vorfinden. Sie hatten eine Geschichte vorbereitet, wollten erzählen, Sie seien zu schwach gewesen, Ihrem Leben ein Ende zu setzen, wie Ihre Frau es von Ihnen verlangt hatte. Dieser Brief hier wird Sie komplett entlasten, nicht wahr?«

Winters Mimik veränderte sich fast unmerklich.

Bekam etwas Lauerndes.

Ein wenig beunruhigt dachte er darüber nach, ob er diesen bärenhaften Beamten eventuell unterschätzt haben könnte.

»Ihre eigene Zukunft sahen Sie nämlich nicht auf dem Friedhof. Statt tot und vergessen zu sein, planten Sie für sich eine große Karriere!«

Mangolds Kopf ruckte überrascht herum, doch er hielt es für besser, jetzt nicht zu unterbrechen.

Winter verschränkte die Arme vor der schmächtigen Brust.

Lehnte sich entspannt auf seinem Stuhl zurück.

Der Dicke kann mir gar nichts beweisen, dachte er hochnäsig, kein einziges Wort.

»Am liebsten sehen Sie Talkshows. Ihre Idee, zu Reichtum und Ruhm zu kommen, war nun, als Opfer in solchen Talk-Runden aufzutreten. Geld sollte fortan Ihr Konto regelrecht überspülen. Das wäre eine angemessene Entschädigung für all die Jahre, um die Sie von Ihrer Familie betrogen wurden! Ein Buch war geplant, stimmt doch? Vielleicht mit dem griffigen Titel ›Unter Zwang‹? Sie träumten von Preisen, Ruhm und Geld! Aber daraus wird nichts«, fasste Nachtigall in lockerem Erzählton zusammen. »Ein melodramatisches Werk über ein Männerschicksal. Hat Ihre Frau mir erzählt.«

»Was soll das? Meine Frau ist tot. Ihr Geständnis liegt hier auf dem Tisch. Sie können mir gar nichts«, zischte Winter selbstherrlich. »Beweisen Sie es doch! Belegen Sie, dass ich meine Frau zu diesem Fanal überredete – glauben Sie wirklich, ich hätte das schriftlich gemacht? Ich bin doch nicht blöd!«

»Sie haben dieses Geständnis verfasst!«, wurde nun auch Mangold klar. »Und die Zettel mit den Drohungen ebenfalls! Damit wir die Handschrift aus dem Brief vergleichen können! Falsch mit falsch!«

»Tja – schon schade, dass meine Frau nun so gar nichts mehr dazu sagen kann«, säuselte Winter süffisant.

Mangold seufzte enttäuscht. Nun hatten sie den Täter und konnten ihm die Tat doch nicht nachweisen, mussten diesen gefährlichen Mann laufen lassen.

»Ja«, bestätigte Nachtigall unbeschwert, »heute wird sie wohl nichts mehr dazu sagen. So direkt nach der Narkose. Aber ab morgen wird ihr sicher eine Menge einfallen, Herr Winter, davon bin ich überzeugt.«

Winters Züge entgleisten. Das Grinsen fiel aus seinem Gesicht und zerschellte. Düsternis breitete sich in seiner Miene aus.

»Sie haben gesagt, meine Frau sei tot«, drohte der Zeuge und hob die geballte Faust. »Sie haben gelogen. Das dürfen Sie nicht! Ich krieg Sie dran, Nachtigall, damit kommen Sie nicht durch.«

»Ich lüge nicht. Ich habe mit keinem Wort vom Tod Ihrer Frau gesprochen. Das Band ist unbestechlich.«

Winter schloss die Augen, ließ das Gespräch Revue passieren.

Dann schlug er mit seinen knochigen Händen überraschend kräftig auf seine Oberschenkel. »Sieht so aus, als bräuchte ich jetzt doch einen Anwalt«, kommentierte er trocken. »Und das Buch können Sie nicht verhindern! Das erscheint schon im nächsten Frühjahr und wird ein Bestseller, wetten? Den Ruhm kann mir auch eine Verurteilung nicht nehmen!«

34

Peter Nachtigall konnte den Fall nicht so einfach in der Schreibtischschublade einschließen.

Auf der Heimfahrt dachte er darüber nach, wie oft der Zufall ihm schon zu Hilfe gekommen war. Hätte nicht Jule neulich empört darüber berichtet, dass Burkhard Driest schon wieder in einer Talkshow eingeladen war und sich darstellen durfte.

Ganz plötzlich hatte er sich daran erinnert.

Albrecht hatte laut gelacht, als er ihm nach Abschluss des Falles von diesem Geistesblitz erzählte. »Erklär bloß nicht Dr. März, wie du zu deinen Verhörerfolgen kommst.«

Nein, dachte Nachtigall und schmunzelte in sich hinein, das würde er besser bleiben lassen.

Ein bisschen enttäuscht stellte er fest, dass es kein ruhiger Abend werden würde. Stimmengewirr und Gelächter waren undeutlich aus dem Garten zu hören. Offensichtlich Besuch. Missmutig betrat er das Haus.

Partygeräusche drangen durch die geöffnete Terrassentür bis in den Flur. Vielleicht hatte Conny ein paar Freundinnen eingeladen und saß mit ihnen im Garten. Er könnte kurz vorbeischauen, freundlich nicken und dann sofort den Rückzug antreten. Mit einem Buch auf die Wohnzimmercouch flüchten. Seine Stimmung besserte sich bei dieser verlockenden Aussicht sofort. Casanova und Domino schnurrten aufgeregt um seine Beine. Er bückte sich, um die beiden zu streicheln und schon schmiegte sich je eine Katze in eine seiner kosenden Pranken.

»Hm, Genuss pur ohne zu betteln. Ihr Abstauber seid wohl schon auf eure Kosten gekommen!«, flüsterte er zärtlich und machte sich auf den Weg in den Garten.

Michael Wiener und Marnie saßen in der Hollywoodschaukel. Der junge Ermittler hatte seinen Arm um die Schultern der Freundin gelegt und streichelte mit der anderen Hand ihren Unterarm. Emile hielt seine Tochter im Arm und Jule kuschelte sich an seine andere Seite. Nachtigall schnappte Gesprächsfetzen auf, die sich um Schwangerschaft und Babyausstattung drehten.

Conny stand mit einem Mal neben ihm. »Schön, nicht? Zwei wunderbare Pärchen! Dein Michael ist so von den Socken – ich glaube, der braucht noch ein paar Tage, bis er wirklich begreift, dass er Vater wird.«

Nachtigall küsste seine Frau vorsichtig über das Tablett hinweg, das sie gerade hinaustragen wollte, und nahm es ihr ab. »Na, er hat es auch auf eine ziemlich spektakuläre Art erfahren!«

»Komm, ich habe den Salat fertig und das Baguette ist auch schon geschnitten«, sie stieß ihn sanft mit dem Ellbogen an. »Nun los!«

»Na«, rutschte ihm etwas später ziemlich unfreundlich zu Emile heraus, »das ist typisch. Nun ist der Fall abgeschlossen. Wo zum Teufel hast du gesteckt?«

Emile Couvier klopfte seinem Schwiegervater auf die Schulter. »War das womöglich so etwas wie ein Lob? Du hättest mich gern im Team gehabt?«

»Ja.« Nun hatte er damit begonnen, da konnte er keinen Rückzieher mehr machen.

»Beim nächsten Mal vielleicht.« Verliebt betrachtete der frisch gebackene Vater seine selig schlummernde Tochter, die sich eng in seine Armbeuge schmiegte. »Schade, dass sie so schnell groß werden. Sieh dir nur mal diese winzigen Fingerchen an.«

»Es ging um Geltungssucht. Der Täter benutzte seine Frau, um selbst berühmt zu werden. Und den Reichtum, der sein Konto überfluten würde, wollte er für sich allein!«

»Meinst du wirklich, dieses Buch wird ein Erfolg?«, fragte Emile skeptisch.

»Seine Frau lebt und wird ihm sicher in den Punkten widersprechen, wo er sich zu weit von der Wahrheit entfernt. Vielleicht schreibt sie ihre eigene Version auf – wer weiß.«

»Frau Schybullas Wunde wurde genäht, alles nicht so dramatisch, wie es aussah. Das viele Blut!«, erzählte Marnie. »Und Kiri ist zäh. Die OP hat sie gut überstanden, es besteht keine Lebensgefahr. Morgen erfahren wir mehr. Potsdam hat eine Mail geschickt und sofort versichert, alles kein Problem, das Probetraining sei nur verschoben, sie solle sich keine Sorgen machen. Am Ende wird vielleicht doch noch alles gut.«

»Das Wichtigste ist, dass dem Baby nichts passiert ist«, seufzte Wiener glücklich. »Im Frühling werde ich Vater!«

»Du?«, grinste Marnie provokant und küsste ihn auf die Wange. »Ein unverheirateter Mann? Das Kind bekommt meinen Namen.«

»Das lässt sich ja bis zum Geburtstermin noch ändern«, grinste er und zwinkerte Emile zu. »Andere haben das vor uns auch schon hingekriegt.«

Gelächter antwortete ihm und spülte die kleine Gruppe in einen friedvollen Feierabend.

ENDE

DANKSAGUNG

Damit aus einem Projekt tatsächlich ein Buch werden kann, sind manchmal viele Helfer notwendig.

Besonders herzlich danke ich Frau Dr. Cornelia Schmidt aus der Orthopädischen Klinik des Carl-Thiem-Klinikums in Cottbus für ihre wertvollen Informationen im Bezug auf die Endoprothese des ersten Mordopfers und die Zeit, die sie sich genommen hat, mir alles verständlich zu erklären.

Ein besonderes Dankeschön geht an meinen Mann, der mehrfach mit mir nach Dresden aufgebrochen ist, um meine Recherche vor Ort zu unterstützen, sowie den anonymen Beamten der Polizeibehörde Dresden, die mich freundlich mit Wissen versorgten.

Ohne Lektorat entsteht kein Buch – liebe Claudia Senghaas, herzlichen Dank für deine Mühe und dein Einfühlungsvermögen! Es macht Spaß, mit dir an einem Text zu arbeiten.

Weitere Titel finden Sie auf den folgenden Seiten und im Internet:

WWW.GMEINER-VERLAG.DE

Hauptkommissar Peter Nachtigall ermittelt:

GMEINER SPANNUNG

WWW.GMEINER-VERLAG.DE
Wir machen's spannend

Uwe Ittensohn
Winzerblut
Kriminalroman
352 Seiten, 12,5 x 20,5 cm,
Paperback
ISBN 978-3-8392-0427-6
€ 16,00 [D] / € 16,50 [A]

Vor dem Neustadter Saalbau stirbt auf bizarre Weise
ein Student. Zunächst sieht alles nach einem Unfall
aus – eine tödliche Mischung aus jugendlicher Aus-
gelassenheit, Leichtsinn und zu viel Alkohol. Hauptkommissar Achill will den Fall schnell schließen. Doch
Privatschnüffler André Sartorius und Oberkommissarin Bertling ermitteln auf eigene Faust entlang einer
mysteriösen Blutspur weiter. Sie dringen in die Geheimnisse des Weinbaus vor und stoßen auf ein weiteres
ungewöhnliches Verbrechen.

GMEINER SPANNUNG

WWW.GMEINER-VERLAG.DE
Wir machen's spannend

Martina Parker
Aufblattelt
Gartenkrimi
458 Seiten, 13,5 x 21 cm,
Premium-Klappenbroschur
ISBN 978-3-8392-0326-2
€ 18,50 [D] / € 19,00 [A]

»Hast schon gehört?«

»Was meinst?«

»Na die Sache mit dem jungen Grafen.«

»Was ist mit dem? Jetzt sag schon.«

»Er heiratet ein Mädchen von hier. Isabella Kirnbauer.«

Jeder im Bezirk wusste, wer der Isabella ihr Vater war.
Der alte Säufer. Und ihre Großmutter – über die sprach
man besser gar nicht. Das ist ja wie in der »Neuen
Post«. Nur besser, weil man im Südburgenland ist und
die Leute persönlich kennt. Und dass dann die Gegen-
braut auf der Hochzeit Blut spuckend zusammenbricht,
ist erst der Anfang der Katastrophe …

GMEINER SPANNUNG

WWW.GMEINER-VERLAG.DE
Wir machen's spannend